Peter Voß

Mündigkeit im Mediensystem

Hat Medienethik eine Chance?

Anmerkungen eines Verantwortlichen zur Theorie und zur Praxis der Massenmedien

Nomos Verlagsgesellschaft
Baden-Baden

Die Deutsche Bibliothek – CIP-Einheitsaufnahme

Voß, Peter:
Mündigkeit im Mediensystem – hat Medienethik eine Chance? : Anmerkungen eines Verantwortlichen zur Theorie und zur Praxis der Massenmedien / Peter Voß.
– 1. Aufl. – Baden-Baden : Nomos Verl.-Ges., 1998
ISBN 3-7890-5692-8

1. Auflage 1998

Inhalt

Vorbemerkung

Zu Beginn eine Erfahrung: Zu den Produkten, die immer häufiger und immer schneller produziert werden, gehören Prognosen. Das deutet darauf hin, daß die Unsicherheit zunimmt, trotz der scheinbaren Rationalität und damit Berechenbarkeit der Entwicklung. In Wahrheit ist es, wie es immer schon war: erst im Rückblick glauben wir zu wissen, warum es kommen mußte, wie es kam. Im sogenannten Informationszeitalter hat das einen simplen Grund: Das Tempo der Entwicklung wächst immer noch schneller als die prognostische Kraft aller Hochrechnungen. Im Grunde wissen wir nur, daß wenig so bleiben wird wie es ist, schon gar nicht in der Medien- und Informationswelt. Denn die Informationsgesellschaft ist geradezu zum Schlüsselbegriff eines Quantensprungs geworden, zu dem wir schon angesetzt haben.

Die Rundfunk- und Fernsehlandschaft in Europa steckt also im Umbruch. Wir stehen an der – nein, wir setzen über die Schwelle von der analogen zur digitalen Übertragungstechnik, die wichtige Kommunikationsmittel – Radio, Fernseher, Videotext, Telefon, Faxgerät, Internet – miteinander vernetzen wird. Weit mehr als bisher werden wir unseren Alltag mit Hilfe von Medien – quasi »multimedial« – meistern können. Zugleich kommt eine bisher nicht gekannte Flut von Informationen auf uns zu, die wir eindämmen, kanalisieren und verarbeiten müssen.

Wie häufig bei revolutionierenden Erfindungen, erwischt uns die Digitaltechnik auf dem falschen Fuß – die Produzenten ebenso wie die Konsumenten. Stellen wir uns vor, wir können in wenigen Jahren nicht nur 50 oder 100 Fernsehprogramme empfangen, sondern sie als »Konsumenten« auch interaktiv mitgestalten? Welche Folgen hat das für die Arbeit der Journalisten, die diese Programme produzieren? Und wie wird dieses mediale Überangebot den Alltag der Zuschauer verändern? Oder darf es erst gar nicht zu den 100 Fernsehprogrammen kommen, weil das die Aufnahmeleistung unseres Gehirns schlichtweg überfordert? Fragen, auf die wir noch kaum Antworten haben. Fragen, wie sie mir z.B. bei meiner lehrenden (und mindestens ebensosehr: lernenden) Nebentätigkeit an der Hochschule für Gestaltung in Karlsruhe von Studierenden gestellt werden.

Das nötigt zur Reflexion und führt zur Einsicht in die Ungenauigkeit des eigenen Denkens. Als Praktiker hat man theoretische Überzeugungen und folgt ihnen tagtäglich und jahrein jahraus, ohne es zu wissen und ohne sie zu überprüfen. Die vorliegende Arbeit versucht, darin einiges nachzuholen. Sie knüpft dabei an frühere Arbeiten des Verfassers an und versucht, sich in den aktuellen Diskussionsprozeß der Medienwissenschaft einzubringen. Diese Untersuchung macht sich auf, Antworten zu finden auf die Frage nach den Werten und Maßstäben, die uns die kommende Informationsflut zu bewältigen helfen. Sie fragt nach dem Einzelnen, der auf diese neue Medienwelt blickt, der aktiv und/oder passiv ein Teil von ihr ist. Und sie versucht, das Verhältnis zwischen Journalisten und ihrem Publikum zu beschreiben. Denn was immer uns das Multimedia-Zeitalter beschert – bei dieser Dualität von Machern und ihrem Publikum wird es bleiben.

Der Autor dieses Buches gehört schon viele Jahre zu den Machern. In dieser Rolle hat er, je nach Gelegenheit und beruflicher Aufgabe, über Fragen des Nachrichtenjournalismus, der Medienethik und des öffentlich-rechtlichen Rundfunks nachgedacht. Dieses Buch unternimmt es, in der Praxis gewonnene Erkenntnisse theoretisch zu untermauern und theoretische Einsichten auf die Praxis zurückzubeziehen, also beide aneinander zu überprüfen. Denn es sind nicht mehr Einzelereignisse wie einst der Golfkrieg, die das Selbstverständnis journalistischer Arbeit erschütterten; jetzt stehen wir vor Herausforderungen ganz anderer Art, die nicht mehr »einfach« beendet werden, so wie ein Krieg – und auch eine Diskussion darüber – beendet werden kann. Dabei habe ich mich mit den Fakten und Faktoren auseinandergesetzt, die die Frage nach Ethik und Moral der Medien mittlerweile als einigermaßen rückständig, wenn nicht gegenstandslos erscheinen lassen. Moderne Zeiten – ist es nicht geradezu zum Ausdruck von Modernität geworden, daß die Moral als prägende Kraft aus dem Mediensystem wie aus anderen gesellschaftlichen Systemen verschwindet? Geniert man sich nicht, überhaupt noch moralisch zu argumentieren, weil man sich dem Vorwurf des übertriebenen Pathos, der Heuchelei und – wenn es um die Wissenschaft geht – eines sich anbiedernden Dilettantismus aussetzen könnte?

Gibt es überhaupt eine besondere Medienethik und Medienmoral, und wenn ja, ist sie primär ein Problem der »Macher«? Welche Rolle spielt der Begriff der »Vierten Gewalt«? Hat das »Prinzip Ungeniertheit« nicht alle Moralfragen obsolet werden lassen? Müssen wir nicht ohnehin erwarten, daß uns infolge der sich entfaltenden Multimedialität die »Öffentlichkeit« als gesellschaftlicher Auftrag allmählich abhanden kommt? Das Internet als globaler Stammtisch – gewährt es ein neues Kommunizieren im globalen Dorf oder droht uns das »digitale Nirwana«? – Oder wird gar Orwells »Großer Bruder« multimedial auferstehen? Haben wir Grund zu der Sorge, daß am Ende alles, was wir noch Bildung nennen, vom Informationsmüll verschüttet oder von der Wissensexplosion zersprengt sein wird? Die immer rasantere Beschleunigung als eigentliches

Signum der (Post-) Modernität – macht sie den einzelnen unentbehrlich und ohnmächtig zugleich? Hier stehen Technokraten gegen Kulturpessimisten: Surfen auf der Medienoberfläche als Risiko oder als Chance für eine Bildungsidee, auf die wir auch künftig nicht verzichten können.

Mündigkeit im Mediensystem – das Thema unterstellt, daß (neben dem Bildungs-) das Mediensystem das Feld sein wird, auf dem sich entscheidet, ob individuelle Mündigkeit (im Sinne von Selbstbestimmung und sozialer Verantwortung der Person) künftig möglich sein wird. Ein kurzer Rückgriff auf die Schulen, die unser Denken darüber in der zweiten Hälfte dieses Jahrhunderts beeinflußt haben – »Kritische Theorie« und »Kritischer Rationalismus« – führt zur Auseinandersetzung mit den beiden Theorien, die (anscheinend oder nur scheinbar) die Möglichkeit von Mündigkeit prinzipiell zu negieren scheinen: mit dem Konstruktivismus und mit der (vor allem von N. Luhmann entwickelten) Systemtheorie. Wenn wir die Wirklichkeit nicht erkennen, sondern erfinden, wie die Konstruktivisten sagen – ist damit das alte Subjekt/Objekt-Modell ausgehebelt, ist folglich jeder Anspruch auf Objektivität und somit auch das Realitätsmodell in den Medien erledigt? Wenn der Mensch als Person nicht ein Teil (Element oder Agent) sozialer Systeme sein soll, sondern nur dessen Objekt oder Umwelt darstellt, wie läßt sich dann noch ein Spielraum für den Einzelnen und seine Freiheit und damit auch für Verantwortung oder Verantwortungslosigkeit, Wahrhaftigkeit oder Unredlichkeit ausmachen und ausmessen?

Ist das »selbstreferentielle« Mediensystem der Systemtheorie überhaupt ein soziales System, oder ist es nur ein abstraktes Modell, das gewollt oder ungewollt als Alibi dafür dient, daß die Verhältnisse im real existierenden Mediensystem nun einmal so sind, wie sie sind? Oder steckt auch in der Systemtheorie die skeptische Beschreibung einer Medienrealität, in der der einzelne in seiner Individualität immer stärker, in seiner Identität aber zunehmend schwächer dasteht? »Irritation« wird von dieser Systemtheorie als Funktion der Massenmedien postuliert – ist das der Abschied vom Orientierungsauftrag der Medien (und damit auch von einem – wie schwach auch immer ausgeprägten – Integrationsauftrag)? Wie lautet überhaupt der »Code«, über den sich das Mediensystem definiert?

Was heißt Information als Gegenstand medialer Veröffentlichung? Welchen Maßstäben folgt die Selektion von Informationen tatsächlich? Steht der Informationsbegriff der Medien im Gegensatz zu dem der Wissenschaften? Was ist neu, vor allem aber: Was ist wichtig, was ist interessant, und was hat beides mit »objektiv« und »subjektiv« zu tun? Hat sich jeder Objektivitätsanspruch, an dem man theoretisch mit einiger Mühe festhalten mag, de facto in der Subjektivität der Sprache und der Bilder längst aufgelöst , schon bevor er in der »zweiten Wirklichkeit« der elektronischen Medien zu verschwinden drohte? Ist Normverletzung das entscheidende Regulativ – wo bleibt da »das Positive«? An diversen Beispielen – von Lady Di und Romy Schneider, von Bubi Scholz über Helmut Kohl, Gerhard Schröder und Bill Clinton bis zu Uwe Barschel und Manfred Stolpe – soll der Frage nachgegangen werden, ob das Interessante wirklich stets über das Wichtige dominieren muß und ob die gesellschaftliche und politische Realität tatsächlich schon hinter der »Inszenierung« verschwunden ist – so wenig der Trend geleugnet werden kann.

Hier kommt die Funktion des investigierenden Journalismus in den Blick – dient er vor allem der Selbstbestätigung (von Machern und Publikum) durch wohlfeile moralische Empörung oder leistet er trotz fragwürdiger Methoden einen wichtigen Beitrag zur sozialen und politischen Hygiene? Die »erbitterte Freundschaft« zwischen Medien und Politik kommt ins Spiel. Steht die Politik (wieder) unter generellem Korruptionsverdacht, so wie die Medien unter generellem Manipulationsverdacht stehen? Was entsteht daraus unter der Bedingung zunehmender Komplexität aller Lebensbereiche und was folgt daraus für den Befund der medial transportierten und verstärkten »Politikverdrossenheit«? Welche Rolle spielen die Parteien, welche Rolle spielt der Wettbewerb als Existenzbedingung und »Aggregatzustand« des politischen Systems wie auch des Mediensystems?

Fragen, die zurückführen in die Wertediskussion, von der sich die Frage nach dem Auftrag der Medien nicht abkoppeln läßt. Heißt Pluralität der Werte wirklich »anything goes«? Ich setze dieser resignativen These in Anlehnung an Gustav Radbruch ein Relativitätsmodell entgegen, bei dem »relativ« zwar der Gegensatz von »absolut« bleibt (so wie »subjektiv« und »objektiv« Gegensätze bleiben), bei dem sich aber »Relativität« im Sinne des Fragens und Ermessens der richtigen Relation der Werte auf den (begrifflichen Gegen-) Pol des Absoluten bezieht und von dort seinen Sinn erhält. Mit anderen Worten: Gesellschaftliche Grundwerte wie Freiheit, Gleichheit und Solidarität, die in ihrer Balance erst »Gerechtigkeit« herstellen, sind relativ in ihrem Verhältnis zueinander – sie stehen in Ideal- und Realkonkurrenz – doch sie sind absolut in ihrer auf die Menschenwürde bezogenen Notwendigkeit. Die Verabsolutierung eines einzelnen Wertes führt ins ideologische Denken – die medialen Grundgebote der Wahrhaftigkeit und Fairneß (Ausgewogenheit), die in kompensatorischem Verhältnis zueinander stehen, sind die Absage an das ideologische Denken in Journalismus und Politik.

Was sind Werte wert ohne Sanktionen? Was ist die »Vierte Gewalt« wert, wenn die Kontrolle, die von Medien ausgeübt wird, selbst scheinbar schrankenlos waltet? Was sind journalistische Privilegien wert, wenn journalistische Standards moralfrei und journalistisches Agieren kontrollfrei und sanktionsfrei bleiben? Wer kontrolliert die Kontrolleure? Doch wer andererseits kann garantieren, daß neue oder wirksamere Kontrollmechanismen nicht erst recht mißbraucht würden? Wie steht es um die »verteufelte Ausgewogenheit«, und welchen Stellenwert hat die Balance zwischen öffentlich-rechtlichen und kommerziellen Sendern im Dualen System?

Ich hoffe also, mit diesem Versuch vom Leser auf den weiteren Seiten als journalistischer Praktiker verstanden zu werden, der Erlebtes an Theorien über Kommunikation spiegelt. Da ich vor allem von meinen Berufsjahren beim Fernsehen geprägt wurde, beziehe ich mich überwiegend auf meine Erfahrungen in diesem Medium – man mag es mir nachsehen. Mein an der Universität gewecktes Interesse am soziologischen Denken und die Prägung durch berufliche Aufgaben führte dazu, daß das Buch weder eine ausschließlich wissenschaftsbezogene Abhandlung noch ein journalistischer Essay geworden ist: Ich lege eine Untersuchung vor, die nicht einer bestimmten Stilform verpflichtet sein soll, sondern die Komplexität des Themas einfangen will.

Fragen, Antworten, neue Fragen – sie alle umkreisen die Grundfrage nach der Chance einer Medienethik in modernen und »postmodernen« Zeiten, nach der Möglichkeit von Mündigkeit im Mediensystem. Eine Frage, auf die es gewisse Antworten geben mag, aber keine Gewißheit des Antwortens. Die Arbeit an diesem Buch hat mir in einer medienpolitisch und beruflich nicht ganz mühelosen Phase die Chance gegeben, auch über andere, grundsätzliche Aspekte meines Berufes nachzudenken und nicht nur über die Schwierigkeiten bei der Umsetzung einer Senderfusion. Sie gab mir auch die Chance, meine Ansichten und Einsichten zu überprüfen – ich danke in diesem Zusammenhang Prof. Dr. Konrad Thomas, Dr. Heinjo Schröder und Dr. Wolfgang Tinnefeldt für Anregungen und Hinweise, Dr. Martin Rupps und Dr. Wolfgang Wunden für die kritische Durchsicht des Textes und Bettina Frank für die geduldige Mithilfe am Manuskript.

»Was den heutigen Phänotyp betrifft, so ist das Moralische weitgehend von ihm abgeglitten und durch Legislative, Hygiene ersetzt, als echtes Gefühl, wie es offenbar bei Kant noch vorlag, ist es nicht mehr zu finden«.
Gottfried Benn 1944[1]

I. Moderne Zeiten – verschwindet die Moral?

Ethik, Moral, Norm – oder Konvention?

Dienen Medien der Mündigkeit des Menschen, ermöglichen oder behindern, ja verhindern sie die Möglichkeit von Mündigkeit – oder beides zugleich? Die Frage enthält einen demokratisch-aufklärerischen Ansatz. Aufklärung, nach Kant »der Ausgang des Menschen aus der selbstverschuldeten Unmündigkeit«[2], ist seit den postidealistischen Gegenbewegungen des 19. Jahrhunderts – zu denen so gegensätzliche Strömungen wie die Romantik, der Positivismus, der nur scheinbar aufklärende dialektische Materialismus und schließlich diverse Spielarten von »Lebensphilosophie« im Gefolge Nietzsches und Bergsons[3] gehören – alles andere als eine Selbstverständlichkeit. Es war die Aufklärung selbst, die diese Gegenbewegungen provozierte – ihre intellektuelle und zugleich emotional getönte Suggestionskraft ließ den »vernünftigen« Menschen als repräsentativen Typus resignieren und überwand ihn. Die Folgen waren katastrophal, und es bedurfte wohl der historischen Zäsur von 1945, um der Annahme wieder Auftrieb zu geben, daß Intellekt und Moral doch dem Grunde nach miteinander zu tun haben könnten, weil die Selbstaufgabe der Person beides bedeutet: den Verzicht auf geistige und den Verzicht auf moralische Verantwortung bis hin zur Flucht in Systeme, deren Totalitätsanspruch uns von der Pflicht zu redlichem Denken und redlichem Handeln entlastet. Es ist ein prinzipieller Unterschied, ob man Selbstbehauptung, also den persönlichen Widerstand gegen die Selbstaufgabe unter dem Druck sogenannter Systemzwänge, für außerordentlich schwierig hält, besonders unter den Bedingungen der *globalen Informationsgesellschaft*, oder ob man sie – z.B. aus weltanschaulichen oder wissenschaftlichen Gründen – für prinzipiell unmöglich hält. Mündigkeit als geistiger Anspruch und moralische Forderung der Person an sich selbst: Von der Frage, ob wir diesen altmodisch wirkenden Anspruch noch erheben, hängt auch unsere Einstellung zu einer Ethik der Massenmedien ab.

Gibt es überhaupt so etwas wie eine Medienethik oder Medienmoral? Die Frage teilt sich: Gibt es überhaupt noch »Ethik und Moral« im Sinne einer nennenswerten verpflichtenden und gestaltenden Haltung (von Einzelnen oder Gruppen) in der hedonistisch geprägten Postmoderne? Und wenn ja, gibt es dann noch eine besondere Ethik in den Medien und für die Medien?[4] Für Hermann Lübbe z.B. ist diese Frage nicht von entscheidender Bedeutung, denn: »Ungleich wichtiger als die Ethik der Medien allerdings ist die Ethik der Mediennutzung«.[5] Auch hier allerdings eine Ethik: Wenn es sie wirklich geben soll, werden die Medien zu ihr einen Beitrag leisten müssen; doch wie könnten sie das, wenn sie selbst keine Ethik hätten? Ein Medienpraktiker muß, wenn er nicht nur Praktiker sein will, wenigstens für sich eine Antwort auf diese Fragen finden, möglichst ohne sich allzuweit ins philosophische Unterholz zu verirren. Deshalb zunächst einige Begriffsbestimmungen zum Einstieg in das Problem.

Im Sinne einer Hypothese gehe ich vorerst davon aus, daß Moral und Ethik als immerwährende Forderung der Gruppe an den Einzelnen, des Einzelnen an den und die Anderen und des Einzelnen an sich selbst existiert, daß sie weiter existieren wird und für freie und einigermaßen kultivierte Gesellschaften konstitutiv bleibt. Zugleich möchte ich mich insoweit an eine weitverbreitete Unterscheidung von Ethik und Moral halten (beide bedeuten ursprünglich »Sitte«), als ich unter Ethik die Lehre vom sittlichen Verhalten, unter Moral deren Konkretisierung und Anwendung, also die Verhaltensnormen und das sittliche Verhalten selbst verstehen möchte. Dabei kann vorerst offenbleiben, ob es, wenn es denn eine Ethik gibt, darüber hinaus einer speziellen Medienethik bedarf – entscheidend ist die Frage der moralischen Anwendbarkeit und Anwendung von ethischen Normen im alltäglichen Mediengeschäft, die dann freilich zu besonderen Ausprägungen führen kann.

Diese Unterscheidung läßt sich natürlich vielfach aufschlüsseln, so durch die Unterscheidung zwischen der Norm (oder Regel) als Vorschrift und der Norm als dem Inbegriff des Üblichen, also einer tatsächlich zu beobachtenden Regelmäßigkeit im Verhalten der Mitglieder einer Gesellschaft. Davon unabhängig ist zu unterscheiden, ob eine Norm (auch) moralische Bedeutung hat oder nur praktische. Wiederum davon zu trennen ist die Frage, ob eine Norm »sanktionsbewehrt« ist oder nicht, und ob es sich gegebenenfalls wiederum um eine rechtlich festgeschriebene oder »nur« um eine gesellschaftlich übliche (soziale) Sanktion handelt; und schließlich ist zu unterscheiden, ob eine derartige Sanktion positiv oder negativ ist (Lohn oder Strafe, Vorteil oder Nachteil).[6]

Während in der gegenwärtigen Ethik-Diskussion, soweit ich es zu übersehen vermag, das Thema des Werte-Wandels[7] und damit die Wertfrage im Vordergrund steht, kommt für den Unterschied zwischen wie auch für den Zusammenhang von Ethik und Moral der Frage der Sanktionen entscheidende Bedeutung zu. Man kann in evangelischen Akademien über Werte und Wertewandel leidenschaftlich disputieren, man kann sich zu bestimmten Werten ebenso leidenschaftlich bekennen: doch was sind die Folgen, wenn daraus keine moralischen Konsequenzen abgeleitet (und im Alltag beachtet) werden? Ob ethische Überzeugungen als moralische Normen anwendbar (im heutigen Jargon: operationalisierbar) werden, hängt nicht nur von ihrer Eindeutigkeit und von der Überzeugungskraft ihrer Begründung ab, sondern vor allem von ihrer Koppelung an Sanktionen – jedenfalls dann, wenn sie nicht (mehr) als selbstverständliche Verhaltensmuster verinnerlicht sind. Positive und negative Sanktionen in den unterschiedlichsten Formen sorgen dafür, daß die Norm die Norm bleibt, also daß sich die Mehrzahl der Menschen in einer Gesellschaft gewohnheitsmäßig so verhält, wie es anerkannte moralische Gebote verlangen. Dabei kommt die Frage nach der »Sozialkontrolle« ins Spiel und somit die Frage nach der sozialen Zugehörigkeit: Welche Institutionen oder Gruppen haben die Möglichkeit, durch Anwendung von Sanktionen das Verhalten des Einzelnen zu kontrollieren? Dabei spielt es zunächst keine Rolle, ob es sich um formalisierte oder nicht formalisierte Sanktionen handelt. Wer sich mit einer Gruppe – z.B. mit den Kollegen in einer Redaktion – hinreichend identifiziert, wird auch die professionelle Anerkennung oder deren Verweigerung durch diese Bezugsgruppe als deutliche Sanktion auffassen und entsprechend reagieren, auch wenn darüber hinaus keine spürbaren Konsequenzen zu erwarten sind.

Des weiteren wird man ohne Max Webers berühmte Unterscheidung von Gesinnungsethik und Verantwortungsethik auch im Medienbereich nicht auskommen.[8] Sie wird zwar deshalb oft als überholt angesehen, weil es schwer entscheidbare Grenzfälle gibt. Der »Gesinnungsethik«, die »ohne Rücksicht auf Verluste« rigoros einem moralischen Gebot folgt (z.B. Du sollst nicht töten – also auch nicht in Notwehr), wird die »Verantwortungsethik« gegenübergestellt, die die Folgen des eigenen Handelns (oder Unterlassens) bedenkt.[9] Theodor Storm hatte den Unterschied poetisch vorweggenommen mit dem Vierzeiler:

»Der Eine fragt: was kommt danach?
Der Andere fragt nur: ist es recht?
Und also unterscheidet sich
der Freie von dem Knecht«.[10]

Einen dritten Weg beschreibt die »Situationsethik«, die bei der Bestimmung des Guten (moralisch Richtigen) nicht von übergeordneten Normen ausgeht, sondern die moralische Entscheidung nur von der konkreten Situation der handelnden Person abhängig machen will. Doch die Situation als solche kann die Orientierung (Norm) nicht liefern, die Norm kann allenfalls vom Handelnden der Situation angepaßt werden oder durch die Situation dem Handelnden bewußt werden – insoweit ist jede Situationsethik entweder gar keine oder eine Verantwortungsethik.

Wenn wir uns heute fragen, ob Ethik und/oder Moral überhaupt zur Sinngebung und Zielrichtung menschlichen Handelns – oder Unterlassens – notwendig und geeignet sind, gelangen wir zu der so klassischen wie unlösbaren Frage nach der Willensfreiheit. Im Zusammenhang mit unserem Thema scheint es zu genügen, wenn wir das offenbar nicht umzubringende Bedürfnis vieler Menschen, auch Medienmenschen, konstatieren, moralisch mit sich selbst im Frieden zu leben, also ohne permanent schlechtes Gewissen. Es mag umstritten bleiben, ob – wie Kant lehrte – die moralische Forderung des kategorischen Imperativs der dem Menschen wesenseigenen Vernunft entspringt;[11] ob sie eine biologisch fundierte anthropologische Konstante bedeutet, ein als »Instinkt« weiterwirkendes Residuum des Gruppenverhaltens der Primaten, das wir nicht mehr ablegen können und deshalb in unserem Bewußtsein als Norm der Vernunft rationalisieren (als wären wir frei), oder ob sie schließlich nur den von Kindesbeinen an verinnerlichten Normenkatalog der jeweiligen Gesellschaft darstellt, die ihr Gruppeninteresse dem einzelnen als individuelle Moral einpflanzt.

Die Person, das Ich erlebt sich selbst als frei und damit als verantwortlich; diese Verantwortung kann auch durch deterministische Theorien oder Ideologien nicht beseitigt werden, so willkommen sie als moralische Selbstbeschwichtigung manchem sein mögen. Anders wäre es, wenn es der Naturwissenschaft oder der Sozialforschung gelänge, menschliches Verhalten nicht nur rückblickend zu erklären, sondern zu prognostizieren – oder gar zu programmieren. Am Ende kann von Ethik (und Moral) freilich ernsthaft nur die Rede sein, wenn man ihr eine metaphysische Qualität zuschreibt und damit eine verpflichtende Kraft, die uns in die Lage versetzt, unser Handeln auch unter Gegendruck an ihr zu orientieren, also allen entgegenstehenden »Systemzwängen« und den damit verbundenen Ausreden zu widerstehen. Ob das ohne Rückgriff auf religiöse Überzeugungen möglich ist, steht auf einem anderen Blatt. Warum der Mensch einem kategorischen Imperativ folgen soll, ist eine Frage, die nach meiner Überzeugung nur religiös entscheidbar ist. Man kann aber nicht religiös sein wollen – man kann die eigene Religiosität nur entdecken, nicht erfinden. Wir kommen nicht darüber hinaus, daß die Verantwortung, die man für andere und für sich selbst übernimmt, ein letztlich nicht erklärbares Element der eigenen Existenz und damit Aspekt eines Glaubens ist – auch bei Menschen, die sich selbst für vollkommen ungläubig halten.

Die Konjunktur, die »Werte« im öffentlichen Diskurs haben, geht freilich regelmäßig über diesen Aspekt hinweg – vielleicht wirkt sie deshalb oft so steril. Dem Beschwören aller möglichen Werte (ohne daß deren innerer Zusammenhang sichtbar würde) haftet der Alibicharakter von Sonntagsreden an. Das heißt nicht, daß solche Werte in der sozialen Wirksamkeit nicht wirksam wären – ganz im Gegenteil: Wie sich »offizielle« (allgemein anerkannte) und nicht anerkannte, ja noch nicht einmal bewußte Werthaltungen mit diversen – eingestandenen und nicht eingestandenen – Interessen vermischen und konflikthafte gesellschaftliche Prozesse beeinflussen, ist nach wie vor die soziologische Gretchenfrage, die allen Konflikt- und Systemtheorien zum Trotz offenbar noch keine systematisch fundierte Antwort gefunden hat.

Wer glaubt, in seinem Leben ohne ethische Lehre und praktische Moral nicht auskommen zu können, wird auch nicht einer Gesellschaft angehören wollen, die darauf verzichtet. Wer umgekehrt Ethik und Moral gesellschaftlich einfordert oder sie jedenfalls nicht aus der Gesellschaft eliminiert sehen will, wird dabei von sich selbst und seinem eigenen Verhalten (Handeln oder Unterlassen) nicht absehen können. Dies erscheint jedenfalls solange einsichtig, wie ein Zusammenhang von Individualität und Identität anerkannt wird. Von Individualität kann nicht die Rede sein ohne eine Kontinuität der Person (also ihre dauerhafte Übereinstimmung mit sich selbst). Diese Identität eines Menschen beruht immer auch auf Zugehörigkeit und Bindung an Gruppen – die Identität des »Ich« bleibt unvollständig ohne die Identität des »Wir«. (vgl. dazu S. 77 ff.)

Letztlich hängt die tatsächliche Bedeutung von Ethik und Moral davon ab, daß sie auf jedem gesellschaftlichen Feld von hinreichend vielen und/oder einflußreichen Personen gewollt und gelebt werden; nur dann bleiben sie wirksam und durchsetzbar. Wie weit dies auf »die Medien« zutrifft, soll erörtert werden. Daß die hier eingenommene und dem weiteren Argumentationsgang zugrundeliegende Position ein voluntaristisches Element enthält, sei jedenfalls von vornherein eingeräumt. Verkürzt gesagt: Wir haben eine (Medien)-Ethik nur, solange wir sie zu haben glauben und sie weiter haben wollen. Aber wollen wir (Journalisten z.B.) sie denn haben und sind wir bereit, ihre Postulate ernst zu nehmen? Das Urteil der Kommunikationswissenschaft fällt eher skeptisch aus. Repräsentativ für die allgemeine Einschätzung formuliert Ulrich Saxer: »Medienethik stellt sich ... als schwach ausdifferenziertes, widersprüchliches und damit auch nur partiell wirksames Steuerungssystem der Medienaktivitäten dar.«[12] Hier sei noch einmal das Thema der »Sozialkontrolle« angeschnitten: Wer sind die maßgeblichen »Instanzen« für den Journalisten: das Publikum, die Kritiker, die Kollegen? Damit ist die Frage der Identifikation berührt – darauf wird zurückzukommen sein, wenn es um die Relevanz moralischer Normen für die professionellen Standards im Mediensystem geht (vgl. S. 82, S. 103).

Medienethik, Medienmoral – nur ein Problem der Macher?

Das Thema stößt auch ohne ethische »Grundlagenforschung« auf einige grundsätzliche Schwierigkeiten: wie z.B. auf die erkenntnistheoretische Frage nach der Möglichkeit von Objektivität und auf die kulturkritische Frage, ob die permanente Revolution der Medientechnik in Verbindung mit der Internationalisierung oder Globalisierung der Medienwirtschaft ethische Fragestellungen herkömmlicher Art alsbald überholt und hinfällig machen oder gar im Sinne Hegels »aufheben« wird. Beide Fragen führen in spekulative Erwägungen hinein – in ein argumentatives Dickicht, das uns freilich den Einstieg in das Thema nicht verstellen soll. Vordergründig geht es um den zum Teil politisch, zum Teil medienkritisch (und damit selbstkritisch) geführten Streit um Macht und Moral der Massenmedien. Den Medien, genauer gesagt deren »Machern«, wird vorgehalten, daß sie der Medienethik keine Chance gäben, sondern mehr oder weniger resigniert und angepaßt seien an den Druck der Medienmärkte, an die Zwänge des Mediensystems, an den so oder anders wahrgenommenen Zeitgeist, an eine Ideologie, an die Politik (durch Opportunismus bis zur Selbstkorrumpierung).

Die journalistische Selbstkritik reagiert darauf häufig mit der gleichen Personalisierung: Medienethik und Medienmoral nur als Problem der Macher. Diese Sicht ist seit Emil Dovifats[13] Zeiten auch von der Journalismusforschung gestützt worden. In der personenkritischen Betrachtung gibt es dann die »Guten« und die »Bösen« wie in jedem ordentlichen Western oder Krimi – zum einen journalistische Lichtgestalten, die wie der legendäre Theodor Wolff[14] mit Integrität und Konsequenz der Wahrheit zum Siege verhelfen, zum anderen Gesinnungstäter, die ideologisch motivierte Legenden in die Welt setzen, und gnadenlose Egoisten, die aus Geldgier oder Karrieresucht zu Verrätern an der guten journalistischen Sache werden. Kein Zweifel, daß es dergleichen tatsächlich gibt, was zumindest zeigt, daß im real existierenden Mediensystem ein großer Spielraum für ganz unterschiedliche Konzeptionen von Journalismus und damit Typen von Journalisten besteht und daß von daher der personenbezogene Ansatz seine Berechtigung behält.

Die Medienwissenschaft hat allerdings längst eine Wende vollzogen – psychologische und vor allem soziologische Theorien oder Theorieentwürfe relativieren den personalistischen Ansatz in einem Maße, daß er als nahezu unwichtig erscheint. Insoweit ist Medientheorie längst Systemtheorie, Medienkritik häufig auch Systemkritik. Journalistische Selbstkontrolle, die sich z.B. an den publizistischen Grundsätzen des Deutschen Presserates[15] (dem Pressekodex) orientiert, wird in dieser Sicht auf ihren appellativen, gleichsam pastoralen Aspekt reduziert. Aus dieser Relativierung ergibt sich die Frage nach dem Stellenwert persönlichen, moralisch begründeten Engagements im System des Journalismus – es sei denn, man wollte diesen Stellenwert »auf Null bringen«. Daraus ergibt sich aber auch die Einsicht, daß eine personenbezogene Analyse nicht ausreicht. Journalisten fällt es freilich nicht unbedingt leicht, sich auf die Reduzierung der eigenen Bedeutung unter systematischen Gesichtspunkten einzulassen.

In früheren Aufsätzen und Vorträgen habe ich wie viele andere als Journalist versucht, den personen- und situationsbezogenen Ansatz zu verteidigen.[16] Solche Versuche, am Pressekodex als Katalog von »Geboten« festzuhalten und dessen Prinzipien zu beachten und einzufordern, sind auch weiterhin unbedingt notwendig: »Die Achtung vor der Wahrheit, die Wahrung der Menschenwürde und die wahrhaftige Unterrichtung der Öffentlichkeit sind oberste Gebote der Presse«. So beginnt das journalistische »Grundgesetz«. Nun wissen wir alle, daß der Unterschied zwischen »Verfassung« und »Verfassungswirklichkeit« ein Ausmaß erreichen kann, das ein gradliniges Festhalten an hehren Grundsätzen der verächtlichen Ironie aller jener preisgibt, die wissen, wie es zugeht »im richtigen Leben« – einer Ironie, die an Schärfe gewinnt, wenn sie sich aus dem schlechten Gewissen ihrer Urheber nährt. Realistische journalistische Selbstkritik führt im übrigen zu beachtlichen Einsichten auch in die Mechanik des Systems, wie sie z.B. Georg Heller mit seinem Buch über den ganz alltäglichen Journalismus vorgelegt hat.[17]

»Die Presse hat eine schlechte Presse«, befindet Heller und hält am Selbstverständnis der Journalisten fest: »Sie halten im Geflecht von Macht, Kommerz,

Konkurrenz und Korruption ein Forum der freien Auseinandersetzung aufrecht. Solange es Orte gibt, an denen unabhängige Menschen sich frei untereinander auseinandersetzen können, solange – aber auch nur solange – leben wir in einer offenen, der einzig menschenwürdigen Gesellschaft.«[18] Zugleich kommt auch Heller freilich nicht umhin, den systemkritischen Zeigefinger zu heben. »Doch die Pressefreiheit beginnt zu pervertieren; das heißt, sie beginnt sich gegen den Menschen zu richten. Die Medien werden durchkommerzialisiert.«[19] Leider ist nicht zu leugnen, daß konkrete Selbstkritik im Journalismus so wenig zu den systemgerechten Tugenden zu zählen scheint wie in der Politik, wo sie auch nur dann demonstrativ geübt wird, wenn man sich damit wiederum »gut verkauft«. Wir haben aber auch keinen Anlaß, diesen Ansatz preiszugeben und zuzusehen, wie die Dämme brechen. Es geht darum, in der Auseinandersetzung mit der Medientheorie wie auch mit den jedem Journalisten geläufigen praktischen Befunden die Chancen einer Medienethik neu auszuloten.

Dabei begibt sich ein Praktiker, ein Mitverantwortlicher und Mittäter also, insoweit auf dünnes Eis, als er es zeitlich gar nicht schaffen kann, in der Fülle der medienkritischen und medientheoretischen Literatur auf dem Laufenden und damit auf der Höhe des jeweiligen Problems zu bleiben, was jeden Versuch, einigermaßen mitzuhalten, essayistisch geraten läßt und automatisch dem Dilettantismusverdacht aussetzt. Ich meine aber, daß man einen Beruf, in dem man tatsächlich noch die Chance hat, an der altmodischen Unterscheidung zwischen dem Brotberuf, also dem aufs Geldverdienen reduzierten Job, und der Berufung allen Entfremdungsphänomenen zum Trotz festzuhalten, nicht auskommt ohne theoretisch fundierte Reflexion. Wir haben Theorien, ohne es zu wissen, und wir äußern Theoreme, ohne es zu merken. Es geht deshalb nicht darum, im Banne des in unserer Kultur tradierten Originalitätskultes krampfhaft etwas Neues zu begründen, sondern darum, als Vergegenwärtigung eines tatsächlich Vorhandenen und Wirksamen Theorie ins Bewußtsein zu heben. Nach meinem – gewiß subjektiven – Eindruck theoretisiert die Theorie und praktiziert die Praxis des Journalismus zumeist unverbunden nebeneinander her, weil die Theoretiker die Praxis in den meisten Fällen nur sekundär, nämlich aus der Wissenschaft kennen, und weil die Praktiker die Theorie ignorieren, – (wenn sie nicht etwa nebenher noch einen Lehrauftrag wahrnehmen, wozu viele fähig wären, aber wenige Zeit oder Lust haben, zumal damit ja auch kein Geld zu verdienen ist.) So bleibt als Motiv der hier vorgelegten Überlegungen letztlich nur die naive Überzeugung, daß man es ohne grundsätzliche Reflexion des eigenen Tuns auf Dauer nicht aushält, weil man ohne den Versuch, sich der Prämissen und Bedingungen des eigenen Handelns zu vergewissern und damit wenigstens die Chance zu gewinnen, im eigenen Tun über alle Zwecke und Motive hinaus einen Sinn zu entdecken, kein zufriedener oder gar glücklicher Mensch sein kann.

Vom Alltag der Medien also und vom Alltag der »Macher« muß am Ende doch wieder die Rede sein, von der Information vor allem, weil es uns um die demokratische Öffentlichkeit geht – also weniger von der Unterhaltung, obwohl auch sie moralischer Kritik nicht entzogen sein kann und im übrigen noch zu prüfen wäre, ob begrifflich und praktisch eine eindeutige Trennung von Informieren und Unterhalten möglich und sinnvoll ist. Ob wir uns aber wirklich nur noch »zu Tode amüsieren«[20] oder weiter fürs Leben informieren können, ist nach wie vor die Frage.

»Vierte Gewalt« – ein schiefer Begriff

Von der Macht ist die Rede, der Macht der Medien, doch worin besteht diese Macht, diese »Vierte Gewalt«, die so oft polemisch angegriffen wird, weil es ihr angeblich an demokratischer Legitimation fehlt? »Vierte Gewalt« ist zunächst einmal ein schiefer Begriff, denn bei den ersten drei Gewalten – Regierung, Parlament und Rechtsprechung – handelt es sich um Ausprägungen legaler und legitimer Herrschaft im Rahmen des staatlichen Gewaltmonopols. Herrschaft ist nach der bekannten Definition Max Webers »die Chance, Gehorsam für einen bestimmten Befehl zu finden«[21]. Doch von einer Herrschaft der Medien kann keine Rede sein. Medien können keine Befehle erteilen. Wie steht es mit der Macht, nach Max Weber »jede Chance, innerhalb einer sozialen Beziehung den eigenen Willen auch gegen Widerstreben durchzusetzen, gleichviel worauf diese Chance beruht«?[22] Macht und Herrschaft sind bei Max Weber also nicht völlig, aber fast deckungsgleich, denn wer für einen Befehl Gehorsam findet, setzt damit auch seinen Willen durch (ohne daß noch ein Widerstreben erkennbar würde), und wer seinen Willen gegen Widerstreben durchsetzt, hat damit auch die Chance, für entsprechende »Befehle« Gehorsam zu finden – auch wenn diese Befehle nicht als solche deklariert sind (sondern z.B. nur als Erwartungen). Deshalb sollte man noch einmal zwischen Macht und Einfluß unterscheiden – Einfluß wäre dann die Chance, Widerstreben nicht durch Anwendung von Macht, sondern aufgrund von Überreden und Überzeugen, also durch Kommunikation (die sich mehr oder minder stark auf Macht, aber auch auf Autorität stützen kann) zu überwinden oder gar nicht erst aufkommen zu lassen. Auch »Macht« und Einfluß überschneiden sich, doch kann eben Macht im Grenzfall ohne Herrschaft und Einfluß im Grenzfall ohne Macht wirksam werden.

Wenn »Macht« die personale oder subjektive Seite von Herrschaft darstellt, können natürlich auch Medienmacher ein »Machtgefühl« erfahren und zur Geltung bringen. Tatsächlich üben sie bei geringer Macht oft großen Einfluß aus – nicht anders als »die Wirtschaft«, »die Parteien«, »die Kirchen«, »die Gewerkschaften«. Hinter dem Reden von der »Vierten Gewalt« steckt deshalb offenkundig die Annahme, daß der Einfluß der Medien ungleich größer sei als der anderer Gruppen oder »Systeme«, und daß dieser Einfluß, etwa im Sinne einer politischen, kulturellen oder (zeit-)geistigen Tendenz, relativ einheitlich, mit einer Stoßrichtung also, ausgeübt werde; aber wohl auch die Annahme, daß der einzelne Mensch als Objekt der Berichterstattung dem jeweiligen Medium, z.B. dem Fernsehen oder der Presse, fast schutzlos ausgeliefert sei und sich gegen geschickt formulierte Unterstellungen bis hin zum »Rufmord« kaum wehren könne.

Zweifellos: Jede Macht, jeder Einfluß kann mißbraucht werden und wird mißbraucht, wenn keine kontrollierende Gegenmacht zur Stelle ist, und/oder wenn – z.B. mangels spürbarer Sanktionen – keine zum redlichen Gebrauch der Macht verpflichtende Moral im Bewußtsein und Verhalten jener Menschen wirksam ist, die Macht oder Einfluß ausüben. Insoweit scheint die Sache zunächst recht einfach zu sein: Gegenstand der Informationsmedien ist die Wirklichkeit, ihr Ethos ist die objektive Wahrheit, ihre daraus zuleitende Moral für die Praxis ist die subjektive Seite der Wahrheit, die Wahrhaftigkeit. Auch deshalb scheint sich der Streit, ob es eine spezielle Medien-Ethik geben müsse oder überhaupt nur eine Ethik, die auf die Medien nur anzuwenden sei wie auf jedes andere Feld menschlichen Handelns auch, vorerst zu erübrigen.

Doch etwas anderes kommt hinzu, das scheinbar alles »Moralisieren« ad absurdum führt: Die neuerdings auch bei hochmögenden und wohlhabenden Personen in Mode gekommene »reaktive Moral«, eine Moral nämlich, die – frei nach Ulrich Wickerts Buchtitel »Der Ehrliche ist der Dumme«[23] – ihre Rechtfertigung in den (vom scheinbar anonymen Staat oder »der Gesellschaft« zu verantwortenden) Zuständen entdeckt. Die Anderen sind unser Alibi. So wird für Leute, die sich in Deutschland durch Steuern und Abgaben über Gebühr belastet sehen, Steuerflucht und Steuerhinterziehung oder Steuerumgehung nahezu entschuldbar (zumal wenn das Steuerrecht so »unentschuldbar« kompliziert ist). In dieser Hinsicht scheinen auch die Verhältnisse auf dem Medienmarkt von einer Beschaffenheit zu sein, die sich dem einzelnen Journalisten zur Gewissensberuhigung geradezu aufdrängt – ein »Sensationsjournalist« orientiert sich demnach an den Eigengesetzlichkeiten der Sensationsmedien und verdrängt die Restbestände seines journalistischen Anstandes, weil er ja doch nichts ändern kann, und weil die Leser oder Zuschauer das alles schließlich so wollen. Helmut Thoma[24], der RTL zum quantitativ erfolgreichsten Fernsehprogramm gemacht hat, fand dafür das Motto: »Der Wurm muß dem Fisch schmecken, nicht dem Angler.« Da wird der Zuschauer oder Leser freilich zum stummen, wehrlosen Fisch degradiert, der am Medienhaken zappelt.

Wird Thoma gleichwohl Recht behalten mit seinem fröhlichen Zynismus? Heutzutage Programm zu machen bedeutet in der Tat, Dienstleistungen einer Gesellschaft anzubieten, die zu zerfallen scheint in bewegliche soziale Milieus und Geschmackskulturen, in anspruchsvolle Minderheiten und Mehrheiten, die sich um jeden Preis amüsieren wollen. Die »Erlebnisgesellschaft« (Gerhard Schulze[25]) läßt grüßen. Es hat ganz den Anschein, daß die Spaßgesellschaft die aufklärerisch und kulturell gesinnten Eliten mitsamt ihren Werten links und rechts überholt hat, unter Zurücklassung allzu schweren und sperrigen moralischen Gepäcks. Kein Adorno-Argument hat am Ende etwas dagegen ausrichten können, daß sich fast alle Leute auf dem Rücken eines blutigen Weltgeschehens ganz gut amüsieren. Die Wirklichkeit des Fernsehalltags stellt sich dar als Rummelplatz-Welt, die bei Intellektuellen nur noch ungläubiges Kopfschütteln bewirkt. Der entfesselte Pöbel – das sind natürlich immer die anderen – dreht ohne das leiseste Zeichen von Scham die Glücksräder, plaudert von erstaunlichen sexuellen Gepflogenheiten, läßt sich unter mildem Zotengeplapper verkuppeln oder feiert vor Millionen von seinesgleichen nach langer schmerzensreicher

Trennung unter Anleitung eines Moderators tränenreich Versöhnung – wenn's sein muß mit dem entlaufenen Hund.

Das Prinzip Ungeniertheit

Ungeniertheit als herrschendes Prinzip unserer Gesellschaft: »Ego ist Trumpf, Frechheit siegt, Entblößung ist die Norm«, wie Monika Ehlers und Christoph Meyring konstatieren.[26] Sie beschreiben den Verlust des »Benimms« und – weil Benimm und Höflichkeit allgemein gleichgesetzt werden – auch den Verlust der Höflichkeit, bei der es sich aber um etwas anderes, nämlich um die ethische Haltung der Rücksichtnahme handele, »also um die Bereitschaft, die anderen als andere mit eigenen Interessen überhaupt wahrzunehmen und sie nicht, einer Planierraupe gleich, zu überfahren«. Dabei schmückt sich die größte Rücksichtslosigkeit mit dem »Gütesiegel der Ehrlichkeit«. Ehlers/Meyring sehen das Selbstdarstellungsbedürfnis »ins Obsessionelle gesteigert«, und so stellten die vielen Talkshows Bühnen »für einen massenhaften und vor großen Zuschauermassen praktizierten Exhibitionismus« dar – man muß das Innerste nach außen kehren, um sich als Persönlichkeit zu beweisen. Verantwortlich machen sie unter Berufung auf Roland Barthes den Mythos der Person, das heißt die modische Unterscheidung zwischen dem »künstlichen« äußeren und dem echten (spontanen) »inneren« Menschen.

Diese Unterscheidung gab es freilich, wie ich meine, im deutschen Sprachraum schon lange, bevor der Zerfall der Höflichkeit einsetzte. Ob der Kult des Authentischen, mit dem die Autoren ins Gericht gehen, damit wesentlich zu tun hat, darf bezweifelt werden. Ehlers/Meyring sehen einen Widerspruch zwischen dem »konservativen Dogma der ursprünglichen Autonomie des Subjektes«, die sein gesellschaftlich-kulturelles Wesen verleugne, und den »traditionellen ethischen Prinzipien«. Das Verdikt ist eindeutig: »Probleme des Gesellschaftlichen werden postwendend an den einzelnen zurückadressiert. Die nächste Talk-Show wartet schon auf ihn«. Die Wirklichkeit scheint mir nicht so eindeutig. Werden nicht ebenso Probleme des einzelnen immer auch auf die Gesellschaft projiziert und an sie »rückadressiert«? So klar die Beschreibung der Spaßgesellschaft ausfällt, so ungeklärt bleiben ihre Widersprüche, die es doch immer schon gab, die aber jetzt in ausufernder Weise sichtbar werden – vielleicht einfach nur deshalb, weil heute Medientechnik und Medienwirtschaft so viele Bühnen und Bildschirme dafür bereitstellen?

Viel diskutiert werden in diesem Zusammenhang die Thesen von Ulrich Beck. Für Beck spielt die Ethik »im Modell der verselbständigten Wissenschaften die Rolle einer Fahrradbremse am Interkontinentalflugzeug«.[27] Ein Schlüsselbegriff ist dabei die Individualisierung, die Beck in der »Risikogesellschaft« entdeckt und der er Ansätze für eine neue Ethik abgewinnt. Diese Ethik soll auf dem Prinzip der Pflichten gegen sich selbst beruhen und einen »Prozeß der Selbstaufklärung und Selbstbefreiung als eigentätigen, lebenspraktischen Prozeß« bewirken. Mir erscheint diese neue Ethik, die »auf dem Prinzip der Pflichten gegenüber sich selbst beruht«, als nicht gar so neu. »Liebe deinen Nächsten wie dich selbst« heißt eben auch: »Liebe Dich selbst.« Kants Imperativ, stets so zu handeln, daß der andere immer auch als Zweck und nicht nur als Mittel behandelt werde, heißt ja nicht nur, daß man ihn auch als Mittel behandeln darf; er impliziert auch, daß die Menschenwürde, die mir dieses Gebot auferlegt, in gleicher Weise für und gegen mich wie für und gegen andere gilt. »Du bist nichts, Dein Volk ist alles« – das war nicht preußische Pflichtmoral in der Nachfolge Kants, sondern der Versuch, das Individuum und seine Menschenwürde »auf Null zu bringen«.

Neu erscheint mir nicht so sehr der begriffliche Gehalt der Beckschen Selbstbefreiung, sondern das sprachliche Design, das zugeschnitten erscheint auf den Typus des Yuppies (der auch als edelgrüner Erfolgsmensch vorkommt), dessen ausgeprägtes Ego nach intellektueller Überhöhung verlangt. Damit soll nicht behauptet werden, daß Beck nicht ein tatsächlich vorhandenes Phänomen beschriebe: Die »Spaßgesellschaft« muß offenbar zunächst das Ego und dessen Selbstverwirklichung beschwören, um aus der Selbstverantwortung im zweiten Schritt doch wieder soziale Pflichten abzuleiten – die alte Pflichtmoral sah es umgekehrt. Beck und viele andere beobachten und schildern ohne aufdringliches Moralisieren eine Entwicklung, die einer pessimistischen Kulturkritik endgültig als »Untergang des Abendlandes«[28] erscheinen muß. Beobachtungen und Wertungen dieser Art hatten in Deutschland schon Tradition, bevor der neue Hedonismus auf der Bildfläche erschien – sie wurden in den unterschiedlichsten Varianten als Dekadenzphänomene diskutiert. Die Frage ist, ob bei der neuen Selbstverantwortung vor allem die Verantwortung oder am Ende doch nur das Selbst betont wird. Neu erscheint vor allem auch die mediale Dominanz des Selbstbezugs, die mit der relativen Sorglosigkeit einer Generation von Erben, die die Last der Dauerarbeitslosigkeit aufgrund der neuen globalen Konkurrenzsituation noch nicht ganz verinnerlicht hat, ebenso zu tun haben dürfte wie mit der Multiplikation der medialen Selbstdarstellungsmöglichkeiten durch die mediale Inflation.

Inzwischen mehren sich Versuche, »Ethik in einer egoistischen Zeit« neu zu begründen – so durch Peter Singer[29], der zwar Kants Pflichtmoral als zu eng gefaßt zurückweist – ähnlich wie schon Friedrich Schiller den Kantschen Primat der Pflicht überwinden wollte durch die Versöhnung von Pflicht und Neigung.[30] Singer freilich kommt über das simple »Wie Du mir, so ich Dir« auch nur hinaus durch den Verweis auf die Vernunft, die es uns ermöglicht, uns beim Nachdenken über praktische Fragen von unserer eigenen Sichtweise zu lösen und eine breitere Perspektive einzunehmen, letzten Endes sogar die des Universums.[31] Singers Versuch, zu begründen, warum man im Zweifel gegen das eigene Interesse handeln soll, unterscheidet sich nicht prinzipiell vom Kantschen kategorischen Imperativ – die Ausweitung auf die »Perspektive des Universums« entspricht letztlich der Verlängerung der sozialen Perspektive zu einer ökologischen in einer Zeit, die sich die Endlichkeit der Ressourcen vergegenwärtigt.

Auch Singers Versuch, in der Debatte über die Sterbehilfe den Begriff der Menschenrechte vom Menschen zu lösen und auf »Personen« zu übertragen, kommt im Grunde von der Kantschen Begrifflichkeit nicht los. Singer stellt fest: »Nicht alle Mitglieder der Spezies Homo sapiens sind Personen, und nicht alle Personen sind Mitglieder der Spezies Homo sapiens.«[32] Demnach sind nicht alle Menschen Personen (z.B. wäre ein Mensch im Dauerkoma, der kein Gefühl zeigen und keinen Willen äußern kann, keine Person mit eigener Würde und eigenem Lebensrecht, während einem Hund, der Bindungen und Gefühle zeigt, die personale Qualität zuzuerkennen wäre. Doch auch dieser Begriff der Person ist vom Menschen abgeleitet, er kann auch nur von Menschen postuliert werden – d.h. auch dieser Begriff zielt auf eine veränderte Definition der Menschenwürde ab, die es nach Singers Auffassung eben verlangt, daß der Mensch, weil er Mensch ist, die Qualität einer Person manchen Tieren, aber nicht allen Menschen zugesteht).

Ob die »Ego-Gesellschaft« ethisch-moralisches Denken und Verhalten überhaupt noch gelten oder durch Nicht-Sanktionierung gleichgültig werden läßt, ist im übrigen eine Grundfrage unserer Zeit, die den Rahmen dieser Erörterung weit überschreitet. Sie verschränkt sich mit der Frage, ob unter dem Druck der Globalisierung am Ende alle Lebensverhältnisse dem Markt überantwortet werden (müssen). »Kein demokratischer Gemeinsinn ohne Marktwirtschaft« – so formuliert Otto von Lambsdorff die neoliberale Position.[33] Er führt den Verfall der Werte auf den Verfall des Marktes zurück, wobei er offenbar unterstellt, daß sich Werte in einer funktionierenden Marktwirtschaft irgendwie von selbst behaupten und durchsetzen. Doch ist nicht auch der Markt ein Wert, der sich keineswegs aus eigener Kraft durchsetzt, sondern nur von einem Staat garantiert werden kann, der sich an Normen orientiert, die über dem Markt stehen? Muß also von Lambsdorffs Devise nicht durch ihre Umkehrung ergänzt werden: »Keine Marktwirtschaft ohne demokratischen Gemeinsinn«?

Daß der Werteverfall, wie von Lambsdorff der linken Marktwirtschaftskritik vorhält, nach der »Achtundsechziger-Revolution« einen Schub erhalten habe und daß er parallel zum Verfall der Marktwirtschaft und zum Wachsen der Staatsquote verlaufen sei, sagt ja noch nichts aus über das richtige Verhältnis von Markt und Staat. Die totale Deregulierung und Privatisierung der wichtigsten Ordnungsbereiche – vom Gesundheits- über das Bildungs- bis zum Mediensystem – könnte sich am Ende ebenso sehr als Fehlentwicklung herausstellen wie die komplette Verstaatlichung dieser Bereiche. Wahrscheinlich geht es weder nur mit dem Markt noch nur mit dem Staat – die intelligente Konstruktion oder Weiterentwicklung dualer Systeme dürfte sich auch künftig als lohnender Gegenstand ordnungspolitischer Anstrengung erweisen.

Auch von Lambsdorff räumt übrigens ein, daß der Weg zu einem neuen Verfassungskonsens, der Markt und Bürgergesellschaft versöhnt, »nicht ohne Härten« verlaufen könne. Das heißt im Klartext: nicht ohne Ungerechtigkeit. (Denn wenn die Wettbewerbsbedingungen auf dem Weltmarkt es erfordern, am Standort Deutschland die Unternehmen, aber auch die Unternehmer zu entlasten, kann dies ja nur durch einen Verlust an realer Kaufkraft für die Masse der abhängig Beschäftigten oder durch einen Verzicht auf staatliche Leistungen, der ebenfalls primär die »kleinen Leute« trifft, finanziert werden. Die gesamte Thematik »Umbau des Sozialsystems«, die zum einen auf der sich beschleunigenden Entfaltung des Weltmarktes mit wachsender Fähigkeit von Teilen der »Dritten Welt«, dem Westen auch im Bereich der Hochtechnologie Konkurrenz zu machen, zum anderen auf der durch die medizinisch-technische Entwicklung bedingten Umkehrung der Alterspyramide beruht, wird bis heute vor allem zweigleisig diskutiert: einerseits ethisch-moralisch, zum anderen unter dem Gesichtspunkt der Sachzwänge. Was noch kaum gelingt, ist der Versuch, die beiden Argumentationslinien aufeinander zu beziehen und miteinander zu verbinden.)

Im neoliberalen Sinne versucht auch Hugo Müller-Vogg nachzuweisen, daß eigentlich nur die (falschen) Eingriffe des Staates die »Unsoziale Marktwirtschaft«[34] hervorgerufen hätten: sozial ist, was Arbeitsplätze schafft. Mit einer Fülle von Belegen untermauert Müller-Vogg seine These, wobei er freilich unterstellt, daß der Markt, (der doch ohne staatliches Handeln nicht lange Markt bliebe) selbst keine Mißstände oder Ungerechtigkeit bewirken könne. Aber ist die Ungleichheit, die der Markt erzeugt – und auch erzeugen soll – wirklich per se verantwortungs- und leistungsgerecht? Ist Leistung ein wertfreier Begriff ohne ethische Komponente (außer der Selbstverantwortung)? Ist demnach die Raffinesse, mit der sich einer durch Devisenspekulation bereichert, oder die Kurzsichtigkeit, mit der heute der kurzfristige »shareholder value« zur ausschließlichen Maxime von Unternehmenspolitik erhoben wird, schon Ausdruck von Leistung und Verantwortungsbereitschaft in einem ethisch gebundenen Sinne? Gibt es prinzipiell niemals einen Gegensatz zwischen betriebswirtschaftlichem Erfolg und volkswirtschaftlicher Notwendigkeit?

Müller-Vogg und andere haben offenkundig recht, wenn sie aufzeigen, daß der Wirtschaftsstandort Deutschland den neuen Konkurrenten auf dem Weltmarkt nur gewachsen bleibt durch eine Korrektur des Sozialstaates, die zunächst mit erheblichen Härten, also mit tatsächlichen wie vermeintlichen Ungerechtigkeiten verbunden ist. Doch warum die Ungerechtigkeit dann nicht auch Ungerechtigkeit nennen? Dem könnte man entgegenhalten, daß eine »gerechte« Verteilung der Einkommen nicht definiert werden kann. Dann kann man aber auch »Leistungsgerechtigkeit« nicht definieren. Muß man aber nicht ehrlicherweise einräumen, daß die tatsächliche materielle Ungleichheit in unserer Gesellschaft keineswegs schon durch die Ungleichheit der Leistungen gedeckt wird, und daß die Globalisierung diese materielle Ungleichheit noch erheblich vergrößern dürfte? Sollte demgegenüber die technisch-wirtschaftliche Evolution nicht am Ende dazu führen, daß es möglichst vielen Menschen weltweit besser geht, wozu eben auch ein Maß an sozialer Sicherung gehört, das potentiell allen Menschen ein Leben in Würde ermöglicht, zu der noch etwas mehr gehört als Selbstverantwortung und Leistungsbereitschaft?

Ein gewisses Maß von Ungerechtigkeit mag unabwendbar sein – muß sie deshalb ideologisch überhöht werden? Daß »Reaganomics« und »Thatcherismus« das Feld noch nicht beherrschen, bezeugt nicht nur der amerikanische

Kommunitarismus.[35] So stellt in Deutschland Jan Ross die »neuen Staatsfeinde«, die die Wirtschaft zum Maß aller Dinge machen, polemisch an den Pranger und sich selbst gegen den Trend: »Es ist ein Liberalismus nicht für Bürger, sondern für Schnäppchenjäger.«[36] Freiheit, so hält er den Neoliberalen vor, werde in Deutschland mit seinem historisch-politisch eher schwachen Bürgertum auf die Freiheit des Geldverdienens, auf »das Knickrige und Mißgünstige, die verengte Kundenperspektive und die Steuerzahlersäuerlichkeit«[37] reduziert. Werden, wie Ross zu fürchten scheint, alle Institutionen, vor allem aber der Staat selbst, demnächst dem Anpassungsdruck der Weltwirtschaft total unterworfen sein? Gibt es dann nur noch die »Moral des Marktes«, die keine andere Moral neben sich duldet? Muß sich alles von diesem Wert her begründen, also der Umweltschutz nicht damit rechtfertigen, daß die Zerstörung der Natur eine Barbarei (also menschenunwürdig) ist, sondern nur damit, daß sie wirtschaftlich unvernünftig ist? Entsteht so der neue homo oeconomicus, der sich um links oder rechts nicht schert und rückstandsfrei in die von Ulrich Beck verkündete Individualisierungstendenz einfügt? Wurde Ulrich Beck deshalb zum medienwirksamen Modesoziologen, weil seine Soziologie elegant vor dem Wind der Globalisierung segelt?

Dabei haben auch überzeugte Marktwirtschaftler wie Alfred Herrhausen[38] den Konflikt, der dem Streit um die Ego-Gesellschaft zugrundeliegt, als Ausdruck eines nicht bewältigten gesellschaftlichen Strukturwandels verstanden, der mit der Ausdifferenzierung von sozialen und ökonomischen »Subsystemen« zusammenhängt: »In diesen Subsystemen entwickeln die Menschen ganz verschiedene Verhaltensweisen und Verhaltenserwartungen, die miteinander nicht immer vereinbar sind. Werte und Tätigkeiten etwa aus dem Bereich der Produktionssphäre geraten mehr und mehr in Gegensatz zu den Werten und Normen der Konsum- und Freizeitsphäre. Werden dort (in der Produktion) Disziplin, Organisation, Leistung, Solidarität und oftmals auch Verzicht verlangt, so überwiegen hier (beim Konsum und in der Freizeit) Expressivität, Spontaneität, Bindungslosigkeit und Wunschbefriedigung. Was gemeint ist, wird gemeinhin mit dem Begriff des ›Wertewandels‹ bezeichnet.«[39] Was hier zur »Produktion« ausgeführt wird, gilt für den Bereich der Dienstleistungen nicht minder. Herrhausen skizziert hier also keinen Widerspruch zwischen Staat und Markt, sondern einen Widerspruch innerhalb der Marktwirtschaft, mit ethisch-moralischen Konsequenzen.

Anmerkungen

1 Gottfried Benn: Roman des Phänotyp. Landsberger Fragment, Frankfurt am Main 1961, S. 1

2 Immanuel Kant: Beantwortung der Frage: Was ist Aufklärung?, in: Werkausgabe, 12 Bd., (Hrsg. Wilhelm Weischedel), Bd. XI, Schriften zur Anthropologie, Geschichtsphilosophie, Politik und Pädagogik 1, S. 53, Frankfurt am Main 1977. Das komplette Zitat lautet: »Aufklärung ist der Ausgang des Menschen aus seiner selbst verschuldeten Unmündigkeit. Unmündigkeit ist das Unvermögen, sich seines Verstandes ohne Leitung eines anderen zu bedienen. Selbstverschuldet ist diese Unmündigkeit, wenn die Ursache

derselben nicht am Mangel des Verstandes, sondern der Entschließung und des Mutes liegt, sich seiner ohne Leitung eines anderen zu bedienen. Sapere aude! Habe Mut, dich deines eigenen Verstandes zu bedienen! ist also der Wahlspruch der Aufklärung.«

3 Henri Bergson, Philosoph, 1859-1941. Entwickelte eine von der Mystik beeinflußte, spiritualistische Lebensphilosophie. Er nahm auf die philosophische Bewegung des Existentialismus bedeutenden Einfluß.
Friedrich Nietzsche, Philosoph, 1842-1900. Nietzsche betrieb die »Umwertung aller Werte« und erfand den moralisch ungebundenen »Übermenschen«, der sich selbst und seine Sinnsetzungen immer wieder überwindet.

4 vgl. Hermann Boventer: Pressefreiheit ist nicht grenzenlos. Einführung in die Medienethik, Bonn 1989. Für Boventer stehen Existenz und Notwendigkeit einer Medienethik außer Frage.

5 Hermann Lübbe: Mediennutzungsethik, Medienkonsum als moralische Herausforderung, in: Hilmar Hoffmann (Hrsg.): Gestern begann die Zukunft, Darmstadt 1994, S. 313

6 So ist ein Tempolimit auf der Autobahn als Rechtsnorm mit einer Sanktion versehen, z.B. mit einer Geldbuße oder Strafe. Deshalb muß es durchaus nicht üblich sein, daß diese Norm allgemein beachtet wird; die übliche Norm, also das »Normale« kann durchaus sein, daß fast alle dagegen verstoßen. Dieser Norm kann man zugleich eine unmittelbare moralische Qualität aus der Sache heraus zuschreiben, weil jemand, der massiv dagegen verstößt (ein »Raser«), sich selbst und andere in Gefahr bringt. Doch solange er zum einen nicht von einer tatsächlichen Sanktion bedroht ist, weil das Risiko, »erwischt« zu werden, zu niedrig ist, und solange er zum anderen subjektiv die Gefahr für gering hält, wird es ihn wenig kümmern.
Auch das Rechtsfahrgebot auf unseren Straßen ist als rechtliche Norm mit einer Sanktion bewehrt. Daß sich fast alle Verkehrsteilnehmer daran halten, hat aber faktische Gründe: Wer es nicht tut, muß mit fatalen und womöglich letalen Folgen für sich selbst und andere rechnen. Soweit dabei Rücksicht auf andere im Spiel ist, liegt die moralische Qualität hier übrigens nicht im Inhalt der Norm, sondern darin, daß es überhaupt eine Regelung geben muß – es könnte auch ein Linksfahrgebot sein.
Das inzwischen wohl bekannteste Beispiel für eine Rechtsnorm ohne rechtliche Sanktion ist das Abtreibungsverbot. Abtreibung ist rechtswidrig, aber straffrei, auch wenn soziale Sanktionen (z.B. einer Familie) im Einzelfall nicht auszuschließen sein mögen. Umgekehrt sind zahlreiche rechtliche sanktionsbewehrte Verwaltungsvorschriften ohne moralische Bedeutung, abgesehen von dem Befund, daß die generelle Beachtung der Gesetze als (notwendige, wenngleich nicht hinreichende) Voraussetzung einer menschlichen Gesellschaft einen moralischen Aspekt aufweist. Von nicht gesetzlich fixierten Verhaltensregeln (»Konventionen«), die gleichwohl mit sozialen Sanktionen (z.B. sozialer Ächtung bis hin zum Mobbing) behaftet sind, kennen wir alle genügend Beispiele (aus den Medien, der Literatur und dem »richtigen Leben«).

7 vgl. dazu u.a. Karl-Heinz Hillmann: Wertewandel, Darmstadt 1989 (1986), Helmut Klages u.a. (Hrsg.): Werte und Wandel. Ergebnisse und Methoden einer Forschungstradition, Frankfurt am Main 1992

8 vgl. Max Weber: Politik als Beruf. Vortrag, in: Gesammelte politische Schriften, hrsg. von Johannes Winckelmann, 3. Auflage Tübingen 1971

9 Diese Gegenüberstellung geht in dieser Ausschließlichkeit nicht auf Weber selbst zurück, sondern auf Autoren, die ihn als Kronzeugen anriefen. Weber selbst plädierte für ein hohes Maß an Verantwortungsethik, wußte aber, daß der Mensch Gesinnungen braucht, um sich für eine Sache verantwortlich einsetzen zu können.

10 Theodor Storm: Sprüche, in: Sämtliche Werke in zwei Bänden, Bd. 2, München 1967

11 Immanuel Kant: Die Metaphysik der Sitten, Königsberg 1797/98 (Werkausgabe Band VII, hrsg. v. Wilhelm Weischedel, Wiesbaden 1956). In der »Einleitung zur Tugendlehre« fragt Kant: »Was ist Tugendpflicht?« Er antwortet mit einer Erläuterung des ka-

tegorischen Imperativs: »Das oberste Prinzip der Tugendlehre ist: handle nach einer Maxime der Zwecke, die zu haben für jedermann ein allgemeines Gesetz sein kann. Nach diesem Prinzip ist der Mensch sowohl sich selbst als andern Zweck und es ist nicht genug, daß er weder sich selbst noch andere bloß als Mittel zu brauchen befugt ist (...), sondern den Menschen überhaupt sich zum Zwecke zu machen ist an sich selbst des Menschen Pflicht.« (S. 526)

12 Ulrich Saxer: Strukturelle Möglichkeiten und Grenzen von Medien- und Journalismusethik, in Michael Haller, Helmut Holzey (Hrsg.): Medien Ethik, Opladen 1992, S. 123. Saxer bemißt die Qualität von Journalismus- und Medienethik nach folgenden Kriterien: »... erstens nach der Stringenz ihrer theoretischen Fundierung, zweitens nach ihrem Differenzierungsgrad, drittens nach der Präzision ihrer Formulierungen und viertens nach ihrer Sanktionierbarkeit«. (Ulrich Saxer: Journalistische Ethik im elektronischen Zeitalter – eine Chimäre? in: Lutz Erbring, Stephan Ruß-Mohl, Berthold Seewald, Bernd Sösemann (Hrsg.): Medien ohne Moral, Berlin 1988, S. 269)

13 Emil Dovifat (1890-1969), Zeitungswissenschaftler, der sich in der Weimarer Republik für das deutsche Pressewesen engagierte; nach dem Zweiten Weltkrieg Publizistik-Professur an der Freien Universität Berlin.
vgl. dazu: Manfred Rühl, »Journalismus und Gesellschaft«, Mainz 1980, S. 25 ff.

14 Theodor Wolff (1868-1943) gilt als der am meisten beachtete und zitierte deutsche Leitartikler. Seinem Andenken ist der »Theodor Wolff-Preis« gewidmet, der seit 1964 an hervorragende Journalisten verliehen wird.

15 Pressekodex des Deutschen Presserats 1996, in: Der Journalist Nr. 6/96

16 vgl. Peter Voß: Die verteufelte Ausgewogenheit, in: Wolfgang Böhme (Hrsg.): Lügen wir alle?, Herrenalber Texte 62, Karlsruhe 1985

17 Georg Heller: Lügen wie gedruckt, Tübingen 1997

18 ebd., S. 83

19 ebd., S. 183

20 vgl. Neil Postman: Wir amüsieren uns zu Tode. Urteilsbildung im Zeitalter der Unterhaltungsindustrie, Frankfurt am Main 1985

21 Max Weber: Die drei Typen legitimer Herrschaft, in: Soziologie. Weltgeschichtliche Analysen. Politik, hrsg. von Johannes Winckelmann, Stuttgart 1956, S. 151

22 Ders.: Wirtschaft und Gesellschaft. Grundriß der verstehenden Soziologie, hrsg. von Johannes Winckelmann, 5. revidierte Auflage, Tübingen 1972, S. 28

23 Ulrich Wickert: Der Ehrliche ist der Dumme. Über den Verlust der Werte, Hamburg 1994

24 Helmut Thoma, geb. 1939, von 1986 bis 1998 Sprecher der Geschäftsführung von RTL Deutschland; prägte die Konzeption und das Gesicht von RTL; Kritiker des öffentlich-rechtlichen Rundfunksystems.

25 Gerhard Schulze: Die Erlebnisgesellschaft. Kultursoziologie der Gegenwart, Frankfurt am Main 1992

26 Monika Ehlers/Christoph Meyring: Ich bin so frei. Ein Versuch über die neue Unverschämtheit, in: Die Zeit Nr. 48, 21.11.1997, S. 58

27 Ulrich Beck: Gegengifte, Frankfurt am Main 1988, S. 194. Ist im Sinne Becks die Ethik veraltet und wirkungslos, ist damit auch im Sinne Benns die Moral erledigt, oder haben beide längst wieder Konjunktur? (Im zweiten Fall lägen die hier vorgelegten Überlegungen durchaus im Trend, auch wenn sie sich gegen »den Zeitgeist« zu stellen scheinen. Die moralische Erregbarkeit der Öffentlichkeit scheint in der Tat eher zu wachsen – vermittelt durch Medien, die selbst keineswegs moralisch erregt sein müssen – während die Kluft zwischen philosophisch reflektierter Ethik und pragmatischer Alltagsmoral eher noch größer zu werden scheint.)

28 vgl. das gleichnamige Werk des Kulturphilosophen Oswald Spengler (1880 bis 1936), mit dem sich jeder Autor, der über die Kulturfrage nachdenkt und schreibt, auseinandersetzen muß (aktuelle Ausgabe: München 1995).

29 Peter Singer: Wie sollen wir leben? Ethik in einer egoistischen Zeit, Erlangen 1996
30 Vgl. Friedrich Schiller: Über Anmut und Würde, in: ders.: Sämtliche Werke. Fünfter Band. Erzählungen/Theoretische Schriften (Hrsg.: Gerhard Fricke/Herbert G. Göpfert), München 1959, S. 433 f.
31 Singer, Ethik, S. 557 f.
32 Ders.: Leben und Tod, Erlangen 1998, S. 207
33 Otto von Lambsdorff: Der Bürger entscheidet selbst, Frankfurter Allgemeine Zeitung vom 4. April 1998, S. 35
34 vgl. Hugo Müller-Vogg: Unsere Unsoziale Marktwirtschaft, Köln 1998
35 Die Sorge um den gesellschaftlichen Zusammenhalt in den westlichen Industriestaaten ist seit Anfang der 80er Jahre Ausgangspunkt für die Bewegung der Kommunitaristen, die die Rückkehr zu Familie und Gemeinschaft, zu Moral und Tugend fordern. Ihre Suche gilt neuen Wegen der Gesellschaftspolitik im Spannungsfeld von Staat und Markt.
36 Jan Ross: Die neuen Staatsfeinde. Berlin 1998, S. 46
37 ebd.
38 Alfred Herrhausen, 1930-1989, zuletzt Vorstandssprecher der Deutschen Bank. Betonte stärker als seine Kollegen die politische Rolle von Banken und machte aus dem politischen, auch sozialen Charakter seines Amtes keinen Hehl. Herrhausen wurde von RAF-Terroristen ermordet.
39 Alfred Herrhausen: Denken, Ordnen, Gestalten. Berlin 1990

II. Multimedia – verschwindet die Öffentlichkeit?

Der globale Stammtisch

Lohnt es sich vor diesem Hintergrund in der Praxis und für die Praxis überhaupt noch, über journalistische Verantwortung nachzudenken und die »Macht und Moral der Medien« zu problematisieren? Müssen wir nicht erst einmal vom Markt reden, vom globalen Medienmarkt, und vom Motor, der diesen Markt in Betrieb hält – von der Technik nämlich, von einer rasant auf uns einstürzenden technologischen Innovationsflut, die den einzelnen Menschen mitsamt seiner Moral oder Unmoral, den Menschen sowohl als Gegenstand medialer Sendungen wie als deren Empfänger und auch als deren Agenten (»Macher«) gleichermaßen überwältigt und auf sich selbst zurückwirft, ihn orientierungslos sich selbst überläßt, also entmündigt?[1] Ich lasse beiseite, ob die Digitalisierung als technologischer Vorgang wirklich dazu führen wird, daß am Ende jeder in seinem Wohnzimmer sein eigener Verleger oder Chefredakteur, sein eigener Programmdirektor und sein eigener Regisseur sein wird – so müßte es ja kommen, wenn die technisch ermöglichte multimediale Interaktivität in einem weltumspannenden Netz zur Wirklichkeit unseres Alltagslebens werden sollte[2]. Eine Welt, in der jeder mit jedem kommuniziert und keiner mehr das Ganze in den Blick bekommt – was soll uns da noch das Gerede von einer auf die Person bezogenen Moral, die ja gerade auf das Verhältnis dieser Person zum überpersönlichen Ganzen verweist?

Nun kann man lange darüber streiten, was die Multimedialität – also die Möglichkeit, daß jeder sich ins Netz einschaltet, als »Sender« wie als »Empfänger«, für unsere Kommunikation bedeutet, also wie sie nicht nur die Struktur, sondern auch die Inhalte der Kommunikation verändern könnte. Um dies zu beurteilen, muß man vielleicht noch genauer fragen, was mit Multimedia gemeint ist. Wenn wir darunter die Vernetzung und das Zusammenwachsen aller Funktionen der elektronischen Kommunikation, und zwar der Individualkommunikation wie der Massenkommunikation, in einem einzigen Endgerät verstehen, das also zugleich ein PC, ein elektronischer Einkaufs- und Bankschalter, ein Lern- und Spielsystem, ein Fernseher einschließlich elektronischem Videospeicher, ein entsprechend funktionierendes Radio, sowie Bildtelefon und Konferenzschaltung und einiges mehr ist; dann zeigt sich Interaktivität als ein entscheidendes Kennzeichen dieses Multimediums oder Universalmediums. Die technische Voraussetzung dafür bietet der Computer. Er kann alle Daten- und Informationskomplexe, also auch die gesprochene Sprache, das bewegte Bild und die erklingende Musik – in eine unbegrenzte Menge von binären, also von Ja-Nein-Informationen umwandeln (digitalisieren); er kann sie für den Transport über jede beliebige Entfernung hinweg reduzieren und komprimieren, um sie am Empfangsort und im Empfangsgerät in die ursprüngliche, komplette Information zurückzuverwandeln – und das alles quasi in Echtzeit und ohne die Verzerrungen, die die herkömmliche analoge Verbreitung dieser Informationen bei Bild und Ton mit sich bringen kann.

Klatsch und Tratsch im Internet

Das »Internet« gibt ein anschauliches Beispiel. Eli Noam hat auf einem Symposium der Bertelsmann-Stiftung darauf aufmerksam gemacht, welcher Art die Informationen sind, die da von jedermann und jederfrau übers Netz ausgetauscht werden, und welche Rolle dabei »Klatsch und Tratsch« spielen.[3] Gerüchte aller Art werden im Internet aufgegriffen, mit zahllosen eigenen Vermutungen angereichert und wandern zurück in die Massenmedien, wo sie sich in Elemente der öffentlichen Meinung verwandeln. Noam gebraucht hier nicht mehr den Begriff »Infotainment«, der die Vermischung von Information und Unterhaltung bezeichnet; er spricht von »Infofantasy« (Infophantasie): Dichtung und Wahrheit auf zwischenmenschlich vernetzter Ebene. Hier wird das Internet als globaler Stammtisch oder globales Café aufgefaßt; daran läßt sich die besorgte Frage knüpfen, welche Chance die Information im engeren oder strengeren Sinne – die »seriöse Information« und damit die Funktion der Medien, zu Nutz und Frommen der freiheitlichen Demokratie Öffentlichkeit herzustellen – noch hat, ob sie unter dem Klatsch- und Tratsch-Müll noch auffindbar sein wird. Diese Frage hängt zunächst einmal mit der technischen Seite der Entwicklung zusammen, die dazu führt, daß es vor allem einander Unbekannte sind, die im globalen Wirtshaus miteinander kommunizieren und dabei Gerüchte verbreiten und verstärken, die von öffentlicher Bedeutung sind. Denn die menschliche Seite verändert sich dabei zunächst einmal nicht – das Gerücht war schon immer ein bevorzugter Gegenstand der Kommunikation von Leuten, die einander persönlich kennen, so z.B. über das »Internet« des Telefons. Und ein erheblicher Anteil der so ausgetauschten Mitteilungen hat – auch – einen bisweilen hohen Unterhaltungswert.

Deshalb wird der eingeengte Begriff der »seriösen« Information ebenso wie der Begriff der »Öffentlichkeit« noch zu präzisieren sein. Das erscheint um so dringlicher, als ein Prophet der totalen Digitalisierung wie Nicolas Negroponte bereits vom »Postinformationszeitalter« spricht, dessen Beginn »völlig unbemerkt« geblieben sei.[4] Die Grundeinheit des Industriezeitalters (die noch Masse und Gewicht hat) ist für Negroponte das Atom, die des Post-Informationszeitalters sind gewichtlose »Bits«. »Wenn Sie durch den Zoll gehen, geben Sie Ihre Atome an – und nicht Ihre Bits.« Negroponte definiert das Bit als kleinste Einheit des »Informations-DNS«. Das auslaufende Informationszeitalter als Zwischenstadium hat es hingegen noch überwiegend mit Atomen zu tun: »Obwohl wir unzweifelhaft im Informationszeitalter leben, werden uns die meisten Informationen in Form von Atomen übermittelt – als Zeitungen, Zeitschriften und Bücher... Selbst wenn sich unsere Wirtschaft immer weiter zu einer Informationsindustrie entwickelt, denken wir bei der Berechnung unserer Umsätze und dem Schreiben unserer Bilanzen immer in Atomen.«[5]

Negroponte sieht das Informationszeitalter deshalb als ein Zwischenstadium an, weil der Transport und die Verbreitung von Information nach wie vor mit einem hohen, im doppelten Sinne materiellen Aufwand verbunden sind. Damit ist das Weltinformationssystem vom Ideal der Datenautobahn mit dem durch weltweite Vernetzung ermöglichten Austausch gewichtloser Bits noch deutlich entfernt. In diesem Stadium verkleinern sich die Medien zwar (z.B. in Gestalt von Sparten- und Nischenprogrammen), doch zum anderen vergrößern sie sich auch (das Fernsehen vergrößert seine Reichweite). Es geht aber auch bei kleinen Sparten- und Nischenprogrammen nach wie vor um demographische, statistisch erfaßbare Zielgruppen. Dagegen hat man es im Postinformationszeitalter »häufig mit einem Einzelpersonenpublikum zu tun. Alles kann speziell angefordert werden, wodurch Informationen einen sehr persönlichen Charakter erhalten«. Denn: »In der Digitalzeit bin ich ich selbst und kein statistischer Datensatz. Die Informationen und Ereignisse, die zu meinem Selbst als Person gehören, haben größtenteils keine demographische oder statistische Bedeutung. Wo meine Schwiegermutter wohnt..., ist für statistische Berechnungsgrundlagen, mit deren Hilfe geeignete Angebote für das Zielgruppenfernsehen zusammengestellt werden, vollkommen uninteressant.«[6] Das Postinformationszeitalter als eine unendliche, demographische Erhebung oder als hochspezialisiertes Zielgruppenfernsehen anzusehen, findet Negroponte unsinnig.

Was Negroponte darlegt, ist eigentlich, daß der Computer als Vehikel der Individualkommunikation auch die Funktion des individuellen Gedächtnisses übernimmt – er weiß und erinnert daran, wann im Kühlschrank das Bier ausgeht und wo die richtige Biersorte morgen im Angebot ist, oder wann das Auto neue Reifen braucht und wo die nächste Werkstatt liegt. Ob mit dieser Individualisierung der Information (die eigentlich eine technisch bedingte Re-Individualisierung wäre) das Informationszeitalter tatsächlich endet oder erst richtig beginnt, erscheint freilich als Definitionsfrage. Was Information eigentlich ist, läßt Negroponte offen. Seine digitale Welt ist übrigens eine schöne neue Welt. Er räumt zwar ein: »Bits lassen sich nicht essen« und »Rechner besitzen keine Moral«. Doch er mißt dem Digitalzeitalter positive Qualitäten zu: Dezentralisierung, Globalisierung, Harmonisierung und Befähigung zum Handeln.[7] Hier liegt also der seltene Fall einer optimistischen Kulturkritik vor, die sich an das Ende des Informationszeitalters knüpft, wobei der Begriff der Information – wie ich meine unzulässigerweise – auf die Informationsverbreitung durch Massenmedien beschränkt wird. Neben dieser begrifflichen Unschärfe scheint es auch in der Sache völlig offen zu sein, ob wir die Ablösung der massenmedialen durch hochtechnisierte Individualkommunikation wirklich erleben werden, oder ob wir für einen längeren Zeitraum mit einer Mischung von beidem zu rechnen haben.

Digitales Nirwana oder Großer Bruder?

Die skeptische Position wird repräsentativ von Bernd Guggenberger vertreten, der das »digitale Nirwana« heraufziehen sieht. Er beschreibt den Wandel »von der Raum- zur Zeitordnung«,[8] dem die Computergeneration sich ausliefert – räumlich fest zu verortende Bindungen werden irrelevant zugunsten einer globalen Zeitgenossenschaft. Aus dem sich steigernden Innovationstempo folgt: »Die zu verarbeitende Welt wird immer größer, weil die Welt für uns immer kleiner wird. Es geschieht zu viel gleichzeitig, die Bilder und Szenen, welche unsere Aufmerksamkeit absorbieren, wechseln zu schnell, als daß das Ding, das Ereignis, die einzelne Nachricht dauerhaft Gültigkeit für uns zu bewahren vermöchte.«[9] Doch war das je die Funktion der einzelnen Nachricht, oder lag das dauerhaft Gültige nicht schon immer im Zusammenhang der Information? Bewirkt das wachsende Tempo nur den immer rascheren Zerfall, oder nicht vielmehr zugleich auch den Aufbau neuer Zusammenhänge – so daß die zentrale Frage eigentlich heißt, ob und wie lange wir Schritt halten können, wenn uns der Computer zugleich be- und entlastet.

So befindet auch Guggenberger: »Die schiere Masse der Information besagt gar nichts über die Qualität des Öffentlichen, nichts über den Zustand der öffentlichen Urteilskraft.«[10] Er erteilt den Propagandisten der globalen demokratischen »Dorfplatz-Utopie« eine Absage mit dem Hinweis auf strukturelle Grenzen der Netzdemokratie.[11] »Ob wir paarweise oder als Großgruppe im Netz kommunizieren, wir ändern nichts an der grundlegenden Restriktion, daß immer nur einer ›reden‹ kann, während der andere oder die anderen zuhören: und auch nichts daran, daß mit der Vergrößerung des Kreises der Beteiligten auch die Möglichkeit einer Symmetrie im Reden und Zuhören immer utopischer wird. Das aber war schon zu Sokrates' und Perikles' Zeiten auf der Athener Agora nicht anders.«[12] Insgesamt überwiegen die (kultur-)kritischen Stimmen bei weitem. Der »Orientierungsverlust im digitalen Mediengeflecht«[13] erschwert, so die verbreitete Sorge, die Orientierung in einer sich differenzierenden (»segmentierenden«) und individualisierenden Gesellschaft, die den Individuen anscheinend immer mehr Möglichkeiten der »Selbstverwirklichung«, immer unterschiedlichere »Lebensstile« anbietet, aber damit auch den immer stärkeren Zwang zu individueller Entscheidung erzeugt und sie damit überfordert.

Gegenwärtig wird der kritische Blick auf die gesellschaftlichen und kulturellen Auswirkungen des Übergangs zur Multimedialität besonders auf die Anbieterseite fokussiert: auf weltumspannende neue Verflechtungen und Allianzen von Netzbetreibern, Programmherstellern und Unterhaltungselektronikern. Unvermeidbar erscheint dies aufgrund der technischen Konvergenz, die am Ende die Unterscheidung zwischen Fernseher und Rundfunkgerät, Personal Computer, Konferenzschaltung, (Bild-)Telefon usw. nicht mehr zuläßt. So wird logischerweise jede dieser Funktionen zu einer Teilfunktion von »Multimedia« – wozu also noch künstlich trennen zwischen den beteiligten industriellen und kommerziellen Branchen? Deshalb wird – als Gefahr für die Freiheit des einzelnen Medienkonsumenten – eine Tendenz zu weltweiten Konzentrationsprozessen heraufbeschworen. So wird sich Dieter Stoltes Befürchtung zufolge »der ohnedies scharfe Konkurrenzkampf des Fernsehmarktes im größeren, weit komplexeren Multimedia-Markt akzelerieren und noch weiter verschärfen, so daß sich der ursprüngliche Verdrängungswettbewerb zu einem immer rücksichtsloseren Vernichtungskampf ausprägen wird.«[14]

Um so erfreulicher sind gegenläufige Entwicklungen, die zeigen, daß der Markt oder genauer gesagt die Wirtschaft (beide werden oft fälschlicherweise gleichgesetzt) noch nicht über die Institutionen, denen die Durchsetzung von Ordnungspolitik anvertraut ist, dauerhaft gesiegt hat. Die Entscheidung der EU-Kommission in Brüssel vom 27. Mai 1998, den digitalen Zusammenschluß der Unternehmen Bertelsmann, Kirch und Telekom zu Beta-Research (vulgo »Bertelskirch«) im Interesse einer effektiven Wettbewerbssicherung zu untersagen, ist ein wichtiges Indiz dafür. Trotz kräftiger Intervention durch die Regierung Kohl blieb Brüssel konsequent, was die Frankfurter Allgemeine Zeitung zu dem Kommentar veranlaßte: »In Bonn aber wird sich mancher fragen lassen müssen, ob das Bekenntnis zum Wettbewerb nur dann gilt, wenn es die eigenen Freunde nicht trifft.«[15]

Eines ist trotz mancher gängigen Ängste wohl nicht zu befürchten: Daß die mit der Multimedialität und Interaktivität angeblich einhergehende völlige Atomisierung jeder Kommunikation (also eigentlich das Ende der Massenmedien und damit auch das Ende von Öffentlichkeit im klassischen Verständnis) mit Verspätung die Tür zu Orwells »1984« öffnen könnte.[16] Der »große Bruder« – sein Werkzeug war z.B. der Volksempfänger im Dritten Reich, also das totalitäre Monopol. Die weltweit ausdifferenzierte Vernetzung erschwert zwar jede Kontrolle, also auch den Schutz vor hier oder dort eingespeister totalitärer Propaganda, doch gibt sie andererseits dieser Propaganda selbst im Wettbewerb ungezählter Botschaften keine große Chance. Ob es zur völligen Atomisierung kommt, kann freilich niemand wissen. Ich halte es für eher unwahrscheinlich; denn je stärker die Interaktivität sich auswirkt, desto stärker dürften sich auch korrigierende Bedürfnisse ausprägen – das Bedürfnis nach Orientierung vor allem. Und dieses Bedürfnis wird weiterhin durch Publizistik befriedigt, von Journalisten und von Redaktionen. Wie spezialisiert sie auch sein mögen, die Grundfrage nach dem richtigen und falschen, guten oder schlechten, wahrhaftigen oder manipulativen Journalismus wird davon nicht aufgehoben. Die »Medienwelt bleibt Menschenwerk«, so hat es Albert Scharf ausgedrückt.[17]

Anmerkungen

1 Unabhängig davon droht eine im Zuge der Globalisierungs-Debatte immer stärker akzentuierte – zum Teil von der EU-Kommission in Brüssel gestützte – ausschließlich wirtschaftsorientierte Tendenz auch in der Medienpolitik ethische Fragestellungen völlig an den Rand zu drängen. Eine Gegenposition vertreten die Kirchen: »Besonders im Bereich der Medien und der Kommunikation kann das Prinzip des Eigennutzes wegen ihrer individuellen und sozialen Bedeutung nicht uneingeschränkt gelten« (zitiert aus »Chancen und Risiken der Mediengesellschaft«, Gemeinsame Erklärung der Deutschen Bischofskonferenz und des Rates der Evangelischen Kirche in Deutschland, Bonn 1997, S. 44)

2 vgl. Peter Voß: Wer braucht den öffentlich-rechtlichen Rundfunk und wie lange noch?, in: Peter Oberender (Hrsg.): Herausforderung Medien: Zwischen Freiheit und Zwang, Berlin 1997, sowie Peter Voß: Multimedialität als Angebot zur Interaktivität, in: Zur Ohnmacht verdammt? Der Staat in der Informationsgesellschaft. Ettersburger Gespräche, Weimar 1998, S. 60

3 Eli M. Noam: Professor für Finanz- und Wirtschaftspolitik am Institut für Teleinformation der Columbia Business School in New York; mündlicher Vortrag im Rahmen der Veranstaltung »Aufgaben des dualen Rundfunksystems« – Internationales Symposium der Bertelsmann-Stiftung am 5. Februar 1998 in Gütersloh

4 Nicolas Negroponte: Total digital, München 1995, S. 201

5 ebd., S. 19

6 ebd., S. 202

7 ebd., S. 277. Die Dezentralisierung beruht Negroponte zufolge darauf, daß vermehrt PCs die Funktionen von Großrechnern übernehmen. Das bedingt die Dekonzentration der Intelligenz. Die Globalisierung durch weltweite Verwertung höhlt den Nationalstaat aus und treibt die Vereinheitlichung der Weltwirtschaft voran. Die harmonisierende Wirkung erwartet Negroponte vom vernetzungsbedingt stärkeren Zwang zur Zusammenarbeit, z.B. von Disziplinen und Unternehmen, die sich bisher Konkurrenz machen. Und die Befähigung zum Handeln soll uns aus größerer Mobilität und Flexibilität durch den Zugriff auf alle global verfügbaren Informationsquellen erwachsen.

8 Bernd Guggenberger: Das digitale Nirwana, Hamburg 1997, S. 17 ff.

9 ebd., S. 53

10 ebd., S. 109

11 ebd., S. 159 ff.

12 ebd, S. 161

13 dazu Bernd Seidl: Verlorenes Selbst? Medien, Orientierung, Identität, in: Ethik und Identität, Festschrift für Gerfried W. Hunold, Tübingen/Basel 1998, S. 220 ff.

14 Dieter Stolte: Bleibt Fernsehen Fernsehen? ZDF-Schriftenreihe Heft 52, Mainz 1997, S. 16

15 »Für den Wettbewerb«, in: Frankfurter Allgemeine Zeitung vom 28. Mai 1998, S. 1

16 vgl. George Orwell: 1984, Berlin 1996

17 Albert Scharf: »Medienwelt – Menschenwerk«, Vortrag anläßlich der Verleihung der Komturwürde des Gregorius-Ordens an Hermann Fünfgeld, Stuttgart, 14. Januar 1998 (unveröffentlicht)

III. »Informationsmüll« – verschwindet die Bildung?

Die Wissensexplosion

Gleichwohl stellt sich die Frage nach der Mündigkeit des Einzelnen, die eine engagierte Zivilisationskritik von der Multimedialität bedroht sieht – die Humanitas wird angeblich vom Informationsmüll verschüttet, die Mündigkeit der Bürger von der Wissensflut ertränkt. Wenn Aufklärung, um noch einmal Kant zu bemühen, der Ausgang des Menschen aus selbstverschuldeter Unmündigkeit ist, dann wäre Multimedialität in dieser Sicht ein Stück, nein ein riesiger Brocken neuer selbstverschuldeter Unmündigkeit – die Spätfolgen der Aufklärung zertrümmern die Aufklärung selbst. Dieser Problemkomplex läßt sich freilich nur behandeln, wenn man dem bloß funktionalen »Wissen« einen Wert gegenüberstellt, der etwas aus der Mode gekommen ist, obwohl er sogar ganz offiziell zur – verfassungsgerichtlich garantierten – medialen Grundversorgung gehört: die Bildung.[1]

Im postmodernen und multimedialen Zeitalter überhaupt noch von Bildung zu reden, erscheint freilich als Wagnis – als eine wenn nicht hinterwäldlerische, dann hinterweltlerische Verwegenheit, weil der Wind des Zeitgeistes den klassischen Bildungsbegriff angeblich längst verweht hat.[2] Bildung ist schon lange nicht mehr »in«. Das hat nicht nur damit zu tun, daß der Bildungsbürger des neunzehnten Jahrhunderts nach landläufiger Meinung in den Unwettern des zwanzigsten Schiffbruch erlitten hat. Zwar zählt es zur gängigen Meinungsmünze unserer Zeit, daß die Demokratie den »mündigen Bürger« voraussetzt, dessen Mündigkeit doch auch das Produkt einer irgendwie gearteten Bildung sein muß. Ja, aber doch einer ganz anderen, wird uns von jedermann und jederfrau entgegengehalten, nämlich einer politischen, kritischen, emanzipatorischen Bildung, die ihn/sie in die Lage versetzt, den Mächtigen auf die Finger zu sehen, den Medien und ihren Verführungen ebenso zu widerstehen wie den Lockungen und Zwängen der Konsumwelt, und schließlich diese kritische Potenz einzusetzen, um überall dort, wo er/sie über Möglichkeiten der Mitbestimmung verfügt – möglichst nicht nur als Wähler/in – das gesellschaftlich Richtige, z.B. »politisch Korrekte«, zu tun und durchzusetzen.

Was aber ist das Richtige, wie ist es zu erkennen? Heißt »mündig« nur »kritikfähig« oder heißt es nicht zunächst einmal »orientierungsfähig«, und als Voraussetzung dafür: »erkenntnisfähig«? Und ist Bildung nicht nur ein anderes Wort für diese mehr oder weniger mühsam erworbene Fähigkeit zur eigenständigen Erkenntnis? Was soll, was muß erkannt werden? Was kann überhaupt noch erkannt werden in einer Zeit explodierenden Wissens? Was kann praktisch noch erkannt werden, wenn wir alle prinzipiellen Einwände, die moderne Erkenntnistheorien gegen unsere Erkenntnisfähigkeit aufbieten, zunächst beiseite lassen? Wobei die »Explosion« als negativ besetzter Ausdruck hier nur eine nicht mehr kontrollierbare, nicht mehr überschaubare Expansion bedeutet. Daß wir unserem Wissen nicht mehr gewachsen sind, ist in der Tat eine Erkenntnis, wenn auch keine ganz neue oder gar originelle.

So beschrieb z.B. Kurt Biedenkopf schon 1977 unter Berufung auf Untersuchungen der OECD die Überlastung gesellschaftlicher Systeme durch die rapide anwachsende Vermehrung des dokumentierten Wissens und erteilte der Hoffnung, die gigantische Aufgabe der Beherrschung und Nutzbarmachung dieser Information sei allein mit Hilfe von Computern zu meistern, eine Absage: »Das Sichten, Auswählen und Verwerten dessen, was elektronisch gespeichert und wieder abgerufen werden soll, wird immer eine Ermessensentscheidung, eine Wertung und damit Sache des Menschen sein. Wir sind deshalb gezwungen, die Gesellschaft und ihre Organisation so zu strukturieren, daß sie in der Lage bleibt, die Wissenslawine im umfassenden Sinne des Wortes geistig zu bewältigen.«[3] Ob wir mit dieser Aufgabe – die letztlich auf das »Wiedereinfangen« eines längst verselbständigten Fortschritts hinausläuft – seither vorangekommen sind, sei dahingestellt. Sie erscheint in der Tat gigantisch: Schon mit dem exponentiellen Wachstum des Wissens schlägt die Quantität um in eine – unter dem Gesichtspunkt der Beherrschbarkeit negative – Qualität. Doch geht es dabei ja nicht um irgendein beliebiges Wissen. Es geht auch nicht nur um das Wissen, das über die Beherrschung der Natur dazu geführt hat, daß die Menschheit seit einigen Jahrzehnten erstmals in der Lage ist, sich selbst auszulöschen, durch Atombomben und andere Massenvernichtungsmittel ebenso wie durch die Zerstörung der natürlichen Lebensgrundlagen. Denn die nächste Existenzfrage ist schon gestellt: Führt unser angewandtes Wissen am Ende dazu, daß der Mensch sich selbst aufs Spiel setzt oder bis zur Unkenntlichkeit deformiert? Der Streit um die Gentechnik, der mit der Leidenschaft eines Glaubenskampfes geführt wird, zeigt exemplarisch das Menschheitsdilemma auf.

Das Pro und Contra jeweils nüchtern abzuwägen, ist für sich genommen schon schwer genug. Unter den Vorzeichen technokratischer oder technophobischer Fundamentalismen wird es unmöglich. Wenn wir aber den Weg des besonnenen, maßvollen Abwägens nicht finden, werden wir, so steht zu fürchten, keines unserer existentiellen Probleme lösen können. Wir werden dann weder die Marktwirtschaft ökologisch bändigen noch die Welt – und die Umwelt – marktwirtschaftlich entwickeln oder schützen. Wir werden dann den Sozialstaat weder auf das Maß seiner Finanzierbarkeit zurückführen noch mit einer klaren Systematik neu begründen. Wir werden dann Europa nicht zusammenfügen und eine Neue Weltordnung, die den Weltfrieden sichert, schon gar nicht. Tragen die

Massenmedien heute zur Versachlichung dieser Streitfragen bei, helfen sie uns, gerade in existentiellen Fragen »den Kopf nicht zu verlieren«, oder eskalieren sie Dramatik und Emotion bis zur Hysterie? Und hängt die Antwort darauf wesentlich von anonymen Faktoren ab, also vom »System » der Medien oder – auch – von persönlichen, also z.B. von der Qualifikation der »Macher«, also von ihrer Bildung und Ausbildung? Daraus ergäben sich dann Fragen an unser Bildungssystem wie auch an den Bildungsauftrag der Medien.

Akzeleration – der Stil der Epoche

Daß unsere Zeit kein verbindliches Bildungsideal hat, ist eine Gewißheit, die längst so selbstverständlich geworden ist, daß sie weder beklagt noch gar als provozierend empfunden wird. Damit korrespondiert ein anderer Befund: unsere Zeit habe keinen Stil ausgeprägt. In der Tat: Postmoderne besagt zunächst einmal nur, daß die Moderne irgendwie vorbei ist, und der Ruf nach einer Zweiten Moderne bringt zunächst nur das Ungenügen an dieser Situation zum Ausdruck. Daß alles technisch verfügbar geworden ist, ist ein Kennzeichen dieser Nachmoderne, daß alles informationell vernetzt wird, eben in Form der aufkommenden Multimedialität, ein anderes. Bezeichnend aber scheint mir in der Tat die exponentielle Beschleunigung aller technisch und informationell bedingten Prozesse zu sein: Die Akzeleration erscheint als der Stil der Epoche. Diese Akzeleration stößt nur dann und nur dort auf Grenzen, wenn und wo sie die Menschen zu überfordern beginnt. Ein PC zum Beispiel, der immer schneller immer mehr kann, wird nicht gekauft, wenn der Einzelne ihn nicht mehr nutzen kann, um sich spürbar zu entlasten. Die Grenze scheint auf vielen Feldern noch nicht erreicht zu sein, doch erscheint die Beschleunigung vielen bereits als schwindelerregend – und in ihr das Gleichgewicht zu wahren als die eigentliche Aufgabe.

Die Digitalisierung von Medien und Wissenschaft, die »Zerebralisierung« der Welt,[4] deren Motor und Sinnbild der Computer ist, stellt eine Herausforderung dar, die paradoxerweise unsere geistigen Kräfte zu überfordern scheint. Doch ist das so neu? Kant wird der Satz zugeschrieben, daß die Notwendigkeit des Entscheidens die Möglichkeiten des Wissens stets überschreitet.[5] Das Bildungsideal, das die Gebrüder Humboldt noch verkörperten, und das letztlich darin bestand, alles Wissenswerte zu wissen und alles Gewußte zu verstehen, um daran – aber nicht nur daran – die eigene Persönlichkeit zu bilden, ermöglicht im Prinzip ja beides: naturwissenschaftlich-technischen Fortschritt und dessen geistige und moralische Bändigung. Also das umfassende Wissen wie auch die Reflexion und Beherrschung seiner Folgen. Heute konstatieren wir, daß uns die Folgen des explodierenden Wissens aus der Hand gleiten und über den Kopf wachsen. Wir wissen dabei mehr denn je – aber eben wir, als Kollektiv, mit unseren künstlichen, nämlich technischen Gedächtnissen, nicht mehr der Einzelne, nicht mehr das Ich.

Das Neue daran ist durchaus nicht, daß dieser Prozeß schicksalhaft »über uns kommt«, also gesellschaftlich nicht zu steuern oder gar aufzuhalten ist. Das galt und gilt gewissermaßen für die Geschichte schlechthin. Ein paar Weichen können gestellt, die Strömung kann hier oder da kanalisiert werden – aufzuhalten ist sie nicht, und wohin sie uns trägt, ist nicht absehbar, mögen noch so viele Institute und Konferenzen sich mit prognostischen Hochrechnungen befassen. Spekulationen über die Machbarkeit oder wenigstens Kontrollierbarkeit der Geschichte infolge der Evolution der Technik finden keine Stütze in der globalen Wirklichkeit, ihr utopischer Charakter ist offenkundig. Eher muß man wohl einräumen, daß Naturwissenschaft und Technik in ihrer Wechselwirkung selbst zum geschichtsbestimmenden Faktor geworden sind, wobei die Informations- und Kommunikationstechnik eine Hauptrolle spielt. Die Politik, so scheint es, folgt der Wirtschaft, die Wirtschaft der Technik als dem entscheidenden Wettbewerbsfaktor: wer sein Kapital in die richtige Technik steckt, hat die Nase vorn. Die Technik – nicht mehr die Politik – ist unser Schicksal – ließe sich zugespitzt feststellen, was allerdings nicht besagt, daß die Politik bedeutungslos wird, wohl aber, daß die Technik ihr zunehmend den Rahmen setzt (und nicht umgekehrt).

Hat es da noch Sinn, sich gegen die Auflösung des »bürgerlichen« Menschenbildes und Persönlichkeitsideals wehren zu wollen? Dieses Ideal hat bekanntlich zwei Seiten: Zum einen soll in der Persönlichkeit, dem »höchsten Glück der Erdenkinder« (Goethe[6]), die Synthese von »Natur« und »Kultur« individuell verwirklicht (und so die Persönlichkeit gebildet) werden. Und deshalb soll zum anderen die Individualität dieser Persönlichkeit nicht Ausdruck subjektiver Beliebigkeit sein, sondern durch die Übereinstimmung der persönlichen Lebensführung mit den überindividuell gültigen Werten und Normen gleichsam objektiviert (und gesellschaftlich legitimiert) werden, also ihre gesellschaftlich anerkannte Identität gewinnen. Das Attribut »bürgerlich«, das so gern diskriminierend verwendet wird, besagt hier allerdings nur, daß dieses Ideal vom »Bürgertum« hervorgebracht und hochgehalten wurde, nicht aber, daß es ans Bürgertum als sein historisch-soziales »Substrat« gebunden wäre und schon deshalb heute weder Dasein noch Daseinsberechtigung hätte. Ideen, Entdeckungen und Erfindungen werden ja nicht schon dadurch hinfällig, daß ihre ursprüngliche gesellschaftliche Voraussetzung nicht mehr da ist – so wie eben auch das »bürgerliche« Erfolgsstreben nicht mit dem alten Bürgertum verschwunden ist, sondern an der Schwelle zum 21. Jahrhundert allerorten und in allen Schichten postbürgerliche Triumphe feiert.

Überhaupt wird gern übersehen, daß die einstigen Attribute des Bürgers – Bildung und Besitz – nach wie vor gelten, wenn auch in abgeschliffener, geglätteter Form: Besitz tritt als Kaufkraft auf, die nur zum Teil durch ererbte Güter, zunehmend durch clevere Spekulation, vor allem aber als (dem Grunde nach leistungsorientiertes) Einkommen gesichert wird, das (vom Urlaub an südlichen Sonnenstränden bis zum vorzeigbaren Auto) nach wie vor breite Schichten mit dem Komfort und den Statussymbolen ausstattet, die den »lifestyle« der westlichen Welt im ausgehenden 20. Jahrhundert prägen. Und Bildung – wenn auch weithin auf die »elaborierte«, sich u.a. in sprachlicher Kompetenz ausdrückende »Intelligenz« reduziert, ist ebenfalls nach wie vor ein nützliches und prestigeträchtiges Gut, die Voraussetzung für die einträgliche Karriere und den Respekt der Mitmenschen. (Wer jemanden nachhaltig kränken möchte, muß ihn tunlichst nicht etwa als bösartig oder sonstwie moralisch defizient, sondern als geistig unterbelichtet abqualifizieren).

Ist also der Bürger, der scheinbar nur als polemischer Begriff überlebt hat (mit all der Verachtung, die dem »Bourgeois« wie auch dem »Kleinbürger« zuteil wird), wirklich untergegangen oder hat er sich nur unbemerkbar gemacht, weil er sich durchgesetzt hat? Die »nivellierte Mittelstandsgesellschaft » (Helmut Schelsky[7]) mag eine Fiktion (weil niemals nivelliert) gewesen sein – gleichwohl sind es eher bürgerliche Wertungen, Haltungen und Erwartungen (und nicht etwa proletarische oder aristokratische), die seit den fünfziger Jahren das soziale Leben kennzeichnen. (Das »Godesberg« der Arbeiterpartei SPD mußte dieser Entwicklung folgen, weil die Partei nur so eine Massenpartei bleiben konnte.[8]) Die beliebte Unterscheidung zwischen dem citoyen und dem bourgeois (also zwischen dem Staatsbürger und dem Wirtschaftsbürger im weitesten Sinne) ändert nichts an diesem Befund, sie ist eher Ausdruck einer Verlegenheit: Während der Wirtschaftsbürger, soweit er nicht zum »Sozialfall« wird, weiter fröhlich vor sich hin konsumiert, bleibt der (»engagierte«) Staatsbürger ein Desiderat unserer vielbeschworenen »politischen Kultur«. Unser spätmodernes Dilemma scheint jedenfalls darin zu liegen, daß die sich beschleunigende Entfaltung von Wissen und Technik zugleich immer mehr und immer weniger »bürgerliche« Individualität ermöglicht. Die Person kann sich leichter von Autoritäten, Institutionen und Bindungen emanzipieren und verliert anscheinend zugleich an Bedeutung und Gewicht. Doch wer oder was könnte an ihre Stelle treten?

Der Einzelne – machtlos, aber unentbehrlich?

Kommt es denn nicht auf den Einzelnen am Ende immer noch an? Kann er, der (realiter und virtuell) weitgereiste und weltgewandte Surfer auf allen Wellen sich ins Reservat einer neuen »Äußerlichkeit« (nach der alten Innerlichkeit) zurückziehen? Damit, so scheint es, »kommt er nicht durch« im postmodernen Existenzkampf, der ihm die immer raschere Anpassung an immer neue »Herausforderungen« abverlangt, die nur durch »life long learning« zu meistern sind. Er muß lernen, Schneisen durch den Dschungel des Gewußten zu schlagen. Er muß die Übersicht haben und den Durchblick. Nicht auf die Überfülle des Gewußten, sondern auf die Verläßlichkeit der Methode kommt es für ihn an. Er muß sich – nicht nur als »Entscheidungsträger« – auf allen Feldern wenigstens so weit auskennen, daß er sich – und womöglich auch andere – orientieren kann. Er muß dazu von den Spezialisten einfordern, daß sie ihre Problemstellungen so weit vereinfachen, ohne die Proportionen zu verzerren, daß er auch als Nichtspezialist die Optionen, Chancen und Risiken erkennen und bewerten kann. Dazu muß er, soweit er selbst Spezialist ist, sein Metier beherrschen, ohne sich darin zu verlieren. Kurz – er muß wie eh und je prüfen, abwägen und (sich) am Ende entscheiden, und sei es nur, um in der Wahlkabine nach bestem Wissen und Gewissen sein Kreuzchen zu machen. Er muß sein Feld bestellen und in jede Richtung darüber hinausblicken. Kurzum: er muß gebildet sein, und zwar auf eine Weise, die dem altmodisch anmutenden klassischen Bildungsideal möglicherweise näher ist, als wir Halbgebildeten der Postmoderne uns üblicherweise träumen lassen. Denn dieses Mündigkeits- und Bildungsideal erscheint erst aus einer späteren Sicht als Rückzug in die Innerlichkeit politisch naiv; es war ganz im Gegenteil von vornherein weder unpolitisch noch gar antipolitisch, es war nicht die Einkapselung im Elfenbeinturm, auch wenn es von einigen Generationen deutscher Professoren und Oberlehrer so verstanden und weitergegeben worden sein mag.

Man wird dem »postmodernen« Mündigkeitsproblem nicht näherkommen können ohne Rückgriff auf die Urheber dieses Kanons – Wilhelm von Humboldt mit seinem heute wie künftig notwendigen Versuch, die Grenzen der Wirksamkeit des Staates zu bestimmen,[9] (was voraussetzt, daß man an der Notwendigkeit dieser Wirksamkeit festhält – nicht gegen die, sondern wegen der Unaufhaltsamkeit einer Globalisierung, die den Staat als Garanten der Möglichkeit von Mündigkeit und Bildung und damit als Instanz über den »Sachzwängen« unersetzbar macht.) Oder auf Friedrich Schillers philosophische Schriften, in denen das Verhängnis des Spezialistentums deutlich erkannt und das Pathos der Entfremdung lebhaft gefühlt, ja erlitten wird – so wie, auf ganz andere Weise, dann auch vom einsamen Hölderlin.[10] Aber, ließe sich einwerfen, ist heute, postmarxistisch und postmodern, nicht doch alles ganz anders? Ist nicht erst heute die Überspezialisierung, verbunden mit einer unüberschaubaren Überproduktion von Wissensbeständen, in einem Maße global entfaltet und wirksam geworden, wie es die prophetischen Genies des 19. Jahrhunderts ahnen mochten, aber nicht wissen konnten? Ist nicht die Beschwörung der alten Bildungsidee etwa so gut wie das Rezept, Flugzeug, Bahn und Auto abzuschaffen und sich wieder auf die eigenen gesunden Glieder zu verlassen? Umgekehrt wird mehr als ein Wanderschuh draus: Können wir denn auf unsere Glieder verzichten, weil wir die Technik haben? Sollen wir unser Augenlicht verachten, weil es schwach ist im Vergleich zum Super-Instrumentarium der Physiker und Astronomen? So etwa wird ja argumentiert, wenn es um unser Eigenstes, Unteilbares geht: das Individuum und seine Bildung. Sie bleibt, allen Abwertungs- und Umwertungsversuchen zum Trotz, die Voraussetzung seiner Freiheit; die Bildungsfrage ist die Frage nach der Möglichkeit von gesellschaftlich verbürgter und individuell gelebter Freiheit und damit von persönlicher Mündigkeit unter radikal veränderten Bedingungen.

Was wir heute brauchen, in der sich elektronisch entfaltenden Postmoderne, scheint in der Tat ein neuer Anlauf zu sein, ein zweiter Entwurf der Aufklärung und ihres Bildungsideals. Man kann auch mit Heinrich Klotz sagen: eine zweite Moderne, die die Ziele der ersten Moderne, wenn sie denn vom Zeitgeist »postmodern« überholt sein sollte, unter den veränderten Bedingungen der »Informationsgesellschaft« wieder aufgreift, wenn man bereit ist, den Begriff der »Moderne« nicht auf Ästhetik und Kunstgeschichte einzugrenzen.[11] Ein Entwurf somit, der die alten Frontstellungen, der die Eindimensionalität der ersten Aufklärung wie ihrer konservativen oder romantischen Gegenentwürfe überwindet. Sonst folgt auf das Scheitern des naiven Fortschrittsglaubens eine Resignation, die sich den technischen Quantensprüngen unterwirft und sich allenfalls in ohnmächtiger Kritik profiliert. Das führt bestenfalls zur moralisierenden Selbstbefriedigung kulturkritischer Besserwisser. Wir werden mit dem rasanten Wandel der Welt, einschließlich der Medienwelt, nicht fertig werden ohne eine Bildung, die wie der Idealismus den ganzen Menschen meint. Deshalb scheint es notwendig, sich um die Bildung neu zu bemühen. Aber, so mag man dem entgegenhalten, was tun die (öffentlich-rechtlichen) Medien in diesem Kontext? Wo bleiben sie mit ihrem Bildungsauftrag, den sie wie eine Monstranz vor sich hertragen? Wird in Wahrheit nicht das Kulturmedium Rundfunk (inkl. Fernsehen) wiederum mit »Multimedia« bald endgültig an sein Ende gelangt sein?

Zwei scheinbar konträre Sachverhalte, die sich auf die kulturellen und damit gesellschaftlichen Auswirkungen dieser neuen Technologie beziehen, möchte ich aufgreifen und wiederum auf die Mündigkeits- und Bildungsfrage reflektieren. Zum einen, darauf wird häufig hingewiesen, stellen sich alle bisherigen revolutionären oder evolutionären Entwicklungen der modernen Medientechnik seit dem Gutenbergschen Urknall als additiver Fortschritt dar: Es wird etwas hinzugefügt, aber nichts prinzipiell verdrängt. Der Film und das Radio z.B. haben das Theater und das Konzert nicht einfach ersetzt und eliminiert, und das Fernsehen hat die eben genannten Medien ebensowenig verdrängen können, wie die Zeitung unangetastet blieb. Neue Medien und Medientechniken ergänzen die alten. Zum anderen sind die Neuerungen gleichwohl revolutionär, also doch mehr als additiv. Denn sie wirken auf die älteren Medien zurück und verändern sie, sie verändern die Nutzung der Medien durch Menschen und die Art der Beeinflussung von Menschen durch Medien, sie verändern die Lebenswelt des Menschen und damit in gewisser Weise den Menschen selbst. Man muß nicht Anleihen bei prophetischen Köpfen wie Postman oder McLuhan[12] vornehmen, um zu sehen, daß das Ausmaß und das Tempo der jetzt einsetzenden Veränderung den Charakter einer Umwälzung hat und deshalb das Etikett einer Revolution durchaus verdienen könnte – freilich wird es, wenn es so kommen sollte, eine Revolution ohne Revolutionäre sein; denn nicht wir revolutionieren dieser Vision zufolge das uns umgebende mediale System, sondern das System revolutioniert uns.

Surfen auf der Oberfläche: – Technokraten gegen Kulturpessimisten

Es ist eine ambivalente Vision, die mit ihren Verheißungen und ihren Schrecken euphorische Technokraten gegen traurige Kulturpessimisten in Stellung bringt. Denn es gibt nach dieser Vision, wie schon erwähnt, bald nur noch die individualisierte interaktive Information und individuelle Kommunikation, also auf allen Ebenen – von der lokalen bis zur globalen, von der Geschäfts- und Arbeitswelt bis zu Freizeit und Spiel – statt Massenmedien und Öffentlichkeit einen viel intensiveren individuellen Austausch. Es gibt dann angeblich keine Programme mehr (weder Voll- noch Spartenprogramme), und es gibt keine Zeitungen – statt dessen die Überflutung mit Einzelsendungen und Einzeldiensten. Informative Mobilität tritt an die Stelle der physischen. Neue Arbeitsplätze entstehen in Fülle; dazu gehören ganz neue Formen der »Heimarbeit«, und schließlich stehen uns radikale Veränderungen in der Wissenschaft und ihren Anwendungen, z.B. in der Medizin, bevor. Und im Bildungswesen wird der interaktive Fernunterricht zum Regelfall. Und so weiter und so fort. Doch so häufig und so laut wie die Hoffnungsverkünder melden sich die Skeptiker zu Wort. Das Helmut Thoma nachgesagte Diktum, nach 20 Uhr wolle der Mensch doch mit nichts anderem mehr interagieren als mit seinem Kühlschrank, bringt die Skepsis auf den Punkt: Eine völlige Veränderung des Konsumentenverhaltens im engeren Medienbereich setzt eine psychologische Umstellung voraus, von der niemand sagen kann, ob und wie rasch sie eintreten wird.

Werden wir im Zuge der erwarteten Veränderungen nun Autonomie und Mündigkeit des Einzelnen so lange digitalisieren und interaktivieren, bis jede daran orientierte Bildung mit Informationsmüll zugeschüttet und darunter verschwunden ist? Oder wird sie sich interaktiv neu beleben im globalen Dorf?[13] Die kulturpessimistischen Sorgen gründen sich auf zwei weitere technisch bedingte Veränderungen: Zum einen auf die abnehmende Bereitschaft der Zuschauer, sich auf die differenzierte Darstellung komplexer Sachverhalte, wie sie z.B. in der Fernsehdokumentation realisiert wird, geduldig einzulassen. Die in der Tat revolutionäre Erfindung der Fernbedienung hat die Sehgewohnheiten drastisch verändert (mit Auswirkungen auch auf die Printmedien: der Erfolg von »Focus« in der Konkurrenz zum »Spiegel« hat mit vom Zapping bedingter Hinwendung zum Plakativ-Überschaubaren offenkundig zu tun). Zum anderen ermöglicht der Computer die Konstruktion virtueller Realität und damit neue Möglichkeiten der Fälschung: Während der Film mit Jurassic Park und Forrest Gump diese Möglichkeiten souverän in Gebrauch nahm, wirkten die Methoden des Fälschers Michael Born, der unter Mithilfe von Amateurschauspielern mehrere (vor allem kommerzielle) Fernsehredaktionen problemlos täuschen konnte, geradezu altmodisch.[14]

Die Frage ist, ob die neuen Manipulationsmöglichkeiten nicht das Bedürfnis nach publizistischer Autorität und damit die Chancen für glaubwürdige publizistische Instanzen noch verstärken werden. Ich glaube – gegenwärtig ist das eine Glaubensfrage –, daß lebendige Menschen auch im nächsten Jahrtausend mit lebendigen Menschen in der lebendigen Realität kommunizieren wollen, nicht mit virtuellen Phänomenen in einer elektronischen Pseudo-Welt. Und selbst die Utopie, wenn wir sie denn ernst nehmen, hat der Bildung längst wieder die Hintertür geöffnet, während doch der glanzvoll illuminierte Haupteingang nur den Zutritt zum letalen Amüsierbetrieb der elektronischen Weltbühne zu gewähren scheint. Ein Beispiel: Der im Alter von 102 Jahren verstorbene, jahrzehntelang umstrittene Schriftsteller Ernst Jünger (einer unserer großen Provokateure, der – was oft übersehen wird – eigentlich nie auf Seiten der Sieger stand) hat früh den magischen Charakter betont, den die Technik in diesem Jahrhundert gewinnen sollte. In seinem Roman »Eumeswil« beschreibt er ein Instrumentarium, er nennt es das »Luminar«, mit dem der Held des Romans, der in einer fiktiven Stadt in Nordafrika lebt, sich in vergangene Zeiten zurückversetzen oder, anders gesagt, sich diese Zeiten visuell und akustisch vergegenwärtigen kann, und zwar bis hin zu der Möglichkeit des Gespräches mit historischen Personen.[15] Mit anderen Worten – er kann über ein technisches Medium »virtuelle Realität« erzeugen und mit ihr interagieren. Wie oft bei Jünger ist diese Utopie auch Prophetie, er zählt zu denen, die sich bei der geistigen und literarischen Vorwegnahme historischer Umbrüche und ihrer technischen Begleitmusik als außerordentlich weitsichtig erwiesen haben.

1977, als der Roman erschien, sprach man von Multimedia ja noch nicht, von Interaktivität und virtueller Realität ebensowenig. Damals war noch nicht einmal das »Duale System« etabliert, die zweite große Veränderung der Rundfunkstruktur nach der Einführung des Fernsehens. Selbst in einem viel beachteten Buch von Dieter Stolte[16] ist 1992 von dem zu erwartenden technischen Quantensprung, über den Insider schon diskutierten, noch nicht die Rede – kein Wort von Multimedia. Eine Revolution kündigt sich an, doch die Öffentlichkeit scheint noch ahnungslos. Inzwischen sind nicht nur zahllose Medientage und sämtliche Feuilletons voll von der technisch-medialen Umwälzung, die uns im Sinne des Wortes ins Haus steht. Die Vision eines völlig veränderten Medienkonsums ist längst Gemeingut, und die Zukunft hat, im »Internet« zum Beispiel, wieder einmal längst begonnen. Eine rasante Entwicklung, von der sich viele schon überrollt und überfordert fühlen, noch bevor sie überhaupt mit voller Macht eingesetzt hat. (Stolte stellte schon vor Multimedia die Frage, ob das Fernsehen als Kulturmedium überhaupt noch eine Überlebenschance hat: Er spielt auf den Doppelsinn des Begriffs »Markt« an, indem er dessen politisch-kulturelle Bedeutung als »Forum« gegen die kommerzielle des »Marktplatzes« ausspielt – doch da beide Begriffe das Spielfeld des Konkurrenzkampfes um dieselben Zuschauer bezeichnen, ist diese Abgrenzung eher Anspruch als Realität. Der vielbeschworene »Integrationsauftrag« des Rundfunks ist ebenfalls im Begriff des Forums enthalten – eines idealtypischen Modells für das geordnete, argumentative Ausfechten gesellschaftlicher Zielkonflikte, wie es auch der »Diskurs« oder der »Dialog« postuliert. Doch was wird auf Dauer stärker sein: die geordnete Polarität des Dualen Systems oder der mediale Sozialdarwinismus, der durch die Multimedialität noch einmal radikal verschärft werden könnte?)

Schon das »Internet«, wie immer es sich entwickeln mag, bietet dem »Surfer« immerhin auch den globalen Zugang zu universalen Bildungsangeboten. Das Moment des Spielerischen, das dabei zutage tritt, kommt als Positivum hinzu – es schließt die ernsthafte Hinwendung zum Gegenstand durchaus nicht aus, überspielt aber das Krampfhafte und Angestrengte, das zwar nicht mit der Bildungsidee, wohl oder übel aber mit ihrer Realisierung in unseren Bildungsinstitutionen oft verbunden war. Was aber verleiht dem Surfer die Fähigkeit, die Souveränität, sich in diesem und allen noch entstehenden weltumspannenden Netzen zurechtzufinden und zu orientieren, wenn nicht die gute alte neue Bildung? Auch wenn kein Weg daran vorbei führt, daß nicht nur Schulen und Universitäten, sondern auch die Bildungsprogramme der Medien die Möglichkeiten der Digitalisierung nutzen und damit sich selbst grundlegend verändern werden (Bildungsprogramme werden »interaktiv« sein oder sie werden gar nicht sein) – es wird bei den multimedial gestützten Möglichkeiten des lebenslangen Lernens nicht nur um die jeweilige, dem raschen Wandel unterworfene spezialisierte Ausbildung gehen, sondern gerade wegen des kurzfristigen Verfallsdatums jeder Spezialisierung um die Fähigkeit, über das Spezielle hinauszublicken.

Auch die vielbeschworene »Medienkompetenz«, die nun endlich den jungen und den ganz jungen Menschen vermittelt werden soll – was wird sie, was kann sie anderes sein als eine wie auch immer geartete Bildung unter multimedialen Bedingungen? Daß Medienkompetenz eine Kulturtechnik werden müsse wie Lesen, Schreiben, Rechnen, ist ein gängiges Postulat auf den Medienkongressen – doch besteht diese Kompetenz nur darin, den PC handhaben und sich im Internet tummeln zu können? Welche Kompetenz, welche Bildung und welche Medienpädagogik soll es sein, die die neue Mündigkeit garantiert? Das wird strittig bleiben. Kann man, so stellt sich dabei die Grundfrage, die existentiellen Probleme der global vernetzten Menschheit begreifen und Lösungen entwerfen, wenn wir uns in unserer Bildung allein der immer rasanter ablaufenden Aktualität der wissenschaftlich-technischen und der damit korrespondierenden wirtschaftlich-politischen Entwicklungsprozesse ausliefern? Oder bedarf es nicht doch der Rückkoppelung an eine formale und inhaltliche Überlieferung, die auf die Ursprünge der Moderne zurückgreift?

Eine gegenüber der Beliebigkeit des »anything goes« resistenzfördernde Bildung wird ihren Namen nur verdienen, wenn sie gegen die vermeintlich totale Verfügungsgewalt der technischen Systeme über den Menschen und seine Menschlichkeit ihren moralischen Kern bewahrt, überprüft und erneuert. Das freilich führt am Ende zu einer weiteren nachaufklärerischen Frage: Kann dieser moralische Kern standhalten im Großklima der sich aufheizenden technologisch-biologisch-ideologisch-politischen Grundsatzfragen, wenn wir nicht in ihm wiederum den religiösen Kern erkennen und festhalten? Diese Frage soll hier nicht vertieft werden, sie führt zum einen über die Thematik weit hinaus, zum anderen auf den engeren Problembereich von Ethik und Moral zurück, also auf die Verantwortung des Einzelnen für sich selbst und andere. Ob die Möglichkeit von Mündigkeit als Bedingung dieser Verantwortung in den aktuellen Strömungen der einschlägigen Wissenschaften, namentlich der Erkenntnistheorie und der Soziologie, behauptet werden kann, erscheint zweifelhaft.

Denkschulen: Kritische Theorie und kritischer Rationalismus

Daß der Einzelne (auch der einzelne Journalist) das Maß seiner Freiheit überschätzt und das Maß seiner gesellschaftlichen Bedingtheit unterschätzt, ist eine schwer abweisbare Einsicht. Ob nicht auch die umgekehrte Fehleinschätzung vorkommt und, in das ehrwürdige oder modisch geschnittene Ornat der Wissenschaft gewandet, gar nicht so selten auftritt, darf zumindest gegengefragt werden. Kollektivierende Theorien haben bei uns eine große Tradition, auch unter dem

Vorzeichen aufklärerischer Bemühungen. In den sechziger Jahren war es die kritische Theorie der Frankfurter Schule,[17] die – scheinbar – vor den Erfolg der Emanzipation die Notwendigkeit der kollektiven Einordnung in die Neuauflage des Klassenkampfes setzte. Scheinbar – denn die kritische Theorie war von ihrem aufklärerisch-emanzipatorischen Ansatz her der großangelegte Versuch, unter den Bedingungen des »Spätkapitalismus« die Autonomie des Menschen gegen seine nur »instrumentelle Vernunft« und »Verdinglichung« zu verteidigen – freilich vermittels einer Dialektik, die in der Praxis der »Neuen Linken« doch nur zu kollektivistischen Antworten auf die kapitalistische Herausforderung führte.

Was bei Theodor W. Adorno und Max Horkheimer[18] als Kritik an Kulturindustrie und Kulturkonsum mit großem intellektuellem Aufwand formuliert wurde, führte in der Folge, ganz gegen die Intention der Urheber, zu einer kulturkritischen Verzweiflung am Fortschritt, die dem konservativ akzentuierten Kulturpessimismus zum Verwechseln ähnlich war und sich schließlich in unkontrolliertem Aktionismus gegen die Institutionen der liberalen Demokratie entlud. Adorno selbst hätte die ihm hier nachgesagte Affinität leidenschaftlich bestritten; er stempelte die konservative Kulturkritik als unaufrichtig ab: »Dem Kulturkritiker paßt die Kultur nicht, der einzig er das Unbehagen an ihr verdankt. Er redet, als verträge er sei's ungeschmälerte Natur, sei's einen höheren geschichtlichen Zustand, und ist doch notwendig vom gleichen Wesen wie das, worüber er sich erhaben dünkt.«[19] Doch hinter Adornos und Horkheimers dialektischer Aufklärung, ob sie sich nun kulturkritisch, wissenschaftskritisch oder gesellschaftskritisch artikuliert, steckt eine gesellschaftliche Utopie, die nur dann einen Sinn hat, wenn sie das alte (bürgerliche) Persönlichkeitsideal voraussetzt – auch wenn sich dieses Ideal in der Industrie- und Konsumgesellschaft nicht unmittelbar realisieren läßt.

Es geht stets gegen die bloße Reproduktion und Affirmation des Bestehenden, dem allenfalls eine partielle Rationalität im Rahmen einer irrationalen Gesamtgesellschaft zugebilligt und dem das Desiderat einer ihrer selbst mächtigen, also im Ganzen vernünftigen Gesellschaft entgegengesetzt wird, die dann natürlich die autonome, vernünftige Persönlichkeit hervorbringen soll. Darin, daß Persönlichkeiten wie Adorno, der sich als Emigrant in den USA an der Erforschung der »autoritären Persönlichkeit« beteiligt und das antiautoritäre Denken in Deutschland damit vorbereitet hatte, für eine Entwicklung in der Studentenschaft Pate standen, die unter linkem Vorzeichen bald wieder autoritäre Züge annahm, liegt eine besondere Ironie unserer Nachkriegsgeschichte. Herbert Marcuse, der mit dem Begriff der »repressiven Toleranz«[20] die Liberalität der liberalen Demokratie als Illusion zu entlarven suchte, verschärfte die Tonlage, bis schließlich ein neues akademisches Rabaukentum den Ton angab, der den wahren Fortschritt entfesseln sollte. Es wäre des Schweißes von Historikern und Soziologen wert, genauer herauszufinden, wie es möglich war, daß aus der sich zunächst als Freiheitsbewegung artikulierenden »Außerparlamentarischen Opposition« (APO) so rasch eine irrational motivierte Bewegung wurde, die mit handgreiflichen Attacken auf die Freiheit der akademischen Lehre (und Lehrer) sowie scheinbar harmloser »Gewalt gegen Sachen« die Staatsgewalt zu repressiven Antworten provozieren wollte, was ihr zum Teil auch gelang.

Ich erinnere mich aus meiner Studentenzeit in Göttingen, wie handgreiflich repressiv die neue Linke dann der repressiven Toleranz zu Leibe rückte. Gerade reformorientierte (»scheißliberale«) Hochschullehrer wurden des öfteren im Wortsinne vom Katheder vertrieben. Spannend bleibt die Frage, wie es die Wortführer zunächst überhaupt schafften, Minderheiten zu mobilisieren und Mehrheiten zu neutralisieren. (Karl Otto Hondrich hat die in solchen Fällen wirksamen Mechanismen der Macht im Wechselspiel mit Werthaltungen und Interessen am aktuellen Beispiel des Boykotts von Lehrveranstaltungen an der Universität Frankfurt im November/Dezember 1997 anschaulich aufgezeigt.[21]) In den Denkzirkeln des »Sozialistischen Deutschen Studentenbundes« (SDS) wurde – zunächst differenziert und durchaus elitär – vorgedacht, was dann doch wieder zur Abwertung des Einzelnen führte: Parteilichkeit als Kriterium der Wahrheit ordnete den Verzicht auf die Eigenständigkeit des persönlichen Denkens an.[22] So mutierte die Studentenrevolte rasch von einer Befreiungsbewegung zum autoritär geführten Revoluzzertum. Das hing vermutlich auch mit der Situation der Studenten als eher passiven Rezipienten von Lehrstoff in einem Lebensalter, in dem Physis und Psyche auf Aktivität gerichtet sind, sowie mit dem vergangenheitskritisch akzentuierten Generationenkonflikt möglicherweise enger zusammen als mit dem entfremdeten Leben der Werktätigen außerhalb der akademischen Welt, mit denen die erhoffte Solidarisierung nicht einmal ansatzweise gelang.

Die daraus entstehende Enttäuschung radikalisierte eine Minderheit bis zum Terror, während sie die Mehrheit zum überaus erfolgreichen Marsch durch die Institutionen und damit auch in die Medien motivierte, wo nicht wenige nach langem Wechselbad zwischen Gesinnungstreue und Anpassungsbereitschaft bis heute ausharren. »Veränderung« (und das »Engagement« dafür) wurde zu Beginn der 70er Jahre in diversen Redaktionen als verbindlicher Wert deklariert; es war geradezu das Codewort eines neuen linken Medienverständnisses, dessen Autorität hinreichte, um auch konservative und liberale Journalisten zur resignierenden Hinnahme der Doktrin zu veranlassen, der Journalismus – selbst der Nachrichtenjournalismus – müsse einen Beitrag dazu leisten, die Gesellschaft zu verändern. Gerade sie aber hätten dieser Parole entschieden widerstehen müssen, wenn sie denn den Auftrag der Veränderung – die sich ja auch ohne Auftrag permanent vollzieht – als die Aufgabe begriffen hätten, gesellschaftliche Prozesse im Gesamtinteresse der freiheitlichen Demokratie nach Möglichkeit rational zu steuern. In dem Maße, in dem sie die Relativierung der Institutionen des Rechtsstaates (dessen positives Recht als »bloß formal« abgewertet wurde) ebenso zuließen wie die Monopolisierung der (medialen) Wahrheit durch redaktionelle Mehrheiten und deren scheinbare Legitimierung durch Redaktionsstatute, gaben auch sie den Anspruch auf Rationalität aus der Hand.

Im Grunde war es erst der Zusammenbruch des im sowjetischen Herrschaftsbereich real existierenden Sozialismus, der 1989/90 die ideologische Hegemonie der »Neuen Linken« beendete – mit spürbaren Auswirkungen auch in den Medien. Politisch war damit die 68er-Bewegung gescheitert, als Kulturrevolution, die Lebensweisen und Lebensstile veränderte und zur Entautorisierung traditionsgebundener Institutionen beitrug, war sie erfolgreich. Jürgen Habermas gehörte zu denen, die daraus theoretische Konsequenzen zogen. Als führender Vertreter der »Zweiten Generation« der Frankfurter Schule leistete Habermas, wenn man so will, den maßgeblichen Beitrag zur Rehabilitation und Revitalisierung der »Kritischen Theorie«, indem er in seiner zeitkritischen Analyse jenseits oder besser diesseits aller apodiktischen Kulturkritik mit der Unterscheidung von »System« und »Lebenswelt« stärker den ambivalenten Charakter der modernen Gesellschaft hervorhob. Deren Krise sieht Habermas gekennzeichnet von der »Kolonisierung der Lebenswelt« durch das »System«, das die auf pure Zweckrationalität ausgerichtete, quasi durchrationalisierte Organisation der Gesellschaft bezeichnet. (Unter dem Vorzeichen dieser Polarität hieße die entscheidende Frage der Medienethik, auf welcher Seite die Medien – oder bestimmte Medien – agieren: für das »System« oder für die »Lebenswelt«).[23]

Indessen hatte der von Karl Popper[24] repräsentierte kritische Rationalismus an den Hochschulen längst eine liberale Gegenströmung zur Stärkung der Autonomie des Einzelnen in der offenen Gesellschaft eingeleitet, die über die bloße Skepsis gegenüber Dogmen und Utopien hinaus die Möglichkeit einer rationalen Begründung von Werten ausschließt, aber eine Annäherung an die Wahrheit durch ständige Falsifizierung der aufeinanderfolgenden Hypothesen postuliert. Poppers wisschenschaftsmethodischer Ansatz war zugleich ein ideologiekritischer, auf ihm beruhte sein Demokratieverständnis, das Konzept der »Offenen Gesellschaft«. Erkenntnisgewinn nach dem Prinzip der Falsifizierung, das war die Relativierung wissenschaftlicher und ideologischer Gewißheiten zugleich. (Poppers Grundsatz, demzufolge Theorien überhaupt nur falsifiziert und niemals verifiziert werden können, beruht auf einem logischen und auf einem empirischen Argument: Ein Satz, der Anspruch auf Allgemeinverbindlichkeit erhebt, ist dann empirisch widerlegt (falsifiziert), wenn sich ein Gegenbeispiel finden läßt. Daraus ergibt sich die Formulierung eines neuen Satzes mit Wahrheitsanspruch, der wiederum so lange gilt, wie er allen Falsifizierungen standhält. Empirisch beweisen aber läßt sich kein wissenschaftlicher Satz, weil es empirisch unmöglich ist, alle Einzelfälle, die unter den allgemeinen Satz fallen, zu erfassen – man kann ja nie wissen, ob nicht noch ein Gegenbeispiel bekannt wird. So kommt die Wissenschaft also von Falsifizierung zu Falsifizierung der Wahrheit näher, ohne sie je zu erreichen, so daß jede positiv formulierte »Wahrheit« immer mit dem Vorbehalt der Vorläufigkeit versehen bleibt.)

Läßt Karl Poppers Erkenntnistheorie also keinen Raum für metaphysische Qualitäten oder Wirklichkeiten, wird Überrationales zum bloßen Phantasieprodukt? Oder zieht Popper nur eine scharfe Trennungslinie zwischen wissenschaftlicher Erkenntnis und außerwissenschaftlichen Gewißheiten, die allerdings nicht gegen die Ratio, sondern nur mit ihr Bestand haben können, weil und solange sie der Ratio nicht widersprechen? Popper wußte jedenfalls sehr wohl, daß die offene Gesellschaft ihre Offenheit nicht aus sich selbst heraus herstellen und verbürgen kann, sondern auf vorwissenschaftliche Wertbestände angewiesen bleibt: Der Wert der Wahrheit und deren subjektive Seite, die Wahrhaftigkeit, geht jedem konsequenten Falsifizieren und damit jeder Ideologiekritik voraus. Doch dieser Wert kann in der gesellschaftlichen Wirklichkeit nicht isoliert bestehen, sondern nur im Zusammenhang mit anderen Werten, die zusammen erst das Ganze der Humanität ausmachen, wie Popper im Rückgriff auf die Traditionsbestände des antiken und des christlichen Denkens sehr wohl sah. Bei seiner Grenzziehung zwischen (vorläufig) gesichertem Wissen und nicht wissenschaftlich begründbarer Gewißheit ging es also nicht um platte Aufklärerei, wie ein Vierzeiler von Wilhelm Busch belegt, den er gern zitierte:

»Zweimal zwei gleich vier ist Wahrheit
schade, daß sie leicht und leer ist,
denn ich wollte lieber Klarheit
über das, was voll und schwer ist.« [25]

Poppers Verdienst liegt demnach durchaus darin, durch permanente »Wissenskritik« den Raum für die Suche nach Wahrheit und damit auch für die freie Entfaltung der Persönlichkeit offenzuhalten. Die Grundhaltung der Skepsis lädt mit ihrer Nüchternheit freilich nicht gerade zu enthusiastischer Gefolgschaft ein; Utopisten und Sozialromantiker kommen nicht auf ihre Kosten. War deshalb auch der kritische Rationalismus nur ein Übergang? Inzwischen haben neue Strömungen die Seminare und die Feuilletons erobert; sie strukturieren die medientheoretische Diskussion und schränken die Möglichkeiten einer Medienkritik ein, die auf moralische Motive zurückgreifen möchte: Konstruktivismus und Systemtheorie.

Ob die Auseinandersetzung mit beiden im Zusammenhang dieser Überlegungen notwendig ist, hängt von deren Interpretation ab; möglicherweise sind auch diese Theorien vor allem gegen ihr kurzschlüssiges Mißverständnis in Schutz zu nehmen. Ich finde diese Auseinandersetzung – und damit die Bewältigung möglicher Mißverständnisse – nicht nur faszinierend, sondern auch notwendig; denn ohne sie scheint eine Diagnose der Medienwirklichkeit nicht möglich, während sie zugleich unter dem Aspekt der Medienethik und Medienmoral auf Holzwege führen können. Lesern, die die grundsätzliche Auseinandersetzung damit nicht sehr kurzweilig finden, bleibt der Ausweg, die nächsten zwei Kapitel zu überschlagen und auf Seite 95 ff. wieder einzusetzen, wenn es im engeren Sinne um das System »Journalismus« und daran anschließend um die journalistische Wirklichkeit geht.

Anmerkungen

1 Das Bundesverfassungsgericht thematisierte den Begriff der Grundversorgung erstmals im sogenannten Niedersachsen-Urteil am 4. November 1986; alle späteren Urteile entwickelten den Begriff fort.

2 zum folgenden vgl. Peter Voß: Ein Lob der Bildung – mit und ohne Multimedia, in: Begegnungen – Entscheidungen, Festschrift für Max Gögler, Tübingen 1996, S. 166

3 Kurt Biedenkopf: Fortschritt in Freiheit, München 1974, S. 27

4 vgl. zu diesem Phänomen Ulrich Beck: Die Entmündigung der Sinne. Alltag und Politik in der industriellen Risikogesellschaft, in: Gewerkschaftliche Monatshefte Nr. 2/87 (38. Jg.), S. 66-76

5 Das gelegentlich zitierte angebliche Kant-Wort lautet: »Man kann nicht immer auf ›letzte Erkenntnisse‹ warten. Die Notwendigkeit zu entscheiden reicht weiter als die Fähigkeit zu erkennen.« Eine Belegstelle war nicht auffindbar.

6 Suleika sagt im »West-östlichen Divan«
»Volk und Knecht und Überwinder,
Sie gestehn zu jeder Zeit:
Höchstes Glück der Erdenkinder
Sei nur die Persönlichkeit.«
zit. nach: Johann Wolfgang von Goethe: West-östlicher Divan. Vorwort und Erläuterungen von May Ryebner, Zürich 1952, S. 82

7 Helmut Schelsky, 1912-1984, Soziologe. Legte bedeutende Analysen zu Strukturveränderungen der modernen Gesellschaft vor. Ein wichtiges Thema war, wie Biographien von Einzelpersonen und Familien durch den Krieg beeinflußt wurden. In den siebziger Jahren engagierte er sich in der deutschen Hochschulpolitik.

8 Im November 1959 gab sich die SPD auf dem Parteitag in Bonn-Bad Godesberg ein neues Programm. Sie distanzierte sich von marxistischem Gedankengut und bekannte sich zum Konzept der ideologiefreien Volkspartei. Das machte sie auch für bürgerliche Kreise wählbar. Das Godesberger Programm schuf eine wichtige Voraussetzung dafür, daß die SPD im folgenden Jahrzehnt Regierungspartei werden konnte.

9 Wilhelm von Humboldt (1767-1835), Philosoph, Sprachforscher und preußischer Staatsmann; Reformer des preußischen Bildungswesens, Gründer der Berliner Universität.

10 vgl. Peter Härtling: Hölderlin, München 1993

11 Heinrich Klotz, Kunsthistoriker, gründete das Zentrum für Kunst und Medientechnologie (ZKM) in Karlsruhe; Verfechter einer postmodernen Architektur; Anreger des Museumsufers und Gründungsdirektor des 1984 eröffneten Deutschen Architekturmuseums in Frankfurt am Main.

12 vgl. Neil Postman (s.o.), Marshall McLuhan, The Global Village. Der Weg der Mediengesellschaft in das 21. Jahrhundert, Paderborn 1995

13 vgl. Peter Voß: Nachrichten, Information, Wissen: Die Rolle des Journalisten im globalen Dorf, in: Ein Land mit Perspektive. Zweihundertfünfzig Jahre Rheinland-Pfalz (Hrsg. Landesbank Rheinland-Pfalz), Mainz 1997, S. 172-175

14 vgl. ders.: Trau, schau, wem. Gefälschte Bilder und hoher Erwartungsdruck. Sendet das Fernsehen die Wahrheit? In: Frankfurter Allgemeine Zeitung v. 30. Januar 1996, S. 34

15 Ernst Jünger: Eumeswil, in: Sämtliche Werke, Bd. 17. Erzählende Schriften III, Stuttgart 1980

16 Dieter Stolte: Fernsehen am Wendepunkt. Meinungsforum oder Supermarkt? München 1992

17 Hinführend z. B. Rolf Wiggershaus: Die Frankfurter Schule. Geschichte – Theoretische Entwicklung – Politische Bedeutung, München 1986

18 vgl. Max Horkheimer/Theodor W. Adorno: Dialektik der Aufklärung, Frankfurt am Main, 1969

19 Theodor W. Adorno: Kulturkritik und Gesellschaft, in: Prismen, Frankfurt am Main 1955, S. 7

20 Herbert Marcuse konstatiert eine »repressive Toleranz« durch Faktoren wie Konsum, Freiheit und Sexualität. Die Machthaber in der Gesellschaft verkündeten zwar Toleranz in Fragen der Lebensführung, doch benutzten sie diese Toleranz zur Durchsetzung eigener Interessen und zur Unterdrückung der allgemeinen Interessen. Marcuse sucht diese Unterdrückung und Entfremdung, die der Mensch zunächst nicht wahrnimmt, durch Mittel der Psychoanalyse (»Psychomarxismus«) bewußt zu machen. Hierzu will er nichts weniger als die »große Verweigerung«. Marcuse strebt nach einer herrschaftsfreien, nach seinem Verständnis humanen Gesellschaft, die dem Menschen ein repressionsloses, »lustbefreites« Dasein ermöglicht – also auch hier das Postulat eines idealistischen Menschenbildes als Ergebnis eines Prozesses gesellschaftlicher Selbstbefreiung.

21 Karl Otto Hondrich: Macht im Turm, in: Merkur; Heft 3, 52. Jg., März 1998, S. 239 ff.

22 Kein ganz neues Phänomen – Georg Büchner hat die zynische Selbstrechtfertigung revolutionärer Gewaltbereitschaft in »Dantons Tod« eindrucksvoll formuliert: »Die Natur folgt ruhig und unwiderstehlich ihren Gesetzen; der Mensch wird vernichtet, wo er mit ihnen in Konflikt kommt. Eine Änderung in den Bestandteilen der Luft, ein Auflodern des tellurischen Feuers, ein Schwanken in dem Gleichgewicht einer Wassermasse und eine Seuche, ein vulkanischer Ausbruch, eine Überschwemmung begraben Tausende. Was ist das Resultat? Eine unbedeutende, im großen Ganzen kaum bemerkbare Veränderung der physischen Natur, die fast spurlos vorübergegangen sein würde, wenn nicht Leichen auf ihrem Weg lägen. Ich frage nun: soll die geistige Natur in ihren Revolutionen mehr Rücksicht nehmen als die physische? Soll eine Idee nicht ebenso gut wie ein Gesetz der Physik vernichten dürfen, was sich ihr widersetzt? Soll überhaupt ein Ereignis, was die ganze Gestaltung der moralischen Natur, das heißt der Menschheit, umändert, nicht durch Blut gehen dürfen? Der Weltgeist bedient sich in der geistigen Sphäre unserer Arme ebenso, wie er in der physischen Vulkane und Wasserfluten gebraucht. Was liegt daran, ob sie an einer Seuche oder an der Revolution sterben?« (St. Just im 2. Akt, Der Nationalkonvent) Der Weltgeist als revolutionäre Rechtfertigungsinstanz – aus den Lehrsätzen, die uns Georg Wilhelm Friedrich Hegel als Vollender des Deutschen Idealismus hinterließ, haben die »schrecklichen Vereinfacher« (Carl Jacob Burckhardt) unterschiedlicher Couleur im 20. Jahrhundert schreckliche Konsequenzen gezogen. Bei allen läuft es darauf hinaus, daß der Zweck die Mittel heilige.

23 vgl. u.a. Jürgen Habermas: Theorie des kommunikativen Handelns, 2 Bände, Frankfurt am Main 1981; Die Moderne – ein unvollendetes Projekt, Leipzig 1990 sowie Simone Dietz: Lebenswelt und System, Würzburg 1993

24 Noch immer die beste Hinführung zu Poppers Werk: Bryan Maggee: Karl Popper. Übersetzt von Arnulf Krais, Tübingen 1986
vgl. auch Hans Albert: Traktat über kritische Vernunft, Tübingen 1968, sowie Hans Albert: Konstruktion und Kritik, Hamburg 1972

25 zit. nach dem Gedicht »Beruhigt« in: Schein und Sein, ein Band mit nachgelassenen Gedichten von Wilhelm Busch, Leipzig 1950

IV. Exkurs A: Konstruktivismus – verschwindet die Wirklichkeit?

Die Erfindung der Welt

Zu den theoretischen Barrieren, die auch ohne deterministische Komponente die bloße Möglichkeit von Moral in der Kommunikations- und Medienwelt zu blockieren scheinen, zählt der »Konstruktivismus«[1] zum einen, die soziologische Systemtheorie, wie sie etwa von Niklas Luhmann besonders wirkungsmächtig repräsentiert wird, zum anderen. Dabei scheinen beide auf den ersten Blick zu gegenläufigen Positionen zu führen: die Systemtheorie nimmt den Menschen als Individuum de facto nicht mehr zur Kenntnis, der Konstruktivismus erklärt die Wirklichkeit zum Produkt der menschlichen (also individuellen) Hirntätigkeit und leistet im Grunde eine Anpassung des Theorems der Subjekt/Objekt-Spaltung an neuere Erkenntnisse der Naturwissenschaften, vor allem der Verhaltensforschung seit Konrad Lorenz[2] und der neueren Hirnforschung. Der Konstruktivismus formuliert insoweit anerkannte Prämissen des (natur)wissenschaftlichen Selbstverständnisses, als er zunächst einmal feststellt, daß ein naiv-realistisches Verständnis von »Wirklichkeit« nicht mehr möglich ist. Für die nach den heute akzeptierten wissenschaftsmethodischen Kriterien operierenden Forscher sind alle Annäherungen an »die Wirklichkeit« auf ihren unterschiedlichen Ebenen (der physikalischen, biologischen, sozialen, psychischen etc.) »konstruiert«, ohne daß damit grundsätzlich bestritten würde, daß wir als erkennende Subjekte in einer wirklichen Welt leben.

Deshalb könnte man auf eine Stellungnahme zum Konstruktivismus unter dem Vorzeichen ethischer Überlegungen dann verzichten, wenn Einigkeit darüber bestünde, daß es beim Konstruktivismus (wie bei einer mit ihm methodisch verknüpften Systemtheorie) nicht darum geht, die »Wirklichkeit« zu erfassen oder zu negieren, sondern modellhaft zu erklären, wie Wirklichkeit »entsteht«. Demgegenüber habe ich freilich den Eindruck, daß die Begründer des Konstruktivismus als einer eigenständigen, positiv formulierten Theorie sich durchaus nicht mit einer lediglich heuristischen, also erkenntnismethodischen und damit erkenntnispraktischen Bemühung bescheiden – die ausdrückliche ethische Schlußfolgerung jedenfalls, daß der (einzelne) Mensch seine moralischen Maßstäbe selbst setzt und verantwortet (vgl. S. 59 ff.), spricht dagegen. Daraus ergibt sich ein paradoxer Befund: Ohne Zweifel trägt eine methodenkritisch angelegte prinzipielle Skepsis gegenüber jeder Realitätsgewißheit, wenn man diese Skepsis denn »Konstruktivismus« nennen will, in ihren diversen Varianten zur Bereicherung unserer Erkenntnisse über die Modalitäten unseres Erkennens bei. Die von Theoretikern des Konstruktivismus (und einer damit verbundenen Systemtheorie) positiv formulierten Grundpositionen scheinen gleichwohl ins erkenntnistheoretische und ethische Nichts zu führen, wenn man sie beim Wort nimmt, wie es im folgenden versucht werden soll.

Der Konstruktivismus als Erkenntnistheorie, u.a. von Paul Watzlawick nachhaltig propagiert, negiert zwar nicht die Welt, wohl aber deren Erkennbarkeit und damit die Möglichkeit von Objektivität.[3] Unsere Erkenntnisse sind ausschließlich Konstruktionen unseres Gehirns und haben nicht objektive, sondern nur operative Bedeutung. Watzlawick vergleicht sie mit einem Schlüssel, der ins Schloß paßt oder nicht paßt.[4] Nur um diese operative Funktion geht es, nicht um eine objektive Wahrheit, die der Schlüssel erschließt. Demnach können wir zwischen der Welt, auch wenn sie objektiv (außerhalb des erkennenden Gehirns) existiert, und unserem Bild von der Welt nicht unterscheiden, sondern nur im Einzelfall feststellen, ob eine »Wahrheit« funktioniert oder nicht funktioniert. Goethes schöner Vers »Wär' nicht das Auge sonnenhaft, wie könnt es je die Sonn' erblicken«[5] enthält demnach in konstruktivistischer Wahrnehmung keine »Wahrheit«. Ihr zufolge konstruiert erst das menschliche Hirn bzw. der menschliche Erkenntnisapparat die wahrgenommene Wirklichkeit, in diesem Fall die Sonne. (Die Sonne ist also »augenhaft« und das Ich, pardon, in Einzelhaft? So platt solipsistisch meint es der Konstruktivismus nicht, wie wir noch sehen werden.)

Wenn wir die Sonne vorerst beiseite lassen und vom Licht sprechen, dann können wir uns dem konstruktivistischen Ansatz nicht ohne weiteres verschließen. Wir wissen aus Biologie, Physik und Medizin, daß das, was die Netzhaut aufnimmt und »das Auge« sieht, in der Tat in unserem Hirn entsteht. Netzhaut, Nervenbahnen, Hirnzellen – sie »konstruieren« demnach das Bild. Macht es deshalb Sinn, den Begriff der Konstruktion über das bewußte Denken – z.B. die Ableitung einer mathematischen Formel – hinaus auf die sinnliche Wahrnehmung anzuwenden? Daß Farben nicht »objektiv« sind, sondern prismatische Brechungen des Lichts in unserem Auge, daß ein Farbenblinder so wenig behaupten kann, die Welt sei farblos, wie der Farbensehende behaupten kann, sie sei bunt, leuchtet ein. Und doch sehen sie beide nichts mehr, wenn es dunkel wird – ist dann die Welt »nicht mehr da«? Und wird die Brechung des Lichts und damit die Unterscheidung der Farben nicht nachweislich von der Oberflächenstruktur der atomar gefestigten Materie bestimmt, wie uns dieselbe Naturwissenschaft beweist? Weiß also nicht doch der Farbenblinde weniger von der Realität als der Farbensehende?

Wir »wissen«, daß die Materie aus atomaren Strukturen und Substrukturen besteht, die keine Anschauung fassen kann, sondern nur ein »konstruiertes« Modell. Doch inwiefern wissen wir überhaupt, daß wir »Konstrukteure« sind?

Wir wissen es nur insoweit, als wir die physische Seite unserer Erkenntnisfähigkeit, unseren biologisch gegebenen Erkenntnisapparat, naturwissenschaftlich erforscht, d.h. als Realität untersucht und überprüft haben. Jede konstruktivistische These ist von vornherein nur wahr, indem sie ihren jeweiligen Gegenstand vorab als »Realität« anerkennt; sobald sie davon abrückt, wird sie selbst spekulativ. Da bewegt sich auch der radikale Konstruktivist im Kreis. Dies könnte man mit dem Hinweis auf sich beruhen lassen, der Konstruktivismus wende sich nur gegen einen vordergründigen, gleichsam naiven Realismus in unserem Wirklichkeitsverständnis. Wenn das so wäre, hätten die Konstruktivisten freilich wenig unternommen, um ihr nicht-naives Wirklichkeitsverständnis so auf die Wirklichkeitsebenen des Bewußtseins (Schein und Sein, Einbildung und Wahrnehmung) zu beziehen, daß Mißverständnisse auszuschließen sind.

Die entscheidende Frage für den denkenden Menschen ist ja nicht, ob der Schlüssel, sondern warum der Schlüssel das Schloß aufschließt – und was er damit aufschließt. Nun soll hier nicht etwa geleugnet werden, daß der konstruktivistische Ansatz realiter unsere Erkenntnis darüber, was »der Schlüssel« aufschließt und wie er es tut, gewiß bereichert hat. Doch steht er sich, wie die Schlüsselmetapher zeigt, dabei begrifflich dann selbst im Wege, wenn er sich als »radikaler Konstruktivismus« vom Realitätsbegriff im klassischen Sinne völlig abkoppelt. Das »Passen des Schlüssels zum Schloß« bezeichnet angemessen eigentlich nur die Art und Weise, in der ihrer selbst nicht bewußte Lebewesen – Organe oder Organismen – Informationen aus ihrer Umwelt aufnehmen und »verarbeiten«. Für sie bemißt sich der »Wahrheitswert« tatsächlich nur am Erfolg, und das an diese Information gebundene Verhalten legt keine Realität offen; es dient ausschließlich der Anpassung.[6] Wie aber unterscheidet sich die Operationalität bewußten menschlichen Erkennens von der Operationalität animalischer Erfolgskontrolle?

Zu jedermanns erfahrungsgesättigtem und wissenschaftsbestätigtem Grundwissen gehört, daß nicht mein »Ich« die Welt autonom konstruiert, sondern daß vorher die Welt mich – wie alles Leben – erst hervorgebracht hat und am Leben erhält. Ich habe die Welt nicht nur als objektives Gegenüber, sondern als umgebende Grundbedingung meiner Existenz im Bewußtsein. Als die kopernikanische Wende die Erde (und mit ihr den Menschen) aus dem Zentrum des Universums vertrieb und die Sonne um die Erde kreisen ließ – war da dieser Paradigmenwechsel (Thomas S. Kuhn[7]) ein Wechsel der »Grundkonstruktion«? Ist demnach unser Konstruieren durch wissenschaftlichen Fortschritt veränderbar oder bezeichnet es die Art und Weise unserer fortschreitenden Annäherung an das Unveränderbare? Für das reflektierende Bewußtsein des (durchaus nicht naiven) Realisten bleibt die Sonne als Voraussetzung allen Lebens auf der Erde auch die Voraussetzung dafür, daß überhaupt je ein Auge entstehen konnte, das die Sonne erblickt und ein Bewußtsein, das sie als Sonne erkennt und – als sprechendes Ich – auch als Sonne benennt. Diesen Sachverhalt aber erkennt der radikale Konstruktivist wiederum nicht als einen objektiven an, sondern eben auch wieder nur als Konstrukt des menschlichen Erkenntnisapparates. »Beweist« der Konstruktivismus damit aber mehr als die schon vor ihm bekannte Tatsache, daß das menschliche Erkennen sich nicht selbst begründen kann, so daß jede Erkenntnistheorie nur einen engeren oder weiteren in sich selbst zurücklaufenden Zirkel schlägt?

Daß unsere Wirklichkeit fragmentarisch ist, wußten wir schon immer (jede Religion war immer auch der Versuch, sie wieder ganz und heil zu machen). Daß aber die Fragmente selbst ebenso erfunden oder konstruiert wären wie z.B. die mechanische Uhr oder wie ein Roman, ist das nicht auch nur ein Gleichnis? Welche Erkenntnis über die Bedingungen der Möglichkeit des Erkennens haben wir damit gewonnen? Ist unser Bewußtsein womöglich weder »Erfinder« noch »Entdecker« der Wirklichkeit, sondern auf eine schwer auflösbare Weise beides, haben wir es also letztlich »nur« mit einem semantischen Problem zu tun? Als philosophierender Physiker hat Carl Friedrich von Weizsäcker das Dilemma so ausgedrückt: »Der cartesianische Dualismus von zwei einander entgegenstehenden Substanzen, des Bewußtseins und der Körperlichkeit, läßt sich angesichts der Physik unseres Jahrhunderts nicht halten. Materie ist für unsere Physik, was den sogenannten physikalischen Gesetzen genügt; diese Gesetze aber definieren, was Subjekte erfahren können. Die Subjekte jedoch, wir selbst, kommen in eben der Welt vor, von der sie ihre Erfahrung machen. Als Kinder der Evolution sind wir Glieder der Natur. Es scheint, als müßten wir sagen: das Wirkliche nimmt durch die Augen der Kinder der Evolution, durch die Organe, die es hervorgebracht hat, in jeweils anderer Abschattung sich selbst wahr.«[8] Von Weizsäcker folgert daraus: »Das begriffliche Denken kann einsehen, daß es den Grund seiner Möglichkeiten nicht begrifflich bezeichnen kann.«[9]

In der abendländischen Philosophie ist die Einsicht nicht eben neu, daß es ohne einen Erkennenden keine Erkenntnis, ohne einen Beobachtenden keine Beobachtung geben könne, und daß deshalb niemals »die Wirklichkeit« so erkannt werden kann, wie sie ist, sondern nur so, wie sie im Bewußtsein des Beobachters »erscheint«. Seit Platons berühmtem Höhlengleichnis[10] lebt das europäische Denken mit dem Eingeständnis, daß unsere »Wirklichkeit« ein »Bild« ist – bei Platon nur ein Schattenspiel vor dem Eingang unserer Welthöhle. Während freilich der an Platon anknüpfende Idealismus zwischen Schein und Sein so unterscheidet, daß er zwischen beiden eine Beziehung sieht (Goethe: »Am farbigen Abglanz haben wir das Leben«[11]), bestreitet der radikale Konstruktivismus prinzipiell jede Möglichkeit eines ontologischen (seinsbezogenen) Ansatzes. Ein Sein außerhalb des Bewußtseins entzieht sich der Möglichkeit von Erkenntnis. Es kann weder prinzipiell noch graduell erkannt werden, weil das Denken gar nicht beurteilen kann, ob es dem Sein nahe kommt oder es weit verfehlt. So wird die Möglichkeit einer (auch nur graduellen) Erkennbarkeit des Seins vom radikalen Konstruktivismus nicht bloß relativiert, sondern negiert. Lediglich »operativ« bleibt dieses Denken deshalb, weil es den Anspruch auf Objektivität zum Anspruch auf intersubjektive Widerspruchsfreiheit reduziert. Ob und wie eine solche Intersubjektivität überhaupt möglich sein kann ohne ein tertium comparationis, das eben doch nichts anderes sein kann als der Bezug zur Realität, bleibt bei der Reduktion von Objektivität auf Intersubjektivität aber ein ungelöstes Problem. (Ob man diesen Problemkreis mit dem Begriff des Konstruktivismus zutreffend belegt, ist im übrigens auch von Konstruktivisten zu Recht kritisch hinterfragt worden – denn um ein planvolles »Konstruieren« geht es ja gerade nicht, sondern um unbewußt ablaufende Funktionen unseres Erkenntnisapparates.)

Von den Vätern (oder muß man sagen: Konstrukteuren) des Konstruktivismus wird entschieden bestritten, daß ihr Ansatz die Möglichkeit von moralischer Verantwortung in Frage stellt. Heinz von Foerster will die Möglichkeit von Ethik vielmehr unter Berufung auf die Erkenntnis konstruierende Autonomie des Menschen neu begründen. Wenn er radikal postuliert: »Die Umwelt, so wie wir sie kennen, ist unsere Erfindung«[12], beruft er sich dabei auf die moderne Hirnforschung mit der Erkenntnis, »daß wir nicht sehen, was da ist, und sehen, was nicht da ist.« Das Erkennen von Wirklichkeit ist für ihn das Errechnen einer Wirklichkeit, wobei Errechnen in einem eher vagen Sinne ein irgendwie geartetes Ordnen von Dingen oder Zeichen heißen soll.[13] Er unterscheidet dabei nicht zwischen dem bewußten Errechnen von etwas – z.B. einer mathematischen Formel – und der unbewußt ablaufenden biochemischen »Computerleistung« des Gehirns. Soweit damit nur gemeint ist, daß wir auch im Hinblick auf diesen unbewußten Ablauf nicht die »Reflexamöben« des Behaviorismus sind (s. S. 61), ist das akzeptabel. (Ob die mathematische Formel selbst »objektiv« – weil denknotwendig – sei, ist für sich genommen schon eine Glaubensfrage). Doch ist die Wahrnehmung der Wirklichkeit, die mir mein Hirncomputer »errechnet«, ausschließlich von dessen Programmierung bestimmt? Wird das Bild, das mein Hirn mir »von der Wirklichkeit macht«, nur endogen oder gleichermaßen exogen erzeugt? Ist mein »Computer« autark, und läßt sich darauf die Autonomie der Person gründen?

Konstruktion = Autonomie = Ethik?

Wenn von Foerster konstatiert: »Das Nervensystem ist so organisiert – oder organisiert sich so – daß es eine stabile Wirklichkeit errechnet«,[14] leitet er daraus in der Tat den Anspruch auf die Autonomie des Menschen ab, auf den er eine konstruktivistische Ethik stützt: »Es mag heutzutage ungewöhnlich anmuten, sich Autonomie auszubedingen, denn Autonomie schließt Verantwortlichkeit in sich. Wenn ich als einziger über mein Tun entscheide, dann bin ich für meine Handlungen verantwortlich.«[15] Von Foersters ethischer Imperativ lautet: »Handle stets so, daß weitere Möglichkeiten entstehen«.[16] Hier eben wird die ethische Unzulänglichkeit des Konstruktivismus sichtbar: Autonomie als moralischer Wert schließt Verantwortung ein. Die Frage, wie ich zur Kenntnis und Erkenntnis von Wirklichkeit gelange, ist aber, soweit sie sich auf eine Art Automatik meines kognitiven Apparates und nicht auf bewußtes Verhalten bezieht, für meine Autonomie irrelevant. Wenn ich als einziger der Mittelpunkt einer konstruierten Welt bin, gibt es gar kein soziales Handeln, für das ich verantwortlich sein könnte. Der radikale Konstruktivist muß also den Anderen irgendwie einführen, ein weiteres Lebewesen neben sich »erfinden«.

Dabei beruft sich von Foerster auf die Relativitätstheorie, derzufolge nicht zwei gedachte Individuen an unterschiedlichen Orten im Universum zugleich Mittelpunkt dieses Universums sein können. Wenn ich diese Unvereinbarkeit anerkenne, wird der solipsistische Standpunkt (»Ich bin der Mittelpunkt einer Welt, die nur in meiner Wahrnehmung existiert«) hinfällig. Ob ich diese Unvereinbarkeit meiner Singularität mit der Existenz eines ebenso singulären Anderen anerkenne, steht von Foerster zufolge letztlich in meiner freien Wahl. Wenn ich sie aber anerkenne und damit den Anderen wahrzunehmen bereit bin, dann muß es »ein Drittes geben, das als zentrale Bezugsgröße dient. Es ist dies die Beziehung zwischen dem Du und dem Ich, und diese Beziehung heißt Identität: Wirklichkeit = Gemeinschaft.«[17] Die soziale Wirklichkeit ist für von Foerster also nicht etwas Gegebenes, sondern eine Ableitung, die letztlich in meinem freien Ermessen liegt.

Ethik als zwingendes Ergebnis persönlicher Autonomie, Gemeinschaft (und Gesellschaft) als autonomer Akt des Bewußtseins – der Konstruktivist als Ethiker zieht sich hier am eigenen Schopf aus dem Abgrund der Unverbindlichkeit. Die Problematik einer so gesetzten Ethik vergegenwärtigen wir uns in der Tat am deutlichsten vor der Wirklichkeit des anderen menschlichen Lebens, des lebendigen Gegenüber des Anderen. Ist das Leben des Anderen nicht »objektiv«, sondern für mich nur »operativ«? Daß ich ihn sehen, treffen, mit ihm reden, ihn berühren kann, ihn also als »Wirklichen« wahrnehme und erlebe, steht außer Zweifel. Er ist in meinem Bewußtsein und ich bin in seinem; er ist in meinem und ich bin in seinem Handeln immer schon anwesend. Ist dieser wirkliche Mensch gleichwohl nur ein Produkt oder Konstrukt meines Bewußtseins und nicht eine Wirklichkeit, die auch ohne mich existiert und lediglich, indem sie in mein Bewußtsein einging, modifiziert wird? Und ist nicht allenfalls eines Tages die Erinnerung an ihn eine »Konstruktion«, die diesen Namen eher verdient? Wie unterscheidet sich die von meinem Wahrnehmungssystem »konstruierte« Wirklichkeitserkenntnis prinzipiell von einer konstruierten Nicht-Wirklichkeit, z.B. von einem verstorbenen Menschen in meiner Erinnerung?

Die Realität als soziales Phänomen – sie ist es doch nur dann, so scheint mir, wenn ich den anderen nicht erfunden und dann »aus freier Wahl« anerkannt habe, sondern wenn ich nicht umhin kann, ihn als real wahrzunehmen, ob mir das paßt oder nicht. So beißt sich die erkenntnistheoretische Katze wie eh und je in den Schwanz, und die Möglichkeit der Begründung von Ethik bleibt ebenso offen wie die Frage, nach welchem Kriterium wir, wenn alle Hirntätigkeit ausschließlich ein bloßes Konstruieren wäre, zwischen unterschiedlichen Ebenen des Konstruierens – also zwischen Entdecken und Erfinden oder zwischen Wahrnehmung und Einbildung – unterscheiden können, wenn nicht nach dem Kriterium der Realität, so notwendig und unvermeidlich dessen Relativierung auch ist. Denn auf die Klärung dieser Differenz kommt es maßgeblich an. Entscheidet sich nur im menschlichen Bewußtsein, welche Realität dort »entsteht«, oder entscheidet sich dies auch außerhalb des Bewußtseins, also in der umgebenden Realität selbst – und wie verhält sich das eine zum anderen? Wenn das konstruktivistische Theorem sich auf die bescheidene Antwort beschränkte »Wir wissen es nicht«, wäre damit immerhin seine Unzuständigkeit für die (medien-)ethischen Implikationen der Frage nach der Möglichkeit von Objektivität festgestellt.

Was geschieht oder unterbleibt in unserem Gehirn mit der Folge, daß ein stärkerer oder geringerer Realitätsbezug des jeweiligen »Bewußtseins« vorhanden ist? Hier sind von der Hirnforschung noch Aufschlüsse zu erwarten, über deren ethisch-moralische Konsequenzen sich heute nur spekulieren läßt. Die Tatsache, daß unsere Wahrnehmung auf einer aktiven Leistung unseres Gehirns beruht, sagt prinzipiell noch nichts über den größeren oder geringeren Realitätsgehalt des Wahrgenommenen aus. Die interdisziplinär arbeitende Hirnforschung hat freilich erwiesen, daß »Gehirne selbstbestimmte Produzenten von Verhalten sind und keine passiven Reflexmaschinen«, wie Wolf Singer formuliert.[18] Wir sind demzufolge nicht die »Reflexamöben des Behaviorismus«, die ausschließlich von außen manipuliert werden – eine tröstliche Erkenntnis. Zu dieser Einsicht haben von der Verhaltensforschung bis zur Kybernetik verschiedene Disziplinen beigetragen. Hirnforschung und Computerentwicklung profitieren inzwischen voneinander. Singer vergleicht das Gehirn mit anderen komplexen Systemen, die »ebenfalls distributiv organisiert sind, also lenkender Konvergenzzentren entbehren und dennoch insgesamt koordiniertes, gerichtetes Verhalten zeigen, weil sie über mächtige Mechanismen der Selbstorganisation verfügen. Hierzu gehören die Superorganismen der Insektenstaaten ebenso wie unsere verflochtenen Wirtschafts- und Sozialsysteme«. Ob das auf Sozialsysteme so zutrifft wie anscheinend auf das Gehirn und gewiß auf den Bienenstaat, wird noch zu erörtern sein.[19]

Erinnerung an Jaspers: Subjekt und Objekt

Ist ein journalistischer Praktiker, der seine Tätigkeit ernsthaft zu reflektieren versucht, genötigt, jeden Anspruch auf Objektivität schon dem Grunde nach aufzugeben, wenn eine Realität, auf die sich dieser Anspruch beziehen könnte, nicht feststellbar ist? Die erwähnte (Not-)Lösung, alles, was wir »objektiv« nennen, als lediglich »intersubjektiv« zu bezeichnen und zum Kennzeichen seiner Verwendbarkeit im Sinne einer »wahren Aussage« seine logische und empirische Widerspruchsfreiheit zu machen, mag pragmatisch weiterhelfen. So wird in Wissenschaft und Praxis ja auch verfahren – doch wird damit der Realitätsbegriff wirklich entbehrlich, oder doch nur im Lichte einer begrenzten menschlichen Erkenntnisfähigkeit relativiert? Um der Antwort näher zu kommen, möchte ich mich noch einmal dem Ausgangspunkt des Objektivitätsproblems zuwenden: der Subjekt-Objekt-Spaltung. So hat Karl Jaspers den Befund genannt, daß ich mich in dem Augenblick, in dem ich mich denkend – also unterscheidend – mit der Wirklichkeit um mich herum befasse, selbst als denkendes Ich von der Welt unterscheide, deren Teil ich doch bin.[20] Nun kann man sagen, daß diese Abgrenzung zwischen Subjekt und Objekt nur vom oder im Subjekt vorgenommen wird – also bereits eine »Erfindung« des Subjekts sei, das diesen

Unterschied macht. Doch was heißt das? »Erfindet« dann das Subjekt diesen Unterschied – oder »entdeckt« es ihn nur? Und ist das Objekt, von dem ich mich unaufhebbar abspalte, schon deshalb nicht mehr »objektiv« vorgegeben, weil alle Unterscheidungen von vornherein Operationen meines im Ich präsenten Wahrnehmens, Beobachtens, Denkens und Erinnerns sind?

Unbestreitbar scheint, daß die Subjekt-Objekt-Spaltung auch dann nicht aufhebbar ist, wenn ich mich selbst zum Objekt meines Beobachtens mache. Ob ich in den Spiegel sehe oder mich einer psychologischen Selbstanalyse unterwerfe – das Ich, das beobachtet, bleibt, solange es ein denkendes Ich ist, also nicht in mystischen Erlebnissen sein Heil sucht, vom beobachteten Ich getrennt. Allerdings kann von einer Spaltung nur die Rede sein, weil die zugrundeliegende Einheit des Gespaltenen immer mitgedacht wird. Den Versuch, sich diese vorgegebene Einheit von Subjekt und Objekt stets aufs neue zu vergegenwärtigen, nennt Jaspers die »philosophische Grundoperation«.[21] Ob der Mensch mit der Subjekt-Objekt-Spaltung die das Ich umgebende Realität nun entdeckt oder erfindet, also vermittels seiner Analyse erst herstellt – er erfährt diese Außenrealität, wie vorher ausgeführt, schon vor allem Denken in ihrer handfesten Gegenständlichkeit, und zwar so, daß sie seinem Denken und Wollen auf eine Weise Widerstand bietet, die für ihn im Grenzfall schmerzhaft, gefährlich, ja tödlich werden kann. Er hängt von ihr, solange er lebt, unendlich viel stärker ab als sie von ihm. Er ist deshalb auf eine Orientierung in dieser Realität angewiesen, die deren richtige (also realitätsgerechte) oder falsche »Konstruktion« zu einer Existenzfrage machen kann. Wenn nun also »empirisch« ebenso wie »real« immer nur die in einem Beobachter existente Wirklichkeitserfahrung meint, gibt es so viele Wirklichkeiten, wie es Beobachter gibt. Und wenn sich die »intersubjektive« Verbindlichkeit dieser empirischen »Realität« daraus ergibt, daß Beobachter einander beobachten und über ihre Beobachtungen kommunizieren, um dabei ihre Wirklichkeiten zu vergleichen, müssen sie herausfinden, welche Beobachtungen richtig und welche falsch sind – und zwar nicht im Wege des Kompromisses, sondern im Wege der Vergewisserung der logischen und faktischen Verbindlichkeit, des »gemeinsamen Nenners« ihrer Wirklichkeiten.

Der Vergleich bedarf also auch auf dieser Ebene eines Vergleichsmaßstabs (tertium comparationis), der eben diesen Nenner ausmacht, und den wir deshalb als Wirklichkeit weiterhin ansprechen müssen. Denn Wirklichkeitsnähe und Wirklichkeitsferne bezeichnen den Maßstab des Vergleichens, auch wenn es nach dem bisher Ausgeführten plausibel erscheint, daß diese Wirklichkeit, wie Vladimir Nabokov[22] gesagt haben soll, eines der wenigen Worte ist, die ohne Anführungszeichen bedeutungslos sind. Doch ob man nun einem radikalen oder relativierten Konstruktivismus folgt – es geht in unserem Zusammenhang ja nicht um ein unvermeidbares und zugleich unlösbares theoretisches Problem etwa der Kommunikationswissenschaft. Im Realitäts- oder Objektivitätsproblem steckt vielmehr für die journalistische Praxis die Gretchenfrage, ob sie es als modisches Alibi, als Ausrede verwendet, um sich vom Gebot der Wahrhaftigkeit zu entlasten: Wie und wozu soll ich mich um die möglichst objektive Wiedergabe einer Wirklichkeit bemühen, der ich objektiv nicht einmal näherkommen kann? Auch Irrtümer und Selbsttäuschungen können ja – zumindest vorübergehend und manchmal sehr lange – »operativ« prächtig funktionieren.

»Zivilisationskritik – Erfahrung aus zweiter Hand«

Angemerkt sei der guten Ordnung halber, daß auch die zivilisationskritische These, die Medien selbst entwickelten sich zunehmend zur »zweiten Wirklichkeit«, die sich vor die erste schiebe, also zum Wirklichkeitsersatz im Sinne des Wortes, eine primäre, »eigentliche« Wirklichkeit doch als existent und erkennbar voraussetzt. Von der Veränderung, Deformierung oder Verdoppelung der Realität durch die Medien zu reden, hätte sonst keinen Sinn. Der schon erwähnte zivilisationskritische Ansatz, den z.B. Neil Postman und Marshall McLuhan repräsentieren, folgt im übrigen einer langen Tradition. Ob es den autonomen, verantwortlichen Einzelnen und damit den »mündigen Bürger« überhaupt geben könne, wurde primär unter dem sozialen Aspekt seit Gustave Le Bon[23] in Frage gestellt. Philosophen wie Ortega y Gasset[24] und Soziologen wie David Riesman[25] bliesen mit großer Resonanz in dieses Horn – und sind heute halb vergessen. Peter R. Hofstätter kritisierte die massenpsychologische Richtung vehement vom Ansatz der Gruppendynamik her[26]; er sah den Einzelnen nicht durch die Masse, sondern durch die kleine Gruppe in seiner Wahrnehmung beeinflußt und bisweilen gesteuert.

Daran schließt nahtlos die Schema-Theorie an, die besagt, daß unsere Wahrnehmung der Dinge beeinflußt wird von (schematischen) Vorstellungen über die Dinge, die wir (z.B. sozial vermittelt) schon mitbringen. Ein empirisches Beispiel: Versuchspersonen werden in ein »Büro« gebeten, das sie nach 35 Sekunden wieder verlassen müssen. Sie sollen angeben, welche Gegenstände sie im Büro gesehen haben. Fast ein Drittel nennt »Bücher«, weil Bücher für sie zur üblichen Büro-Ausstattung gehören – obwohl im Versuchs-»Büro« keine Bücher stehen – das »Büro-Schema« hat gewirkt.[27] So verbinden sich seit längerem psychologische mit soziologischen Thesen und Befunden zur Begründung des kulturkritischen Theorems einer »Wirklichkeit aus zweiter Hand«, die sich zunehmend der demokratisch-aufklärerischen Kontrolle entzieht.

Überhaupt ist hier die von den sich beschleunigenden Entwicklungsschüben und Quantensprüngen der Technik herausgeforderte moderne Zivilisationskritik mit ihrer unübersehbaren Ahnenreihe zu nennen. So spricht Arnold Gehlen schon 1957 von der »Erfahrung aus zweiter Hand«, die sich – von der »Informationsindustrie« vermittelt – zwischen den Einzelnen und die »unübersehbaren Vorgänge« schiebt.[28] Bald darauf schon bringt er dieses Phänomen in Zusammenhang mit der »Globalisierung«, auch wenn das Wort bei ihm noch nicht vorkommt.[29] Auch hier läuft alles auf die paradoxe Feststellung hinaus, daß immer mehr Leute (relativ) immer weniger wissen, weil ihnen immer mehr Wissen immer schneller verfügbar wird.

Anmerkungen

1 Zur Relevanz der Konstruktivismusdebatte für die Theorie der Medienkommunikation vgl. Siegfried J. Schmidt: Die Wirklichkeit des Beobachters, in: K. Merten/S.J. Schmidt/ S. Weischenberg (Hrsg.), »Die Wirklichkeit der Medien«, Opladen 1994, S. 3 ff.

2 Konrad Lorenz gilt als Begründer der modernen Verhaltensforschung. Die allgemeine Verhaltensforschung widmet sich den neuro- und sinnesphysiologischen, den hormonalen und morphologischen Grundlagen des Verhaltens. Die spezielle Verhaltensforschung befaßt sich unter anderem mit dem sozialen und dem Fortpflanzungsverhalten.

3 Paul Watzlawick (Hrsg.): Die erfundene Wirklichkeit, München 1981, S. 9; Watzlawicks Kernthese lautet: »Das vermeintlich Gefundene ist ein Erfundenes, dessen Erfinden sich des Aktes seiner Erfindung nicht bewußt ist, sondern sie als etwas von ihm Unabhängiges zu entdecken vermeint und zur Grundlage seines ›Wissens‹ und daher auch seines Handelns macht.«

4 Ernst von Glasersfeld: Einführung in den radikalen Konstruktivismus, in: ebd., S. 20

5 Johann Wolfgang Goethe: Zahme Xenien III, in: ders.: Gedenkausgabe der Werke, Briefe und Gespräche. 28. August 1949 (Hrsg. Ernst Beutler), Zürich 1949, S. 629

6 vgl. Carl Friedrich von Weizsäcker: Der Garten des Menschlichen, München/Wien 1977, S. 20

7 Der Wissenschaftstheoretiker Thomas S. Kuhn (geb. 1922) postuliert, daß sich Fortschritt in den Naturwissenschaften nicht logisch nach Versuch und Irrtum vollzieht, wie Karl Popper angenommen hatte, sondern viel komplizierter: als ein gewundener Weg voller Mißverständnisse, Brüche und Zufälle. Demnach entstehen neue Theorien, wenn sich Wissenschaftler – aus welchen Gründen auch immer – neue »Denkbrillen« aufsetzen, sprich die Welt ihres Forschungsgegenstandes mit anderen Augen sehen. Diesen Sprung taufte Kuhn »Paradigmenwechsel«.

8 Carl Friedrich von Weizsäcker: Der Garten des Menschlichen, München/Wien 1977, S. 165

9 ebd., S. 166
vgl. auch Carl Friedrich von Weizsäcker: Zeit und Wissen, München/Wien 1992

10 Vgl. Platons »Staat«, 7. Buch. Platon beschreibt bildhaft die Möglichkeiten und Schwierigkeiten, die Wahrheit zu erkennen. In einer von der Außenwelt abgeschlossenen Höhe blicken gefesselte Menschen auf eine Wand, auf die Schatten von Gegenständen fallen. Auf der ersten Wissenstufe werden die Bilder für die Wirklichkeit gehalten. Im zweiten Schritt befreit sich der Mensch und erkennt, daß er einer Illusion aufgesessen ist. Allerdings hält er seinen Aufenthalt in der Höhle für »Realität«. Auf der dritten Stufe verläßt der Mensch die Höhle und erkennt die Wirklichkeit.
Vgl. dazu auch Hans Blumenberg: Höhlenausgänge, Frankfurt 1996

11 Johann Wolfgang Goethe: Faust. Der Tragödie zweiter Teil. 1. Akt, Z. 4727

12 Heinz von Foerster: Das Konstruieren einer Wirklichkeit, in: Watzlawick, a.a.O., S. 40

13 Von Foerster bezieht die Rechnungsleistung unseres Nervensystems darauf, daß lediglich quantitative »Meßwerte« in qualitative Unterscheidungen umgerechnet werden müssen. »In den Erregungszuständen einer Nervenzelle ist nicht die physikalische Natur der Erregungsursache codiert. Codiert wird lediglich die Intensität dieser Erregungsursache, also ein ›wieviel‹, aber nicht ein ›was‹.« (ebd. S. 43) Der Grund dafür, vorhin schon erwähnt: »...tatsächlich gibt es ja draußen weder Licht noch Farbe, es gibt lediglich elektromagnetische Wellen; es gibt da draußen weder Schall noch Musik, es gibt nur periodische Schwankungen des Luftdrucks; ›da draußen‹ gibt es weder Wärme noch Kälte, es gibt nur Moleküle, die sich mit mehr oder minder großer oder mittlerer kinetischer Energie bewegen, usw... Schließlich gibt es da draußen gewiß keinen Schmerz.« (ebd. S. 44) Den Schmerz draußen gibt es freilich nur dann nicht, wenn die Realität außerhalb des konstruierenden eigenen Erkenntnisapparats als solche nicht (an)erkannt wird.

14 ebd., S. 57

15 ebd., S. 58
16 ebd., S. 60
17 ebd., S. 59
18 Wolf Singer: Auf dem Weg nach innen, in: Frankfurter Allgemeine Zeitung vom 27. Februar 1998, S. 41
19 Die Hirnforschung führt kognitive Phänomene (Wahrnehmung und Erkenntnis) auf deren neuronale Grundlage zurück, nachdem sie vorher die neuronalen Prozesse auf molekularer Grundlage erklärt hat. Wolf Singer formuliert eine weitere Schlußfolgerung, die einem systemtheoretisch begründeten Konstruktivismus Auftrieb zu geben scheint: »Entgegen der Vermutung Descartes, daß es irgendwo im Gehirn ein singuläres Zentrum geben müsse, in dem alle Informationen zusammenkommen und einer einheitlichen Interpretation zugeführt werden – einen Ort an der Spitze der Verarbeitungspyramide, wo das innere Auge die Welt und sich selbst betrachtet – entgegen dieser plausiblen Annahme erbrachte die Hirnforschung den Beweis, daß ein solches Zentrum nicht existiert.« Stattdessen stellt sich das Gehirn als »extrem distributiv organisiertes System dar, in dem zahllose Teilaspekte der einlaufenden Signale parzelliert und parallel abgearbeitet werden«. Doch wenn das so ist – wie entsteht dann das »Ich«, das Bewußtsein, das unsere Wahrnehmung wie im Brennglas bündelt und zielgerichtetes Handeln erst ermöglicht? Dies »Bindungsproblem« bleibt – so Singer – »ein faszinierendes Rätsel«. Die Frage ist, ob man durch die »Lokalisierung« von Hirnfunktionen der Lösung dieses Rätsels überhaupt näherkommen kann. Wenn unser Hirn als Lenkungszentrum unseres Organismus selbst wiederum ein System ist, dessen Lenkungszentrum nicht erkennbar wird, dann ist das Bewußtsein nicht genau lokalisierbar – doch was heißt dies für die Autonomie dieses Bewußtseins?
Interessant unter ethischem Aspekt ist die Frage, was aus unserem Selbstverständnis der freien, verantwortungsfähigen Person wird, wenn die Hirnforschung die letzten Rätsel lösen sollte – oder bleibt immer ein unlösbares, aber entscheidendes Rätsel? Selbst wenn die Naturwissenschaft uns sagen würde, das Ich sei eine Illusion, entstanden als Produkt neuronaler Kommunikationsprozesse in unseren Gehirnwindungen – wird das Ich dann nicht immer noch da sein und fragen: Wessen Illusion bitte? Könnte nicht gerade das Scheitern einer biologischen Lokalisierung des Lenkungszentrums »Ich« als Beleg dienen für die Autonomie der Person, die weiter mit Kant fragen wird: Was kann ich wissen? Was soll ich tun? Was darf ich hoffen?
20 Karl Jaspers: Was ist Philosophie?, München 1980, S. 245 ff.
21 ebd., S. 264 ff.
22 Vladimir Nabokov, Schriftsteller, 1899 bis 1977
23 Gustave Le Bon: Psychologie de foules, Paris 1895
24 J. Ortega y Gasset: Der Aufstand der Massen, dt. Ausgabe, Hamburg 1956
25 David Riesman: Die einsame Masse, dt. Ausgabe, Berlin 1956
26 Peter R. Hofstätter: Gruppendynamik. Die Kritik der Massenpsychologie, Hamburg 1957
27 Michael Jäckel: Auf dem Weg zur Informationsgesellschaft, in: Michael Jäckel, Peter Winterhoff-Spurk: Politik und Medien, Berlin 1994, S. 24. Jäckel erwähnt einen empirischen Befund von John R. Anderson (Kognitive Psychologie, Heidelberg 1989, S. 121 ff.)
28 vgl. Arnold Gehlen: Die Seele im technischen Zeitalter, Reinbek 1957, S. 49
29 Arnold Gehlen: Anthropologische Forschung, Hamburg 1961, S. 134. Schon 1961 ordnet Gehlen die »Erfahrung zweiter Hand« in das Anfangsstadium einer »Welt-Industrie-Kultur« ein. In dem Vortrag »Die gesellschaftliche Situation unserer Zeit« heißt es bereits unter dem Aspekt der Globalisierung (längst bevor das Wort in Mode kam – doch hatten immerhin bereits zwei »Weltkriege« stattgefunden): »Da technische Wirksamkeiten grundsätzlich ausgeschöpft werden, bekommen wir Informationen aus jedem Sektor des Erdballs, zur Zeit aus Kuba, Algier, Laos und Kongo, gestern waren es

Zypern, Ägypten und Hinterindien.« Seine Folgerung daraus: »Jeder trägt im Kopfe eine imaginäre Welt unsinnlicher Informationsbestände mit sich herum, die nur locker zusammenhängen, die nur aus Unwissen und Resultaten von Vorgängen bestehen, deren objektive Wichtigkeit und wirkliche Substanz man unmöglich bestreiten kann, die aber dringlich und aktuell zu sein scheinen.« »Unsinnlich« kommen diese isolierten Vorgänge nach dem Siegeszug des Fernsehens freilich längst nicht mehr in unsere Wohnzimmer, doch Gehlens Analyse wird dadurch nicht entkräftet.

V. Exkurs B: Systemtheorie – verschwindet der Mensch?

Luhmann und die Folgen

Von einem komplexeren Konstruktivismus-Modell geht Niklas Luhmann im Rahmen seiner Systemtheorie aus, die auf der Unterscheidung von System und Umwelt und damit auf der Unterscheidung von Selbstreferenz und Fremdreferenz beruht.[1] Unter »System« wird gemeinhin das Zusammenwirken, sprich eine Struktur von aufeinander bezogenen Funktionen verstanden. Das System ist mehr als die Summe seiner Teile – es ist ein Zusammenwirken der Teile, durch das sich das Ganze erhält, ohne das wiederum die Teile keine Bedeutung hätten (das Ganze läßt sich deshalb nicht einfach analytisch auf seine Teile reduzieren, weil die Teile selbst nur vom Ganzen her zu definieren sind). Wenn ich als Elemente eines Systems nur jene Teile ansehe, ohne die das System nicht als Ganzes bestehen kann, kann z.B. der einzelne Mensch nicht Teil eines sozialen Systems sein, wohl aber die dazu gehörenden Menschen insgesamt (ohne die es das System gar nicht gäbe). Man kann deshalb darüber streiten, ob Elemente – wie in der Mengenlehre – auch »austauschbare« Teile von Systemen sein dürfen, die nur insgesamt unentbehrlich sind. Das ist dann eine spannende Frage, wenn man sich für die Lage der Individuen im System interessiert und nicht nur für das System als abstrakte Konfiguration.

Unter einem sozialen System ist in der Systemtheorie jedenfalls nicht einfach eine irgendwie organisierte Gruppe von Menschen zu verstehen, sondern beispielsweise der Funktionszusammenhang dieser Organisation unter Einbeziehung der gesellschaftlichen Normen oder Zwecke, denen die Organisation dient oder dienen soll. So besteht das Rechtssystem nicht einfach aus den im Rechtswesen, also den in der Justiz handelnden Personen und/oder ihrer (z.B. hierarchisch aufgebauten) Organisation. Es besteht andererseits auch nicht nur aus den geltenden Rechtsnormen – Verfassung, Gesetze, Staatsverträge, Verwaltungsvorschriften usw. – diese wären lediglich als formales Normensystem zu beschreiben. Hier wird zunächst einmal deutlich, daß ganz unterschiedliche Definitionen möglich sind. Ein Rechtssystem könnte z.B. als die Gesamtheit aller tatsächlichen Funktionen, Verhaltensweisen und Wirkungen der zur Justiz zählenden Personen und Institutionen, soweit sie sich ihrem Sinne nach auf Rechtsnormen beziehen, definiert werden.[2]

Ähnlich kann man die Systeme der Wirtschaft, der Religionsgemeinschaften, des Sports, des Kulturbetriebs, der Sprache und natürlich auch der Medien zu definieren und zu analysieren versuchen. Lassen sich etwa Gesetzmäßigkeiten aufzeigen, denen alle Menschen, die sich als Handelnde einem System zuordnen lassen, bei ihrem Handeln einschränkungslos unterworfen wären, und sind daraus Voraussagen abzuleiten? Oder, bescheidener: Kann die Systemtheorie den konkreten Spielraum zwischen Systemkonformität und persönlicher, z.B. journalistischer Freiheit (also Verantwortung, also Moral) ausmessen, wenn es sich nicht gerade um ein vollkommen geschlossenes, also totalitäres System handelt und der Spielraum des Einzelnen gegen den Grenzwert Null geht? Bietet die moderne Systemtheorie überhaupt einen Ansatz, der es wenigstens ermöglicht, demokratische von totalitären Systemen systematisch zu unterscheiden? Es kommt also entscheidend darauf an, was die Systemtheorie leisten, welchem Erkenntnisinteresse und Erkenntnisanspruch sie dienen soll.

Soll soziale Wirklichkeit nur (besser und genauer) beschrieben oder soll sie erklärt werden – z.B. durch Aufzeigen kausaler Zusammenhänge, die nicht nur rückblickend zu einem besseren Verständnis gesellschaftlicher Entwicklungen führen, sondern Prognosen oder wenigstens Erwartungen ermöglichen? Bei Luhmann freilich geht es immer um – hochgradig abstrakte – Beschreibungen, nicht um Erklärungen. Die Beschreibungen ergeben sich aus Beobachtungen, und zwar aus »Beobachtungen zweiter Ordnung«. Der Beschreibende guckt sich gleichsam selbst (oder einem anderen) über die Schulter – und wenn er dies tut, und zwar mit dem Anspruch auf Wissenschaftlichkeit, benötigt er dazu einen systematischen Apparat: eben die Systemtheorie. Dabei bleibt Luhmann bewußt und erklärtermaßen abstrakt. Er will auch gar nicht mehr bieten und immunisiert sich insoweit gegen jede konkrete Kritik, als er keineswegs darauf besteht, daß man die soziale Wirklichkeit so beschreiben müsse wie seine Systemtheorie – also er selbst – dies tut. (Wenn Luhmann in seiner Theorie vom »Beobachter« erster Ordnung spricht, könnte er auch sagen: Ich, Niklas Luhmann.)

Während klassische Systemtheorien stark auf die innere Struktur abheben, also im System vor allem ein Ganzes sehen, das mehr ist als die Summe seiner Teile, ist eine ausdifferenzierte soziologische Systemtheorie als »struktural-funktionelle Analyse« zunächst in den USA von Talcott Parsons, Robert K. Merton u.a. entwickelt worden. Vor allem Parsons machte den Funktionsbegriff zum entscheidenden Kriterium für die Strukturanalyse sozialer Systeme bzw. für die Konstruktion (hier stimmt das Wort) von Strukturmodellen.[3] (Im allgemeinen Sprachgebrauch wirkt der Funktionsbegriff präziser als er ist. Funktion kann vieles heißen – z. B. Aufgabe, Wirksamkeit, Amt, Position, Zweck. Den Anspruch oder Anschein der Präzision gewinnt die Funktion aus der Mathematik, dort ist sie bedeutungsgleich mit der Abbildung. Die Funktion erscheint als Vorschrift, die die Relation zwischen zwei Elementen aus zwei unterschiedlichen Mengen und damit eine unabhängige und eine von ihr abhängige Variable bestimmt.)

Unabhängig von solchen Fragen der definitorischen Präzision ist Talcott Parsons für die Entwicklung der Systemtheorie von wesentlicher Bedeutung, und zwar aus mehreren Gründen. Zum einen war er es, der Gesellschaft als ein System von Teilsystemen definierte. Zweitens unternahm er den Versuch, die Funktionen im vorhinein inhaltlich zu bestimmen: Um zu beschreiben, welche Funktionen in einer Gesellschaft erfüllt sein müssen, entwarf Parsons das aus vier »Feldern« bestehende berühmte AGIL-Schema:

A (»Adaption«) steht für Anpassung (an die jeweilige Umwelt) und für die Bereitstellung der dazu notwendigen Ressourcen, also für das Feld der Wirtschaft.

G (»Goal Attainment«) bedeutet das Festlegen und Verfolgen der Ziele, also die Entscheidung über die Verwendung der Ressourcen – das Feld der Politik.

I (»Integration«) bedeutet die Sicherung und Kontrolle des Zusammenhalts der Gesellschaft, vor allem durch das Rechtssystem.

L (»Latent pattern maintenance«) heißt, daß Institutionen da sein müssen, die latente (verinnerlichte) Muster oder Werte aufrechterhalten.

Zwischen diesen vier Funktionsfeldern – Wirtschaft, Politik, Innenbeziehungen und Wert-Institutionen – bestehen Wechselbeziehungen – z.B. ist die Politik (G) auf die Legitimation durch Wert-Institutionen (L) angewiesen. In diesen Beziehungen zwischen den Systemteilen oder Systemfeldern liegt deshalb ein Ansatz für eine gewisse gesellschaftliche Dynamik, wenngleich Parsons' System durch seine bloße Beschreibung wie ein in hohem Maße auf Statik angelegtes Gleichgewichtsmodell erscheint.

Schon gegen Parsons und die strukturell-analytische Schule war eingewandt worden, daß sie ohne den Menschen auskommen zu können glaube, indem sie Status und Rolle begrifflich von ihm trennt.[4] Vor allem aber wurde der Parsonschen Systemtheorie vorgeworfen, daß sie der Dynamik sozialen Wandels nicht hinreichend gerecht werde. Systeme zeichnet demnach eine Tendenz zur Stabilität aus, also eine bestimmte Statik. Parsons und Merton versuchten, das Problem durch die Einführung von Dysfunktionen zu lösen, also von systembedingten Wirkungen, die das System destabilisieren. Dabei erscheint aber, wie u.a. Ralf Dahrendorf dargelegt hat, die Stabilität per se als positiver Wert, während die Soziologie die Frage offenhalten muß, ob ein auf »Destabilisierung« von Systemen beruhender Wandel in einer Gesellschaft nicht ein Positivum bedeuten kann.[5] Wenn der Wandel – ob positiv oder negativ bewertet – ohnehin der gesellschaftliche Normalfall ist, kann freilich nicht bestritten werden, daß man zur Beschreibung dieses Wandels gleichsam statische »Momentaufnahmen« braucht, deren Veränderung die Deskription von Dynamik erst ermöglicht. Prozesse – also nach Art und Umfang beschreibbare Veränderungen – können logischerweise nicht beschrieben werden ohne die Beschreibung von Strukturen, die sich ändern.

Nun lautete der Anspruch der frühen Systemtheorie ja nicht nur, soziale Wirklichkeit einfach zu beschreiben, sondern sie durch Reduktion zu erklären, also jeweils komplexe Sachverhalte auf einfachere zurückzuführen. Daran gemessen kann die Systemtheorie geordnete Prozesse – selbst geregelte Konflikte wie etwa den Wettbewerb im Rahmen einer Marktordnung – offenbar eher erklären als ausufernde Konflikte oder gar grundlegende gesellschaftliche Veränderungen, wie sie heute wohl eher durch globale technische Umwälzungen bewirkt werden als durch soziale Dynamik im engeren Sinne. Sozialer Wandel als Veränderung in Systemen und als Veränderung zwischen Systemen – das Verhältnis zwischen Systemen, Teilsystemen und Teilsystemen von Teilsystemen bleibt dabei letztlich systematisch ungeklärt trotz aller Anläufe, die Parsons und andere unternommen haben.

Daran schließen sich vielfältige Fragen an: Wie unterscheiden sich Systeme von Teilsystemen (Subsystemen), die sie enthalten? Kann ein bestimmtes System als Subsystem nicht auch unterschiedlichen übergeordneten Systemen (z.B. der Wirtschaft und der Kultur) angehören? Können Systeme einander überlagern oder überschneiden, gibt es dann eine »Schnittmenge« von Handlungen? Gehört z.B. die Pressekonferenz, die ein Politiker gibt, zum System der Politik, zum Mediensystem oder zu beiden? Fragen, an denen sich auch die Neuorientierung der Systemtheorie durch Niklas Luhmann messen lassen muß.

Kann sich ein System selbst produzieren?

Luhmann radikalisiert die Systemtheorie mit einer entscheidenden Wendung: das System hat nicht nur eine Grenze zur Umwelt: es stellt diese Grenze selbst her und stellt sich damit selbst als System her. Die Handlungen, vermittels derer es diese Grenzziehung und damit seine Selbstherstellung als System leistet, heißen »Operationen«. Aus diesen Operationen besteht wiederum das System, also nicht etwa aus den (systematisch) operierenden Menschen. Systemherstellende Operationen sind die Elemente des Systems. Damit kann die Welt logischerweise kein System sein, da sie ja kein Außen, keine Umwelt mehr kennt. Die Welt wäre also stets nur Umwelt, nie ein System, auch wenn sich eine innere Systematik des Universums mit seiner Entwicklung seit dem Urknall eines Tages aufweisen lassen sollte. Analog dazu ist auch die Gesellschaft als Ganzes kein System. Auch Luhmann kennt im übrigen keine unmittelbar wahrnehmbare Wirklichkeit; sein »operativer Konstruktivismus« bezweifelt dabei aber nicht, daß es eine Welt und eine jeweilige Umwelt gibt. Sonst hätte ja auch der Begriff der Systemgrenze, der voraussetzt, daß es eine andere Seite gibt, keinen Sinn.[6]

Wesentlich an Luhmanns Systemtheorie ist also, daß sich jedes System durch »operative Schließung« selbst erzeugt. Es wird »autopoietisch« – ein Ausdruck, den er aus der Naturwissenschaft (von Humberto Maturana und Francisco Varela) übernommen hat.[7] Diese Selbstproduktion erfolgt nur durch die »operative Schließung« – das soll heißen, daß die systembezogenen »Operationen« aneinander »anschlußfähig« sind und dadurch erst das System gegen seine Umwelt abgrenzen, also den Unterschied zwischen »innen« und »außen« (die »Differenz«) herstellen. Diese Differenz begründet wiederum die »Einheit« des Systems – Operationen sind jeweils nur die systembezogenen »Handlungen«, die diese Einheit herstellen. Schon hier ist allerdings zu fragen, ob der Luhmannsche Sprachgebrauch konsequent ist. Wenn er feststellt, daß sich das System (durch

Abgrenzung) selbst herstellt – müßte er dann nicht auch sagen, daß es damit auch seine Umwelt (nicht die Umwelt) als solche erst herstellt? Was aber bedeutet dann eigentlich das Wort »herstellen«?

Interessant, aber verwickelt erscheint dabei die Frage, wie sich das soziale System überhaupt mit seiner Umwelt austauschen kann, wenn alle seine »Operationen« per Definition »intern« sein sollen. Wiederum in Anlehnung an Humberto Maturana und Francisco Varela spricht Luhmann von »strukturellen Koppelungen«[8] – als Beispiel dient ihm die Schwerkraft, der ein (z.B. biologisches) System und dessen Umwelt gleichermaßen unterworfen sind. Nur: Was immer dies für Koppelungen sein mögen, sie sind Koppelungen nur dann, wenn sie sich – vom System wie von einem externen Beobachter her gesehen – auf Bedingungen zurückführen lassen, die auch ohne das System und ohne den Beobachter existieren würden. Und das heißt: wenn sie tatsächlich (objektiv) existieren. Gehören sie dann aber nicht wesentlich zur jeweiligen Umwelt, die das System angeblich selbst erst herstellt? Oder sind sie Bedingungen der Möglichkeit jedes Systems und jeder Umwelt, also Faktoren einer übergreifenden Realität?

Ob der bewußt beobachtende und unterscheidende Mensch überhaupt als System angesprochen werden darf, ist gleichfalls eine offene Frage. Daß das Bewußtsein an den Körper gebunden ist, macht es zum Teil des Systems »Person«. Wenn das »Ich« den eigenen Körper – oder auch die eigene Psyche – zum Objekt seines Beobachtens macht, erklärt es gleichsam sich selbst zur (beobachteten) Umwelt, es zieht sich als Beobachter in den nicht faßbaren Kern seiner Subjektivität zurück. Dies beweist allerdings gerade nicht, daß es durch die Unterscheidung innen/außen diese Umwelt substantiell »produziert«, sondern nur, daß es sie als Umwelt auffaßt. Wenn man diesen Vorgang als »Produzieren« bezeichnen will, gibt es unterschiedliche Kategorien von »Produktion«: eine materielle und eine formale. Auch die materielle wandelt letztlich nur Materie um (verändert also deren Form), doch die formale organisiert lediglich die umgewandelte Materie, den Stoff des biologischen Stoffwechsels, zu einer Einheit. Schon deshalb ist der Ausdruck »produzieren« oder »herstellen« mehrdeutig – was im Hinblick auf die soziale Wirklichkeit zu fatalen Verwechslungen führen kann. (Auch deshalb muß zuallererst die Begrifflichkeit der Systeme von den realen Systemen unterschieden werden. Das Bilden anschlußfähiger Begriffe mag so möglich sein, wie Kinder Münzen aufeinanderstapeln und sie dabei leicht gegeneinander versetzen: Die Schwerkraft sorgt dafür, daß irgendwann der schiefe Turm zusammenpurzelt.)

Nur ein System kann Luhmann zufolge operieren, und nur Operationen können ein System produzieren. »System« und »Operation« setzen sich also gegenseitig voraus: »Die anschließbaren Operationen bilden das System. Das, was dadurch ausgeschlossen wird, wird zur Umwelt des Systems.«[9], und: »Ein operativ geschlossenes System ist somit nicht in der Lage, mit seinen eigenen Operationen die Umwelt zu erreichen, denn die Operationen bleiben stets auf der Innenseite ... des Systems.«[10] Ein begriffliches Pingpong. Luhmann verzichtet darauf, den Widerspruch aufzulösen, und verweist auf den Bereich, der sich in der Tat im – scheinbar immerwährenden – Zirkel selbst reproduziert: auf das Leben. »Leben produziert Leben, und nichts von außen kann Leben hinzufügen.«[11]

Am Beispiel des Lebens, also biologischer Systeme, läßt sich im übrigen gut aufzeigen, daß die Suggestionskraft, aber auch die Fragwürdigkeit der Systemtheorie vor allem auf der biologischen Analogie beruht – (wenn nicht gar auf der technischen, also dem Vergleich mit der Maschine). Die evolutionäre Ausdifferenzierung des Lebens ist nur zu verstehen als systematische Wechselbeziehung von (Bio-)System und Umwelt oder von »innen« und »außen«. Daß dabei interne Vorgänge wirksam sind, die nicht unmittelbar nach außen wirken oder von außen gesteuert werden, ist nicht zu bestreiten. Daß es aber nur diese Operationen des Systems sind, die es im physischen Sinne nach außen abgrenzen, ist nicht zwingend. Begrifflich kann man allerdings postulieren, Operationen seien eben nur die Vorgänge, die die »Differenz« von innen und außen herbeiführen. Man muß sich nur darüber im Klaren sein, daß die Gesamtheit der Operationen zugleich dazu dient, das System so weit zu schließen, daß es sich als System erhält, und so weit offenzuhalten, daß es sich als System erhält. Denn beides ist gleichermaßen notwendig.

Wie erhält sich ein sich selbst steuerndes Bio-System am Leben? Nimmt man es als Generationenfolge: Durch Fortpflanzung. Nimmt man es als Einzelwesen: Durch Stoffwechsel, also durch ständige Zufuhr oder Aufnahme und Wiederabgabe von Energie und/oder Materie.[12] Sowohl Steuerung wie Stoffwechsel setzen voraus, daß das System in seiner Umwelt »unterscheiden« kann, was ihm (seiner Reproduktion) nutzt und was ihm schadet, z.B. durch die Alternative (durch den »Code«): Nahrung/keine Nahrung oder Gefahr/keine Gefahr. Dieses Unterscheiden ist aber gerade kein autonomes Entscheiden des Systems. Das System kann nicht bestimmen, welchen Unterschied es außen vorfindet. Es muß so unterscheiden, wie es die Außenwelt wahrnimmt. Ich kann entscheiden, ob ich die Augen aufschlage, aber nicht, was ich dann sehe. Unterscheiden heißt immer: In der Umwelt einen Unterschied wahrnehmen. Heißt das auch, damit die Umwelt erst »herzustellen«, oder ist das eine Metapher?[13]

Der Mensch unterscheidet und weiß, daß er unterscheidet. Wenn man also von einem System spricht, das bewußt beobachtet, unterscheidet und handelt, dann kann es sich immer nur um das »psychophysische« System Mensch handeln. Ein soziales System kann ohne den Menschen nicht unterscheiden oder handeln, sondern nur Unterscheidungen, Regeln, Vorschriften oder Erwartungen bereithalten (z.B. in einem Text mit Gesetzeskraft), die vorher von Menschen geschaffen worden sind. Diese Menschen mögen sich wiederum in Systemen befunden haben, die solche Vorschriften bereithielten – doch deren Urheber waren ebenfalls Menschen. Dagegen befindet Luhmann kategorisch: »Es ist völlig klar, daß Menschen nicht Teile sozialer Systeme sein können.« Denn dies müßte, nach seiner Logik, heißen, daß jeder interne biologische Vorgang im System Mensch, z.B. jede Wahrnehmung, ein »soziales Ereignis wäre«.[14] Dieser

Schluß erscheint nicht zwingend. Soll »soziales« Ereignis hier heißen: sozial bedingt oder sozial wirksam? Und ist nicht die »Wahrnehmung«, wenn mit »Unterscheiden« verbunden, auch hier doppeldeutig: nämlich stets – auch – sozial bedingt? Ich kann nicht unterscheiden ohne kognitive Fähigkeiten, die ich gelernt – also sozial erworben – habe, aber dieses Lernen hat eine Voraussetzung, die nicht sozial bedingt ist: meine biologisch vorgegebene Lernfähigkeit.

Neben dem Bios läßt sich die Technik als selbstreproduzierend beschreiben, wobei das Computerzeitalter durch eine neue Qualität der Selbstregulierung gekennzeichnet ist. Der Mensch wird freilich immer noch gebraucht, er konstruiert und programmiert den Computer. Wenn er ihn eines Tages so programmieren kann, daß der Computer selbst immer neue – und zwar jeweils weiterentwickelte Computer konstruieren kann, ließe sich eine computergesteuerte Welt vorstellen, die dem Menschen alle Funktionen (im Sinne von Arbeitsleistungen) abnimmt, weil er alle denkbaren Entwicklungsfaktoren und Reaktionsoptionen in sein Programm aufnimmt.[15] Diese Computerwelt würde sich alle materiellen Ressourcen aus der Umwelt holen und zugleich alle diese Ressourcen recyclen, also optimal umwelt- und ressourcenschonend operieren. Ob dieser Grenzwert real erreichbar ist, darf man bezweifeln, ob er wünschenswert ist, ohnehin – doch die Tendenz gegen diesen Grenzwert scheint vorerst unaufhaltsam und ist Kennzeichen eines Systems, das potentiell ohne den Menschen auszukommen scheint und somit dessen Entscheidungen auch nicht berücksichtigen muß. Eben deshalb liegt es nahe, die Technik als System sui generis (wenn auch mit sozialen Implikationen und sozialen Auswirkungen) zu bezeichnen, aber nicht als soziales System.

Weitere Vergleichsmöglichkeiten geben Architektur und Städtebau her: Betrachtet man Häuser und Wohnungen oder Städte und Dörfer (oder auch ein Verkehrswegenetz) als Systeme, wird ebenfalls klar, daß sich ihre externen und internen Funktionen nicht ohne Rückgriff auf das »Element Mensch« verstehen lassen. Dabei muß nicht das konkrete Individuum in den Blick genommen werden, wohl aber der Mensch als Individuum: d.h. die Tatsache, daß Menschen personale Bedürfnisse, Ansprüche und Eigenschaften haben (z.B. Bedürfnis und Anspruch auf Privatheit). Bei Haus oder Stadt/Dorf tritt in Bezug auf die Grenze zwischen System und Umwelt oder innen und außen noch eine wichtige Differenz auf: Menschen befinden sich nicht nur im System oder außerhalb des Systems, sondern sie gehören dazu oder nicht dazu. Hier kommen nicht nur unterschiedliche Grade von Öffentlichkeit und Privatheit in den Blick, also das Recht auf Zugang oder das Recht, andere vom Zugang auszuschließen, sondern auch unterschiedliche Grade von Teilhabe, also das Recht auf Mitwirkung oder der Ausschluß davon und damit auch unterschiedlich ausgeprägte Möglichkeiten von Identifizierung. Soziale Interaktionen in Stadt/Dorf, Haus oder Wohnung vollziehen sich zwischen den Menschen, die sich dort befinden – doch der systematische Unterschied zwischen den Menschen, die darin »wohnen« und denen, die sich dort nur aufhalten, ist damit nicht erfaßt – macht er nicht aber eigentlich erst die Differenz aus, wenn es um die Frage geht, ob ein räumlich strukturiertes und organisiertes System ein soziales System ist?

Umwelt oder Welt: Der Ort des Menschen

Die Luhmannsche Systemtheorie möchte den Menschen als Individuum (und zwar im Singular wie im Plural) ganz aus dem sozialen System heraushalten. Der Mensch hat zwar mit dem System zu tun, aber immer nur als dessen Umwelt: Das System erhält und reguliert sich selbst und wirkt auf die Umwelt Mensch ein und umgekehrt. Nun könnte man diese These auch vertreten, wenn der Mensch Teil des Systems ist: Auch dann kommt es für die Analyse des Systems nicht auf den konkreten einzelnen Menschen an. Vom System her gesehen ist er austauschbar. Das gilt freilich für Elemente in Systemen schlechthin, wie etwa für Atome in Molekülen: Sie sind prinzipiell austauschbar mit gleichwertigen anderen Atomen. Das Sauerstoffatom in H20 muß immer ein Sauerstoffatom sein, aber kein bestimmtes Sauerstoffatom. Gleichwohl ist das Atom Element des Systems Molekül. Warum soll also der Mensch als Individuum nicht »im Inneren« sozialer Systeme plaziert sein? Ein ausschließender Grund könnte die Auffassung sein, daß Elemente nicht mehreren Systemen angehören können, indes Menschen z.B. unterschiedlichen Organisationen angehören. Doch in der Mengenlehre gehören Elemente aufgrund unterschiedlicher Merkmale unterschiedlichen Mengen an. (Mengen können sich überschneiden und Schnittmengen bilden. Jedes Element der Schnittmenge ist Element von zwei oder mehreren Mengen. Unter diesem Gesichtspunkt könnte man fragen, ob Menschen, die ja stets unterschiedlichen sozialen Systemen angehören, nicht die entscheidende »strukturelle Kopplung« zwischen System und Umwelt darstellen, von der Luhmann in Anlehnung an Maturana spricht [s.o.]). Die Frage bleibt, ob von den Handelnden vollständig abgekoppelte Handlungssysteme, wenn man sie als soziale Systeme anspricht, dem Anspruch einer sozialen Theorie genügen können, die doch nur befriedigt, wenn sie gleichsam den »geometrischen Ort« der Person in der Gesellschaft beschreiben kann.

Noch einmal zurück zu der Frage, ob der einzelne Mensch selbst als ein psychophysisches System anzusehen sei, das sich selbsterhaltend von seiner Umwelt abgrenzt. Was wäre dann das Ich, das den eigenen Organismus als System begreift? Es ist selbst offenbar kein System, hat aber eine Umwelt. Daß der Organismus ein System ist und daß das System sich von der Umwelt subjektiv und objektiv unterscheidet, steht außer Frage. Doch von welcher Umwelt? In der Frage, wie autonom der Mensch als Element eines Systems überhaupt sein kann, steckt eine anthropologische und zugleich eine ontologische Grundfrage, also eine Frage nach dem Wesen der Welt als der Gesamtheit des Seienden. Der Mensch hat eben nicht nur eine mehr oder weniger geschlossene Umwelt, sondern erfährt sich immer als Teil einer offenen Welt. Das Tier kennt keine Differenz zwischen Welt und Umwelt, es ist als System bruchlos mit der Umwelt verkoppelt – sie besteht gleichsam nur aus jenen Außenfaktoren, die das System zum Überleben braucht oder die sein Überleben gefährden.

Helmut Plessners philosophische Anthropologie beschrieb diese Weltoffenheit als »exzentrische Positionalität« des Menschen – im Gegensatz zur »zentrischen Positionalität« des umweltgebundenen Tieres.[16] Arnold Gehlen griff diese These der Weltoffenheit auf und beschrieb unter Rückgriff auf Adolf Portmann den Menschen als instinktreduziertes, also biologisch im Vergleich zum Tier wenig festgelegtes und in weit geringerem Maße umweltgebundenes Wesen, das gerade deshalb seinen Halt an und in festgefügten Institutionen finden muß, die ihm eine Fülle von Entscheidungen und Handlungen abnehmen und ihn damit von Antriebsüberschüssen entlasten.[17] Wenn man wie Gehlen alle institutionellen Leistungen unter dem Gesichtspunkt der Entlastung sieht, kann man der (institutionell gestützten) Moral die Funktion zuordnen, »die Sicherheit und Unstörbarkeit des Verhaltens auf einer gegenseitigen Vertrauensbasis zu garantieren«, doch dies laut Gehlen nur unter der Bedingung, »daß die Institutionen einer Gesellschaft, ihre Einrichtungen, Gesetze und Verhaltensstile, wie sie als wirtschaftliche, politische, soziale und religiöse Ordnungen vorliegen, daß diese Institutionen als Außenstützen, als Halt gebende Verbindungsstücke zwischen Menschen funktionieren, daß sie erst die Innenseite der Moral zuverlässig machen.«[18] Dabei kommt freilich zu kurz, daß auch diese Institutionen – zumindest in der westlichen Kultur – den Menschen nur partiell entlasten können, wenn sie ihn nicht völlig vereinnahmen und »konsumieren«, also auch entmündigen sollen. Auch Institutionen müssen also, wenn sie nicht einem totalitären System dienen, ihrerseits dem Einzelnen ein gewisses Maß an Weltoffenheit und Freiheit verbürgen.[19]

Die menschliche Umwelt, auch die kulturelle und institutionelle, bleibt prinzipiell offen, weil sie dem Menschen als Teil der Welt und nur als Teil der Welt gegeben ist. Er kann die Umwelt überspringen, indem er Fernes und Entlegenes wahrnimmt und in seine Kommunikation aufnimmt, und er kann seine Umwelt bewußt verändern, weil er Fernes mit Näherem in Beziehung setzen kann. So sieht Peter Sloterdijk den Menschen als telepathisches Tier.[20] Er definiert die menschliche Intelligenz geradezu durch ihre »Erreichbarkeit aus der Ferne«. Sloterdijk verweist auf eine biologische Voraussetzung dieser telepathischen Fähigkeit, die auf der Fähigkeit zur Kommunikation über große zeitliche und räumliche Distanzen beruht, wie sie schon für die Großreiche der Frühzeit konstitutiv war: die Audiovisualität des Menschen. Während die meisten Tierarten wesentlich stärker vom Geruchssinn und vom Tastsinn abhängen, holt Sehen und Hören uns die Ferne heran, längst bevor wir sie durch audiovisuelle Technik potenzieren. Sloterdijk spricht von einem ontologischen »Augenaufschlag«, der unsere »aparte Gattung aus dem Sein in Umwelten zum Dasein in der Welt befördert. Weil Auge und Ohr Distanzorgane sind, sind sie von sich her wie keine anderen Sinne dazu geeignet, die Besitzer dieser riskanten Organe zu Weltwesen zu machen – das heißt zu Lebewesen, die ein Verhältnis zum Offenen, zum Unbekannten, zum Neuen entwickeln.«[21]

Wieviel Freiheit gestattet das System?

Die entscheidende Frage auch an die Systemtheorie Luhmannscher Prägung lautet: Wenn der Mensch als einzelner nicht ins soziale System gehört, wie läßt sich dann sein Freiheitsspielraum im autopoietischen, operativ geschlossenen sozialen System ermessen? Man muß dann systematisch sagen: Gar nicht. Statt dessen läßt sich sein Freiheitsspielraum gegenüber dem System ermessen. Doch dann erfindet man – z.B. für das Mediensystem – zwei Sorten von (menschlicher) Umwelt: Menschen, die systematisch, also regelmäßig (nämlich professionell) systembezogen agieren – z.B. als Journalisten oder Publizisten – und als solche auch Objekte des Systems sein können (also in ihrem Handeln vom System bestimmt werden), und Menschen, die nicht als Journalisten oder Publizisten agieren, sondern als Publikum – Empfänger, Leser, Hörer, Zuschauer – Objekte des Systems sind, aber auch ihrerseits auf das System einwirken oder reagieren können – z.B. als Informanten oder als Betroffene, die sich gegen eine bestimmte Berichterstattung wehren, und vor allem als Konsumenten, die sich für dieses oder jenes Angebot entscheiden. Der Journalist gehört eben nicht in gleicher Weise zur »Umwelt« des Systems wie das Publikum.

Die einzige, wenn auch gleichfalls nicht einfache Möglichkeit, diesem wichtigen Unterschied gerecht zu werden, scheint mir doch die zu sein, die im System agierenden Menschen (die sich selbst auch als im Inneren des Systems befindlich wahrnehmen und damit die Grenze nach außen ziehen und das System konstituieren) als systematisch notwendige Bestandteile des Systems zu akzeptieren. (Das schließt, wie oben ausgeführt, die Zugehörigkeit von Menschen zu mehreren Systemen sowie die Unterscheidung zwischen systembezogenen und nicht systembezogenen Handlungen dieser Menschen nicht aus und ebenso wenig, daß sie als Agenten des Systems zugleich dessen Objekte sind, also Täter und Betroffene, Handelnde und »Behandelte«, Steuernde und Gesteuerte zugleich.)

Um Luhmanns autopoietischem Denken gerecht zu werden, muß man sich aber noch etwas weiter darauf einlassen. Luhmann macht nicht einfach die Handlungen zu Komponenten seines Systems, sondern die Operationen der Kommunikation: »Denn nicht die Handlung, sondern nur die Kommunikation ist eine unausweichliche soziale Operation und zugleich eine Operation, die zwangsläufig in Gang gesetzt wird, wenn immer sich soziale Situationen bilden.«[22] Auch hier darf man zweifeln. Daß soziale Situationen möglich sind, ohne daß gehandelt werden muß, leuchtet ein. Daß soziale Systeme entstehen und eigendynamisch fortbestehen können, ohne daß – über bloße Kommunikation hinaus – überhaupt gehandelt werden müßte, ist zweifelhaft. Nun geht Luhmann aber noch einen entscheidenden Schritt weiter, in dem er einen Begriff von Kommunikation bildet, »der jede Bezugnahme auf Bewußtsein oder Leben, also auf andere Ebenen der Realisation autopoietischer Systeme streng vermeidet.« Damit will er natürlich nicht behaupten, daß Kommunikation ohne Leben und Bewußtsein möglich wäre, aber: »Sie ist auch ohne Kohlenstoff, ohne gemäßigte Temperaturen, ohne Erdmagnetismus, ohne atomare Festigung der Materie nicht möglich. Man kann angesichts der Komplexität der Welt nicht alle Bedingungen eines Sachverhalts in den Begriff dieses Sachverhalts aufnehmen; denn damit würde der Begriff jede Kontur und jede theoriebautechnische Verwendbarkeit verlieren.«[23]

Hier scheint mir die theoriebautechnische Verwendbarkeit doch eher dem Bau eines Luftschlosses zu dienen. Während nämlich Leben und Bewußtsein untrennbar mit Kommunikation verbunden sind, trifft dies auf die anderen Faktoren – Temperaturen, Magnetismus, Atomstruktur – gerade nicht zu. Sie sind zwar Voraussetzungen des Lebens, also auch des Bewußtseins und somit auch der Kommunikation, aber sie existieren ihrerseits auch ohne Kommunikation. (Daß wir ohne Kommunikation von diesen Phänomenen nichts wüßten, ist etwas anderes.) Menschliches Bewußtsein aber kann schwerlich ohne Einbeziehung eines auf Menschen bezogenen Kommunikationsbegriffs gedacht werden und umgekehrt. Dies gilt auch dann, wenn man Kommunikation und Wahrnehmung begrifflich trennt und unter Kommunikation die Mitteilung von Wahrnehmungen durch bestimmte Ausdrucksmittel – z.B. Sprache – versteht; denn selbst wenn man reine Wahrnehmung als unbewußten Vorgang ansieht, setzt die Mitteilung stets ein bewußtes Unterscheiden voraus. Luhmann aber muß die Kommunikation von der Voraussetzung des Bewußtseins begrifflich trennen, um zu der Aussage zu gelangen: »Ein Kommunikationssystem ist deshalb ein vollständig geschlossenes System, das die Komponenten, aus denen es besteht, durch die Kommunikation selbst erzeugt. In diesem Sinne ist ein Kommunikationssystem ein autopoietisches System, das alles, was für das System als Einheit fungiert, selbst reproduziert. Daß dies nur in einer Umwelt und unter Abhängigkeit von Beschränkungen durch die Umwelt geschehen kann, versteht sich von selbst.«[24]

Doch was versteht sich schon von selbst? Die Wechselbeziehung von »operativer Geschlossenheit« und existenznotwendiger Umweltoffenheit scheint mir durchaus erklärungsbedürftig zu sein. Daß ein Kommunikationsprozeß – z.B. ein Streit zwischen zwei Menschen – eine Eigendynamik entwickelt, die sich aus jeweils nicht vorhersehbaren Reaktionen des anderen ergibt, heißt noch nicht, daß sich diese Kommunikation »selbst« produziert. Sie wird von Menschen produziert und von nichts anderem. Wenn man Kommunikation als Sachverhalt »sui generis« anspricht und ihre Strukturen analysiert, kann man zwar die Agenten der Kommunikation durchaus aus der Analyse ausblenden, wie man die Sprache oder die Mathematik als Sachverhalt sui generis ansprechen kann, ohne die sprachlich oder mathematisch operierenden Personen in den Blick zu nehmen. Doch in dem Augenblick, indem man wissen will, welche Bedeutung ein derartiger Sachverhalt in einem sozialen System hat und was daraus für den Freiheitsspielraum des Einzelnen folgt, ist der Mensch wieder dabei.

Individualität contra Identität?

Bei Luhmann kommt »die Gesellschaft« als System nicht vor – es gibt nur gesellschaftliche Systeme. Der Mensch als Individuum kommt ebenfalls nicht vor – er ist für Luhmann innerhalb einer soziologischen Theorie ganz uninteressant. Was bedeutet es, wenn das Individuum in seiner geschichtlichen sozial-kulturell bestimmten Gestalt »verschwindet«? Könnte es auch sein, daß der moderne Mensch »zur Individualität verurteilt« ist, weil er allen Systemen und Subsystemen immer weniger zugehörig ist, weil die Ausdifferenzierung der Teilsysteme, in denen er sich bewegt, ihn immer stärker auf sich selbst zurückwirft? Doch Individuum bleibt er nur in der Dialektik von Zugehörigkeit und Emanzipation, von Zustimmung und Widerspruch, die Systeme von ihm fordern, denen er angehört – nur so kann er – systemtheoretisch gesprochen – eine stabile Differenz zwischen sich und seiner Umwelt (und damit seine Identität) aufrechterhalten.

Steckt in Luhmanns Theorie am Ende der Versuch, eine Wechselbeziehung zwischen der egozentrischen Übersteigerung des Individualismus und dem immer unübersichtlicher und undurchsichtiger werdenden Beziehungsgeflecht der Systeme und Subsysteme aufzuzeigen? Zeigt sich hier eine Affinität der Luhmannschen Systemtheorie zu Ulrich Becks Individualisierungsthese? Letztlich bietet aber wohl kein Theorem und keine These eine Prognose hinsichtlich der Frage, ob die sich in einer zusammenwachsenden Menschheit gleichsam gegenläufig ausdifferenzierenden Sozialsysteme am Ende das Individuum (und nicht nur den Individualismus) stärken oder schwächen werden – alle Theorie ist hier zugleich Spekulation. Für das Selbstverständnis des handelnden Individuums leistet die Systemtheorie jedenfalls nicht allzu viel, sie will es offenbar auch gar nicht. Insoweit muß man die Begrenztheit des bisherigen soziologischen Denkens einsehen und akzeptieren: Es gibt offenbar noch keine übergreifende Theorie, die die Dynamik des Verhältnisses zwischen den personalen Agenten, den Systemen und den Subsystemen in den Griff bekommt.

Ohne Zweifel wird Luhmanns Ziel, die menschliche Person, von der »naiv« zu reden er offenkundig für sentimentalen Dilettantismus hält, aus der soziologischen Theorie auszuschließen, durch die allgemeine Entwicklung der Soziologie gestützt. »Was als Person sichtbar ist, ist eigentlich nur eine Erwartungskollage: Das, was man notfalls und normalerweise zusammenhält, wenn man mit anderen zu tun hat.« In der soziologischen Theorie werde heute »die traditionsreiche Annahme, die Gesellschaft bestehe aus Menschen, sei also eine Menge von Menschen in irgendwelchen Beziehungen, mehr und mehr ersetzt durch die Begrifflichkeit, die nur noch von Rollen oder von Institutionen spricht. Man sagt dann, je differenzierter die Rollen in der Gesellschaft sind, desto mehr müsse das Individuum seine Rolle wechseln und desto mehr habe es Anlaß, sich über seine Identität und die Konsistenz seines Verhaltens Gedanken zu machen, desto mehr bilde es Individualität aus. An diese Phase, die mit den Klassikern der Soziologie schon erreicht war, schloß eine weitere Entwicklung an, die den Begriff der Rolle und den Begriff der Institution durch den Begriff des Verhaltens auflöst: Alle sozialen Strukturen sind letztlich Verhaltenserwartungen.«[25]

Gerade hier, beim Rückgriff auf den Rollenbegriff, trifft Niklas Luhmann gleichsam unterhalb seines sonst durchgehaltenen Abstraktionsniveaus auf den Kern des Problems: Wie läßt sich das Individuum im System überhaupt noch identifizieren, damit sein – wachsender oder schrumpfender – Freiheitsspielraum als Bedingung der Möglichkeit moralischen Verhaltens in den Blick kommt? Welche Funktion kommt ihm beim Interagieren zwischen den Systemen zu? Wenn es den Systemen immer nur partiell angehört, also nie ganz zu einem System, wenn kein Subsystem der Gesellschaft den Einzelnen ganz in Anspruch nehmen, ja vereinnahmen kann – was folgt daraus für seine Freiheit und für seine Individualität?

(Und ist das so neu? Oder bestand die Freiheit der Person, seit im Abendland von ihr die Rede ist, nicht schon immer darin, daß sie in keinem System, in keiner Gemeinschaft, in keiner Gesellschaft jemals ganz aufgeht?)

Wird der Einzelne im Labyrinth der sich - angeblich – auflösenden Institutionen und der sich ausdifferenzierenden Systeme und Subsysteme immer selbstbewußter und individualistischer und zugleich als Individuum immer ohnmächtiger, weil es auf ihn immer weniger ankommt? Wird damit schließlich seine Individualität zum Gegenpol einer Identität, die er letztlich nur aus der Zugehörigkeit zu einer Institution, einem System, einer Gruppe beziehen kann? Man fühlt sich an Gottfried Benn erinnert:

> »Die Qualität der Persönlichkeit
> wird gewahrt von den Anzügen,
> die bei gutem Stoff zehn Jahre halten.«[26]

Was wird aus Person und Gesellschaft, wenn Job, Wohnort, Lebenspartner, Bezugsgruppe – und auch die Anzüge – immer öfter gewechselt werden? Daß die bewußtseinsprägenden Institutionen – Familien, Kirchen, Parteien, Gewerkschaften, Vereine usw. – an Bindungswirkung und Prägekraft verlieren, während sich der Einzelne im Alltag immer mündiger fühlt und in weit höherem Maße selbstbestimmt erlebt als frühere Generationen und trotzdem zugleich immer hilfloser »anonymen« Kräften in Wirtschaft, Gesellschaft, Politik und Medien ausgeliefert wähnt, ist schon fast ein Gemeinplatz geworden. Der neue Enthusiasmus für Region und Regionalisierung als Gegengewicht zur Globalität und Globalisierung und die damit verbundene Aufwertung von »Erlebnisräumen« als Gegenstand eines neuen Heimatgefühls sprechen für sich.

Wachsende Individualität also bei schwindender Identität (z.B. durch Mitwirken und Mitbestimmen in einer Gruppe)? Daß es hinter wechselnden Rollen, Bindungen und Beziehungen bald keine personale Identität (im Sinne von Einheit und Dauer der Person) mehr geben werde, zählt zu den gängigen Prophetien. Der Identitätsverlust hat Konjunktur. Das Ich muß sich demnach infolge des immer rascheren Revirements sozialer, z.B. beruflicher, und damit auch räumlicher Bindungen und Beziehungen in immer kürzeren Zeitabständen immer neu positionieren und definieren. Entsprechend düster auch die Prognose für die Individualität: »Der Sinn für individuelle Autonomie weicht einer Wirklichkeit, in der man in gegenseitiger Abhängigkeit integriert ist und in der die Beziehung das Selbst konstruiert« befindet der Psychologe Kenneth J. Gergen.[27] Ist die Beziehungskiste kaputt, kommt die Identitätskrise zum Vorschein – wem wäre das nicht geläufig? Gerhard Gamm gar hat ein multiples Selbst entdeckt, nämlich eine »Multiplikation unseres Selbst in eine Vielheit unverbundener Verhaltens- und Erfahrungspartikel, die allenfalls schwache Formen individueller Kohärenz und Synthese erfordern«.[28] Hier wird der Ausdruck Multiplizieren wohl doch etwas fahrlässig gebraucht – mit nicht geringerer Logik könnte man vom (sich) Dividieren des Selbst sprechen. Bei alledem geht es um den anscheinend immer rascher ablaufenden, permanenten Wechsel von Situationen, die unterschiedliches Verhalten erfordern, unterschiedliche Entscheidungen erzwingen und unterschiedliche Erfahrungen zur Folge haben.

Die Instanz, die diese Leistung vollbringen muß, bleibt aber hinter allen Verwandlungen ein (zumindest für das eigene Bewußtsein) unverwechselbares, einmaliges Ich, das diese Leistung erbringt (oder als Ich zusammenbricht).[29] Solange und soweit es aber dieser Aufgabe gewachsen ist, bringt es Identität und Individualität zur Deckung, so daß sich der behauptete Gegensatz realiter als eine Art inneres Tauziehen darstellt, eine mehr oder weniger anstrengende »Zerreißprobe«, die aber, wie mir scheint, von den konkreten Menschen in unserer Gesellschaft bisher ganz gut ausgehalten wird. Auf dem Gelingen dieser Leistung beruht offenbar die Möglichkeit von Autonomie, vielleicht aber auch die Möglichkeit des persönlichen Glücks? Der Mensch, der sich als Person von anderen unterscheidet und gleichwohl mit sich und der Welt »im Einklang« fühlt – oder wenigstens nicht so mit sich und der Welt zerfallen, daß er sich selbst und anderen zum Problem (z.B. krank) wird – wie ergeht es ihm wirklich in der real existierenden »Informationsgesellschaft«?

Hier mag es angebracht sein, sich die einschlägige Begrifflichkeit noch etwas genauer anzusehen. Das Individuum – lateinisch das Unteilbare – meint gemeinhin das Besondere, das eine Person von anderen unterscheidet und/oder aus der Gruppe heraushebt. Identität bezeichnet die völlige Übereinstimmung einer Person oder Sache mit sich selbst (z.B. wenn es sich nur scheinbar um zwei oder mehrere Phänomene handelt, weil es für ein und dasselbe Phänomen unterschiedliche Bezeichnungen gibt). Das (z.B. ermittlungstechnische) Identifizieren einer Person bezieht sich u.a. auf diese Möglichkeit. Unser Sprachgebrauch kennt aber auch das »sich mit etwas (z.B. einer Gemeinschaft) identifizieren«. Es wird demnach unterschieden zwischen einer »Ich-Identität« und einer mit anderen, z.B. Gleichgesinnten, geteilten »Wir-Identität«, wobei offenkundig jedes Ich, um sich seiner selbst gewiß zu werden, auf ein gewisses Maß an Wir-Identifikation angewiesen ist. Zur Identifikation zählt aber gleichermaßen auch die Abgrenzung gegen andere Personen und Gruppen, ohne die keine Individualität bestehen kann.

Individualität und Identität bedingen demnach einander, und sie enthalten darüber hinaus ein gemeinsames Element: das der Kontinuität. Von beidem kann nur sinnvoll die Rede sein, wenn man es als auf Dauer angelegt versteht, auch wenn diese Dauer realiter stets begrenzt ist. Anders gesagt: Jeder Mensch hat als Person eine auf Dauer angelegte Vorstellung (ein Bild) von sich selbst. Identität wäre dann zunächst einmal die Übereinstimmung dieser Vorstellung mit der Wirklichkeit der eigenen Person (also der Individualität). Die Vorstellung, die ich von mir selbst habe, habe ich nie allein durch mich selbst, also durch Selbstbeobachtung, sie ist immer auch durch andere vermittelt. Und auch die Differenz zwischen der vorgestellten und der wirklichen Person wird durch andere vermittelt (oder nicht vermittelt, weil das Selbst dies nicht zuläßt, was anderen dann als Selbsttäuschung und im Extremfall als Realitätsverlust auffällt). Wenn das Selbst die Differenz wahrnimmt, kann es z.B. versuchen, sich selbst dem erwünschten Image anzugleichen oder die Kluft durch Selbstdarstellung zu überbrücken. Dabei mag die Fähigkeit des Verdrängens wesentlich sein. Identität als personale Kontinuität beruht maßgeblich auf dem Gedächtnis: Auf dem eigenen und dem der anderen, auf dem individuellen wie auf dem kollektiven, das durch Verdrängen überspielt werden kann. Das zeigt sich einschneidend bei der Frage nach der Schuld und der Schuldfähigkeit, z.B. vor Gericht: Sie setzt eine Identität voraus, die ein Beschuldigter nicht mehr wahrhaben will, weil er sich nicht mehr vorstellen kann, daß er es war, der eine bestimmte Tat begangen hat. (Ob die Medien eher die Funktion des kollektiven Gedächtnisses oder die des kollektiven Vergessens und Verdrängens wahrnehmen, ist eine andere, nicht minder interessante Frage.)

Wenn die Psychologie unter Identität die Übereinstimmung einer Person mit sich selbst versteht und unter Identitätsverlust den Verlust dieser Übereinstimmung von Selbst-Bild und Selbst-Wirklichkeit, dann steckt darin schon eine soziologische Komponente, weil diese Übereinstimmung immer auch sozial vermittelt ist. Im Zusammenhang mit soziologischen Überlegungen möchte ich Identität deshalb im nächsten Schritt als Kongruenz von Selbsteinschätzung und Fremdeinschätzung bezeichnen; Identitätsverlust entsteht aus der Differenz von beidem. Soweit sich diese Kongruenz oder Differenz auf die persönliche Moral bezieht, kommt ein altmodischer Begriff ins Spiel: die Ehre. Ehre hat ein Mensch, dessen tatsächliches moralisches Verhalten dem Bild entspricht, das sich die anderen von ihm machen sollen. Es geht dabei also nicht nur um das Ansehen oder die Geltung einer Person unter moralischem Maßstab, sondern um deren Übereinstimmung mit der Selbstachtung – eben um der Selbstachtung willen wird ja die Achtung der anderen eingefordert. (Daß Medien besonders viele Möglichkeiten bieten, Menschen in ihrer Ehre dauerhaft zu beschädigen oder zu zerstören, bedarf kaum der Erwähnung – darauf beruht der unaufhebbare Zielkonflikt zwischen Pressefreiheit und Ehrenschutz. Daß Journalisten, die wenig Bedenken zeigen, die Ehre von Personen in Frage zu stellen, die sie zum Gegenstand ihrer professionellen Aufmerksamkeit erwählen, selbst außerordentlich empfindlich auf Kränkungen ihres Ehrgefühls reagieren können, sei am Rande vermerkt. Neben der persönlichen gibt es natürlich auch noch eine »soziale Ehre«, auf die auch Redaktionen und publizistische Unternehmen Anspruch erheben – daß professionelle Maßstäbe nicht zwangsläufig moralische Maßstäbe sind, ändert nichts daran, daß die Ehre – z.B. in Form der Berufsehre – ein theoretisch gering geschätzter, realiter aber hochgehandelter Wert ist.)

Individualität contra Identität – man wird demnach dagegen einwenden dürfen, daß »Identität« nicht ohne weiteres von der Individualität abgekoppelt werden kann, wie sehr sich die Gesellschaft mit ihren Rollen auch ausdifferenzieren mag. Sehr kleine wie sehr große soziale Einheiten – das Paar und die Familie, aber auch Ethnie und Nation haben daran weiterhin ihren Anteil – und, wenn man auch ihnen eine kollektive Selbsteinschätzung und eine Fremdeinschätzung zubilligt, ebenfalls eine Art von Identität und damit »Individualität« im Sinne einer Besonderheit. Konrad Thomas versucht, uns vom pathetischen

Mißbrauch der »Identität« (bis hin zur »corporate identity« und zum Nationalismus), der das Wort wie einen Zauberspruch benutzt, zu befreien.[30] Er schlägt vor, den tatsächlichen und nicht nur rhetorischen Gehalt des Begriffs »mit dem schlichteren Wort ›Zugehörigkeit‹ zu bezeichnen, der gleichzeitig die Abgrenzung enthält.«[31] Auch Thomas sieht also die »Differenz« zwischen Innen und Außen, doch ohne sich genötigt zu sehen, jedes »Innen« von vornherein zum (operativ geschlossenen) System zu erklären. Und er zeigt mit dem Stichwort Abgrenzung auf, woran sich Identität nach wie vor in der real existierenden Gesellschaft auch festmacht: an gruppenbezogenen Feindbildern. Ein Problem, das sich durch verstärkte Individualisierung, wenn sie denn tatsächlich zunehmende Orientierungsprobleme mit sich bringt, eher noch verschärfen könnte. Der neue Individualitätskult wäre dann etwas für die Erfolgreichen, die weniger Erfolgreichen fliehen aus dem Bann der alten Autoritäten in neue, irrationale Kollektive – vor dreißig Jahren nach links, heute nach rechts.

Im Identitätsproblem liegt einer der Haupteinwände gegen eine Systemtheorie begründet, die das Individuum aus dem System ausschließt. Der einzelne Mensch kann seine Identität nicht ohne Zugehörigkeit zu sozialen Gruppen definieren, die mehr oder weniger systematisch organisiert sind, und sich gegen eine Umwelt abgrenzen, also Merkmale eines Systems aufweisen. Es ist ja der Einzelne, der aufgrund seiner Zugehörigkeit die Unterscheidung zwischen innen und außen trifft, und dies durchaus als Zugehöriger unterschiedlicher sozialer Gruppen oder Organisationen, in denen er jeweils Organisierter und Organisierender zugleich ist. Sind es deshalb im Mediensystem nicht die Journalisten selbst, die als Publizierende und zugleich als Publikum (und damit auch als Inhaber anderer Rollen) die Funktion der strukturellen Kopplung zwischen System und Umwelt erfüllen – als Elemente von beiden nämlich?

Es liegt nahe, hier auf die Frage der »Sozialkontrolle« zurückzukommen: Wer sind die maßgeblichen Instanzen für die Agenten im Mediensystem, also vor allem für die Journalisten? Über wen »läuft« die Kontrolle mit formalen oder nichtformalisierten Sanktionen? Mehrere Bezugsgruppen wären zu nennen: zum einen das (anonyme) Publikum im weitesten Sinne. Dazu gehört zweitens auch das Fachpublikum, also die dem einzelnen Agenten (Journalisten) persönlich nicht bekannten Kollegen und sonstigen Fachleute, die seine (publizierte) Leistung als mehr oder weniger professionell beurteilen können; drittens die Kritiker, die man auch als Teil des Fachpublikums und darüber hinaus als Organ der »Selbstkontrolle des Mediensystems« ansehen kann; viertens schließlich die (ihm persönlich bekannten) Kollegen im eigenen Haus und in der eigenen Redaktion, wozu fünftens auch noch die Vorgesetzten als Spezies mit besonderen Sanktionsmöglichkeiten zu zählen wären. Außerdem ist nicht auszuschließen, daß professionell begründete Sanktions- und Kontrollmechanismen Rückwirkungen auf den privaten Bereich (Familie, Freunde) haben, die wiederum den Charakter von Sanktionen annehmen können.

Hier kommt also erneut die Frage der Sanktionen ins Spiel: Nur die Bezugsgruppe der Vorgesetzten und Kollegen in der eigenen Organisation (z.B. im eigenen Unternehmen) ist unmittelbar sanktionsfähig, wenn unter Sanktion eine konkrete Strafe oder Belohnung verstanden wird. Die anderen Bezugsgruppen sind nur indirekt sanktionsfähig, was eine nachhaltige Wirkung nicht ausschließt. Die Kritik kann das publizistische Werk verreißen oder nicht beachten, das Fachpublikum kann den Kopf schütteln und das professionelle Ansehen (früher: Renommee, heute: »standing«) eines Autors gegen Null oder in den Minusbereich einer nach oben und unten offenen »Richterskala« befördern. Das Publikum kann empört reagieren oder sich gelangweilt abwenden – dieser Fall kann dann wiederum handfeste direkte Sanktionen in der eigenen Organisation auslösen, vor allem, wenn es sich um ein kommerzielles Medienunternehmen handelt. In welchem Ausmaß sich in den unterschiedlichen professionellen Standards (noch) moralische Normen auffinden lassen, hängt z.B. auch davon ab, wie stark sich ein Medienunternehmen genötigt sieht, sich ausschließlich am kommerziellen Erfolg zu orientieren (vgl. Kap. XI, S. 165 ff.).

Ein Schritt zurück: Journalist und Rolle

Möglicherweise kommt man der Analyse des Mediensystems unterhalb der Luhmannschen Abstraktionshöhe näher, wenn man sich an den Rollenbegriff der älteren Systemtheorie hält. Auch die »Rolle« dient dazu, das Funktionssystem unabhängig von Personen zu beschreiben, indem diesen Personen Rollenerwartungen, die mit Sanktionen belegt sind, zugeordnet werden. Ein Journalist gehört also seiner Redaktion sowohl als konkrete Person wie als Träger einer Rolle an, und das heißt zugleich, »daß eine Person in einem Zeitungsunternehmen unterschiedliche Rollen ausübt. Der einzelne ist nicht nur Mitglied der Redaktion (Mitgliedsrolle), sondern er kann in der Organisation auch zuständiger Lokalredakteur für die Kommunalpolitik, Betreuer der Volontäre, der Experte für neue Redaktionstechnologien, Betriebsrat, Angehöriger einer Skatrunde und noch manches andere sein ...« so Manfred Rühl.[32] Er hält allerdings fest: »Die Trennung der Rolle von einer Person kann ohne Frage nicht dinglich vollzogen werden, etwa in dem Sinne, daß einmal die Mitgliedsrolle, ein andermal die Rolle als Kommunalpolitiker und wieder ein andermal die Rolle als Technologieexperte unabhängig von der Person handeln.«[33] Rollen sind immer in soziale Systeme einbezogen, nur in der Relation mit der Umwelt ist »das Zusammenspiel zwischen Rollen innerhalb und außerhalb von Systemen möglich.«[34]

Die Betrachtung journalistischer Organisationen nur als »Akkumulation mehrerer Personen » stößt auch bei Rühl auf Skepsis: »Die Vorstellung von journalistischen Systemen als Systeme von Personen würde – nimmt man sie ernst – zahlreiche nicht mehr übersehbare Folgen nach sich ziehen. Journalisten als konkrete Menschen, mit Leib und Seele, mit Hab und Gut, mit allen faktischen und potentiellen Merkmalen und Fähigkeiten, mit allen Bindungen an ihre Umwelt, als Teile eines gesellschaftlichen Kosmos, genannt Journalismus, zu begreifen, damit nähert man sich gedanklich dem Zustand Chaos.«[35] Auch nach Rühls Auffassung hält also die These, daß Redaktionen aus Menschen bzw. aus Personen bestehen, einer ernsthaften Prüfung nicht stand: »Personen als Organisationsbestandteile zu denken, bedeutet konsequenterweise, daß die Gesamtproblematik der Person zum Organisationsproblem wird. Das hätte zur Folge, daß nicht nur die im journalistischen Rollenkontext ... akuten Probleme, sondern daß alle unmittelbar persönlichen Probleme der Beteiligten zum lösungsbedürftigen Bestand der Organisation werden müßten. Wird beispielsweise ein Journalist von persönlichen Problemen geplagt, ärgert ihn sein Blinddarm oder hat er Angst vor Zahnärzten, hätte sich damit auch die Redaktion zu befassen, wenn man die Gesamtperson als Redaktionsbestandteil nimmt. Diese Vorstellung ist abstrus und hält in der Tat keiner empirischen Prüfung stand.«[36]

Dem ließe sich engegenhalten, daß sich Rollen, die ein Journalist außerhalb des Systems einnimmt; z.B. als Mitglied einer Partei oder als engagierter Umweltschützer, ebenso wie manches persönliche Problem durchaus systemrelevant auswirken können. Und umgekehrt können sich systeminterne und systembezogene Vorgänge außerordentlich stark auf die ganze Person des im System tätigen Menschen auswirken – und zwar prinzipiell anders als auf Personen, die nicht zum System gehören.[37] Rühl versucht als Fazit in seiner umfassenden Untersuchung, die unter dem Gesichtspunkt journalistischer Freiheit problematische Entkoppelung der journalistischen Person und des Sozialsystems Journalismus mit dem Hinweis aufzufangen, »daß Journalismus kontingent (zufallsunterworfen) zu leisten ist, d.h. daß er so, aber auch anders möglich ist ...«.[38] Die Zufallsbedingtheit (Kontingenz) wirkt in der Realität also der Tatsache entgegen, daß ein soziales System quasi ohne menschliche Personen existieren soll, nur weil Personen dem System nie ganz angehören (können). Doch woher kommt der »Zufall« – wenn nicht am ehesten aus dem nicht völlig berechenbaren Verhalten von Menschen, die im System oder außerhalb des Systems adäquat agieren?

Die systematische Trennung von Person und Journalismus veranlaßt Rühl zugleich, Fragen aufzuwerfen, die er im Grenzgebiet zwischen journalistischer Freiheit und journalistischer Ethik verortet: »Kann journalistische Freiheit noch vorrangig als Sache des Glaubens an die Prinzipien und Werte einer Unabhängigkeit vom Staat begriffen werden, wenn der Staat das Obrigkeitsprinzip aufgegeben hat und sich als demokratisch-parlamentarisch legitimierter, föderalistisch bestimmter sozialer Rechtsstaat präsentiert? Wie sinnvoll ist es noch, die Emanzipation von staatlicher (Vor)Zensur und Beschlagnahme in den Mittelpunkt zu stellen, wenn es darum geht, Journalismus vor vorstaatlichen, insbesondere vor parteipolitischen, ökonomischen, administrativen und anderen gesellschaftlichen Ansprüchen zu schützen?«[39] Rühl kommt es in seiner Variante einer Systemtheorie schließlich darauf an, die journalistische Freiheit als »Selbststeuerung eines umweltoffenen Teilsystems der Gesellschaft zu begründen«.[40] Doch um wessen Freiheit geht es, wenn nicht um die der Individuen innerhalb und außerhalb des Mediensystems?

Luhmanns Medienbilanz: Welt ohne Wahrheit

Verächtern einer konstruktivistisch angelegten Systemtheorie mag diese als ein hochgradig abstraktes und zugleich artifizielles Konstrukt erscheinen, durch und durch »high brow«. Das ändert nichts an ihrer Wirksamkeit in der medientheoretischen und medienkritischen Diskussion. Es empfiehlt sich also zu prüfen, welche Auswirkungen sie auf den Problemkreis der Medienethik haben könnte. Wenn Niklas Luhmann die »Realität der Massenmedien« untersucht, benutzt er das Wort in seinem Doppelsinn: nämlich der Realität, die von den Massenmedien abgebildet (»hergestellt«) wird, und der Realität, als deren Teil die Massenmedien selbst erscheinen. Man könnte daraus den Schluß ziehen, daß diesem System der Massenmedien ein um so größeres Eigenleben und Eigengewicht zukommt, je geringer ihre Chance ist, ihre Außenrealität richtig abzubilden und umgekehrt. Ein Grund für diese These könnte darin liegen, daß die Inhalte von Medien häufig aus anderen Medien oder medienbezogenen Aktivitäten Dritter (z.B. PR-Aktionen von Interessengruppen) übernommen werden. So verdoppelt oder vervielfältigt sich – scheinbar – die vermeintliche oder tatsächliche Realität. Daß Medien »selbstreferentiell« sind, weiß inzwischen jeder Volontär, was daraus folgt, glaubt er möglicherweise auch zu wissen: die Unmöglichkeit, an dieses angeblich nur auf sich selbst bezogene System mit ethischen Maßstäben heranzugehen.

Um die Theorie der Massenmedien in (s)eine allgemeine Theorie der modernen Gesellschaft einzuordnen, folgt Luhmann der Annahme, auch »die Massenmedien seien eines der Funktionssysteme der modernen Gesellschaft, das, wie alle anderen auch, seine gesteigerte Leistungsfähigkeit der Ausdifferenzierung, der operativen Schließung und der autopoietischen Autonomie des betreffenden Systems verdankt«.[41] Er leitet daraus den »Eigenwert« oder das »Eigenverhalten« auch des Mediensystems ab, das auch dann nicht beseitigt wird, wenn man dessen Mechanismen durchschaut. Mit anderen Worten: Die Spielregeln des Mediensystems sind stärker als jede Kritik daran, auch wenn diese Spielregeln den von innen und außen normativ gesetzten Anforderungen und Erwartungen – z.B. daß das Mediensystem wahre Aussagen über die Wirklichkeit machen soll – widersprechen sollten.[42]

In der Wechselwirkung zwischen Innen- und Außenrealität kann das System ein stärkeres oder schwächeres Eigenleben entfalten. Wenn man im Gegensatz zu Luhmanns Systemtheorie den Begriff eines Systems, das sich durch »operative Schließung« selbst herstellt, durchaus nur als Idealtypus (Grenzbegriff im Sinne Max Webers[43]) akzeptieren wollte, hieße dies: Ein funktionaler Handlungszusammenhang wird oder ist ein soziales System in dem Maße, in dem es sich operativ schließt. Diese Schließung wäre also niemals vollkommen. Die Grenze zur Außenrealität, zur Umwelt, kann und muß für Wirkungen in beide Richtungen durchlässig sein; und diese Wirkungen bilden mit den internen »Operationen« einen Zusammenhang. Ich möchte behaupten: Eine zu geringe Durchlässigkeit des sozialen Systems gefährdet den funktionalen Zusammenhalt ebenso wie eine zu große.

Diese Ansicht setzt jedenfalls voraus, daß alle »Operationen« auch im »Mediensystem« Handlungen von Menschen sind oder gar nicht sind, auch wenn sie durch Handlungen anderer bedingt sind und an die Handlungen anderer anschließen, und dadurch mehr oder weniger der Eigengesetzlichkeit des Systems, also vorgegebenen Erwartungen folgen, die ihrerseits von Menschen geprägt wurden, die ihrerseits usw. usw. Das heißt: Diese Handlungen müssen nicht (wie in einem technischen System) lückenlos ineinandergreifen (aneinander anschließen), damit das System bestehen bleibt. Wenn man »Operation« auf die für das System funktionstüchtige Handlung oder Kommunikation reduziert, findet man übrigens auch keinen Ansatzpunkt mehr für die Frage, wie eigentlich Spannungen und Konflikte in ein System hineingeraten – was vor allem im Blick auf den Extremfall des Krieges die Schwächen der Systemtheorie offenlegt.[44]

Doch unabhängig vom Extremfall: Man hat den Eindruck, daß jedes Element von Spannung und Dynamik im alltäglichen Vollzug von Gesellschaft von der Systemtheorie gewissermaßen wegdefiniert wird. (Gelingt – etwa im Medienbereich – eine Rundfunkreform, dann gut, gelingt sie nicht, und es kommt allmählich zur Marginalisierung des öffentlich-rechtlichen Rundfunks infolge mangelnder Reformfähigkeit – auch gut. Die Systemtheorie gibt für ein besseres Verständnis der Frage, wie Veränderungen im Mediensystem zustandekommen und wie sie sich auf das System auswirken, nichts her.) Eine Relativierung der reinen Lehre der Systemtheorie erscheint auch deshalb erforderlich. Wie entstehen Widersprüche, Konflikte, »Reibungsverluste« im Mediensystem? Bringt es sie selbst hervor, weil es eben nur graduell geschlossen ist; übernimmt es sie aus der Außenrealität, oder beides? Sind die inneren Widersprüche um so wahrscheinlicher, je niedriger man den Grad der Geschlossenheit ansetzt oder je weiter man damit die Grenze zur Außenrealität zieht? Besteht ein System demnach fort (»reproduziert seine Einheit«), wenn und solange eine hinreichende Menge von Operationen der im System handelnden Menschen ein hinreichendes Maß von Anschlußfähigkeit hat – also partiell und graduell zur Erhaltung des Systems beiträgt?[45]

Der Streit um diese Fragen ist insoweit kein akademischer, als er für das Selbstverständnis der Journalisten wie auch für eine medientheoretisch fundierte Medienkritik von Bedeutung ist. Daß Menschen (in diesem Falle Journalisten) sich als »Umwelt« eines Systems begreifen sollen, das sie in der Lebenswirklichkeit als sozialen Innenraum erleben (zu dessen Umwelt z.B. andere Sozialsysteme, aber vor allem auch das Publikum gehört), heißt doch, daß sie sich als Objekte eines Systems erfahren, das sie selbst konstituieren. Ich bin im System oder ich bin draußen – und dies ist eine andere Differenz von drinnen und draußen als die der Systemtheorie, ohne daß die Theorie in der Lage wäre, diesen Widerspruch aufzuklären.

»Was wir wissen, wissen wir durch Medien«

Immerhin mißt Luhmann dem Mediensystem eine überragende Bedeutung für unsere gesamte Weltkenntnis zu; denn der erste Satz in seinem Medienbuch lautet: »Was wir über unsere Gesellschaft, ja über die Welt, in der wir leben, wissen, wissen wir durch die Massenmedien.«[46] Eine Aussage, in der das Wort »auch« fehlt – auch durch Massenmedien. Denn wir könnten auch sagen: »Was wir wissen, wissen wir durch Menschen.« Oder wir sagen: »Was wir wissen, wissen wir durch Bildungssysteme.« Dann beziehen wir freilich das Mediensystem unter dem Aspekt des Wissens in das Bildungssystem mit ein. (Luhmann freilich ordnet hier alles, was durch Bildungssysteme publiziert wird, in das Mediensystem ein, um beides später doch wieder gegeneinander auszuspielen.) Dem folgt eine zweite Behauptung, die diesem Wissen den Boden entziehen soll: »Andererseits wissen wir soviel über die Massenmedien, daß wir diesen Quellen nicht trauen können.« Die dritte Behauptung – wir sind immer noch auf Seite 1 – enthält eigentlich schon die Quintessenz des Buches: »Wir wehren uns mit einem Manipulationsverdacht, der aber nicht zu nennenswerten Konsequenzen führt, da das den Massenmedien entnommene Wissen sich wie von selbst zu einem selbstverstärkenden Gefüge zusammenschließt.«

Gleich danach werden »die Massenmedien« definiert, und zwar als »alle Einrichtungen, die sich zur Verbreitung von Kommunikation technischer Mittel der Vervielfältigung bedienen«. Presse, Funk, Fernsehen, Filme, Disketten gehören dazu, aber auch die Bedingung, »daß keine Interaktion unter Anwesenden zwischen Sendern und Empfängern stattfinden kann.«[47] Die Wissenschaft gehört, soweit sie sich in wissenschaftlichen Publikationen niederschlägt, demnach zum Mediensystem. Zugleich wird sie aber davon unterschieden: »... Wahres interessiert die Medien nur unter stark limitierenden Bedingungen, die sich von denen wissenschaftlicher Forschung deutlich unterscheiden.«[48] Wir haben es hier also mit einem Widerspruch im System zu tun, denn wissenschaftliche Publikationen stehen offenkundig hinsichtlich ihres Wahrheitsgehalts in einem Gegensatz zu den übrigen Massenmedien. Dem entspricht auch die Feststellung Luhmanns, daß Bereiche (Systeme) wie etwa die Politik, die Wissenschaft, das Recht, oft Mühe haben, ihre Themen in die Massenmedien zu transportieren und so eine sachgerechte Aufnahme des Themas zu erreichen. Hier trennt er also die publizierende Wissenschaft vom Mediensystem ab. So bleibt die Frage unbeantwortet, ob wissenschaftliche Informationen und Themen als Faktoren der Außenrealität auf das Mediensystem korrigierend einwirken, oder ob es sich dabei um eine thematische Selbstkorrektur des Mediensystems handelt, das die (publizierende und publizierte) Wissenschaft einschließt. Das Gleiche ließe sich auch über die systematische Beziehung von Medien und Politik, Medien und Wirtschaft, Medien und Rechtssystem sagen.

Natürlich kann man sagen, daß es sich schon deshalb immer um eine Selbstkorrektur des Systems handeln müsse, weil sie sich ja nur in den Medien selbst vollziehen könne. Entscheidend ist aber, woher der korrigierende thematische Anstoß kommt, wo die Themen formuliert werden, bevor sie vom Mediensystem »entdeckt« oder ins System hineingetragen werden. Hier zeigt sich eine Unklarheit der Luhmannschen Systematik: Wenn alle Korrekturen, die sich im Mediensystem darstellen, nur »Selbstkorrekturen« des Systems sind, dann kann von einer lebendigen Wechselbeziehung etwa zwischen Politik und Medien nicht sinnvoll die Rede sein. In dieser Wechselbeziehung, in ihren Gesetzmäßigkeiten oder Regelmäßigkeiten – so sie sich denn aufweisen lassen –, oder eben in ihrer

Unberechenbarkeit, soweit es um die Möglichkeit von Prognosen geht, liegt ja das Problem, liegt auch die Spannung, die den Dialog zwischen Theorie und Praxis überhaupt nur interessant macht.

Dabei führen das hohe Abstraktionsniveau, die Fülle von Belegen und der imponierende Umfang des Luhmannschen Gesamtwerkes dazu, daß man sich kaum traut, sich zur Beurteilung der Luhmannschen Systemtheorie auf einzelne Zitate zu stützen – man könnte ja ein anderes übersehen haben, das die Kritik zu entkräften oder zu relativieren geeignet ist. Unabhängig davon bewirkt seine Begrifflichkeit eine sprachliche Überhöhung, die ihre unbeabsichtigt komischen Seiten hat, wohl wert, daß sich ein Parodist ihrer annähme. Wenn Luhmann das Mediensystem publizistisch kritisiert, müßte es folgerichtig bei ihm heißen: Das Mediensystem kritisiert (oder korrigiert) sich selbst. Wenn ein Journalist versucht, das Mediensystem zu beschreiben, hieße dies analog: Das Mediensystem beschreibt sich. Wenn ich versuche, als Journalist oder Intendant über Sinn und Unsinn meiner Tätigkeit nachzudenken: das System reflektiert sich. Und wenn ich mich über die Dogmen der politischen Korrektheit mokiere, dürfte ich gar sagen: das System ironisiert sich. (Und das, obwohl ich Luhmann zufolge kein Element des Systems bin.) Soll man's mit Humor nehmen oder ärgerlich finden?

Vielleicht liegt das eigentliche Ärgernis aber ganz woanders: Es ist kaum möglich, Luhmanns riesiges Werk gründlich zu studieren – das aber heißt, daß auch die, die sich auf ihn berufen (ebenso wie die, die sich an ihm reiben), nur einen Teil dieses Werkes kennen dürften. Die Mode-Systemtheorie, die von der Unübersichtlichkeit des Werks begünstigt wird, leistet – durchaus konträr zu der bei Luhmann selbst vielfach durchscheinenden Skepsis gerade auch im Blick auf die Medienentwicklung – die Apologie des Bestehenden, so wie einst die linken Systemkritiker alles Versagen und alle Probleme von Individuen oder Institutionen der Gesellschaft zur Last legten. Daß die Systemtheorie so der Rechtfertigung eines unausgesprochenen und uneingestandenen hedonistisch kostümierten Fatalismus dient, mit der die »Spaßgeneration« Frust und Lust postmoderner Zeiten erträgt oder genießt, ist nicht auszuschließen.

Anmerkungen

1 vgl. Niklas Luhmann: Die Realität der Massenmedien, 2. erw. Auflage, Opladen 1996, S. 16 f., Anmerkung 7: »Man kann im Gebrauch von Unterscheidungen wie Idee/Realität, Subjekt/Objekt oder Zeichen/Bezeichnetes nicht die eine Seite der Unterscheidung aufgeben, ohne auf die Unterscheidung selbst zu verzichten. Es gibt (siehe Husserls »Phänomenologie«) kein objektloses Subjekt, keine Idee ohne Bezug auf Realität, keinen referenzlosen Zeichengebrauch. Man müßte sich deshalb auf Seiten der »Konstruktivisten« die Mühe machen, diese Unterscheidungen, sollten sie denn obsolet sein, durch eine andere zu ersetzen, etwa durch die vielfach bewährte Unterscheidung von System und Umwelt.«

2 In seiner Rechtssoziologie legt Max Weber dem Begriff der Systematisierung diese Definition zugrunde: »Nach unseren heutigen Denkgewohnheiten bedeutet sie: die Inbeziehungsetzung aller durch die Analyse gewonnenen Rechtssätze derart, daß sie untereinander ein logisch klares, in sich logisch widerspruchsloses und, vor allem, prinzipiell lückenloses System von Regeln bilden, welches also beansprucht: daß alle denkbaren

Tatbestände unter einer seiner Normen müsse logisch substituiert werden können, widrigenfalls ihre Ordnung der rechtlichen Grundlage entbehren.« (Joh. Winckelmann (Hrsg.): Max Weber: Rechtssoziologie, Neuwied 1960, S. 101).

3 vgl. Charles P. Loomis, Zona K. Loomis: Modern Social Theories, New York 1961, S. 246 ff., S. 327 ff.

4 So hat Renate Mayntz in ihrer Organisationssoziologie an Personen (oder Gruppen von Menschen) als Elementen sozialer Systeme festgehalten (vgl. Renate Mayntz: Soziologie der Organisation, Reinbek 1963, S. 41). Sie unterscheidet die Organisation von anderen Systemen u.a. durch das Merkmal der Zielgerichtetheit. Nicht jedes System ist zielgerichtet: »Ein System ist ganz allgemein ein Ganzes, das aus miteinander in wechselseitigen Beziehungen stehenden Elementen zusammengesetzt ist. Die jeweils besondere Beschaffenheit seiner Elemente, ihr Anordnungsmuster und die Beziehungen zwischen ihnen bedingen die konkrete Eigenart eines Systems. Innerhalb des Systems wirkt die Veränderung eines Elementes auf die anderen Elemente fort. Ein System besitzt ein gewisses Maß von Integration und Geschlossenheit. Es hat eine Grenze, die es von der Umwelt trennt, steht jedoch mit dieser Umwelt in wechselseitigen Beziehungen« (S. 40 f.).

5 Ralf Dahrendorf: Gesellschaft und Freiheit, München 1961, S. 49 ff. sowie besonders S. 77 ff.

6 Niklas Luhmann: Die Realität der Massenmedien, S. 18. Dort heißt es weiter: »Die These des operativen Konstruktivismus führt also nicht zu einem ›Weltverlust‹, sie bestreitet nicht, daß es Realität gibt. Aber sie setzt Welt nicht als Gegenstand, sondern im Sinne der Phänomenologie als Horizont voraus. Also als unerreichbar. Und deshalb bleibt keine andere Möglichkeit als: Realität zu konstruieren und eventuell: Beobachter zu beobachten, wie sie die Realität konstruieren.« Damit ist freilich nicht ausgesagt, wie es möglich ist, daß sich die Welt »als Gegenstand« gelegentlich sehr nachdrücklich in Erinnerung bringt – und eben damit als »Umwelt« in Erscheinung tritt, die doch immer Teil der Welt ist – mit einer fließenden Grenze zwischen beiden.

7 ders.: Soziologische Aufklärung, Opladen 1970, S. 270; vgl. dazu: Humberto Maturana/Francisco Varela: Autopoiesis. The Organization of Living, in: Autopoiesis and Cognition, Dordrecht 1980

8 ebd., S. 31; vgl dazu auch: Maturana/Varela, a.a.O.

9 ebd., S. 27

10 ebd., S. 17

11 ebd., S. 271

12 Dieser Austausch vollzieht sich nach Gesetzmäßigkeiten, die sowohl im System wie in seiner Umwelt – und damit in anderen Systemen – vorgegeben sind. Dieser Austausch kann von beiden Seiten, also endogen oder exogen gestört sein. Um störungsfrei zu operieren, bedarf es also einer Entsprechung interner und externer Faktoren. Bezeichne ich die internen Faktoren als »Operationen«, bedarf es offenbar wiederum einer Entsprechung zwischen (operativer) Geschlossenheit (Abgrenzung) und Öffnung des Systems. Das heißt, daß die Gesamtheit der aufeinander bezogenen Operationen mit den externen Faktoren so verbunden (gekoppelt) sind, daß das System aus der Umwelt den Stoff (Materie/Energie) aufnehmen und in verwandelter Form abgeben kann, den es zum Leben braucht. Nun könnte man argumentieren, daß sich die Substanz eines Lebewesens durch diesen Austausch erneuert, seine Form aber durch Selbststeuerung. In der Tat ist das sich reproduzierende Leben der Musterfall eines kybernetischen, also sich selbst steuernden und regelnden Systems im Sinne einer ständigen Rückkoppelung von Informationen – aus der Außenwelt wie aus dem Inneren des Systems – an ein Steuerungszentrum. Insoweit erscheinen Lebewesen in der Tat als »autopoietisch«. Doch bleibt zu fragen, ob das biologische System nicht allenfalls – hinsichtlich seiner operativen Geschlossenheit – zur idealtypischen Analogie, also vergleichsweise zum Grenzbegriff eines sozialen Systems taugt.

In der biologisch orientierten Systemtheorie wird der Widerspruch zwischen der Offenheit eines Systems (im Austausch mit der Umwelt) und seiner Geschlossenheit durch die auf Maturana und Varela zurückgehende Unterscheidung zwischen Organisation und Struktur des Systems aufgelöst. So unterscheidet Fritjof Capra zwischen dem Organisationsmuster als der »Anordnung der Beziehungen, die die wesentlichen Merkmale des Systems festlegt«, und der Struktur als der »materiellen Verkörperung des Organisationsmusters« des Systems. Capra zufolge sind lebende Systeme organisatorisch geschlossen, aber strukturell offen (vgl. Fritjof Capra: Das Wesen des Lebens, in: ders.: Lebensnetz. Ein neues Verständnis der lebendigen Welt, Bern 1996, S. 181 ff.). Gerade diese Unterscheidung macht sichtbar, daß sich Lehrsätze aus der naturwissenschaftlichen Systemtheorie nicht einfach auf soziale Systeme übertragen lassen. Worin sollte denn z.B. die materielle Verkörperung einer sozialen Struktur bestehen?

13 Unterscheidungen können Luhmann zufolge nur innerhalb eines Systems stattfinden. Das ist unbestreitbar, wenn der Prozeß des Unterscheidens gemeint ist. Der Unterschied freilich findet sich niemals innen – auch dann nicht, wenn sich das System selbst zum Gegenstand des Unterscheidens macht, also zum Beobachter seiner selbst wird. Es findet dann das Beobachtete grundsätzlich nur außen vor, als sähe es sich im Spiegel. Deshalb ist die Systemtheorie auf den »Beobachter« angewiesen: Er ist immer notwendig, wenn vom Unterscheiden die Rede sein soll. Dabei kann es sich um einen Beobachter handeln, der einen zweiten Beobachter beim Beobachten eines dritten beobachtet usw. Nun ist zu unterscheiden, ob »Unterscheiden« eine unbewußte oder eine bewußte Operation sein soll – also »Denken« und »Bezeichnen« in Kenntnis der Differenz von System und Umwelt. Doch bewußt unterscheiden kann kein soziales System – es ist ebenso »blind« wie – für sich betrachtet – unser Nervensystem. Wenn mit Unterscheiden ein bewußter geistiger Akt, also auch ein Benennen des Unterschieds gemeint sein soll, kann der Beobachter nur ein Mensch sein, der Teil (Element) des Systems sein muß, wenn das System selbst als Beobachter gelten soll.

14 Luhmann, Aufklärung, S. 29

15 Wie unterscheidet sich die Utopie eines solchen sich selbst erhaltenden technischen Systems vom perpetuum mobile, das es wegen des unvermeidbaren Reibungsverlustes nicht geben kann? Durch den Umstand, daß Selbstreproduktion nicht als materieller (substantieller), sondern als formaler Prozeß gemeint ist. Aufgrund ständiger substantieller Zufuhr (von Energie und Materie) kann das System seine Form, also seine Einheit als System reproduzieren. Der Begriff der Autopoiesis (Selbstherstellung) ist also ungenau, wenn er nicht auf die formale Seite beschränkt wird. Zugleich bedeutet die formale Selbstreproduktion immer: Selbstorganisation und damit Selbstregulierung – was nicht bedeuten kann, daß diese Selbstreproduktion voraussetzungslos ist – es bedarf notwendiger Voraussetzungen (z.B. als soziales System möglicherweise gesetzgeberischer) in der Umwelt, die das System erst ermöglichen oder sogar schaffen. Es grenzt sich damit also nicht nur selbst ab, sondern wird abgegrenzt.

16 Helmuth Plessner (1892-1985), Soziologe; Analytiker der modernen Gesellschaftsstruktur; Mitbegründer der philosophischen Anthropologie

17 vgl. Arnold Gehlen: Anthropologische Forschung, Hamburg 1961, S. 17
Nur weil der Mensch handelnd die Natur zu seinen Gunsten verändert, kann der Mensch, der als Kind, wie Gehlen unter Hinweis auf den Biologen Adolf Portmann sagt, geradezu eine normalisierte, typisierte Frühgeburt ist, überhaupt leben. Insoweit bestehe »menschliche Kultur wesentlich in einem Ordnung schaffen und stabilisieren« (ebd., S. 19).

18 ebd., S. 23 f.

19 Gegen die Auffassung Gehlens, daß der Mensch in den Institutionen quasi aufgehe (vgl. dazu Arnold Gehlen: Urmensch und Spätkultur, Bonn 1956) argumentierte Jürgen Habermas: »Gewiß, der Mensch muß sein Verhalten lernen. Aber wie es Verhältnisse gibt, unter denen Institutionen jeder Art als Lehrmeister unabdingbar sind, können doch

auch andere Verhältnisse geschichtlich ebenso möglich und vielleicht schon wirklich sein, unter denen sich der Mensch in dem Maße, in dem er Triebenergien sublimiert und sich gleichsam selbst in die Hand bekommt, gerade unabhängig wird von den großen ›Zuchtsystemen‹, deren Gewalt und Würde Gehlen für unveräußerlich hält.« (Jürgen Habermas: Anthropologie, in: Philosophie, Frankfurt am Main 1958, S. 32 f.) Die von Habermas vage skizzierten Hoffnungen mögen jetzt wie vor 40 Jahren so vorsichtig zu genießen sein wie die stoische Strenge des Gehlenschen Pessimismus. Gehlens Anthropologie nimmt gar nicht erst in den Blick, daß in einer pluralen Gesellschaft Institutionen einander mit ihren Anforderungen und Normen durchkreuzen und damit für das Individuum Konfliktsituationen erzeugen wie auch Entscheidungsspielräume eröffnen können. Sie können auch, statt Menschen zu erziehen, sie entwürdigen, entmündigen und vergewaltigen. Institutionen haben in der gesellschaftlichen Wirklichkeit – bei grundsätzlicher Unentbehrlichkeit – stets auch ambivalenten Charakter, weil sie den Einzelnen, den sie entlasten, zugleich belasten.

20 Peter Sloterdijk: Medien-Zeit, in: Heinz Klotz (Hrsg.): Schriftenreihe der Staatlichen Hochschule für Gestaltung, Band 1, 2. Auflage, Stuttgart 1994, S. 76

21 ebd., S. 74

22 Luhmann, Soz. Aufklärung, S. 114

23 ebd., S. 114 f.

24 ebd., S. 118

25 ebd., S. 268

26 Gottfried Benn: Fragment, in: Gesammelte Werke 1. Gedichte, Wiesbaden 1960, S. 245 f.

27 Kenneth J. Gergen: Das übersättigte Selbst, Heidelberg 1996, S. 242

28 Gerhard Gamm: Das metaphorische Selbst, in: Bernd Guggenberger u.a. (Hrsg.): Postmoderne oder das Ende des Suchens? Eine Zwischenbilanz, Eggingen 1992, S. 32 f.

29 vgl. dazu Manfred Frank: Die Unhintergehbarkeit von Individualität. Reflexionen über Subjekt, Person und Individuum aus Anlaß ihrer ›postmodernen Toterklärung‹, Frankfurt am Main 1986, sowie Gerfried Hunold: Zur Moralfähigkeit des Menschen, in: Theologische Quartalschrift, Heft 1, Jg. 174, 1994, S. 36 + 43

30 Konrad Thomas: Zugehörigkeit und Abgrenzung. Über Identitäten, Bodenheim 1997

31 ebd., S. 104

32 Manfred Rühl: Journalismus und Gesellschaft, Mainz 1980, S. 86

33 ebd., S. 86

34 ebd., S. 66

35 ebd., S. 61

36 ebd., S. 71 f.
vgl. dazu auch Manfred Rühl/Ulrich Saxer: 25 Jahre Deutscher Presserat, in: Publizistik 26, 1981, S. 471 ff.

37 Es will mir auch nicht einleuchten, warum sich alle internen Vorgänge im Element »Person« grundsätzlich auf das System auswirken sollten – und weil das nicht der Fall sei, könne eben die Person Journalist kein Element des Systems Journalismus sein. Deshalb muß in der Tat unterschieden werden – und wird gerade von der im System handelnden Person unterschieden – wann sie oder andere systembezogen handeln und wann nicht. Unterscheidungskriterium dafür ist die definierte Aufgabe des Systems in der Gesellschaft und die dazu gehörenden Normen, soweit sie faktische Geltung haben. Rühl genügt es, wenn »organisierte Sozialsysteme, in denen beruflich gearbeitet wird, als konkrete Handlungssysteme begreifbar sind«. Auch hier wird also der Journalist, der doch im System arbeitet, zur Umwelt des mit seiner Arbeit arbeitenden Systems umfunktioniert.
Rühl geht der verzwickten Frage, was denn die unterschiedlichen systeminternen und systemexternen Rollen ein und desselben Journalisten miteinander zu tun haben, mit dem Rückgriff auf die Unterscheidung zwischen Personalsystem und Sozialsystem nach. Das Sozialsystem besteht aus Handlungen, das Personalsystem aus Menschen.

Doch das Personalsystem ist notwendigerweise auch ein Sozialsystem, so daß wir dann zwei Kategorien von Sozialsystemen haben, und die Frage, wie diese beiden Ebenen, also etwa das Personalsystem Redaktion und das Handlungssystem Redaktion, miteinander in Beziehung stehen, ist die eigentlich spannende Frage – wobei ich es plausibler fände, wenn man das Personalsystem (das ja nicht das psychophysische System der einzelnen Person meint) als das bezeichnet, was es ist, nämlich ein Sozialsystem, während man ein reines Handlungssystem auch nur Handlungssystem nennen müßte, weil hier eben die im System agierenden Menschen ausschließlich als Umwelt des Systems verstanden werden. Man könnte noch einen Schritt weitergehen und das Handlungssystem oder das Kommunikationssystem nicht primär als theoretisches Element der Soziologie, sondern als interdisziplinäres, z.B. Biologie, Psychologie und Soziologie übergreifendes Theorem ansehen, während personenbezogene Sozialsysteme ausschließlich der Soziologie zuzurechnen wären.

38 Rühl S. 437

39 ebd., S. 437

40 vgl. Rühl, S. 395 ff.

41 Luhmann, Massenmedien, S. 22

42 Wie die »operative Schließung« eigentlich zustandekommt, der das System zur Abgrenzung nach außen und damit eigentlich erst seine Existenz verdankt, ist allerdings auch in der Medientheorie eine offene Frage. Denn zunächst ist ja auch hier nur gesagt, daß die system-immanenten Operationen einen sich selbst erhaltenden und erneuernden Funktionszusammenhang bilden, aber eben nicht, daß das System auf Wirkungen von außen nicht reagieren oder keine Wirkungen nach außen ausüben könnte. Im Gegenteil: Die »operative Schließung« soll, wie ausgeführt, erst die Voraussetzung solcher Wirkungen bilden. Das heißt, am Beispiel eines anderen Sozialsystems: Nur wenn ein operativ geschlossener »Wirtschaftskreislauf« funktioniert, kann er auf Vorgaben oder Erwartungen von außen – z.B. materielle Erwartungen von Menschen oder technische Entwicklungen – reagieren, und sein »Eigenwert« wird offenkundig um so größer sein, je mehr es als »Anbieter« mehr oder weniger knapper und begehrter Güter auch Nachfrage erzeugen oder umgekehrt als »Nachfrager« technischer Innovationen selbst technologische Entwicklungen auslösen kann.

43 vgl. Max Weber: Die Objektivität sozialwissenschaftlicher Erkenntnis, in: Soziologie. Weltgeschichtliche Analysen. Politik, hrsg. von Johannes Winckelmann, Stuttgart 1956, S. 288 ff.

44 Daß die Systemgebundenheit menschlichen Handelns gesellschaftliche Dynamik und systemsprengende Konflikte nicht ausschließt, wird im Prinzip stets anerkannt. Daß die Systemtheorie dabei aber eher eine deskriptive als eine erklärende Rolle spielt und eher hilflos auf die Zufallsbedingtheiten (»Kontingenz«) allen sozialen Lebens gleichsam als Korrektiv zur Systemgebundenheit verweist, wird ungern eingestanden. Dies läßt sich sichtbar machen am Beispiel eines Phänomens, das die Medien aus einer Reihe von Gründen stets ganz besonders interessiert, aber in der Soziologie gemäß dem Palmströmschen Motto, »Daß nicht sein kann, was nicht sein darf«, eher ein Schattendasein führt: Der Krieg (und der Bürgerkrieg) als Extremfall des sozialen Konflikts, der zugleich ein Übermaß an Dynamik enthält. Ist der Krieg nur ein (existentieller) Konflikt zwischen zwei Systemen oder ist er als strukturierter Prozeß selbst ein System, dessen Dynamik nicht einfach aus nicht harmonisierten Subsystemen entsteht, sondern aus einem Systemkonflikt besteht?
Wie ist ein Krieg auf der Grundlage der Systemtheorie analysierbar? Unterstellen wir idealtypisch den Fall zweier einander bekriegender Staaten mit ihren kämpfenden Armeen – das den Krieg definierende Entscheidungs- und Handlungskriterium (der »Code« des Systems) erscheint klar: Es ist die auf die Spitze getriebene Freund-Feind-Alternative. Der Zweck aller Operationen (Operation als Handlung wie auch als Kommunikation verstanden) ist eindeutig: Das feindliche System muß besiegt werden, das

heißt seine Armeen müssen kampfunwillig oder kampfunfähig gemacht werden. Wie immer hochtechnisiert ein Krieg sein mag: Er ist zu Ende, wenn entweder die kämpfenden Menschen einer Seite nicht mehr kämpfen können oder wollen, oder wenn beide Seiten vorher den Krieg durch Waffenstillstand beenden. Die Vernichtung oder Unterwerfung (durch erfolgreiche Androhung der Vernichtung, z.B. bei Gefangennahme) des Feindes ist auch im nicht-totalen Krieg längst nicht mehr auf kämpfende Armeen beschränkt, Zivilisten sind als Opfer (und Täter) in hohem Maße beteiligt. Systemtheoretisch gesprochen bilden die Operationen beider Seiten demnach jeweils ein System, das in jedem Fall schon vor und oft auch nach dem Krieg besteht. Im Krieg verändern sich die Operationen aber völlig (nicht zuletzt hinsichtlich ihrer Wirkung), ohne daß sich die Struktur ihrer Anschlußfähigkeit – z.B. die Befehlsstränge einer Armee – auf der jeweiligen Seite verändern müßten. Und doch verändern auch sie sich völlig im Gesamtsystem Krieg: Operationen sind dann nicht nur auf jeder Seite anschlußfähig, sie müssen vielmehr zugleich immer an die Operationen der Gegenseite möglichst bruchlos anschließen im Wechsel von Agieren und Reagieren. Kann man da überhaupt noch unterscheiden zwischen interner und externer Anschlußfähigkeit; oder ist der Krieg ein »Gesamtsystem«, bei dem beide Parteien einander und das Ganze die Umwelt erheblich in Mitleidenschaft ziehen?

Der Krieg als systematischer Konfliktprozeß oder dynamisches Konfliktsystem – läßt sich beides, Dynamik und Konflikt, systemtheoretisch erfassen und welcher Erkenntnisgewinn könnte damit überhaupt verbunden sein? Oder versteckt sich nicht in der Systemtheorie letztlich doch eine moralische Norm, die das weitgehend konfliktfreie und damit stabile System als das Normale postulieren will?

45 Daß die »operative Schließung« des Systems ein permanenter systemerhaltender Prozeß ist, der sich nur graduell und nicht total realisiert, ließe sich allerdings unter dem Aspekt sprachlicher Korrektheit anzweifeln: Ein »bißchen geschlossen« geht so wenig wie »ein bißchen schwanger«, könnte man meinen. Doch dann muß man den Ausdruck »geschlossen« in Frage stellen. In der Realität könnte es hinreichen, daß die im System aufeinander bezogenen Handlungen oder Kommunikationen einander mehr oder weniger bedingen und mehr oder weniger berechenbar aufeinander beziehen (aneinander anschließen). Theoretisch möglich, aber nicht zwingend ist eine hermetische Abgrenzung gegen andere Sozialsysteme. Eben deshalb bietet der Begriff der »operativen Schließung«, wenn man ihn nicht im Sinne von »mehr oder weniger geschlossen« verwendet, auch keinen Maßstab für die Unterscheidung der Mediensysteme totalitärer und offener Gesellschaften und folglich auch nicht für den Freiheits- und Verantwortungsspielraum des im Mediensystem handelnden Journalisten als dem entscheidenden Kriterium des Systemvergleichs. Was wäre eigentlich interessant an der Systemtheorie, wenn sie die Frage, was das Individuum im System noch ausrichten kann vermöge eines mit den Begriffen der Theorie beschreibbaren Freiheitsspielraums, gar nicht in den Blick nehmen kann?

46 Luhmann, Massenmedien, S. 9

47 ebd., S. 10 f.

48 ebd., S. 56

VI. Irritation – verschwindet die Information?

Die Herstellung von »Öffentlichkeit«

Läßt sich aus der Erörterung der Systemtheorie ein Fazit ziehen, das es ermöglicht, unter medienethischem Aspekt von der Analyse des Mediensystems zur Diagnose der journalistischen Praxis überzugehen? Festzuhalten bleibt, daß es ganz ohne Systemtheorie, das heißt ohne eine systematische Beschreibung abstrakter Strukturen, nicht möglich ist, die konkrete Wirklichkeit in ihrer Wandelbarkeit adäquat zu erfassen – und damit auch die ethisch/moralische Dimension dieser Wirklichkeit. Ob Wahrhaftigkeit möglich ist, hängt unter anderem vom Ausmaß der individuellen Freiheit im Mediensystem ab, (die zugleich immer auch Unwahrhaftigkeit ermöglicht. Nur das unfreie Mediensystem ermöglicht die Unwahrhaftigkeit nicht, es erzwingt sie.) Diese Freiheit zu ermessen setzt eine Systemtheorie voraus, die den individuell handelnden Menschen nicht nur als (äußeres) Objekt, sondern als innen operierenden, also von innen auf das System einwirkenden Agenten, also als das System (mit)bestimmenden und zugleich vom System (mit)bestimmten Einzelnen wahrnimmt. Das Innen und das Außen des Systems ist letztlich nur im Bewußtsein von Individuen vorhanden, die sich als innen oder außen Agierende verstehen.

Daraus ergibt sich als Ansatz für weiterführende Überlegungen: Das Mediensystem ist wie jedes System dadurch gekennzeichnet, daß sich seine Agenten – also z.B. Journalisten – in einem Maße systemgerecht verhalten, das es ermöglicht, das System gegen seine Umwelt, also andere Systeme, abzugrenzen und damit, systemtheoretisch gesprochen, die Differenz herzustellen. Die Agenten können aber diese Abgrenzung nur leisten, weil sie dem System angehören und ihre Identität auch durch diese Zugehörigkeit definieren. Wir haben es demnach mit einer nicht auflösbaren Wechselwirkung zu tun, bei der es auf eine (zeitliche oder kausale) Priorität gar nicht ankommt. Interessant ist vielmehr der Spielraum für den einzelnen im System Handelnden und damit auch die größere oder geringere Chance, sich moralisch richtig (nämlich wahrhaftig) zu verhalten.

Nutzen und Grenzen der systemtheoretischen Analyse des Mediensystems werden deutlich sichtbar, wenn man sich dem Schlüsselbegriff der Öffentlichkeit zuwendet. Wenn man akzeptiert, daß sich ein soziales System durch Abgrenzung gegen die Umwelt selbst herstellt, müßte man konsequentermaßen auch sagen, daß es eben damit zugleich seine Umwelt herstellt. (Auf die Unschärfe des Ausdrucks »Herstellen« wurde bereits hingewiesen.) Kann man nun daran anschließend sagen, daß das Mediensystem »Öffentlichkeit« – als seine Umwelt – produziert? Niklas Luhmann kommt gerade nicht zu diesem Ergebnis; er sieht die Funktion von Massenmedien »nicht in der Produktion, sondern in der Repräsentation von Öffentlichkeit«.[1]

Was ist hier unter Öffentlichkeit zu verstehen? Der Begriff des Öffentlichen (im Gegensatz zum Nicht-Öffentlichen, also z.B. zum Privaten, aber auch zum Geheimen, z.B. im Sinne eines gesetzlich abgesicherten Militärgeheimnisses) bezeichnet zunächst die Grenze zwischen einem Bereich, der grundsätzlich allen Menschen zugänglich ist, und einem Bereich, in dem bestimmte Menschen den Zugang kontrollieren. Sie ist damit auch eine Grenze, die den Zugang zu Informationen betrifft – die Privatwohnung schützt nicht nur vor Wind und Wetter, sie grenzt vor allem auch die aus, die das, was drinnen passiert, nichts angeht. In Luhmanns Systemtheorie ist deshalb Öffentlichkeit die »unzugängliche« Außenseite eines jeden sich abgrenzenden sozialen Systems (und deshalb nicht geeignet, das Mediensystem von anderen Systemen zu unterscheiden). Jedes System stellt sich dar als Beobachter, dem die umgebende Öffentlichkeit als bloße »Reflexion« der Systemgrenze erscheint: »Der Markt wäre dann die wirtschaftssysteminterne Umwelt wirtschaftlicher Organisationen und Interaktionen, die ›öffentliche Meinung‹ wäre die politiksysteminterne Umwelt politischer Organisationen und Interaktionen.«[2]

Folgt man diesem Gedanken, könnte man eine Organisation generell auch dadurch definieren, daß sie ihre Innenseite (und damit die Kenntnis interner Vorgänge und Sachverhalte) nicht allgemein zugänglich macht. Die Organisation funktioniert (auch) dadurch , daß Internes intern bleibt und nicht öffentlich wird – das gilt gewiß auch für Medienunternehmen, die wie alle anderen ihre »Betriebsgeheimnisse« haben, bis hin zum Quellenschutz, der so etwas wie ein grundgesetzlich geschütztes individuelles Betriebsgeheimnis (des einzelnen Journalisten nämlich) darstellt. Doch ändert dies nichts an der zentralen Funktion der Medien, gegenüber allen anderen Systemen und Subsystemen ein möglichst hohes Maß an informationeller Öffentlichkeit durchzusetzen, indem es gerade auch »interne« Informationen aus anderen Systemen herausholt und allgemein zugänglich macht. Damit aber stellt es »Öffentlichkeit« nicht nur als seine Umwelt her (nämlich durch Abgrenzung), sondern als Rahmenbedingung für andere Systeme (Politik, Wirtschaft, Kultur). Informationelle Öffentlichkeit wird von Medien geschaffen und von niemandem sonst. (Gerade dieser handfeste Sachverhalt spräche dafür, die Verwendung des Ausdrucks »herstellen« in der Systemtheorie zu überprüfen.)

Das ist nicht nur wichtig für die Bewertung der Frage, mit welchem Ernst noch von Journalisten der Anspruch vertreten werden kann, »ihre Mühen als Dienst an der Öffentlichkeit zu verstehen, dies als Rechtfertigung von Autonomieansprüchen und als Grund für Interessenneutralität aufzufassen und dafür kritische Standards und professionellen Konsens zu institutionalisieren«.[3] Luhmann sieht in dieser »professionellen Ethik« und einer daran orientierten »Selbstkontrolle des Systems« zwar den »Ansatzpunkt für eine, wie immer utopische, Unabhängigkeit von den Wünschen des Publikums oder bestimmter Interessengruppen. Aber diese Leistungen müssen erkauft werden mit einem stark eingeschränkten Begriff von Autonomie.«[4] Dazu ist zunächst einmal anzumerken, daß die Autonomie des Mediensystems, die Autonomie des einzelnen Medienunternehmens und die Autonomie des einzelnen Journalisten nicht miteinander zu verwechseln sind. Die Leistung des Mediensystems für die Gesellschaft hängt gerade davon ab, ob Strukturen bestehen, in denen die Autonomie des einzelnen Journalisten dazu beiträgt, die Offenheit der offenen Gesellschaft zu sichern.

Wie kommen Themen ins Mediensystem?

Die Frage, anhand welcher Kriterien sich das Mediensystem eigentlich als System definiert (was in Wahrheit heißt: von innen und von außen definiert wird) und welche Rolle der Begriff der Öffentlichkeit dabei spielt, soll in diesem Zusammenhang noch etwas vertieft werden. Wir müssen also – in der Terminologie der Systemtheorie – nach dem Code des Mediensystems fragen. Der Code – er ist das Abgrenzungskriterium, an dem sich die Agenten im System orientieren und das damit den Ausschlag für das Bestehen des Systems gibt: eine Ja-Nein-Alternative, die gleichsam festlegt, worum es für das System eigentlich geht, quasi der Schlüssel zum System. Wenn sich das System anhand eines Codes definiert, muß der Code eindeutig sein – die präzis wirkende Ja/Nein-Form erweckt freilich auch dort den Anschein dieser Eindeutigkeit, wo man sich seiner Sache keineswegs ganz sicher sein kann. Für ein Wirtschaftsunternehmen, als System betrachtet, hieße z.B. der Code nur »Geld verdienen/kein Geld verdienen«? Dabei stellt sich natürlich sofort die Frage, ob jedes System nur einen Code hat und ob in einem scheinbar eindeutigen Code in Wahrheit mehrere stecken können.

Der Luhmannsche Codebegriff läßt sich anschaulich am Beispiel der Geldtheorie des Autors exemplifizieren: Geld ist für ihn nicht mehr primär ein Tauschmittel (das ist es auch), sondern ein Kommunikationsmittel im nichttechnischen Sinne, also ein »Medium« oder eine Sprache, die aus Symbolen besteht.[5] Die Wirtschaft definiert sich dabei durch eine doppelte Codierung. War sie bei Max Weber noch die Verteilung knapper Güter, so sieht Luhmann jetzt zwei »Knappheitssprachen«: Die der Güter und die des Geldes, die er freilich zu einem Gesamtcode der Wirtschaft zusammenfaßt: »nämlich für Leistungen zu bezahlen«.[6] Wenn nun Geld das Medium des Wirtschaftssystems ist und seine Knappheit »die Wirtschaft codiert«, ist dann »Information« die Währung des Mediensystems bzw. die kleinste gängige Münze dieser Währung?[7]

Niklas Luhmanns Codebegriff für das Mediensystem ist die »Information«. Von Bedeutung, doch auch problematisch ist in diesem Zusammenhang Luhmanns Unterscheidung zwischen »Thema« und »Code«. Themen sind für ihn ein Bindeglied zwischen System und Umwelt – das System erfindet seine Themen nicht selbst, doch erfahren sie, sobald es sie aufgenommen hat, im System ihre eigene Karriere, die durch ihre tatsächliche Bedeutung in der Außenrealität nicht unbedingt gedeckt sind, wie er am Beispiel des Themas AIDS ausführt.[8] Themen sollen also eine »strukturelle Kopplung« zwischen Mediensystem und Umwelt bilden – doch kommen Themen nicht auf die gleiche Weise in das System hinein wie die Informationen, die thematisch kanalisiert werden müssen, weil das System gar nicht alle Informationen aufnehmen kann?

Nehmen wir z.B. das plötzlich aktuell gewordene Thema Viagra – ein Medikament, das der amerikanische Pharmahersteller Pfizer entwickelt hat. Es handelt sich nicht um ein Aphrodisiakum, sondern um ein die Durchblutung regulierendes Medikament, dessen potenzfördernde Kraft als Nebenwirkung entdeckt wurde. Mit der ersten Information über Viagra war es zugleich als Thema auf den Weg gebracht, das nun den Informationswert der weiteren diesbezüglichen Informationen bestimmt. Das Thema hinter dem Thema aber ist die menschliche (in diesem Fall besonders die männliche) Sexualität und ihre Defekte – es hat immer Konjunktur, eben weil es einen wesentlichen Faktor des menschlichen Lebens (und für viele Menschen auch ein wesentliches Problem) darstellt. Nur eine (kaum vorstellbare) Wiederaufrichtung der inzwischen überaus gründlichen weggeräumten gesellschaftlichen Sexualtabus könnte daran etwas ändern.

Themen als der eigentliche Gegenstand der »öffentlichen Meinung« entstehen also aus Informationen über Ereignisse (z.B. aus der Information über das Reaktorunglück von Tschernobyl am 26. April 1986) und entscheiden dann quasi über den Informationswert weiterer Informationen. Inhalte, seien sie Gegenstand von Informationen oder von Themen (also häufig von gesellschaftlichen Streitfragen, die doch meistens den Kern eines Themas ausmachen und damit den weiteren Informationsfluß kanalisieren), holt sich das System von außen. Themen können z.B. aus der Wissenschaft kommen; sie werden dann teils systemintern, teils in ständiger Wechselwirkung von innen und außen weiterverfolgt. Was dabei im einzelnen drinnen oder draußen passiert, läßt sich – gerade wenn man das Schicksal gewisser Themen bedenkt – vielleicht begrifflich, aber nur schwer in der Realität auseinanderhalten. Man kann noch einen Schritt weitergehen und sagen: wenn es »gesellschaftlich relevante« Themen und damit auch Wertungen, Urteile und Vorurteile sind, die im Mediensystem über den Stellenwert von Informationen und damit über deren Veröffentlichung mitentscheiden, dann vollzieht sich dieser Prozeß gerade dadurch, daß eine definierte Gruppe von Personen, nämlich die Journalisten, zugleich »drinnen« und »draußen« sind – also als Mitglieder der Gesellschaft vielfachen Einflüssen bis hin zum sogenannten Zeitgeist ausgesetzt sind und als Mitglieder von Medienunternehmen und Redaktionen ihre professionellen Kriterien anwenden – beides fließt in die journalistischen Entscheidungen ein.

Wann und warum wird ein Problem zum Medienthema? Die Antwort hängt offenkundig mit menschlichen Grundbedürfnissen (z.B. der Sexualität), die auf biologischen Funktionen beruhen, und mit menschlichen Gefühlen, die sich auf Grundbedürfnisse beziehen (z.B. Angst vor diversen »Katastrophen«) zusammen. Sie hängt aber auch mit kulturellen (z.B. ideologischen) Dogmen zusammen, also auch mit positiven oder negativen Tabus, wie sie im Begriff der politischen Korrektheit[9] zum Ausdruck kommen. Kann man die Verstärkung oder Entkräftung solcher Tabus allein dem Mediensystem zurechnen? Ein brisantes und lehrreiches Beispiel für die Komplexität der Fragestellung bietet der Themenkomplex: Einwanderungsland/Ausländerfeindlichkeit. Es hat einige Zeit gebraucht, bis aus der undifferenzierten »Ausländerfeindlichkeit« als harter Kern der »Fremdenhaß« herausgeschält wurde, und als dessen wesentliche Substanz die »Fremdenfurcht«, die wiederum kein spezifisch deutsches Wesensmerkmal, sondern ein universales Phänomen ist.

Ähnlich verhält es sich mit dem positiven Tabu »Deutschland ist ein Einwanderungsland« oder »Deutschland ist bereits multikulturell«. Hier wird gar nicht mehr unterschieden zwischen einer Gesellschaft, die sich überhaupt erst durch Einwanderung konstituiert hat (USA, Kanada, Australien), und einer Gesellschaft, die seit langem nur ein begrenztes und reguliertes Maß an Zuwanderung (z.B. aus ökonomischen oder aus humanitären Gründen) zuläßt. Dem entspricht das Verwirrspiel, das mit dem Begriff »multikulturell« getrieben wird: Ist hier gemeint, daß man Zuwanderer mit ihrer fremden Kultur ohne Einschränkung akzeptiert und weiterhin die Bewahrung dieser Kultur mitsamt ihren Grundwerten in unserer Gesellschaft ohne Einschränkung zu akzeptieren hat, also eine Abgrenzung mindestens toleriert, oder ist gemeint, daß sich Zuwanderer den real existierenden Werten unserer Kultur anzupassen haben, wenn etwa Grundwerte im Spiel sind (z.B. im Hinblick auf die Stellung der Frau oder religiöse Toleranz)? Ist also bei den entscheidenden Werten Abgrenzung erlaubt oder wird Anpassung erwartet? (Daß es realiter eine Wechselwirkung von Abgrenzung und Ausgrenzung gibt, soll nicht bestritten werden. Daraus ergeben sich eben jene Milieus der Benachteiligung mit ghettoähnlichen Zuständen, die die Idee der Multikultur desavouieren.)

Die Kernfrage bei diesem zentralen Thema der deutschen wie auch der europäischen Politik heißt: Wieviel Fremdes und wieviel Fremde kann eine Gesellschaft, die liberal und tolerant sein und bleiben will, äußerstenfalls aufnehmen und verkraften, und in welchem Zeitraum kann sie dies leisten, ohne Liberalität und Toleranz selbst aufs Spiel zu setzen? Diese Kernfrage hat neben der ideellen eine handfest materielle Seite – Arbeitsplätze, Wohnungen, Lernchancen in Schulen und Schulklassen mit hohem Ausländeranteil, das Entstehen von vernachlässigten Wohnquartieren und damit neuen Milieus der Ausbeutung (z.B. durch Mietwucher) und neuen Milieus der Kriminalität, vor allem der Jugendkriminalität. Wirtschaftliche Probleme unter dem Vorzeichen des Globalisierungsdruckes legen die Grenze der Toleranz offen: Das Predigen der Gebote politischer Korrektheit hilft da nur begrenzt, zumal es meistens von Menschen betrieben wird, die von den genannten Phänomenen nicht oder kaum betroffen sind. Was leisten die Medien in diesem Zusammenhang, genauer gefragt: Leisten sie, was sie leisten könnten, um – im doppelten Sinne – zu vermitteln? Tun sie genug, um jene Menschen, die (in wachsender Zahl) anfällig erscheinen für fremdenfeindliche Parolen, nicht lediglich ihrerseits durch moralische Aburteilung auszugrenzen, sondern sie durch nüchternes und sorgfältiges Offenlegen der Problemkomplexe und Zielkonflikte für ein Staatsverständnis zu gewinnen, in dem der Staat nicht nur als »Unternehmen Deutschland«, sondern als moralisch gebundene Institution seinen Bürgern klar macht, daß er die Rechte und Interessen dieser Bürger ebenso wahrnimmt wie er ihnen Pflichten auferlegt, darunter die Pflicht, alle Menschen, die bei uns leben, unabhängig von ihrer Herkunft zu respektieren und zu schützen?

Daß das mediale Schicksal und die politische Wirkung dieses Themenkomplexes vom fortwirkenden Trauma der NS-Herrschaft bestimmt sind, bedarf keiner Begründung. Von der Wirksamkeit eines derartigen Themas aber hängt es mit ab, welche Informationen das Mediensystem aufnimmt und weitergibt – im Unterschied zum Stammtisch, zum Familienkreis oder zum soziologischen Seminar, die alle ebenfalls Informationen aufnehmen und weitergeben. Themen haben also immer auch ihr medienunabhängiges Eigenleben – der »Code« soll dagegen das interne Kriterium sein, mit dem das System sich definiert und gegen seine Umwelt abgrenzt, er wird als binäres Ja/Nein-Kriterium dargestellt und heißt im Luhmannschen Mediensystem: Information/Nicht-Information. Dabei schlägt, verkürzt gesagt, der Informationswert alt/neu im Mediensystem, zumal im Bereich der Nachrichten, das Kriterium wahr/unwahr.[10] Dieser Befund ist ein wesentliches Element der Medienkritik, die in Luhmanns Beschreibung des Mediensystems steckt. Doch hat er überhaupt den richtigen Code gewählt?

Wie lautet der Code des Mediensystems?

Ein »Code« bedeutet üblicherweise ein System von Zeichen, das für ein anderes System von Zeichen steht, wie etwa das Morsealphabet, ein nachrichtendienstliches Verschlüsselungssystem oder die Übertragung von Daten in ein Ziffernschema für die Computerauswertung. Luhmanns Code enthält davon zweierlei: Die binäre Grundstruktur der Computersprachen und die »Verschlüsselung«, nämlich den Schlüssel, der das System schließt. Doch wenn es ihn schließt, muß es ihn auch öffnen können. Ist die Information der Schlüssel, der das Mediensystem schließt und öffnet? Oder ist sie der Schlüssel für jede zwischenmenschliche Kommunikation, innerhalb wie außerhalb des Mediensystems? Liegt der Unterschied zwischen Innen und Außen dann nicht im Kriterium der Information, sondern in Kriterien seiner systematischen, und das heißt in einem (auch) aus Personen bestehenden Mediensystem: seiner professionellen Anwendung? Und liegt er damit nicht just in der Funktion, die das System für die Gesellschaft wahrnimmt – im »Herstellen« von Öffentlichkeit?

Am Code Information/Nicht-Information zeigt sich, daß Luhmanns Abstraktheit manche seiner Bestimmungen letztlich unbrauchbar macht, weil sie ein Interagieren zwischen den Systemen (Medien, Politik, Wirtschaft usw.) nicht in den Griff bekommen. Wenn das Luhmannsche (Medien)system sich durch eine ihm eigene fundamentale binäre Differenzierung (autopoietisch) konstituiert, dann reicht die Information als Schlüsselbegriff nicht aus – denn Information (oder Nicht-Information) ist, wie noch auszuführen sein wird, konstitutiv für jede sinnvolle, zwischenmenschliche Kommunikation überhaupt, auch außerhalb der Medien. Muß die systembezogene Alternative (der Code) nicht richtig heißen: »Veröffentlichen/Nicht-Veröffentlichen«?[11] Über diesen Code des Publizierens definieren die dem System zugehörigen Personen sowohl das Innen (und damit ihre Zugehörigkeit) wie das Außen, eben die Öffentlichkeit als Gesamtheit der nicht zum System gehörenden, aber vom System »angesprochenen« Personen. Diese Personen – und nicht etwa die Journalisten – sind als Publikum Objekt des Systems – allerdings nur insoweit, als das System es ihnen ermöglicht, Publikum zu sein, oder ihnen dies im Hinblick auf bestimmte Informationen oder Themen nicht ermöglicht.

Nicht die Information, sondern die Publikation wäre demnach das Codewort, das es erlaubt, das Mediensystem zu identifizieren. Mediensysteme bilden sich dann gleichsam um diese Grunddifferenz des Publizierens oder Nichtpublizierens herum, die auch ein qualitatives Merkmal für ihre Unterscheidbarkeit liefert. Das jeweilige (innere oder äußere) Normensystem ist dann ausschlaggebend dafür, wie frei oder unfrei, totalitär oder demokratisch, kommerziell oder gemeinwohlorientiert sie agieren – je nachdem, zu welcher Seite der Alternative (des binären Codes) sie grundsätzlich oder in einer gegebenen Situation tendieren (müssen). Zugleich aber sind auch ethische Grundsätze und moralische Normen auf diesen Code zu beziehen: Darf und soll alles publiziert werden, oder gibt es moralische Grenzen?

Dabei übernimmt – bleibt man im Rahmen der Systemtheorie – das (oder ein) Mediensystem von anderen Systemen jeweils das, was es zur Autopoiesis (ein, wie bereits ausgeführt, aus der Naturwissenschaft entlehnter, aber soziologisch problematischer Terminus) gebrauchen kann: moralische Elemente aus dem Moralsystem, finanzielle Elemente aus dem Wirtschaftssystem usw. Das ändert freilich nichts daran, daß Systeme gemäß der Luhmannschen Theorie immer selbstbezogen (selbstreferentiell) bleiben, auch das Mediensystem dient in der Systemtheorie niemandem außer sich selbst – eben deshalb ist die Systemdifferenzierung offenbar nicht in der Lage, die »Vermischung« von Codes systematisch zu beschreiben. Ein selbstbezogenes System ist moralisch irrelevant – es sei denn, sein Code ermöglicht (auch) eine moralische Alternative. Gerade in dieser Hinsicht bietet sich eben das Kriterium des »Veröffentlichens« an. Es steht in unmittelbarem Zusammenhang zum Wert einer »offenen Gesellschaft« – was nicht ausschließt, daß aus ethischen Gründen im Einzelfall auch »Nicht veröffentlichen« geboten sein kann. Doch prinzipiell ist »Veröffentlichen« geradezu das zentrale Gebot der offenen Gesellschaft.

Nun könnte es sein, daß Luhmanns Code Information/Nicht-Information so gemeint ist, daß er im Blick auf die Frage nach dem Informationswert einer Information eigentlich die Initiative Veröffentlichen oder nicht Veröffentlichen impliziert. Mit anderen Worten: das Mediensystem (genauer: die Angehörigen und somit Agenten des Systems) entscheidet über den Publikationswert und die Publikationsnotwendigkeit einer Information. Doch auch unter dieser Voraussetzung enthält der Code Information/Nichtinformation jedenfalls die Verknüpfung mehrerer Codes, nämlich wahr/falsch, bekannt/unbekannt (alt/neu), wichtig/unwichtig sowie interessant/uninteressant. Ob sich zwischen diesen Kriterien eine Relation für das Mediensystem herstellen läßt und ob sich die Qualitätsfrage nicht anhand einer solchen Relation beschreiben läßt – nämlich als schwer erreichbare Kongruenz dieser Kriterien -, das ist die Frage. Die Gewichtung wäre dann zwischen unterschiedlichen Medienprodukten und Medienunternehmen sehr unterschiedlich, wie eben »Bild« und die »FAZ« sehr unterschiedlich sind.

Luhmanns Urteil freilich steht fest: Bei den Kriterien (oder »Selektoren«) der Nachrichtengebung (also Veröffentlichung) sieht er – in Anlehnung an amerikanische Medienforscher – vor allem den Wert der »Überraschung«, des »Konfliktes« und der »Normverletzung«, letztere verbunden mit moralischen Urteilen, am Werk.[12] Die Dominanz des Neuigkeitswerts bedingt zugleich, daß das Neue im Augenblick seiner Publikation diesen Wert verliert, also durch sofortigen Nachschub an Neuigkeiten ersetzt werden muß. [Dabei übersieht Luhmann ebenso wie viele Journalisten, die »das Neue« zur einzigen Maxime der Informationsvermittlung erheben, daß es sich hier in hohem Maße um ein Wettbewerbsprinzip handelt, also um ein Strukturelement des Wirtschaftssystems: Man muß nicht einfach das Neue bringen, sondern man muß das Neue vor den anderen bringen, muß »die Nase vorn haben«. Schnelligkeit ist ein Geschäftsprinzip – für das Publikum insgesamt wie auch für die Kontrollfunktion der Medien im System der pluralistisch-parlamentarischen Demokratie und damit für die Rechtfertigung journalistischer Privilegien ist es meistens ganz unerheblich, ob das jeweils Neue einige Tage früher oder später bekannt wird: Entscheidend ist, daß man die Ware des Neuen vor den anderen auf den Markt bringt (vgl. dazu Kap. XI, S. 165 ff.)].

Luhmanns provozierendes Fazit lautet, daß man die »Realität der Massenmedien« nicht begreifen kann, »wenn man ihre Aufgabe in der Bereitstellung zutreffender Information über die Welt sieht und daran ihr Versagen, ihre Realitätsverzerrung, ihre Meinungsmanipulation mißt – so als ob es anders sein könnte«.[13] Wenn ihnen die Orientierungsfunktion bestritten wird, die doch eigentlich im Begriff der (publizierenswerten) Information enthalten ist und in einer immer komplizierter, nämlich unübersichtlicher und undurchschaubarer werdenden Wirklichkeit immer wichtiger wird, worin läge demnach überhaupt die Aufgabe der Massenmedien? »Ihre Präferenz für Information, die durch Publikation ihren Überraschungswert verliert, also ständig in Nichtinformation transformiert wird, macht deutlich, daß die Funktion der Massenmedien in der ständigen Erzeugung und Bearbeitung von Irritation besteht – und weder in der Vermehrung von Erkenntnis noch in einer Sozialisation oder Erziehung in Richtung auf Konformität mit Normen.«[14] Information und Erkenntnis als Gegensatz, Irritation als Aufgabe, Orientierung als Wert von gestern – eine in der Tat irritierende These.[15] Da wird die Systemtheorie zur Apologie des gehobenen Zynismus.

Die traditionelle Auffassung, die ich verteidigen möchte, besagt, wie es Kurt Biedenkopf 1977 formuliert hat, »daß es Aufgabe der Medien sei, der Selbstkontrolle eines gesellschaftlichen pluralistischen Gesamtsystems zu dienen«.[16] In dieser kritischen Funktion sieht Biedenkopf systemtheoretisch »die Instanz im Informations- und Gedankenkreislauf einer offenen Gesellschaft, die den Informationshaushalt, den Markt der Meinungen und Ideen, die unendliche Vielfalt der Ansichten und Auffassungen ständig neu darstellt, systematisiert und durch kritische Argumente und Beobachtungen anreichert«.[17] In dieser Funktion erzeugen die Medien, so Biedenkopf, »Begründungszwänge zu Lasten derjenigen, denen hoheitliche oder gesellschaftliche Macht anvertraut ist, und zwingt damit die Verwalter institutioneller Zuständigkeiten, über die Zwecke ihres Handelns Auskunft zu geben und damit ihr Handeln erst überprüfbar zu machen«.[18] Das mag dann freilich auch Irritation auslösen. Biedenkopf schränkt die Medien dabei nicht auf ihre kritische Aufgabe ein, sondern stellt ihr gleichrangig den »Transport von Information« gegenüber. Die Medien »sammeln Tatsachen und Meinungen an den unendlich vielen Stellen, an denen sie produziert werden, fassen sie zusammen, systematisieren sie und bieten sie nach ihren eigenen konzeptionellen Vorstellungen über Prioritäten und Wichtigkeiten in unterscheidlicher Form der Allgemeinheit an«.[19] (Daß zu den »unendlich vielen Stellen«, an denen Information produziert wird, auch wieder Medien gehören, begründet den gängigen Befund der »Selbstreferentialität«, der hinreichend allgemein und pauschal ist, um als Vorwurf wie als Alibi zu taugen.)

Professionelle Standards – ethik- und moralfrei?

Wenn man unter der Luhmannschen »Irritation« als gehobener Form des Unruhestiftens die prägnantere und ehrwürdige Kritik versteht, könnte man im Spannungsbogen von Orientierung und Irritation oder Informationsvermittlung und Kritik die Pole ausmachen, zwischen denen sich die Qualitätsfrage und damit die Frage nach professionellen Standards entscheidet. Luhmann freilich stellt solche Standards gar nicht in Abrede – er bestreitet nur, daß sie der Wahrheitsfindung dienen. Damit wird unterstellt, daß das Wahrheitskriterium in journalistischen Standards nicht vorkommen muß. Wir werden also zu fragen haben, was unter journalistischer Qualität verstanden werden sollte und tatsächlich verstanden wird.

Den anspruchsvollen Standards, die der Pressekodex vorgibt, steht eine Wirklichkeit von immenser moralischer Spannweite gegenüber: Professionalität ist eben für einen »Bild«-Redakteur etwas anderes als für einen »FAZ«-Redakteur, und für einen Werbetexter etwas anderes als für einen Verlagslektor. Von Medienethik im Sinne des Anspruchs auf Wahrhaftigkeit kann in dem Maße die Rede sein, in dem es im System selbst wie beim Publikum einen Konsens darüber gibt, daß es sich bei unterschiedlichen Standards tatsächlich um einen Qualitätsunterschied handelt, der mit dem höheren oder geringeren Anspruch auf Wahrhaftigkeit zu tun hat, also mit einem unterschiedlichen Anspruch an die Sorgfalt der Recherche und die Differenziertheit der Darstellungen. Wenn Realitätserkenntnis eine Funktion unseres Unterscheidungsvermögens ist, dann hängt der Realitätsgehalt medialer Botschaften von ihrer inhaltlichen Differenziertheit ab. Die analytische Fähigkeit von Journalisten in Kombination mit unbefangener wirklichkeitsbezogener Neugier ist dann eine Qualifikationsvoraussetzung für Journalisten.

Nun hilft es wenig, solche Standards nur idealistisch zu proklamieren. Der Blick auf die publizistische Wirklichkeit ist vielfach ernüchternd. Luhmann freilich stellt das System der Medien unter einen generellen Manipulationsverdacht, den er gleich wieder aufhebt, weil er Wahrheitsfindung gar nicht mehr als Auftrag der Medien erkennt und anerkennt: »Es kann deshalb gar nicht darum gehen, mit Hilfe dieses Systems, wie immer verzerrt und korrekturbedürftig, zu erkennen, wie die Welt beschaffen ist, und diese Erkenntnis dann allgemein zugänglich zu machen. So mag es die Selbstbeschreibung des Systems verkünden. Ein systemtheoretisch geschulter Beobachter wird statt dessen beschreiben, daß und wie das System in selbstkonstruierten Zeithorizonten Operation an Operation anschließt, sich dabei immer erneut auf die eigene Informationslage bezieht, um Neuheiten, Überraschungen und damit Informationswerte ausmachen zu können. Man versteht gut, daß dabei ein Manipulationsverdacht aufkommt.«[20] Folgerichtig konstatiert Luhmann schließlich einen krassen »Widerspruch zwischen den Selektionsverfahren der Massenmedien und ihrem Erfolg im Konstruieren der Realität, nach der die Gesellschaft sich richtet ...«.[21] Deshalb fragt er – rhetorisch und resigniert: »Wie ist es möglich, Informationen über die Welt und über die Gesellschaft als Informationen über die Realität zu akzeptieren, wenn man weiß, wie sie produziert werden?«[22] Selbst wenn er uneingeschränkt recht hätte – was folgt daraus? Daß der Verzicht auf persönliche Moral seinen Rechtfertigungsgrund in der Systemtheorie findet, weil sich der Journalist seine Verantwortung vom System wegdefinieren ließe?[23] Letztlich hängt die Antwort, wie vorher ausgeführt, vom jeweils gewählten Systembegriff ab.

Spätestens hier muß zwischen dem »Mediensystem« und dem »System Journalismus« insoweit unterschieden werden, als zum System der (technisch verbreiteten) Massenmedien auch die Produktion und/oder Verbreitung von Fiktion und Unterhaltung (z.B. »Shows«) sowie von Werbung gehört. Der Unterschied liegt im Realitätsbezug: Auf diesem Unterschied beruht letztlich die (tatsächliche oder vermeintliche) Dominanz des Negativen, die die Information kennzeichnet, während die Botschaft von Unterhaltung und Werbung darauf angelegt ist, den Empfänger positiv zu stimmen (und sei es durch das Ausspielen des »Prinzips Schadenfreude«), während in der Fiktion die Variationsbreite zwischen dem Extrem der »Heilen Welt« und dem anderen Extrem des »Horrortrips« weit gespannt ist. Daß der fiktive Bereich, z.B. durch das nach wie vor gängige Schema des »happy-end« als Bilanz eines »good guy/bad guy«-Dramas, auch die Funktion erfüllt, dem noch näher zu untersuchenden »negativen« Charakter der realitätsbezogenen Information ein Gegengewicht zu setzen, soll dabei nicht bestritten werden.

Als »Mediensystem« soll deshalb im folgenden primär das »System Journalismus« verstanden werden (also das professionell geprägte Informationssystem einer offenen Gesellschaft) – wobei die Frage, worauf eigentlich das »Negativ-Prinzip« beruht, besonderer Aufmerksamkeit bedarf. Im Blick auf die vorgetragene Kritik an der Systemtheorie möchte ich mich an folgenden Kriterien orientieren:

1 Soziale Systeme sind anhand einer gesellschaftlichen Aufgabe definierte und strukturierte Gruppen von Menschen, deren Handlungen und Mitteilungen (Operationen) in einem systematischen (funktionsorientierten) Zusammenhang stehen, soweit sie sich auf eine bestimmte gesellschaftliche Aufgabe beziehen.
2 Systematisch (oder funktional) ist dieser Zusammenhang, wenn diese Operationen sich so aneinander anschließen, daß sich das System sowohl gegen die Außenrealität abgrenzt wie auch zur Außenwelt öffnet, und auf diese Weise zwischen Innenrealität und Außenrealität ein Austausch stattfindet.
3 Im System »Journalismus« nenne ich den Gegenstand dieses Austausches »Information«. Das System entnimmt der Außenrealität Informationen, bearbeitet (»dekonstruiert« und »rekonstruiert«) sie und gibt sie an die Außenwelt zurück (veröffentlicht sie). Veröffentlichen/Nicht-Veröffentlichen ist der Code des Systems, anhand dessen sich der Austausch entscheiden und regulieren läßt.
4 Die systeminternen Handlungen und Kommunikationen (Operationen) sind nur graduell aufeinander abgestimmt (anschlußfähig). Logische und empirische Widersprüche (Inkonsistenzen) kennzeichnen die Außenrealität ebenso wie die Innenrealität des Systems. Die systematische Beseitigung dieser Widersprüche im System ist stets nur graduell möglich.

Das Maß, in dem die Beseitigung der Widersprüche gelingt, korrespondiert mit der Realitätsnähe der publizierten Informationen. Das ist nur annäherungsweise möglich, wenn es sich um ein offenes System handelt. (Wird umgekehrt in einem geschlossenen System die Beseitigung der Widersprüche erzwungen, geht die Realitätsnähe völlig verloren.) Wir müssen uns unter diesem Vorzeichen die Mühe machen, der Frage nachzugehen: Welche journalistischen Tätigkeiten (Funktionen oder Operationen) und welche Bedingungen dieser Tätigkeiten sind überhaupt im (oder vom) Mediensystem vorgegeben? Darin stecken wiederum zwei Fragen:

1 Welche Rolle spielen Faktoren, die dem System »Journalismus« zugerechnet werden, die aber in Wirklichkeit im einzelnen Menschen (also auch im Journalisten) schon angelegt sind und allenfalls im und vom System verstärkt werden?
2 Welche Rolle spielen Faktoren, die in der (pluralistisch-demokratischen) Gesellschaft vorgegeben sind als Bedingungen, unter denen »das Mediensystem« existiert und funktioniert, also veröffentlicht oder nicht veröffentlicht, – z.B. der marktwirtschaftliche Wettbewerb oder die Gesetzgebung? (Dabei muß nicht ausgeschlossen werden, daß das System seinerseits auf diese Bedingungen, wie z.B. die Gesetzgebung, Einfluß nimmt.)

Leben im Mediensystem: Einschränkungen der Wahrheitsfindung

Es liegt nahe, anhand dieser Problematik die wichtigsten Aufgaben, die professionelle Situation von Journalisten, aber auch die Qualitätskriterien (Standards) journalistischer Arbeit zu reflektieren, um danach das Verhältnis von (Partei-) Politik und Medien vor allem unter dem Gesichtspunkt des Wettbewerbs zu beleuchten. Vor die Wunderwelt der Multimedialität, den Pessimismus der Zivilisationskritik und die Komplexität der Systemtheorie schiebt sich somit die schlichte Frage: Was hat der einzelne Journalist damit zu tun – außer sich von weiterem Nachdenken durch den Verweis auf die Übermacht des (multi-)medialen Marktes, die Zwänge des Systems und die Unmöglichkeit objektiver Erkenntnis in trauriger oder fröhlicher Resignation entbunden zu sehen? Er kann nun einmal nicht sinnvoll handeln ohne die Bezugsgröße einer für den Einzelnen faßbaren Wirklichkeit. Ihm geht es dabei am allerwenigsten um Sein oder Nichtsein einer Wirklichkeit »an sich«, sondern um die Bewältigung handfester Zweifel an der Chance, diese Wirklichkeit hinter allen Medien zu erreichen, auf daß er, wenn er ein anständiger Mensch ist, nicht verzweifle an seinem Beruf. Zöge man ihm »Wirklichkeit« und »Öffentlichkeit« als Grundlagen seines Tuns unter den Füßen weg, dann entbände man ihn von jeder Verantwortung – was bliebe, wäre Beliebigkeit, wäre der Zufall des Verfehlens und die Willkür des (allenfalls vom Geschäftsinteresse gesteuerten) Verfälschens jener Sachverhalte, die als »Inhalte« von Medien Wirklichkeitscharakter beanspruchen. Eben deshalb scheint es angebracht, sich unter der Voraussetzung eines flexiblen, Gradualität, Offenheit und Dynamik ermöglichenden, realitätsgebundenen Systembegriffs die realen Rahmenbedingungen der journalistischen Berufstätigkeit und damit die alltägliche Situation des Journalisten zu vergegenwärtigen.[24]

Ein Journalist ist ein Mensch, der sich beruflich und routinemäßig mit der Beschaffung, Auswahl, Bearbeitung (Formulierung) und Verbreitung von Informationen befaßt.[25] Doch was nennen wir eine Information und was bestimmt den »Informationswert« – will sagen den Publikationswert – einer Information? Was macht eine Äußerung oder Mitteilung zu einer publizistischen Information? Wenn wir vom Informationsbegriff der Naturwissenschaft (z.B. im Zusammenhang mit der genetischen Programmierung) vorerst absehen und uns an unserer Alltagsrealität orientieren, kommen aus der Perspektive des Publikums – also des Informationskonsumenten – folgende Merkmale und Anforderungen in den Blick:

1 Die Äußerung (Mitteilung) muß einen Inhalt haben.
2 Der Inhalt muß verständlich sein.
3 Der behauptete Inhalt muß zutreffen. Ich will nicht getäuscht werden.
4 Der Inhalt muß unbekannt (»neu«) sein. (Bekanntes muß nicht mitgeteilt werden.)
5 Der Inhalt muß mich – oder andere – betreffen oder aus anderen Gründen interessieren.
6 Der Inhalt verändert – evtl. nur kurzfristig – meine Kenntnis der Wirklichkeit. Er kann damit zur Voraussetzung meines Handelns werden.

Ohne diese Merkmale soll eine Mitteilung im folgenden nicht als Information gelten. Wenn wir kommunizieren, tauschen wir Informationen aus, aber vielleicht auch andere Signale, deren Informationsgehalt unklar ist. Wir machen und erhalten Äußerungen (Mitteilungen), deren Informationsgehalt unterschiedlich hoch sein kann. Worin besteht dieser Informationsgehalt? Da unser wichtigstes Informationsmedium die Sprache ist, liegt es nahe, die Sprachlehre zur Bestimmung des Informationsbegriffs heranziehen: Eine Information nenne ich eine in sich geschlossene Aussage über etwas Wirkliches, also eine Aussage, die ihrem Sinne nach auf die Wirklichkeit gerichtet ist und einen Teil davon aus der übrigen Wirklichkeit heraushebt (von ihr unterscheidet).

Sie entspricht – mindestens – einem vollständigen Satz, der einen Satzgegenstand und eine Satzaussage enthalten muß (und mit einem Punkt endet). Jedes wirkliche oder gedachte Seiende kann Satzgegenstand sein. Die Satzaussage sagt aus, ob der Gegenstand vorkommt oder nicht vorkommt, ob mit dem oder durch den Gegenstand etwas geschieht oder nicht geschieht, und, falls ja, was mit ihm geschieht, eventuell auch wie, wo und unter welchen Umständen es geschieht, und/oder ob er eine bestimmte Eigenschaft (oder mehrere) aufweist oder nicht aufweist. Das heißt, der Satz oder die Information bezeichnet stets einen Sachverhalt.[26] Formal ist sie also mehr als ein Signal oder ein Zeichen, inhaltlich mehr als ein Etwas (ein Ding), indem sie z.B. sagt, ob dieses Etwas existiert oder nicht. Nur im Grenzfall kann auch ein Signal bereits eine Information darstellen – z.B. die auf rot geschaltete Ampel, die besagt, daß Weiterfahren verboten ist und potentiell gewisse Sanktionen oder negative Folgen nach sich zieht (z.B. eine Bestrafung oder einen Unfall). Die Information muß also mindestens über Gegenstand und Aussage verfügen, sie kann darüberhinaus weitere Bestimmungen enthalten, die der Vervollständigung und Präzisierung der Information dienen. Daß die Information einen »ganzen Satz« oder eine vollständige Aussage enthalten soll, also tendenziell über einen punktuellen Ja-Nein-Befund hinausgeht, verweist bereits auf den Ereignischarakter des Inhalts von Informationen.

Der Begriff der Information setzt voraus, daß sie vom Informierenden als wahr ausgegeben wird und vom Informierten für wahr gehalten werden soll. Sagt der Informierende dazu, daß seine Aussage erfunden ist, z.B. indem er seine Aussagen als fiktiv, etwa als Dichtung deklariert, soll auch diese Behauptung vom Informierten für wahr gehalten werden. Die Information setzt weiter voraus, daß der Informierte sie nicht schon kennt – jedenfalls nicht in ihrer Vollständigkeit, oder daß er sich, soweit er sie kennt, nicht mehr genau an sie erinnert. Sie kann also eine Kombination von Neuem und Bekanntem enthalten. Dabei muß noch einmal unterschieden werden zwischen faktisch neu (oder alt) und bekannt (oder unbekannt). Faktisch Neues ist immer auch unbekannt, faktisch Altes kann unbekannt sein. (Journalistisch Neues bezieht sich demnach immer auf den Kenntnisstand, der einen neuen Sachverhalt enthalten kann, aber nicht muß.)

Jede publizierte Information wird im Augenblick ihrer Publikation prinzipiell bekannt, so daß stets weitere Informationen nachfolgen. Der Informationsfluß kann nicht abreißen, solange überhaupt Menschen miteinander kommunizieren – was allerdings nicht etwa am »Mediensystem« liegt, sondern erstens am Wesen der Information und zweitens an dem Überfluß an Informationen, die aus der Außenrealität ständig nachfließen. Wie stark Medien auch expandieren mögen: Es ist stets mehr Nachschub da, als Medien aufnehmen und weitergeben können. Die Information setzt aber auch voraus, daß der Informierte über ein Vorwissen, also ein Gedächtnis verfügt. Sonst müßte jede Information alle Voraussetzungen vorausschicken, die zu ihrem Verständnis und ihrer Einordnung notwendig sind. Sie könnte dann als einzelne Information nicht mehr aus ihrem Kontext herausgehoben (isoliert) werden.

Obwohl die Information ausgewählt und gestaltet, z.B. formuliert (also: konstruiert) werden muß, ist sie ihrem Sinne nach ein Mittel der Realitätsfindung und Realitätsvergewisserung; denn ohne Bezug zu einem – vom Informierten und vom Informierenden unabhängigen – Realitätsbegriff hat »Information« für den Empfänger keinen Sinn. Ich möchte damit aber weder die uneingeschränkte »Objektivität« (»Realitätsidentität«) noch eine besondere Realitätsnähe der faktisch stattfindenden Information von vornherein behaupten, sondern die mehr oder weniger bekannten Einwände gegen diese Realitätsnähe praxisnah aufzuarbeiten versuchen, um von daher auf die ethisch-moralische Fragestellung zurückzukommen.

Anmerkungen

1 Luhmann, Massenmedien, S. 188
2 ebd., S. 185
3 ebd., S. 189
4 ebd., S. 189
5 Niklas Luhmann: Die Wirtschaft der Gesellschaft, Frankfurt am Main 1988, S. 230 ff.
6 ebd., S. 58 ff.
7 Am Medium Geld läßt sich übrigens zweierlei aufweisen: Daß ein Medium, das konkrete Wirklichkeit darstellt, realiter nicht zur »Verdoppelung« dieser Wirklichkeit führt. Ich kann zu einem gegebenen Zeitpunkt nicht beides haben, sondern immer nur eines von beiden: Eine bestimmte Summe oder die dafür erhältliche Ware. Zum anderen läßt sich das Wirtschaftssystem im Blick auf seine Codierung anhand des Mediums Geld als Kommunikationssystem betrachten. Man kann Geldströme wie auch Warenströme untersuchen und damit den Wirtschaftskreislauf als »autopoietisches« System analysieren. Doch ein soziales System ist die Wirtschaft damit nicht, so wenig wie die Technik ein solches ist – sie wird es erst, wenn man den Menschen in die Systematik aufnimmt.
8 ebd. , S. 28
9 »Political correctness« beschreibt eine Anfang der 90er Jahre entstandene Bewegung, die zunächst nur das Ziel hatte, die politische Auseinandersetzung ohne Beleidigungen oder Schmähungen zu führen. Die Kontrahenten sollen »politisch korrekt«, sprich unter Verzicht auf diffamierende Wörter, Gesten, Bilder und Taten, miteinander umgehen. Das gilt auch für den politischen Streit zwischen Personengruppen. In den USA zum Beispiel soll die Bewegung nationalen, ethnischen und religiösen Minderheiten zugutekommen – ihre Kritiker werfen ihr allerdings dogmatische Verhärtung und praktische Einseitigkeit vor, die zu neuen Ungerechtigkeiten führten, eben weil Angehörige bestimmter Gruppen generell bevorzugt würden.

10 Luhmann, Massenmedien, S. 36
11 Veröffentlichen/Nicht-Veröffentlichen als Code: Man könnte dagegen einwenden, daß jede Publikation das Vorhandensein einer zu publizierenden Information voraussetzen und somit in der »Information« das Element des Publizierens enthalten sei – doch das trifft nur zu, wenn man »Informieren« als ein auf die Tätigkeit der Medien begrenztes Kommunizieren ansieht. Doch das ist gerade nicht der Fall – nur die für die Öffentlichkeit (das Publikum) bestimmte Information ist der Zweck des Mediensystems und bestimmt damit natürlich auch den Schlüsselbegriff seines »Codes«.
12 Luhmann, Massenmedien, S. 58-72
13 ebd., S. 173 f.
14 ebd., S. 174
15 »Von einer guten Prosa ist zu verlangen, daß sie die Todesfurcht verbannt«, so ein Ernst Jünger zugeschriebenes Wort. Ich möchte variieren: Vom Informationssystem wäre zu verlangen, daß es die Lebensangst – durch Information, nicht durch Illusion – verringern hilft. Vom tatsächlichen Informationssystem ist festzustellen, daß es zu beidem beiträgt: Die Angst zu schüren und die Angst zu meistern.
16 Kurt Biedenkopf: Fortschritt in Freiheit, S. 196
17 ebd., S. 197
18 ebd., S. 197
19 ebd., S. 197
20 Luhmann, Massenmedien, S. 31
21 ebd., S. 215
22 ebd., S. 215
23 Zur Kritik an Luhmanns Systemkritik vgl. in jüngster Zeit auch Guggenberger, Nirwana, S. 64 ff.
24 Zum Begriff der Öffentlichkeit vgl. auch: Manfred Rühl: Kommunikation und Öffentlichkeit. Schlüsselbegriffe zur kommunikationswissenschaftlichen Rekonstruktion der Publizistik. In: Günt er Bentele, Manfred Rühl (Hrsg.): Theorien der öffentlichen Kommunikation – Problemfelder, Positionen, Perspektiven. München 1993, S. 77-102
25 vgl. dazu Ulrich Saxer: Strukturelle Möglichkeiten und Grenzen von Medien- und Journalismusethik, in: Michael Haller, Helmut Holzey (Hrsg.): Medien-Ethik, Opladen 1992, S. 118 f. Saxer beschreibt dort die journalistischen Routinen am Beispiel des Informationsjournalismus und benennt drei Aspekte oder Funktionen, nämlich (erstens) »... Umwelt einzufangen und für unterschiedliche Publika in sinnvolle und verständliche Aussagen zu bringen. Dies bedeutet, zweitens, daß vor allem Komplexität reduziert werden muß. Dabei wird, drittens, externe Wirklichkeit in Medienrealität umgewandelt, und alles ... gemäß bestimmten Recherche-, Selektions- und Präsentationsroutinen. Die gesellschaftliche Leistung, die davon erwartet wird und damit erbracht werden soll, ist grundsätzlich eine doppelte: Zum einen thematisiert der Journalismus Sachverhalte zuhanden des allgemeinen Bewußtseins, zum anderen gewinnt er allgemeine Aufmerksamkeit, Publikum, für diese.«
26 vgl. Carl Friedrich von Weizsäcker: Zeit und Wissen, München/Wien 1992, S. 40, sowie ders.: Der Garten des Menschlichen, München/Wien 1977, S. 299 ff. Von Weizsäcker nennt einen Sachverhalt »... das, was in einem Satz ausgesagt werden kann.« Dabei ist ein Sachverhalt eben mehr als eine Sache (ein Ding), nämlich eine Aussage darüber, wie es sich mit der Sache verhält, z.B. ob sie existiert.

VII. Selektion – wo sind die Maßstäbe?

Wer wählt was wie aus?

Über »die Medien« schlechthin Aussagen zu treffen, wäre ganz unabhängig von allen theoretischen Einschränkungen für einen Praktiker von vornherein anmaßend: Ich kann mich wie jeder andere nur aus der begrenzten Sicht und Erfahrung eines einzelnen Journalisten äußern, der z.B. einige Redaktionen bei Zeitungen und Fernsehen kennengelernt hat und mehr nicht. Schon gar nicht will ich nach dem bisher Gesagten in einem umfassenden Sinne von »der Wahrheit« reden, sehr wohl aber über Varianten eines Wahrheits- und Wahrnehmungsverlustes, der den Journalisten als Gefahr und Versuchung ständig begleitet. Deshalb sei hier vorerst beiseitegelassen, was seit dem Aufkommen der Manipulationsdebatte in den sechziger Jahren uns Journalisten immer wieder nachgesagt wird: nämlich die absichtliche Verfälschung (z.B. durch Weglassen relevanter Information) von Sachverhalten, um Menschen zu beeinflussen. Nur in diesem Sinne der bewußten und gewollten Verfälschung soll hier der Manipulationsbegriff verwendet werden, denn nur in diesem Sinne ist er ethisch und moralisch relevant.

Ich will also aus der Sicht eines Journalisten an einige Umstände erinnern, die als Grundbefindlichkeiten die journalistische Tätigkeit bedingen und die Möglichkeit journalistischer Wahrheitsfindung und Wahrheitsvermittlung ohne Zweifel erheblich einschränken.[1] Es geht dabei aber nicht um die bloße Schilderung altvertrauter Sachverhalte, sondern um die Frage, ob diese Sachverhalte wirklich primär »dem Journalismus«, und damit dem System der Massenmedien zuzurechnen sind, ober ob sie fundamental mit dem Menschen selbst zu tun haben, also anthropologische Grundbefindlichkeiten bezeichnen, die im und vom Mediensystem allerdings mehr oder weniger verstärkt werden.

Ausgangspunkt ist das Grundelement journalistischer Professionalität, nämlich die Selektion und ihre Kriterien. Auch hier zunächst die Anmerkung, daß Selektion oder Auswahl ein wesentliches Merkmal jeder menschlichen Kommunikation und damit jeden Entscheidens und jeden Handelns darstellt. Sie ist also – ebenso wie die Information – für sich genommen nicht medienspezifisch. Ob ich mit einem anderen kommuniziere, ob ich die Kommunikation beginne, fortsetze oder beende, setzt ebenso ein Ja oder Nein voraus wie die Entscheidung über jeden einzelnen Inhalt dieser Kommunikation, also jede Information, die ich mitteile. Ob ich im Kaufhaus an den Wühltisch gehe, ob ich hier oder dort zugreife oder nicht zugreife – immer heißt es: Ja oder Nein. Und dieses Ja oder Nein, das immer eine vorgegebene Alternative voraussetzt, nennen wir Auswahl. Auswahl ist also immer die Entscheidung für eine Möglichkeit (Ja) gegen viele zugleich gegebene andere Möglichkeiten, die damit ausgeschlossen werden. Jede Information wird somit umso genauer, je mehr Möglichkeiten durch die jeweilige Aussage ausgeschlossen werden.

Wenn die Beschaffung und Weitergabe (Veröffentlichung) von Information und nichts als die Beschaffung und Weitergabe von Information zur Auswahl steht, haben wir es mit Journalismus zu tun. (Wobei das Gewicht – also die Funktion des Systems – auf der Weitergabe liegt, die Beschaffung ist nur deren notwendige Voraussetzung. Nur ein Teil der beschafften Informationen wird auch publiziert.) Damit haben wir es dann zugleich immer auch mit dem Mediensystem insgesamt zu tun, doch auch mit dem Wirtschaftssystem (es wird nicht nur durch Information, sondern auch durch Geld »codiert«), mit dem Politiksystem, mit dem Kultursystem oder mit einer »Schnittmenge« aus diesen Systemen. Und diese systematisch kaum zu erfassende multiple Systemzugehörigkeit mitsamt der Interaktion zwischen Systemen und Subsystemen ist das Spielfeld, auf dem sich die Frage nach der Freiheit des Journalismus und nach dem Rang der Wahrheit bzw. der Wahrhaftigkeit im Hinblick auf journalistische Standards entscheidet.

Worüber wird überhaupt berichtet, was erscheint in den Medien, was kann erscheinen, was darf erscheinen? »All the news that's fit to print«, alle Nachrichten, die druckfähig sind, heißt das Motto der New York Times. Und auf wunderbare Weise geschieht bekanntlich Tag für Tag immer so viel Berichtenswertes, daß die Zeitung oder die Sendung gerade gefüllt wird. So bekannt und banal dies sein mag – unsere »Kunden«, die Medienkonsumenten oder Rezipienten, das Publikum also, vergegenwärtigen sich diesen Sachverhalt nur selten – in der Folge droht »falsches Bewußtsein«. Nur ein Bruchteil dessen, was sich täglich auf dieser Welt »ereignet« im Sinne der Veränderung eines gegebenen Zustandes, was wahrgenommen und mitgeteilt wird, und was vom Verständnis der Kommunikationswissenschaften her als Information gelten kann, wird im journalistischen Sinne zur Information, wird als solche durch Medien vermittelt.

Schon wenn wir den Begriff der Information auf »durch Massenmedien veröffentlichte Information« einengen, nehmen wir also eine zwar notwendige, aber problematische Trennung vor: Information wird dann zur medial publizierten Information, wenn sie zum einen professionell (also von Menschen, die einen sozial und rechtlich definierten Beruf ausüben), und zum anderen technisch, also über technische Mittel an die Öffentlichkeit, d.h. an die Allgemeinheit, an eine unbestimmte Menge von Menschen gerichtet wird und nicht zum Bereich der Fiktion, etwa der Belletristik, zählt. Und die Erwartung, die ja in der Wahrheitsfrage liegt, daß die Information im Medium die Wirklichkeit richtig, nämlich unverfälscht und proportionsgerecht abbilde, wird allenfalls partiell erfüllt. Jede partielle Abbildung von Wirklichkeit kann aber nur eine »Teilwahrheit« sein, und wenn ihr Charakter als Teilwahrheit nicht erkennbar ist, wenn ihre mehr oder weniger gewaltsame Herauslösung aus dem Kontext nicht offensichtlich wird, dann eben wird sie potentiell unwahr und damit irreführend.

Der Begriff der »selektiven Wahrnehmung«, den u.a. Elisabeth Noelle-Neumann, die Entdeckerin der Schweigespirale,[2] popularisiert hat, trifft dabei gleich mehrfach zu: Der Journalist unterliegt der selektiven Wahrnehmung – der vor ihm schon andere unterlegen sind, z.B. Akteure oder Zeugen eines Geschehens, deren Darstellung er aufnimmt. Der Journalist kann das Wahrgenommene (oder »Aufgenommene«) nur selektiv weitergeben. Der Mediennutzer nimmt das (vom Journalisten selektiv) Weitergegebene ebenfalls nur selektiv wahr (und gibt es so noch einmal weiter, z.B. im Gespräch). Der Journalist nimmt also die – potentiell realitätsverdichtende und realitätsverzerrende – Funktion eines »Filters« wahr; er wird deshalb auch als »Torhüter« (Gatekeeper) oder »Pförtner« bezeichnet.[3]

Nicht nur der Journalist, auch die Wirklichkeit (Außenrealität) wählt also aus. Es kann am Zufall liegen, ob ein Ereignis überhaupt wahrgenommen, ob es bekannt wird. Besonders beim Fernsehen kann es von technischen Möglichkeiten und Schwierigkeiten oder sogar Verkehrsverbindungen abhängen, ob, wann und wie etwas zu vermitteln ist. Vor allem aber hängt es nicht selten von politischen Verhältnissen ab: So kann die Beschaffung und Vermittlung von Information eingeschränkt oder ganz unterbunden sein. Journalisten können unter dem Druck stehen, sich in ihrer Berichterstattung den Wünschen politischer Machthaber anzupassen. Sie können ungewollt in die Gefahr geraten, ein schiefes Bild der Verhältnisse zu zeichnen, wenn ihrer Berichterstattung nur Teilbereiche der Wirklichkeit des politischen und sozialen Lebens zugänglich sind, während dem Leser oder Zuschauer diese Einschränkung nicht bewußt ist. Die Erkenntnis, wie kaputt und umweltschädlich die Wirtschaft der DDR mit ihrer zum großen Teil abbruchreifen Industrie tatsächlich war, überraschte auch die meisten der dort tätigen Journalisten (und allzu viele Politiker sowie andere sogenannte Experten). Sie bekamen stets nur einige Vorzeigebetriebe zu Gesicht – potemkinsche Fabriken möchte man sie nennen, weil sie Wirtschaft repräsentierten, ohne für den Zustand der Wirtschaft repräsentativ gewesen zu sein. Hinzu kam, daß der eine oder andere Journalist oder Politiker aus politisch-ideologischen Gründen wenigstens an einen relativ überzeugenden wirtschaftlichen Erfolg des »real existierenden Sozialismus« glauben wollte.

Von Vietnam zum Golf: Fernsehkriege mit Folgen

Nehmen wir als extremes Beispiel den Zweiten Golfkrieg und die in diesem Krieg ausgeübte Zensur. Alles, was im deutschen Fernsehen gezeigt wurde, war »richtig«. Es gab keine gefälschten Bilder. Auch die anrührenden Bilder vom sterbenden Kormoran am Strande Saudi-Arabiens, das Greenpeace als Fälschung denunziert hatte, erwies sich später als nicht gefälscht. Damit hatte es folgende Bewandtnis: Der irakische Diktator Saddam Hussein setzte das Erdöl auf besondere Weise als Waffe ein. Er ließ Öl aus den Pipelines in den Persischen Golf fließen, um zu erreichen, daß es, von der Strömung an die Küste Saudi-Arabiens gespült, dort die Meerwasser-Entsalzungsanlagen unbrauchbar machen würde. Die Zensur im Irak war und ist total, im Krieg wie im Frieden, um die Iraker gefügig und weiter als Kanonen- oder Raketen-Futter verwendbar zu halten. Auf der amerikanischen, britischen und französischen Seite war die Zensur am Kriegsschauplatz rigoros, in den drei beteiligten Demokratien selbst gab es ein erhebliches Maß an Desinformation, doch war die freie Meinungsäußerung nicht unterbunden. Auf alliierter Seite gab es für die Zensur vor Ort allerdings auch einen rationalen Grund: Der einseitige Vorteil der Luftaufklärung durch Satelliten und durch Luftüberlegenheit wäre verspielt worden, wenn unkontrollierte Informationen über die Kriegslage – z.B. via CNN – den Irakern zugänglich geworden wären. Das hätte das Leben alliierter Soldaten kosten können. So gab das US-Oberkommando nur sehr gezielt Bilder und Meldungen heraus und steuerte damit den Informationsfluß. Der Rest war Spekulation von mehr oder weniger kenntnisreichen Experten, in den elektronischen wie in den gedruckten Medien.

Gleichwohl möchte ich mich der Rede vom »Scheitern eines Wirklichkeitsmodells« in diesem Kontext nicht anschließen. Diese These von Ralf Gödde verkennt, daß die zu Recht kritisierte Beeinträchtigung dieses Wirklichkeitsanspruchs dessen Gültigkeit nicht widerlegt, sondern bestätigt.[4] Daß die amerikanische Führung den Krieg auch (aber nicht primär) als Medienereignis inszenierte, also dem allgemeinen Informationsverlangen nicht nur der Medien, sondern der Menschen, die nach ausführlicher Information verlangten, sobald die Kriegsgefahr als Tatsache bekannt war, nach Möglichkeit entgegenkam, hat heftige Kritik hervorgerufen, und dies wiederum nicht nur durch die Medien und in den Medien. Niklas Luhmanns Schlußfolgerung aus der Tatsache, daß vor allem die Militärmaschinerie im Einsatz gezeigt wurde, lautet seiner Theorie entsprechend: »Daß damit die Opfer-Seite des Krieges fast völlig ausgeblendet wurde, hat beträchtliche Kritik ausgelöst, aber doch wohl nur, weil dies der durch die Medien selbst aufgebauten Vorstellung, wie ein Krieg auszusehen hat, vollständig widersprach.«[5] Welche Einäugigkeit. Als ob die Medien allein ein derartiges Bild aufbauen könnten. Wie ein Krieg »auszusehen hat«, wissen z.B. viele Deutsche der älteren Generation noch allzu gut – und sie messen die Berichterstattung an ihrer Erfahrung und geben ihre Erinnerung an Jüngere weiter.

»Kriege sind Ausnahmesituationen. Aber sie können kein Anlaß sein, Journalisten aus der Pflicht zu entlassen, die Wirklichkeit umfassend und zutreffend darzustellen«, hält Klaus Bresser in einem kritischen Rückblick auf die Golfkriegsberichterstattung fest.[6] Er erhebt den entgegengesetzten Vorwurf: »Die (amerikanischen, der Verf.) Militärs wollten ein bestimmtes Bild vermitteln – das Bild eines perfekten, ›chirurgischen‹, also klinisch reinen Krieges. Die Medien haben dieses Bild vor allem am Anfang des Konfliktes übernommen und verbreitet. Und damit mitgeholfen, den Krieg wieder hoffähig zu machen, zumindest den Eindruck zu erwecken, daß Kriege, weil ohne große Opfer und

Schäden, wieder führbar sind. Wenn von Schuld die Rede sein soll, dann ist dies wohl die größte der Medien: das Publikum viel zu lange Zeit in dem Glauben gelassen zu haben, dies sei ein ›sauberer‹ Krieg. In Wahrheit war es ein Krieg wie andere vorher, dreckig und blutig, mit vielen tausend Toten und Verletzten, mit Leid und Tränen.«[7] Mir scheint allerdings, daß auch Bresser die reale und die moralische Dimension der Verknüpfung von Krieg und Inszenierung auf die Frage des journalistischen Selbstverständnisses verkürzt. Denn zum einen unterschied sich der Golfkrieg infolge seiner neuartigen Technizität auch im Hinblick auf die Zahl der Opfer durchaus von anderen vergleichbaren Kriegen. Dieser Krieg war anders als alle anderen davor, weil der Computer zur entscheidenden Waffe wurde und damit ein präziserer Einsatz ferngesteuerter Raketen möglich wurde als je zuvor. Zum anderen blendet Bresser das Problem aus, daß ein ohnehin utopischer Verzicht auf militärische Zensur die Journalisten im Westen selbst vor die Frage gestellt hätte, ob sie etwa durch unkontrollierte Information dem irakischen Diktator einen militärischen Vorteil verschaffen sollten. Dahinter steht natürlich auch noch die Frage, ob dieser im wesentlichen von den USA geführte Krieg gerechtfertigt war oder ob es zur Beruhigung des journalistischen Gewissens ausreicht, überhaupt jeden Krieg abzulehnen.[8]

Man muß auch deshalb genauer fragen, was Inszenierung in diesem Falle heißen soll. Es heißt nicht, daß der Krieg – was ja auch denkbar wäre – überhaupt nur wegen der Rückwirkung auf die (amerikanische) Öffentlichkeit geführt wurde – also etwa um Wählerstimmen für den amerikanischen Präsidenten zu sichern. Es heißt allerdings, daß die Verteidigung der amerikanischen Weltmachtrolle das Ziel hatte, mit der Zustimmung der amerikanischen Bevölkerung sowohl die Destabilisierung der arabischen Ölstaaten zu verhindern wie auch den nachhaltigen Schutz Israels zu realisieren. Beide Kriegsziele wurden im übrigen erreicht, was mit großer Wahrscheinlichkeit dazu beigetragen hat, daß später ein Friedensprozeß zwischen Israel und seinen arabischen Nachbarn überhaupt in Gang gesetzt werden konnte. Es waren diese politischen Ziele, die die innenpolitische Absicherung durch eine auf Medienwirksamkeit gerichtete Zensur erzwangen – aber gerade deshalb, weil man an den Medien und ihrem auf eine wahrheitsgemäße Darstellung der Kriegswirklichkeit gerichteten Agieren eben nicht ganz und gar vorbeigehen konnte.

Denn der zweite, nicht weniger wichtige Grund für die Zensur im Golfkrieg war psychologischer Natur, er betraf die amerikanische »Heimatfront« und wurde vom Oberkommando nicht zugegeben: Das Vietnam-Trauma. Der Vietnam-Krieg, der zu Recht als der erste Fernsehkrieg der Geschichte bezeichnet worden ist, bot den US-Generälen – und nicht nur ihnen – ein brisantes »medienpsychologisches« Lehrstück. So gut wie alles, was auf amerikanischer Seite in diesem Krieg geschah, wurde sichtbar, es war grell beleuchtet. Das hatte weitreichende psychologische und politische Folgen in den USA selbst und in der ganzen westlichen Welt. »The ugly american«[9], der »häßliche Amerikaner«, betrat die weltpolitische Szene – ein Produkt der Realität in Vietnam und ein Medienprodukt zugleich. Man mag das begrüßen oder bedauern; Tatsache bleibt, daß das Urteil über die Motive und Handlungsweise der Gegenseite (also Nordvietnams, des Vietkong und der hinter ihnen stehenden Mächte Sowjetunion und China) sich nicht auf eine solche Berichterstattung stützen konnte.

Anmerkungen

1 vgl. Wolfgang Wunden (Hrsg.): Wahrheit als Medienqualität, Beiträge zur Medienethik Band 3, Frankfurt am Main 1996

2 vgl. Elisabeth Noelle-Neumann: Öffentliche Meinung. Die Entdeckung der Schweigespirale, Berlin 1996
Noelle-Neumann führt das Phänomen der Schweigespirale und damit den Druck des Meinungsklimas auf die Isolationsfurcht des einzelnen zurück. Ich möchte anfügen, daß wir uns alle offenbar nicht nur mehr oder weniger intensiv und mehr oder weniger bewußt davor fürchten, uns durch abweichende Meinungen oder Werte von den Anderen zu isolieren, sondern zugleich auch immer bereit sind, den Anderen mit seiner abweichenden Position zu isolieren, wenn wir selbst uns auf der richtigen Seite und/oder in Übereinstimmung mit der Mehrheit unserer Bezugsgruppe wähnen. Potentiell steckt in jedem von uns beides: der Isolierte und der Isolierer. (Das diskriminierende Moment, das dem Begriff der »politischen Korrektheit« anhaftet, hängt damit wesentlich zusammen.)

3 Der Begriff Gatekeeper wurde von David M. White in die Medientheorie eingeführt. White unterscheidet noch nicht zwischen der Kontroll- und Auslesetätigkeit des Journalisten als Person und einer Kontroll- und Auslesefunktion, die an die journalistische Rolle gebunden ist. Der Terminus Gatekeeper wird des öfteren unter beiden Gesichtspunkten verwendet, um den Vorwurf einer allgemeinen Manipulation gegen Medien und Journalisten zu erhärten. (vgl. Whites Buch The Gatekeeper. A case study in the selection of news, New York/London 1966)

4 zit. nach: Luhmann, Massenmedien, S. 22

5 ebd., S. 23

6 Klaus Bresser: Was nun? Über Fernsehen, Moral und Journalisten, Hamburg/Zürich 1992, S. 82

7 ebd., S. 82

8 Bei dieser Frage wäre immerhin zu bedenken, daß es nur vordergründig um Kuwait ging, vor allem aber um die Stabilität der Regime in den Ölförderländern auf der arabischen Halbinsel, aber auch um die dauerhafte Sicherheit Israels, die im Zweifel nur durch die Bereitschaft der USA zum militärischen Engagement garantiert werden kann. Unter diesem Aspekt war der Golfkrieg als Probe aufs Exempel wahrscheinlich sowohl auf der arabischen wie auch der israelischen Seite eine psychologische Voraussetzung für den Friedensprozeß im Nahen Osten, so mühsam er sich auch gestalten mag. Im übrigen bleibt im Hinblick auf die Verhältnisse in Irak die Frage legitim, ob Präsident George Bush den Krieg nicht zu früh beendet hat.

9 vgl. William J. Lederer/Eugene Burdik: »The Ugly American«, New York 1958 (dt. Der häßliche Amerikaner, Hamburg 1960)

VIII. Normverletzung – wo bleibt das Positive?

Die »Abnormität« unserer Wahrnehmung

Daran knüpft sich eine Frage, die in der Medientheorie gelegentlich kritisch aufgegriffen, von den Praktikern aber häufig ignoriert oder achselzuckend abgetan wird: Unterstellen wir, es gäbe nirgendwo äußere Einschränkungen in der Berichterstattung: Wäre unser Bild von dieser Welt denn wirklichkeitsgerecht, wenn alles, was Menschen quält und erniedrigt, wenn Krieg, Unterdrückung, Elend, Hunger, Ausbeutung und Korruption ständig den Bildschirm beherrschten und andere Informationen verdrängten, von Skandalen, Katastrophen, Krisen, Konflikten in unserem eigenen Land gar nicht zu reden? Zeigen wir nicht ohnehin schon zuviel des Bösen? Es ist zwar schon einige Zeit her, daß ein Bundespräsident – Karl Carstens – und ein Bundeskanzler – Helmut Schmidt – geradezu wetteiferten, uns, den Medien, unsere trübe Optik vorzuhalten und eine Aufhellung des Bildes anzuempfehlen, doch nach wie vor wird uns diese »Negativität« angekreidet.[1]

Man kennt vielleicht die Gedichtzeile: »Herr Kästner, wo bleibt denn das Positive? Ja weiß der Teufel, wo das bleibt!«[2] Das war Erich Kästners rhetorische Abfuhr an die Liebhaber von Erbauungslyrik. Die meisten Journalisten würden sie wohl ohne Zögern unterschreiben. Damit wollen sie sagen: So ist die Welt nun einmal, und auch die Menschen, sie sind so, nicht nur in ihrem Handeln, auch in ihrer Wahrnehmung. Allen gut gemeinten Mahnungen zum Trotz: Nur schlechte Nachrichten sind gute Nachrichten, »only bad news is good news«. Dieser nicht eben neuen, sondern zeitlosen Journalistenweisheit, die das Motto der New York Times ergänzt, liegt, wie zu zeigen sein wird, ein Mißverständnis von Realität zugrunde. Das Neue an diesem altbekannten Phänomen scheint darin zu bestehen, daß die Negativberichterstattung in einer sich durch globale technische Vernetzung verstärkenden Tendenz eine neue Dimension gewinnt – auch deshalb, weil die technisch bedingten Gefahren für die Existenz der Menschheit sozusagen die politische Einheit dieser Menschheit, lange bevor sie in einem »Weltstaat« Wirklichkeit werden düfte, im Bewußtsein der Menschen als eine Art »Weltrisiko« bereits hergestellt haben. So konstatiert Peter Sloterdijk: »Das Realitätsprinzip des zeitgenössischen Informationsuniversums steht in der Tat unter dem Primat der besorgniserregenden Nachricht.«[3] Seine Folgerung: »Was die Menschheit toto genere heute wirklich zusammenhält, ist ein Ökumenismus der gemeinsamen Bedrohtheit.« Sloterdijk greift die gängige These auf, daß die Menschheit in ein post-utopisches Zeitalter eingetreten sei und sich darauf einzurichten habe, daß »fortan das Minimum für das Optimum, das schiere Überleben für das gute Leben zu gelten habe.«[4]

Wird also das Zeitalter utopischer Hoffnungen abgelöst vom Zeitalter desillusionierter Sorgen? Wenn das zuträfe, wären wir, Sloterdijk zufolge, »sowohl Opfer wie Agenten einer weltgeschichtlichen Revision, die uns zwingt, unsere Weltverhältnisse im Ganzen vom euangelischen Prinzip auf das dysangelische Prinzip umzustellen – wobei unter euangelisch, im Sinne der griechischen Wortwurzeln, die Annahme verstanden werden soll, daß es möglich sei, Welt und Weltsinn unter dem Eindruck guter und besserer Nachrichten zu reformieren, während dysangelisch die Unterwerfung der kommunizierenden Gattung unter das Gesetz schlechter Nachrichten bedeutet.«[5] Die Frage ist freilich, ob unter diesem Vorzeichen nicht das Neuigkeitsprinzip selbst unter ein anderes Vorzeichen geraten müßte: Denn wenn das Negative zur Grundstimmung einer existentiell bedrohten Menschheit würde, käme ganz im Sinne des Hölderlinschen »Wo aber Gefahr ist, wächst das Rettende auch«[6] der positiven Veränderung, z.B. durch technische Bewältigung negativer Technikfolgen, hoher Aufmerksamkeitswert zu. (Ich bin mir freilich nicht sicher, ob Sloterdijk mit seiner Feststellung recht hat. Der Erfolg der »Frohen Botschaft« wie auch der späten weltlichen Nachfolge-Utopien beruht offenkundig darauf, daß Hoffnung keineswegs die geistige Grundstimmung früherer Epochen war, sondern als »Hoffnung gegen alle Vernunft« mit großem Verkündigungsaufwand immer wieder geweckt und wachgehalten werden mußte.)

Denn dieser Aufmerksamkeitswert hat offenbar mit Veränderung zu tun. Man muß nicht so weit gehen wie Manfred Buchwald[7], der festgestellt hat, daß wir Journalisten nur über die Ausnahmen berichten und nicht über den Regelfall – jedenfalls ist zunächst nicht die Ausnahme unser Selektionskriterium, sondern das Auffällige, das in jedem Ereignis liegt, wenn ein Ereignis die Veränderung eines gegebenen Zustands bedeutet unter der Voraussetzung, daß der Zustand kein statischer sein muß, sondern selbst eine schon existente Veränderung – im Sinne einer Tendenz oder Strömung mit erkennbarer Kontinuität – sein kann. Wenn eine Strömung ihre Richtung ändert, wenn eine Bewegung beschleunigt, gebremst oder angehalten wird, ist auch dies eine Veränderung. Nur wenn ein bestehender Zustand uns nicht bekannt war, ist er ebenfalls auffällig. Insofern bezeichnet das Neue an der Information entweder einen bestehenden Zustand (einschließlich eines Prozesses), der unbekannt war, oder die Veränderung von Bekanntem. Wenn wir allerdings unterstellen, daß das uns Bekannte häufig auch das Gewohnte ist, auf das wir uns im Alltag verlassen können und verlassen, also das in unserem alltäglichen Leben Funktionierende, dann ist es in der Tat nicht der Normalfall, der bei jedem von uns Neugier und Aufmerksamkeit erweckt, sondern das Ungewöhnliche, die Abweichung, die Verletzung der Norm. Und die geschieht wiederum »im Normalfall« auf eine – jedenfalls für die real betroffenen Menschen – negative Weise. Das hat aber zunächst noch gar nichts mit journalistischen Kriterien zu tun, sondern eben mit allgemein menschlichen. Zutreffend stellt Buchwald fest:« Die vitale Wißbegier des Menschen richtet sich nicht auf das farblos Alltägliche, sondern auf die Regelwidrigkeit.«[8]

Veränderung – das, was uns auffällt

Bleibt die Frage, warum das nicht anders sein kann, welche Art der Veränderung per se das Auffällige ist – einmal abgesehen von unserer biologischen Disposition, die unsere Wahrnehmung u.a. auf Gefahr oder »Beute« ausrichtet – also, in die Moderne übersetzt, auf Risiko und Chance. Dabei steht das Risiko im Vordergrund: die Gefahr kann tödlich sein, das Verfehlen der Beute ist korrigierbar. So fragwürdig es ist, auf biologische Grundmuster zurückzugreifen: Wenn wir auf die Frage zurückkommen, warum dieses oder jenes Ereignis, dieser oder jener Sachverhalt zum Thema wird (als Gegenstand von Information oder Fiktion), wissen wir so gut wie jeder Drehbuchautor, daß es in unendlich vielen Varianten stets um den Stoff und um die gleichen Stoffe geht, die wir verlangen und begehren oder abwehren und vermeiden: Sicherheit, Nahrung (und Beute, also Jagd), Besitz (Abgrenzung des Reviers), Macht, Lust – jeweils verbunden mit Konflikt, Gefahr, Kampf oder Flucht, mit Rivalität und Neid ebenso wie mit Gemeinschaft, Bündnis, Ausgleich und Austausch, folglich auch mit Treue und Verrat, mit Moral und Unmoral in jeglichem Sinne. Aus letzterem geht schon hervor, daß hier nicht die Übertragung von Ergebnissen der Verhaltensforschung auf menschliche Verhältnisse betrieben werden soll (zumindest Verrat und Lüge sind exklusiv human). Es geht nur darum, ein Grundmotiv aller Neugier herauszustellen, die immer nach dem fragt, was Menschen im doppelten Sinne interessiert (also angeht und »anmacht«). Es ist also keineswegs nur das (materielle, politische) Interesse im engeren Sinn, das unsere selektive Wahrnehmung steuert.

Schon in der Vielfalt der immer neuen menschlichen Lebensvarianten erweist sich unsere Autonomie. Doch warum übertreiben wir so bei der Darstellung unserer Lebensdramatik – mit der Fiktion ohnehin, doch auch mit der Information? Der Mensch als das instinktarme, aber nicht instinktfreie Tier, das weltoffen, bewußt und planend für die Verläßlichkeit seiner Lebensverhältnisse sorgen muß (z.B. durch Institutionen), ist nicht nur in dem Maße, in dem ihm dies gelingt, der Langeweile ausgesetzt, weil dann selbst seine schwachen Instinkte unterfordert sind: Für die meisten Menschen ist tatsächlich die Ordnung in einem ganz allgemeinen Sinne das Normale – die Norm ist die Norm. Man könnte sogar sagen, daß der Mensch dieser Normalität so sehr bedarf, daß er sie immer wieder herstellt, wo sie gestört ist, so wie die Spinne ihr Netz; auch wenn einzelne oder Gruppen gegen Elemente dieser Ordnung aufbegehren und sie theoretisch negieren. De facto wird die Ordnung immer wieder bestätigt, und neu und unerwartet ist dann eben das, was diese Ordnung stört, verletzt, bedroht, vernichtet. Hier steht der journalistische Informationsbegriff offenkundig in einem gewissen Gegensatz zu anderen Informationsbegriffen, etwa dem Informationsbegriff der Naturwissenschaften.

Genauer gesagt: Im Mediensystem steht das Informationsinteresse im Hinblick auf die Alternative Veröffentlichen/Nicht-Veröffentlichen unter einem anderen Vorzeichen, obwohl es in beiden Systemen – den Medien und der Wissenschaft – vordergründig um das Gleiche, nämlich um das Neue und um das Wahre geht. Wenn nämlich in der Naturwissenschaft die »Ordnung« das Unwahrscheinliche und damit das Auffallende ist – also die Information –, dann läßt sich der Informationsgehalt eines bestimmten Zustandes mit seinem Ordnungsgehalt gleichsetzen.[9] Es kann sich bei dieser »Ordnung« um einen kausalen, einen funktionalen oder sonstwie strukturellen Zusammenhang handeln. Selbst die Chaosforschung bzw. Chaostheorie kennt die berühmten »fraktalen Strukturen«, die einander auf allen Größen-Ebenen der Betrachtung gleichen, sich also von der Makro-Struktur bis in die darin enthaltene kleinste Mikro-Struktur unablässig »wiederholen«.

Dieser Sachverhalt gilt für den Journalismus gerade nicht, doch nicht nur für ihn: Er gilt überhaupt nicht für den Bereich alltäglicher zwischenmenschlicher Kommunikation. Denn hier, wie gesagt, ist es die Verletzung der Ordnung, ihre Störung und Negierung, die auffällt und somit eine Information darstellt. Das ist zunächst nicht »den Journalisten« anzulasten, die die menschliche Wahrnehmungsstruktur im allgemeinen und die menschliche Neugier im besonderen ja nicht zu verantworten haben, auch wenn manche sie schamlos ausnutzen mögen. Es finden sich begreiflicherweise selten Leute, die in einer Großstadt mit Behagen dem funktionierenden Straßenverkehr zuschauen. Die meisten haben besseres zu tun. Ereignet sich aber ein Unfall, dann stehen die Leute in Trauben herum. Das kommerzielle Fernsehen macht sich diesen Sachverhalt im sogenannten »reality tv« geschickt, wenn auch bisweilen skrupellos zunutze. Hier wird ausdrücklich vorgeschützt, man wollte damit Hilfsbereitschaft wecken und ermutigen, doch es geht um Quoten und Werbeeinnahmen.

Nicht, daß Tausende von Flugzeugen täglich sicher landen, erregt Aufmerksamkeit und ist uns deshalb eine Nachricht wert, sondern der Absturz eines einzelnen Flugzeuges. Daß hier bereits eine Verzerrung der Wirklichkeit stattfindet, ist leicht zu belegen. Ein eindrucksvolles Beispiel dafür bietet das Zugunglück von Eschede am 3. Juni 1998. Das Entgleisen eines ICE und der daraus resultierende Einsturz einer Brücke kosteten einhundert Menschenleben. Mit Recht setzte eine öffentliche Diskussion über die Sicherheit des technischen Systems ICE ein, zumal als sich herausstellte, daß ein Radbruch das Unglück verursachte. Dabei geriet der Umstand, daß auch Hochgeschwindigkeitszüge dieses Typs vergleichsweise sichere Verkehrsmittel sind, zwangsläufig erst einmal aus dem Blickfeld. Doch die Zahlen der Opfer dieser Einzelfälle stehen in keinem Verhältnis zu den sonstigen täglichen Unfallzahlen, an die wir uns so sehr gewöhnt haben, daß wir sie vielleicht noch einmal oder zweimal im Jahr in Form der Statistik wahrnehmen. Allein im Straßenverkehr wird in Deutschland vergleichsweise in jedem Jahr die Bevölkerung einer Kleinstadt ausgerottet.[10] An jedem Tag sterben demnach im Durchschnitt viele Menschen auf unseren Straßen, ohne daß wir viel Aufhebens davon machen, eben abgesehen von spektakulären Einzelfällen. Gar nicht zu reden von den vielen Unfällen in der Arbeitswelt oder in den Haushalten, von denen kaum die Rede ist. Zur Wirklichkeit gehört freilich auch, daß alle diese gewaltsamen Tode statistisch nicht so sehr ins Gewicht fallen, daß sie unsere Lebenserwartung beeinträchtigen könnten. Trotz der vielen Unfälle ist die Lebenserwartung noch gestiegen.

Ohne unsere Umweltprobleme bis hin zum Ozonloch und zur weltweiten Verunreinigung des Wassers verharmlosen zu wollen: Realität ist, daß die Lebens- und Überlebenschancen, die die technische Evolution in westlichen Gesellschaften herbeigeführt hat, in der Summe größer sind als die entsprechenden Risiken. Dabei stellt sich vor allem die Frage nach der Rolle der Medien bei der Risikoabwägung. Setzt man das erwähnte ICE-Unglück in Beziehung zur fast zeitgleichen Diskussion über die »Castor«-Transporte von »Atommüll«, kommt man zu einem merkwürdigen Befund: Der Ärger über die negative »Informations«-Politik der Atomindustrie hat völlig überlagert, daß bei diesen Transporten offenbar kein Mensch durch überhöhte Strahlung gefährdet war. Trotzdem fand – gewiß auch wahlkampfbedingt – die Forderung nach dem »Ausstieg« aus der Atomenergie sofort große Resonanz – während offenbar niemand auf den Gedanken kommt, nach einem großen Zugunglück den »Ausstieg aus der Bahntechnik« oder nach einem Flugzeugabsturz den Ausstieg aus dem ja nicht ganz ungefährlichen (und durchaus umweltschädlichen) Luftverkehr zu fordern.

Hier stellt sich in der Tat die Frage, ob die Medien emotionsgesteuerten Strömungen so weit begegnen können, daß sie zu einer realistischen Gefahrenabwägung (etwa auch zwischen Atomenergie und fossilen Brennstoffen) beitragen. (Oder leisten sie hier in der Tat eher einen Beitrag zur Irritation als zur Orientierung – was ja noch nicht heißt, daß man deshalb Irritation zur Maxime der Massenmedien erheben dürfte?) Man könnte sich hier neben dem üblichen dramatisierenden auch einen entdramatisierenden investigativen Journalismus vorstellen: Wer erklärt eigentlich den Leuten einmal genau, wie »Grenzwerte« überhaupt ermittelt werden, warum sie realiter weit unter der Schwelle einer tatsächlichen Gefährdung liegen und wie sich die unterschiedlichen technogenen Risiken für das menschliche Leben und die Natur in der Relation zueinander verhalten? Man könnte sich doch vorstellen, daß man neben den Gefahren auch die Chancen und Erfolge bei deren Überwindung medial stärker in den Blick nimmt. (Es ist ja richtig und notwendig, Alarm zu schlagen, wenn die Einleitung von Schadstoffen das Leben im Rhein nahezu beseitigt hat. Ist es deswegen uninteressant und unnötig zu zeigen, wie sich das Leben dort aufgrund eines verbesserten Umweltschutzes wieder erholt hat?) Unabhängig davon ist festzuhalten, daß eine wachsame Umweltberichterstattung sich als ein sehr erfolgreiches Warnsystem erwiesen hat: Vordergründig mag der Eindruck entstehen, es würden immer häufiger Umweltsünden begangen; tatsächlich ist das Umweltbewußtsein deutlich gewachsen, und Unternehmen schmücken sich gern mit ihren diesbezüglichen Leistungen, und das nicht nur, wenn und weil es der Gesetzgeber verlangt, sondern weil die Medien das Interesse am Thema wachhalten. Hier liegt also das Beispiel einer sich widerlegenden Vorraussage (einer »self denying prophecy«) mit positiven Folgen vor.

In der Berichterstattung freilich dominiert die einzelne »Katastrophe« – ein Ausdruck, der geradezu inflationär gebraucht wird, weil er den stärksten Ausdruck der Normverletzung darstellt. Der kumulierende Effekt dieser alten Faustregel von den »schlechten Nachrichten, die gute Nachrichten sind«, wird durch die moderne Übertragungstechnik in der Tat potenziert; denn es ist heute prinzipiell möglich, den Schrecken des Inhumanen von den entlegensten Orten des Globus mit geringem oder gar keinem Zeitverzug in unsere Wohnzimmer zu transportieren. Was vor wenigen Jahren wenigstens noch Tage dauerte, ist eben heute in Stunden und manchmal in Sekunden möglich, ohne daß nun daraus die Konsequenz gezogen würde, all dies Elend wegzulassen. Das heißt: An vielen Tagen flimmert die kaputte Welt an uns vorbei – und in uns hinein.

Bei alledem ist es nicht zu verkennen, daß auch »gute Nachrichten« vorkommen sowie Nachrichten, deren positive oder negative Qualität nicht ohne weiteres auszumachen ist. Einen Sonderfall bilden Wahlergebnisse, die es erfreulicherweise an sich haben, daß sie stets einer Mehrheit als gut und einer Minderheit als schlecht erscheinen. Auch bei Fußballergebnissen und dergleichen gibt es unter den Fans eine deutliche Aufteilung. Eine besondere Kategorie guter Nachrichten ergibt sich freilich aus dem Muster »Glück im Unglück« – etwa bei einem Flugzeugabsturz, den alle Insassen überleben. Hier wird sichtbar, daß die Katastrophenberichterstattung durchaus ambivalente Züge aufweisen kann. Das gilt besonders für die Beendigung anhaltender grausamer Konflikte: Der Beginn eines Friedensprozesses im Nahen Osten gehört – ungeachtet aller Rückschläge – ebenso dazu wie die militärische Intervention auf dem Balkan. So viel auch über Bosnien geschrieben worden ist, es waren – wie schon im Fall Vietnams – die Bilder des Fernsehens, die auch aufgrund ihrer emotionalen Reizwirkung (in der Tat: auch Irritation), wie sie das gedruckte Wort fast nur mit Pathos und Polemik erreicht, die Intervention der Politik in den USA und in Westeuropa vorbereitet und psychologisch ermöglicht, wenn nicht bewirkt haben. Im Fall der amerikanischen Somalia-Mission Anfang der 90er Jahre war es wiederum ein einziges Bild, das in den USA die Stimmung drehte und dem Gedanken an den Rückzug Bahn brach: Das Bild eines geschändeten Menschen, nämlich des US-Soldaten William David Cleveland jr., dessen verstümmelter Leichnam am 4. Oktober 1993 durch Mogadischu geschleift wurde. Über die Frage, ob dieses Dokument – nachdem es in den USA bereits gezeigt worden war – bei uns ausgestrahlt werden sollte, gab es in deutschen Fernsehredaktionen heftige Diskussionen. Dabei spielte die Frage der Menschenwürde eine Rolle, aber nicht die – zudem unentscheidbare – Frage, ob hier etwa eine besonders brutale Instrumentalisierung der Medien durch einen somalischen Clanführer vorlag.

Auch dieser Verdacht wäre übrigens noch kein Beweis für das endgültige Scheitern des »Realitätsmodells« – denn derartige Grausamkeiten wurden und werden mit oder ohne Kamera begangen. Ihre Dokumentierung hat zugleich einen moralischen Aspekt: Sie bietet zudem am ehesten die Chance, die Suche nach politischen Lösungen zur Beendigung grausamer Kämpfe zu stimulieren, so wie sie andererseits das militärische Eingreifen auf dem Balkan als Voraussetzung einer politischen Lösung psychologisch vorbereitet hat. Ein Beispiel von historischer Bedeutung bleibt die Vorgeschichte der deutschen Wiedervereinigung, als die Bilder des westdeutschen Fernsehens über die Öffnung der ungarischen Grenze am 11. September 1989, über die freie Ausreise der DDR-Deutschen, die in der Prager Botschaft der Bundesrepublik Deutschland Zuflucht gesucht hatten, sowie vor allem über die großen Demonstrationen in Leipzig zur entscheidenden Information für die Deutschen in der DDR wurden. Dadurch, daß sie sich im Sinne des Wortes in ihrem Unglück nicht mehr allein sahen, entwickelte sich eine Wechselwirkung zwischen Information durch Medien und politischem Druck durch Menschenmassen, der unter der Voraussetzung der prinzipiellen Bereitschaft Michail Gorbatschows[11], auf eine gewaltsame Beendigung der Unruhen zu verzichten, die Wende erst möglich machte. In anderen, weniger weltbewegenden Fällen wecken Fernsehbilder bei den Zuschauern immerhin ein gewisses Maß an Mitgefühl, das sich in hoher Spendenbereitschaft äußert. Auch eine solche »Selbst-Instrumentalisierung zum Guten« spielt aber im Normalfall bei der journalistischen Entscheidung über die Ausstrahlung keine Rolle.

Unsere Wahrnehmung – unser Frühwarnsystem

Nicht nur professionelle Kritiker unseres Berufs und um die Stimmung besorgte Politiker kreiden dem Journalismus seine Fixierung auf »das Negative« immer wieder an. Die Lektüre von Zuschauerpost legt den Schluß nahe, daß dieselben Menschen, die sich sehr wohl gebannt einen Bankraub mit Geiselnahme und bestialische Blutbäder von nah und fern vor Augen führen lassen, und das möglichst live, doch zugleich der Anhäufung des von ihnen als negativ Empfundenen allmählich überdrüssig werden. Kommt ihnen diese Welt inzwischen so chaotisch vor, daß nun schon wieder die Ordnung an Überraschungswert und Neuigkeitswert gewinnt? Daß Provokationen, gar Umbrüche, sich immer schneller abnutzen, scheint darauf hinzudeuten. Nichts ist heute so tot wie die Provokation von gestern. Gleichwohl: Es sind »Otto Normalzuschauer« oder »Lieschen Müller« (auch Dr. Lieschen Müller), die sich als Leser, Hörer oder Zuschauer über die »Überfülle des Negativen« beklagen, aber in ihrem Alltagsverhalten – wenn sie selbst Informationen nicht nur aufnehmen, sondern weitergeben – nach dem gleichen Muster agieren: Sitzen wir in der Kantine, am Stammtisch, beim Kaffeeklatsch – worüber reden wir? Etwa darüber, daß es uns ja so gut geht und wir so gesund sind? Ach, wir erzählen einander unsere Zipperlein.

Daß unsere Wahrnehmung selbst – wie dann auch das Mediensystem – wie ein Frühwarnsystem funktioniert, zeigt sich am besonders intensiven Warnsignal des Schmerzes. Er weist auf eine Verletzung oder auf eine exogene oder endogene Krankheit im Körper, also auf eine Störung im biologischen System hin, die sonst nicht oder nicht so früh erkennbar wäre. Unter diesem Aspekt läßt sich

»die Gesundheit« unseres Körpers mit »der Wahrheit« in Analogie setzen. Auch die Gesundheit, deren (partielle) Negation die Krankheit ist (die totale wäre der Tod), ist als Ganzes nicht eigentlich wahrnehmbar; sie ist für uns aber mehr als die bloße Abwesenheit von Krankheit – nämlich das völlig unbeeinträchtigte seelische, geistige und körperliche Leben einer Person in Übereinstimmung mit sich selbst, beflügelt vom guten Gefühl des Gelingens. Wenn wir gesund und bei Kräften sind, spüren wir unseren Körper so gut wie gar nicht. Doch wie die Gesundheit begrifflich und konkret nur an ihrer Störung, der Krankheit, festzumachen ist, so eben »die Wahrheit« an ihren Negationen: Irrtum, Lüge, Fälschung. Doch wie die Medizin, die es als System »operativ« (im doppelten Sinne) nur mit den Negationen der Gesundheit zu tun hat, Gesundheit wenigstens im Einzelfall und meist nur partiell herstellt, so stellt die Wissenschaft oder stellen die Medien Wahrheit (nicht die Wahrheit) her oder nicht her, indem sie Realität darstellen oder verfehlen. Das ändert nichts daran, daß die Ganzheit der Gesundheit die Voraussetzung der (partiellen) Krankheit ist – und die Ganzheit der Realität die Voraussetzung ihres (partiellen) Verlustes.

Die Überfülle von Ereignissen, äußere Umstände und unsere auf das Auffällige gerichtete Wahrnehmung (der »Code« unserer Wahrnehmung) bezeichnen natürlich noch nicht den professionellen Kern der Sache, nämlich die bewußte journalistische Tätigkeit der Selektion, des Auswählens von Informationen, um sie weiterzuvermitteln. Auswählen als zentrales Element der journalistischen Tätigkeit oder Aufgabe (eine andere ist die Recherche, eine dritte das journalistische Gestalten, z.B. Formulieren eines Textes) heißt: es besteht die permanente Notwendigkeit des Entscheidens. Das permanente Auswählen bestimmt die tagtägliche journalistische Entscheidungs-Situation. Nach welchen Kriterien, in welchem Umfeld, unter welchen Umständen, in welchem Zeitraum ist zu entscheiden? Die Bedingungen der Entscheidung machen die Situation des Journalisten aus.[12] Daß es sich dabei vielfach auch um moralische Entscheidungen im Sinne des Wahrheitskriteriums handelt, wird uns im Normalfall kaum bewußt.

Der Situationsbegriff bietet sich an, weil sich in ihm zwei Ebenen überschneiden: Das ist zum einen die Ebene der allgemeinen Lage – also z.B. die Gesamtheit der vom Einzelnen nicht oder kaum beeinflußbaren Gegebenheiten des »Systems« und der »Umwelt«, zu denen die Menge der jeweils zugänglichen Informationen zählt, die technischen Möglichkeiten der Informationsvermittlung, die (hierarchische) Struktur der jeweiligen publizistischen Organisation, z.B. eines Unternehmens, und die Position dieses Unternehmens auf dem Medienmarkt. Die andere Ebene ist die des Journalisten selbst, also die Ebene der Person – nicht primär hinsichtlich ihrer Subjektivität, sondern hinsichtlich ihrer Position im System und der an sie gerichteten Erwartungen, also ihrer Rolle, aber auch hinsichtlich ihrer Möglichkeiten, von dieser Rolle abzuweichen und eigene Spielräume wahrzunehmen. Zur Situation gehören also alle Faktoren einer gegebenen Lage, die sich auf den Journalisten und seine Aufgabe beziehen, und zwar unabhängig davon, ob diese Faktoren innerhalb oder außerhalb des Systems auszumachen sind.

Wichtiges und/oder Interessantes: Auswählen heißt bewerten

So zählt die besondere Struktur der menschlichen Wahrnehmung – das »Störende« ist das Auffallende und somit das »Neue« –, soweit es sich auf das Publikum bezieht, ebenso zur allgemeinen Lage wie die Auswahlfaktoren, soweit sie der politischen, gesellschaftlichen oder auch natürlichen Realität zuzurechnen sind. Doch diese Faktoren entheben den Journalisten nicht der Notwendigkeit, selbst zu (be)-werten, nämlich zu »gewichten«. Hans Matthias Kepplinger rückt diesen Sachverhalt in den Zusammenhang mit dem Thema der Inszenierung, die das Selektionsproblem noch verschärft.[13] (vgl. Kap. IX, S. 137 ff.). Von »Wertung« kann eben nicht erst bei bewußten und erkennbaren Meinungsäußerungen die Rede sein, die als Werturteile ausgewiesen sind.[14] (Kurt Biedenkopf hat dies auf den Satz gebracht: »Die Auswahl von Information ist eine mindestens ebenso wirksame Form der Kommentierung politischen Geschehens wie die eigene Stellungnahme selbst.«[15])

Die Wertung beginnt also bereits bei und ist Bestandteil der Auswahl, denn Teilwahrheiten zu vermitteln setzt Kriterien der Auswahl voraus.[16] Neben der Frage: »Was ist interessant? Was weckt Neugierde?« steht die Frage: »Was ist wichtig? Was geht viele oder alle an?« Diese Frage zielt auf die tatsächliche, »objektive« Bedeutung von Vorgängen und Sachverhalten für eine erhebliche Zahl von Menschen. Was betrifft sie, was hat Folgen für ihre gesundheitliche oder finanzielle Situation, für ihre Lebenschancen? Was betrifft sie, auch wenn es sie zunächst gar nicht betroffen macht, weil sie die Bedeutung des Ereignisses noch gar nicht erkannt haben oder einschätzen können? Was wird sie wahrscheinlich betreffen, weil es über politische Willensbildungen und Entscheidungen auf sie zurückwirkt? Wo ist aus politischen, also überpersönlichen Gründen ihre Meinung gefordert? Dabei verwende ich keinen absoluten, sondern – wie Ulrich Saxer[17] und andere – einen relativen Objektivitätsbegriff, der freilich, anders als es z.B. Günter Bentele[18] vorschlägt, durchaus den Gegenbegriff zur Subjektivität bilden soll.

Die andere Frage zielt auf die subjektive Befindlichkeit von Menschen. Was halten sie für wichtig, was macht sie betroffen, was wollen sie wissen, hören und sehen? In diesem Zusammenhang wird gern – gelegentlich auch von öffentlich-rechtlichen Fundamentalisten – der Eindruck erweckt, als sei das »Interessante« quasi das Geschäftsprinzip kommerzieller Programme, das »Wichtige« hingegen die saure Pflicht der »Öffentlich-Rechtlichen«. Gewiß, die Schwerpunkte werden oft extrem unterschiedlich gesetzt, und auf privatwirtschaftlicher Seite werden im medienpolitischen Streit Sendungen als Informationsprogramme reklamiert, für die sich ein öffentlich-rechtlicher Journalist eher schämen dürfte – sexuelle Verirrungen und Gewalttätigkeiten, möglichst in Kombination, als Inbegriff von Information.[19] Dies ändert aber nichts daran, daß auch der journalistische Informationsbegriff – ebenso wie der allgemeine – nicht auf das »Wichtige« reduziert werden kann, sondern daß inhaltlich das »Interessante« – und die Verbindung von beiden – zu dem gehört, was vom Medium wie vom einzelnen Menschen wahrgenommen wird.

Auch das – gesellschaftlich oder politisch – Unwichtige kann aufregend (interessant und »irritierend«) sein, z.B. das Schicksal einer prominenten Person. Mit unserem »Frühwarnsystem« kann dies, ebenso wie die fiktive Unterhaltung, gleichwohl etwas zu tun haben, mit unseren Wünschen, Sorgen und Ängsten – also mit dem biologischen Code »Gefahr/keine Gefahr«. (Dies gilt natürlich nicht minder für den fiktionalen Bereich der Unterhaltung, z.B. für den Krimi. Am Opfer macht sich unsere Angst und – selten genug – unser Mitgefühl fest, am Täter unsere Bereitschaft zu Empörung, Furcht und Haß, am Ermittler und seinen Operationen unsere Lust an der Menschenjagd; und für die übrige Lust wird meistens auch gesorgt.) Auch hier ist jedenfalls das Auffällige das, was vom bekannten Normalfall abweicht. Die Seriosität des Journalisten hat zwar viel mit der Auswahl dieser Inhalte zu tun, aber noch mehr mit der Frage, wie (sorgfältig und genau) er mit diesen Inhalten umgeht. (Für öffentlich-rechtliche Sender und das Selbstverständnis der dort tätigen Journalisten sollte deshalb die Einsicht gelten, daß man nicht ganz andere Programme machen, nämlich prinzipiell andere Themen wahrnehmen muß als die kommerzielle Konkurrenz, sondern daß man seine Programme anders zu machen hat, nämlich vor allem mit einem höheren Anspruch auf Wahrhaftigkeit.)

Bubi Scholz und Lady Di, Sissi und Romy

Ohne das Interessante kamen auch ARD und ZDF schon vor der Einführung des »Dualen Systems« nicht aus. Denn wer das Interessante überhaupt nicht bietet, kann auch das Wichtige kaum vermitteln. Ich erinnere mich an einen Aufmacher der 19-Uhr-»heute«-Sendung im ZDF, als der Berliner Boxer »Bubi« Scholz am 23. Juli 1984 seine Frau durch die geschlossene Badezimmertür erschossen hatte. Das war für die Lage der Nation nicht wichtig, um so mehr allerdings für Frau Scholz und in der Folge auch für Herrn Scholz, der hinter Gitter kam.[20] Gesetzt den Fall, »heute« hätte die Sache unter ferner liefen behandelt, die »Tagesschau« sie aber groß herausgestellt – für wen wäre in den deutschen Kantinen beim zweiten Frühstück mit der Bildzeitung auf dem Tisch wohl der Systemvergleich in puncto Nachrichtenkompetenz ausgegangen?

Eine interessante Streitfrage, die zu Disputen in Nachrichtenredaktionen geführt hat, ergab sich aus der Trennung des niedersächsischen Ministerpräsidenten Gerhard Schröder von seiner Ehefrau Hiltrud im September 1997.[21] War dieses Thema nur interessant oder auch wichtig, oder war es gar nur eine Privatsache und jede Berichterstattung deshalb ein Einbruch in die Privatsphäre eines Politikerehepaares? Hatte es nur mit Klatsch und Tratsch oder auch mit Politik zu tun? Tatsache war, daß Schröder und »Hillu« eine politische Arbeitsteilung praktizierten: Auf Wahlplakaten in trauter Eintracht abgebildet, gab sich Herr Schröder im politischen Alltag als der »Automann«, Frau Schröder eher als Symbolfigur fürs Grün/Alternative in der SPD. Da sie außerdem eine offizielle Funktion in der niedersächsischen Staatskanzlei innehatte, war es ganz in der Ordnung, daß diese Staatskanzlei die Trennung amtlich mitteilte und daß alle, auch die seriösesten Medien auf den Vorgang eingingen.

Ein besonders spektakulärer Fall des Interessanten, der Tod der britischen Prinzessin Diana am 30. August 1997, zeigte freilich auf den ersten Blick ein erschreckendes Maß an inhaltlicher Konvergenz im dualen System. Kommerzielle und Öffentlich-Rechtliche wetteiferten zunächst darin, die tote Prinzessin als engelsgleiches Idol in den Medienhimmel zu projizieren. Zugleich wurde selbst (oder gerade?) in den einschlägigen Printmedien die pseudo-selbstkritische Haltung der Bußfertigkeit eingenommen: Der Verleger Hubert Burda[22] rief in seiner Eigenschaft als Präsident des Verbandes Deutscher Zeitungsverleger die Medien auf, sich international auf einen publizistischen Codex zu einigen: »Wir sollten uns mit kühlem Kopf auf Regeln einigen, die auch einen harten Journalismus auf die Achtung der Menschen verpflichten.« Auch diese Pose der Reue war offenbar eine kommerziell bedingte Notwendigkeit – sie hinderte die im Burda-Verlag erscheinende »Bunte« nicht, das Privatleben deutschen und monegassischen »Hochadels« als angeblichen Gegenstand öffentlichen Interesses medial auszubeuten. Diesen Vorwurf kann man den öffentlich-rechtlichen Sendern nicht machen – doch das notwendige Korrektiv stellten sie auch nicht her.[23] Es dauerte Tage, bis relativierende Töne laut wurden, bis die von Diana ja lange Zeit angenommene, wenn nicht gewollte Rolle als Medienprodukt, ihre mediale Selbst-Instrumentalisierung im Konflikt mit dem Prinzen Charles und der königlichen Familie überhaupt ins Bild gerückt wurden. Immerhin – die Funktion medialer Mythen, die Rückwirkungen auf die Monarchie – nach und nach wurden auch diese Fragen wenigstens gestellt. Die kritische, relativierende und differenzierende Geschichte über die Medienprinzessin Diana und ihren Hintergrund muß aber wohl noch ausführlich erzählt werden.

Vielleicht bekommen wir stattdessen bald ein ganz anderes Opus zu sehen: Vermutlich ist sehr bald ein Spielfilm in den Kinos zu sehen, der uns die Diana zeigt, die sich bereits in den Köpfen verewigt hat: nicht nur edel, hilfreich und gut, sondern auch schön und unschuldig. Die filmische Fiktion könnte dann leisten, was Kulturkritiker den Medien ohnehin unterstellen: daß die mediale Wirklichkeit die wirkliche Wirklichkeit ersetzt und das Surrogat die Stelle der Substanz eingenommen habe. Ein anderes Königskind mag als Beleg dafür dienen, wie schwer es die schlichte Wirklichkeit in diesen schweren Zeiten hat: Sissi/Romy. Will sagen: Elisabeth von Österreich ist Romy Schneider – und umgekehrt.[24] Das heißt, daß es, wie die aktuelle Literatur belegt, nicht leicht ist, die beiden Personen in den Köpfen vieler schlichter (und auch mancher nicht so schlichter) Leute wieder zu trennen – zu Lasten der jeweiligen Wahrheit. Doch was beweist das im Hinblick auf journalistische Auswahlkriterien? Doch wohl nicht, daß jenes »Interessante«, von dem die Boulevardpresse lebt, von den sich als »seriös« verstehenden Medien und Journalisten ausgeblendet werden sollte – gerade dann würden sie weder ihrer kritischen noch ihrer informationellen Funktion gerecht.

Festzuhalten bleibt, daß das Wichtige und das Interessante nicht deckungsgleich sein müssen, beide aber – wenn auch in unterschiedlichem Mischungsverhältnis – für ein Informationsmedium unentbehrlich sind, selbst beim nüchternen Genre der Nachrichten. Beides aber, der als Objekt verstandene Sachverhalt und die subjektive Neuigkeitserwartung, sind wiederum Fragen der journalistischen Einschätzung. Sie können durch Objektivität verbürgende Verfahren nicht festgestellt, allerdings auch nicht in subjektiver Beliebigkeit festgelegt werden. Über beides kann durchaus rational, mit Gründen und Gegengründen, argumentiert werden. Geht man freilich diesen Argumenten auf den Grund, dann stößt man am Ende doch wieder auf Werturteile, die nicht von vornherein Allgemeingültigkeit beanspruchen, denen aber auch nicht von vornherein jeder Allgemeinbezug abgesprochen werden kann. Beide aber, das Wichtige und das Interessante, haben ihre Wurzeln offenkundig in Grundbedürfnissen und Lebensnotwendigkeiten und damit in Wahrnehmungsmustern, die hinter aller Subjektivität biologisch vorgeprägt sind – also im Objektiven.

Als in der Kubakrise zwischen dem 22. und 28. Oktober 1962 die Menschheit an den Rand des Atomkrieges geriet, war dies eine durchaus nicht nur »subjektive« Gefahr für den Fortbestand der Menschheit. Auf der anderen Seite ist auch ein hohes Maß an intersubjektiver Übereinstimmung bei der Gewichtung von Themen, wie sie von der Demoskopie ermittelt wird, (mit Ergebnissen, bei denen etwa das Thema »Arbeitslosigkeit«, das Thema »Umwelt« oder das Thema »Frieden« der jeweiligen politischen oder gesellschaftlichen Lage entsprechend oben rangiert) noch kein Beweis für deren objektive Wichtigkeit – denn es ist nicht feststellbar, ob die Leute ein Thema für wichtig halten, weil sie davon unmittelbar und womöglich gar existentiell betroffen sind, oder ob sie sich nur für betroffen halten, weil ihnen die Wichtigkeit des Themas massenmedial suggeriert worden ist.

Der Prozeß des selektiven Abwägens vollzieht sich, jedenfalls im aktuellen Journalismus, unter Zeitdruck. Dieser Zeitdruck schränkt nicht nur die Möglichkeit ein, Informationen auf ihren tatsächlichen Gehalt hin zu prüfen. Oft muß der Quellenhinweis einer Nachricht genügen, um hinter den ungeklärten Wahrheits- oder Unwahrheitsgehalt einer Information vorerst ein Fragezeichen zu setzen. Auch für die Meinungsbildung im Zuge des Selektionsvorgangs ist die Zeit oft knapp. In der Praxis spielen handwerkliche Erfahrung, Gewohnheit und hierarchisch gestützte Autorität eine Rolle, wobei eben nicht auszuschließen ist, daß in diese Entscheidung unausgesprochene, womöglich unbewußte, subjektive und irrationale Gründe auch dort eingehen, wo so wahrhaftig und sorgfältig wie irgend möglich gewertet und entschieden wird. Die Frage ist nur, ob alle diese »Zwänge« des Systems oder der Situation unter dem Aspekt der Wahrheitsfindung dem einzelnen Medienunternehmen und dem einzelnen Journalisten nicht doch immer noch erhebliche Entscheidungschancen lassen, wobei die Gründe für die Wahrnehmung oder das Verpassen dieser Chance selbstverständlich wiederum aus der Wechselbeziehung zwischen gesellschaftlichen Strömungen und individueller Disposition zu erschließen wären.

Subjektiv: Befangen in Bild und Sprache

Selektion, also Auswahl durch Wertung unter Zeitdruck, dieser Filter ist auch auf der journalistischen Ebene nicht nur einmal zwischen das Ereignis und das

Publikum (Leser, Hörer, Zuschauer) geschaltet, sondern im Zuge einer Informationskette gleich mehrfach. So etwa von einem oder mehreren Augenzeugen, über den Korrespondenten, die Nachrichtenagentur, die Redaktion, wobei sich – selbst ohne »selektive Wahrnehmung« – potentiell auf jeder Station eine Auswahl, eine »Verdichtung« wie auch eine »Verzerrung« der Information unvermeidlich ergibt. Beides aber hängt schließlich noch von einem Faktor ab, der mehr noch als die anderen den Anspruch auf Objektivität frag-würdig, aber nicht irreal macht, nämlich von der Verführung zur Subjektivität, die im Medium selbst angelegt ist. Das Medium im fundamentalen Sinne, die Sprache bzw. die Bilder, sind aufs Objektive gerichtet und zugleich Ausdruck der Subjektivität. Oder, genauer gesagt: Sie halten uns in unserer Subjektivität befangen.

»Befangenheit« ist vielleicht ein Schlüsselwort im Kontext der Objektivitätsdebatte – unsere unaufhebbare Befangenheit und unser Umgang damit, der gleichwohl dem Anspruch der Wahrhaftigkeit, der Aufhellung unseres Bewußtseins im offenen Blick auf die Realität und damit dem Ziel der Wahrhaftigkeit verpflichtet bleibt. Jeder sieht die Welt nicht nur mit seinen Augen und durch seine Brille, er spricht sie auch in seiner Sprache und in seinen Bildern an und aus, und er verändert sie bereits, indem er sie in Sprache und Bilder umsetzt. Doch er sieht – auf seine unvollkommene Weise – die Welt; und in dem Maße, in dem er sich der eigenen Befangenheiten bewußt wird, kann er diese – z.B. im kritischen Disput mit anderen – wenn nicht überwinden, so doch relativieren und damit größere Weltoffenheit und Realitätsnähe gewinnen.

Was die Bilder betrifft, so beginnt das Problem mit der Frage, wohin die Kamera überhaupt gelangt, was sich aufnehmen läßt und was nicht, was also kraft des Bildes beleuchtet wird und was dunkel bleibt, ausgespart wird – damit könnte man Bücher füllen. Es geht weiter mit der Frage, ob und wie die Anwesenheit einer Kamera »vor Ort« das Geschehen beeinflußt. Schließlich spielt im Fernsehen der Zwang, Themen zu »bebildern«, eine nicht unwesentliche Rolle bei der Auswahl der Themen und Informationen. Und daß das Objektiv der Kamera, ungeachtet seines Namens, nicht objektiver sein kann als der Kameramann, der sie betätigt, der Cutter, der sie montiert und der Journalist, der sie auswählt und betextet, bedarf keiner Erläuterung. Daß man außerdem Personen so oder so, sympathisch oder befremdend bis abstoßend, präsentieren kann, und das allein mit optischen Mitteln, steht gleichfalls außer Frage.[25] Das wird freilich von den meisten Journalisten nicht zugegeben. Ihnen fällt es nicht immer leicht, sich nicht nur als potentielle Opfer des Versuchs anderer (z.B. des Staates) zu verstehen, in Persönlichkeitsrechte einzugreifen, sondern auch als potentielle Täter. Sie können schwer verstehen, daß sich ihre Leser, Hörer und Zuschauer nicht selten auch als ihre Opfer fühlen. Dies erklärt auch die Zurückhaltung, die wichtige Funktionsträger – z.B. Wirtschaftsmanager – vor allem gegenüber dem Fernsehen zeigen, wenn sie als Interviewpartner gefragt sind. »Was ich vor der Kamera sage, wird ohnehin so geschnitten, daß es in die Tendenz des Journalisten hineinpaßt« ist eine häufige und keineswegs durchgängig unbegründete Klage. Hier kommt gerade die scheinbare Objektivität und die Nichtrückholbarkeit der einmal in Bild und Ton dokumentierten Äußerung als erschwerender Umstand hinzu.

Wie steht es mit der Sprache, dem journalistischen Medium schlechthin? Sprechen heißt – auch – werten. Seit jeher gibt es das Phänomen, daß gängige Begriffe aus der Politik selbst schon eine Wertung ausdrücken und dies auch in der Absicht ihrer Urheber liegt. So war es vor Jahren mit der »Nachrüstung« – der Begriff besagte, daß es sich hier in der Tat nur um die Antwort auf eine Vorrüstung handelte, das Gleichgewicht also wiederhergestellt werden müßte – und nicht etwa, wie ja auch mit guten Gründen behauptet wurde, um den amerikanischen Versuch, selbst einen Vorsprung, ein Übergewicht zu erlangen – der Versuch erwies sich später ja auch als erfolgreich und war eine der Voraussetzungen für die Wende unter Michail Gorbatschow.

Das Beispiel bleibt interessant, weil es mit einer politisch-ideologischen Zerreißprobe der (alten) Bundesrepublik Deutschland zu tun hatte. Denn der gleiche Befund galt auf der anderen Seite damals natürlich genauso für den Begriff der »Friedensbewegung«. Die Wortführer und Anhänger der »Friedensbewegung« waren subjektiv überzeugt von dem Anspruch, den dieses Wort ausdrückt. Dieses Überzeugtsein entsprach gemeinsamen moralischen Wertungen und ermöglichte damit die Identifizierung (durch Zugehörigkeit und Abgrenzung) der Akteure mit der Bewegung. Sie waren ihren politischen Gegnern gegenüber im Vorteil, weil ihr »kollektives Gewissen« (Karl Otto Hondrich[26]) mit seinen bewußten und unbewußten Wertungen ihre Aktionen gleichsam emotional stützte: Nicht nur der Wert des Friedens, auch der Wert des Engagements, des Kampfes für das vermeintlich Richtige und des Widerstands gegen das vermeintlich Falsche, mobilisierte eine emotionale Kraft, die schließlich Hunderttausende im Bonner Hofgarten zu Demonstrationen versammelte,[27] während bei der »schweigenden Mehrheit« Unsicherheit, ja ein »schlechtes Gewissen« erzeugt wurde – und zwar ohne daß dem eine manipulative Strategie zugrundegelegen hätte. (Das mag allenfalls bei einigen Drahtziehern oder Nutznießern in östlichen Geheimdiensten der Fall gewesen sein, die allerdings kaum einkalkuliert haben dürften, daß die Eigendynamik des von Ängsten motivierten und Ängste verstärkenden Protestes gegen die Atomrüstung auch im östlichen Machtbereich nicht ohne Wirkung bleiben konnte – nicht zuletzt aufgrund der Bilder von den Massendemonstrationen, die das Westfernsehen in die DDR hineinsendete.)

Aber lag in der moralischen Ausschließlichkeit dieses Anspruch, die Friedensbewegung zu sein, nicht gleichzeitig eine Diskriminierung derer, die sich dem Frieden genauso verpflichtet fühlten, aber gerade deshalb der Friedensbewegung fernblieben, sie ablehnten oder gar politisch bekämpften? Denn sie wiederum waren überzeugt, daß eine in die Tat umgesetzte Politik der Friedensbewegung die Kriegsgefahr nicht verringern, sondern verschärfen würde. Auf der »emotionalen Schiene« waren sie freilich erheblich im Nachteil, eben weil sie nicht unmittelbar an Gefühle appellieren konnten, sondern durch rationale Argumentation Gefühlen begegnen mußten. Wäre deshalb nicht journalistisch geradezu ein antizyklisches Verhalten geboten gewesen – durch Differenzierung, Versachlichung, Distanz? Hätte es nicht schon deshalb auf gut journalistisch die »sogenannte« Friedensbewegung heißen müssen (wie einst die »sogenannte« DDR), oder wäre dann die Distanzierung so kraß ausgefallen, daß sie einer Abwertung gleich käme? Fehlt aber die Distanzierung, machte sich der Journalist dann zum politischen Handlanger, der polemisch die einen mit dem Friedenslorbeer schmückte und im (nicht ausgesprochenen) Umkehrschluß die anderen von der Friedensliebe ausschloß? (Inzwischen, im Blick auf den Balkan, hat die Diskussion jenseits aller Semantik längst in der Sache eine andere Wendung genommen.)

Bei der Beurteilung von kurzschlüssiger journalistischer Semantik ist allerdings zu berücksichtigen, daß sach- und proportionsgerechte Komplexitätsreduktion (also: vereinfachen, ohne zu verzerren) zur journalistischen Orientierungsaufgabe gehört (Verzerren durch Vereinfachen führt dagegen zur Irritation). Verzerrende Vereinfachung ist die eine Gefahr, Verzicht auf Vereinfachung die andere: Wenn sich zum Beispiel Autoren von Kulturprogrammen eines Stils befleißigen, der den Verdacht nährt, daß hier lediglich Kollegen Kollegen beeindrucken wollen, stellt sich auf besondere Weise die Frage nach der »Bezugsgruppe« der professionellen Sozialkontrolle – und damit die journalistische Identitätsfrage: An wem orientiere ich mich als Journalist, wen will ich überzeugen oder beeindrucken, wessen Urteil akzeptiere ich?

Zwischen den Fronten: Der Journalist

Die Beispiele lassen sich beliebig vermehren. Der auswählende und Texte formulierende Journalist bewegt sich nolens volens zwischen den Fronten eines – gleichsam mit semantischen und technisch-visuellen Waffen ausgefochtenen – politischen und oft auch ideologischen Gefechts, des permanenten Kampfes um die »Meinungsführerschaft«, bei dem Begriffe so gesetzt werden, wie Brückenköpfe besetzt werden: Von ihnen aus soll die feindliche Meinungsfront aufgerollt werden. Wer eingängige, noch dazu emotional aufgeladene Begriffe prägen oder für sich besetzen kann, wer auf diese Weise die andere Seite (das »andere Lager«) in die Defensive drängt und unter Rechtfertigungszwang setzt, hat schon halb gewonnen. Mit der journalistischen Wortwahl ist entsprechend oft bewußt oder, wie ich glauben möchte, noch öfter unbewußt eine Parteinahme verbunden.

Betrachten wir noch etwas eingehender die Situation eines Fernsehredakteurs, der in seiner Nachrichtenredaktion entscheiden soll, welche Information in Sprache und Bild die Zuschauer einer bestimmten Nachrichtensendung erreicht. Nehmen wir an, bei einer Demonstration in Gorleben sind Zusammenstöße zwischen Demonstranten und Polizei zu erwarten. Die Redaktion hat aus den Nachrichtenagenturen davon erfahren und beispielsweise ihr Funkhaus in Hannover gebeten, ein Team hinzuschicken. Noch bevor dieses Team mit den Bildern zurück ist, entnimmt der Redakteur den Agenturmeldungen, daß es Zusammenstöße gab. Da die Bilder spät überspielt werden, überlegt er sich auch schon seine Formulierungen. Waren das nun Zusammenstöße der Polizei mit Demonstranten oder mit Gewalttätern, die das Demonstrationsrecht mißbrauchen? Oder geht es gar um einen Konflikt zwischen Staatsgewalt und Umweltschützern? Sind militante Kernkraftgegner Umweltschützer? Oder ist die Kernkraft am Ende umweltfreundlich, sind ihre Gegner also in Wahrheit umweltfeindlich? Ein nach wie vor aktuelles Beispiel bietet auch der Begriff »Umweltschützer«, der in Nachrichtentexten häufig als Synonym für »Demonstrant« oder »Aktivist«, z.B. von Greenpeace, vorkommt. Hier wird also das subjektive Motiv der Beteiligten mit der von den Zuschauern, Hörern und Lesern als objektiv richtig oder notwendig angesehenen Sache selbst gleichgesetzt.[28]

Kurz vor der Nachrichtensendung werden die Bilder in die Zentrale überspielt. Der Redakteur, der sie zu betexten hat, telefoniert noch einmal mit dem Kollegen am Ort. Er stützt sich auf Berichte der Nachrichten-Agenturen, aber das Bild bleibt unklar, die Aussagen stimmen nicht überein. Der eigene Korrespondent traf vielleicht erst am Ort des Geschehens ein, als die Kampfhandlungen schon entbrannt waren. Nicht einmal die Zahl der Beteiligten läßt sich genau feststellen – die Polizei nennt eine viel niedrigere als ein Aktionskomitee der Gegenseite. Offen bleibt auch, ob der Kamerastandort es zuließ, ein umfassendes Bild des Geschehens zu erfassen, oder ob die Anwesenheit einer Fernsehkamera das Geschehen erst eskalieren ließ. Denn Öffentlichkeitswirkung zu erreichen, war ja ein erklärtes Ziel der Aktion. Ging es vielleicht dort, wo die Kamera nicht war, ruhiger zu?

Welche Bedeutung hat denn nun die ganze »Geschichte«, fragt sich der Redakteur, wenn er ein sorgfältig arbeitender Mensch ist. Muß man sie bringen, wie wichtig ist sie als Nachricht? War die Demonstration das Wichtige oder der Krawall? Hat beides noch irgendeinen Bezug zur Kontroverse in der Sache? Ist es möglich, zur Sache selbst so viel Hintergrundinformation zu bieten, daß die Zuschauer sich aus dem »Für und Wider« ein eigenes Urteil bilden können? Wenn das alles nicht der Fall ist, soll man dann nicht auf diesen Nachrichtenfilm zugunsten anderer Stoffe ganz verzichten? Doch auch wenn Demonstrationen als Instrument begründeter demokratischer Meinungsäußerung – besonders des Protests – fragwürdig genug sind, weil ihnen zwar oft große Emotion und Lautstärke, aber nur geringe argumentative Qualität eigen sind, bleibt das Demonstrationsrecht doch die »Pressefreiheit des kleinen Mannes«, der nicht über Kamera, Mikrofon und Druckerpresse den Zugang zur Öffentlichkeit hat. Muß nicht schon deshalb jede »Demo« von mehr als einem Dutzend Leuten erst einmal ernst genommen werden? Oder ist durch die Inflationierung dieses Mittels die einzelne Demonstration längst entwertet worden?

Ein besonderes Beispiel für die Ambivalenz dieser Thematik bietet die große Demonstration, zu der am 3. Juni 1993 der damalige Bundespräsident Richard von Weizsäcker nach Berlin gerufen hatte, um nach den fremdenfeindlichen Mordanschlägen national und international ein Zeichen zu setzen. Einigen hundert »Chaoten« gelang es, die Demonstration zum gewalttätigen Krawall umzufunktionieren – von der ARD live übertragen und von aller Welt so wahrgenommen. Im ZDF war daraufhin in einer internen Diskussion von hoher Warte zu hören, welch einen Fehler die ARD mit der Live-Übertragung gemacht habe – man dürfe sich doch von gewalttätigen Randalierern nicht auf diese Weise instrumentalisieren lassen. Nur: Die ARD konnte mit dieser Eskalation gar nicht rechnen – die Polizei tat es offenkundig auch nicht. Hätte man ohne Vorwarnung wirklich von vornherein davon Abstand nehmen sollen, ein derart eindrucksvolles Ereignis, an dem 300.000 Menschen teilnahmen, direkt auszustrahlen?

Damit kein Mißverständnis aufkommt: natürlich kann man ein derartiges Dilemma journalistisch im Einzelfall lösen. Man kann zum Beispiel die hier beschriebene Problematik einschließlich der taktischen und strategischen Ziele von Veranstaltern solcher Aktionen zum Thema machen. Vor allem können sich Medien dabei gegenseitig thematisieren; die Presse kann kritisch Funk und Fernsehen, und Bücher wiederum können kritisch Presse, Funk und Fernsehen beleuchten. Das Bildungssystem kann Medienpädagogik betreiben usw. Man kann die Umstände genau recherchieren, kann beide Seiten zu Wort kommen lassen und kann Rechtsbrüche als solche bezeichnen. Das Ganze ist primär eine Frage journalistischer Sorgfalt und Distanz. Dennoch ändert das nichts an dem Befund, daß die – von den Journalisten oder von anderen – gewollte und kalkulierte Wirkung des Mediums ein Teil der Wirklichkeit ist, die das Medium doch nur objektiv distanziert wiedergeben will und soll. Kann aber das jeweilige Medium denn seine eigene Wirkung und seine eigene Rolle jeweils miterfassen und darstellen? Oder ist es damit überfordert und verzerrt die Wirklichkeit schon dadurch, daß es in der Regel von seiner eigenen Wirkung absieht und so tut, als sei es selbst gar nicht vorhanden – und wenn ja, kann dieses Defizit von anderen durch kritische Publikation korrigiert werden, was sich dann als »Selbstkorrektur des Systems« anspruchsvoll überhöhen ließe?

Diese »Selbstkorrektur« hält sich in Grenzen – ein aufschlußreiches Beispiel dafür bietet der Streit um die Volkszählung im Jahr 1987. Die mediale Kritik war heftig, Befürworter kamen selten zu Wort. Daß Journalisten in puncto Datenschutz besonders empfindlich sind, ist verständlich und naheliegend – sie verteidigen damit auch ihre schützenswerten »Daten«: ihre Informationsquellen. Besonders glaubwürdig müssen sie deshalb noch nicht sein – denn der skrupellose Umgang nicht weniger Publikationsorgane mit den persönlichen Daten von Bürgern, die zum Gegenstand des Medieninteresses werden, wird auch in den seriösen Medien mit einer gewissen Schamhaftigkeit behandelt und nur selten offengelegt.

Anmerkungen

1 So auf eher freundlich ermunternde Weise der Vorsitzende des Rundfunkrates des neugegründeten Südwestrundfunks (SWR), Hans Lambert, in seiner Ansprache zur Konstituierung des SWR-Rundfunkrates am 16. Januar 1998 in Stuttgart: »Neben der exakten Recherche und der seriösen Berichterstattung wird auch stets das Gute, das Ermutigende und das Schöne, das zu sehen, zu hören und zu erfahren ist, im SWR-Programm seinen festen Platz haben, und zwar ebenso wie das Viele, was zu kritisieren ist

und was einer Reform bedarf. Zu unserem Sendegebiet gehören die besten und schönsten Weinbaugebiete Deutschlands, und es ist eine bekannte Wahrheit, daß Menschen in Wein- und Kulturregionen wie den unseren in der Regel eine heitere Grundstimmung in ihrem Leben besitzen. Davon ausgehend bitte ich unsere Programmverantwortlichen von heute und morgen, bei allem, was uns heute belastet, bei allem Unrecht, das in der kleinen und großen Welt permanent geschieht, bei der Programmgestaltung die guten und positiven Seiten des Lebens ausreichend zur Sprache zu bringen und ins Bild zu setzen. Es gilt: Wer nur jammert und nur Kritik übt, wird die Menschen nicht aufbauen, sondern ihnen letztlich den Mut zur Gestaltung ihres Lebens nehmen.«

2 Bei Erich Kästner: Gesammelte Schriften, Band 1: Gedichte, Köln 1959, S. 214 f.

3 Sloterdijk, Medienzeit, S. 68 f.

4 ebd., S. 69

5 ebd., S. 68

6 vgl. Pathmos. An den Landgrafen von Homburg. Von Friedrich Hölderlin, mitgetheilt von L.A. von Arnim, in: Sämtliche Werke. Achter Band, Stuttgart 1985, S. 56

7 vgl. Manfred Buchwald: Die Nachrichtenexplosion, in: Lutz Franke (Hrsg.): Die Medienzukunft, Frankfurt am Main 1983. Manfred Buchwald, geb. 1936, Intendant des Saarländischen Rundfunks von 1988 bis 1996.

8 Buchwald, a.a.O., S. 80

9 Hans Sachsse: Der Begriff der Evolution in der Sicht der Naturwissenschaft und der Philosophie, in: W. Böhme (Hrsg.): Das Ende der Evolution, Herrenalber Texte 52, Karlsruhe 1983. Hans Sachsse hat hier den Zustand der Entropie, auf den hin sich die Evolution bewegt, als Abbau von Ordnung beschrieben, als Zerfalls- und Einebnungsprozeß, auch wenn sich vorübergehend hochkomplizierte Strukturen sozusagen gegenläufig aufbauen. Ein Zustand gilt demnach als um so wahrscheinlicher, je regelloser, ungeordneter er ist. Die Ordnung ist also das Unwahrscheinliche (S. 45ff.). Weil aber auch die Information das Unwahrscheinliche, Neue und Unerwartete ist, erweisen sich Ordnungsgehalt und Informationsgehalt eines Zustandes letztlich als identisch. Am Ursprung des Universums herrschte also ein Minimum an Entropie, ein Maximum an Ordnung und somit an »Information«. Das führt freilich in spekulative Erwägungen hinein: Daß sich entgegen dem Ordnungsverlust evolutionär überhaupt geordnete Formen aufbauen und ausdifferenzieren können, geschieht sozusagen im Rückgriff auf den Ursprung: diese Formen treten im Laufe der entropischen Entwicklung gleichsam hervor wie bei einem Temperatursturz die Eisblumen am Fenster, weil sie vom Ursprung her vorgegeben sind.

10 1997 starben in der Bundesrepublik 8511 Menschen im Straßenverkehr. Diese Zahl ist gegenüber früheren Jahren zwar leicht rückläufig, doch hält das statistische Bundesamt die Gefahr, im Straßenverkehr zu verunglücken, noch immer für das »höchste Zivilisationsrisiko« (epd-Meldung vom 19. Februar 1998).

11 Michail Gorbatschow, geb. 2. März 1931, Generalsekretär der KPdSU und Kreml-Chef vom März 1985 bis August 1991; der Vater der »Perestrojka«, der die Öffnung des Ostblocks für westliche Demokratievorstellungen durchsetzte, steht in Deutschland nach wie vor in weit höherem Ansehen als in Rußland.

12 Zum Begriff der Situation vgl. Konrad Thomas: Die betriebliche Situation der Arbeiter, Stuttgart 1964, S. 166 ff., sowie Hans Paul Bahrdt: Grundformen sozialer Situationen. Eine kleine Grammatik des Alltagslebens, München 1996, S. 49 ff.

13 vgl. Hans Matthias Kepplinger: Ereignismanagement. Wirklichkeit und Massenmedien, Zürich 1992, S. 47 ff. Kepplinger zieht aus dem Objektivitätsdilemma den Schluß, daß von einer sachgerechten Nachrichtenauswahl keine Rede sein kann. Er hält das dem Selbstbild der meisten Journalisten entsprechende »Selektionsmodell« nicht für realitätsgerecht und stellt ihm ein »Inszenierungsmodell« und ein »Aktualisierungsmodell« an die Seite. Beim Inszenierungsmodell läßt sich der Journalist von Dritten instrumentalisieren, die als Akteure (z.B. Politiker) die journalistischen Auswahlkriterien

nutzen, um Nachrichten zu machen. Beim Aktualisierungsmodell instrumentalisieren die Journalisten die Ereignisse und die Akteure, z.B. um in einer Talk-Show Spannung zu erzeugen, aber auch durch das spezielle Hervorheben oder Herunterspielen von Ereignissen. Auch wenn Kepplinger recht hat – kann ein Journalist mehr tun, als der »Selektion« nach bestem Wissen und Gewissen den Vorrang vor »Inszenierung« und »Aktualisierung« zu geben?

14 vgl. Arnold Gehlen: Die Seele im technischen Zeitalter, S. 49. Gehlen beschreibt hier jene »Entstellung von Nachrichten, die völlig absichtslos daraus folgt, daß heutzutage die ›Bedeutung‹ eines Ereignisses meist durchaus nicht aus ihm selbst hervorgeht oder an ihm ablesbar ist, so daß die Tatsachenhülse, um überhaupt Nachricht werden zu können, schon mit Meinungen der Kommentatoren aufgefüllt werden muß. Der Niederschlag dieser Vorgänge im einzelnen heißt Meinung, deren Unvermeidlichkeit wir jetzt begreifen, weil solche schematische Inhalte da eintreten, wo das Wissen aus erster Hand, das aus der selbst erarbeiteten und verantworteten Erfahrung, nicht hinreicht und wo dennoch die Gewichtigkeit der Fragen und der Druck des Bedürfnisses, sich auf sie einzustellen, eine Stellungnahme herausfordern.« Nach Gehlen kann man in der Informationsflut und der unübersehbaren Tatsachenwelt von heute solchen Meinungen überhaupt nicht entgehen und braucht sie auch, um sich im »Meer der Unsicherheit« im Sinne einer seelischen Entlastung halbwegs sicher zu fühlen. Gehlen nennt an gleicher Stelle auch strukturelle Gründe für seinen Befund: »Sehr viele mitgeteilte Tatsachen sind dabei selbst wieder gesteuerte Mitteilungen – dies liegt daran, daß die Erhebung, Formulierung und Verbreitung von Tatsachen meist die Aufgabe großer Betriebe ist. Die damit an den »news« und »facts« angreifenden Einflüsse gehen von dem technischen Zwang zur Kurzfassung, den Betriebsregeln der zugemessenen Wichtigkeit und der nie ganz auszuklammernden Subjektivität der Funktionäre bis zu größeren Zusammenhängen: daß solche Betriebe nicht im leeren Raume operieren, daß sie also von anderen Instanzen beeinflußt werden, die auch ihre Tendenzen haben, und daß sie natürlich denjenigen Grad von Rationalität bereits erreicht haben, der mit der Überlegung einsetzt, bei wem die Nachricht ankommen soll und wie sie ankommen soll.«

15 Biedenkopf: Fortschritt in Freiheit, S. 198

16 vgl. auch Peter Voß: Die Information. Das tägliche Neue, in: Ruth Blaes/Gregor A. Heussen (Hrsg.): ABC des Fernsehens, Konstanz 1997, sowie Peter Voß: Der Kommentar, in: Gerhard Schult/Axel Buchholz: Fernseh-Journalismus, 4. Auflage, München/Leipzig 1993

17 vgl. dazu Ulrich Saxer: Die Objektivität publizistischer Information, in: Wolfgang R. Langenbucher (Hrsg.): Zur Theorie der politischen Kommunikation, München 1974, S. 206-235, bes. S. 220 ff.

18 vgl. dazu Günter Bentele: Wie objektiv können Journalisten sein? in: Lutz Erbring, Stephan Ruß-Mohl, Berthold Seewald, Bernd Sösemann (Hrsg.): Medien ohne Moral, Berlin 1988, S. 196 ff. Bentele formuliert einen kritischen Objektivitätsbegriff, dem er unter anderem folgende Kriterien zuordnet: »Objektiv sollte nicht mehr ... als Gegenbegriff zu subjektiv verstanden werden; objektive Berichterstattung ist nur über eine Kette subjektiver Akte möglich. Zweitens: Grundlegende Merkmale oder Prinzipien für den Objektivitätsgehalt sind a) die Richtigkeit der verwendeten Aussagen und b) die Vollständigkeit in Bezug auf den berichteten Sachverhalt. Meßbarer Indikator für den Objektivitätsgrad journalistischer Texte ist der Grad, in dem eine Reihe bestimmter Regeln erfüllt sind oder nicht.« (ebd., S. 218) Nach meiner Auffassung schließen Benteles Merkmale die Polarität von subjektiv und objektiv nicht aus, wie ich sie in der Auseinandersetzung mit dem Konstruktivismus darzustellen versucht habe. Gerade weil in der Subjekt/Objekt-Spaltung beides aufeinander bezogen bleibt, ist das Objektive immer subjektiv, also nur graduell erreichbar, während sich die Subjektivität selbst dann auf das Objektive richtet, wenn sie in Illusionen befangen ist (oder Illusionen durchschaut und womöglich instrumentalisiert).

Benteles »kritischer« Objektivitätsbegriff wäre demnach nichts anderes als ein relativierter Objektivitätsbegriff, dem ein gleichermaßen relativierter Subjektivitätsbegriff gegenüberstehen muß. Für ein begriffliches Mißverständnis halte ich es deshalb auch, wenn Bentele – in der Sache zutreffend – die Frage, ob wir überhaupt positiv formulierte journalistische Normen brauchen, so beantwortet: »Wenn wir keine hätten, wenn wir auf das Wahrheits- und das Objektivitätspostulat verzichten würden, wenn wir also einen erkenntnistheoretischen Relativismus (›anything goes‹) als Grundposition und damit höchstens viele subjektive Wahrheiten nebeneinander gelten ließen, dann müßten wir die nationalsozialistische Berichterstattung neben der Berichterstattung in demokratischen Gesellschaften genauso akzeptieren, müßten wir sensationalistische Darstellungen ebenso als ›subjektive Wahrheiten‹ akzeptieren wie die Wahrheit« (a.a.O., S. 209 f.). Benteles Absage an einen »erkenntnistheoretischen Relativismus« und dessen Gleichsetzung mit der Maxime »anything goes« finde ich von der Sache her verständlich, aber sprachlich irreführend (und seiner eigenen Intention widersprechend), wie ich in Anlehnung an den Rechtsphilosophen Gustav Radbruch aufzeigen möchte. (vgl. S. 173 ff.)

19 vgl. die Studie »Kommunikations- und Medienordnung 2000 plus« – Rahmenkonzept, Vorschläge des Verbandes Privater Rundfunk und Telekommunikation (VPRT) zur ordnungspolitischen Gestaltung der Informations- und Kommunikationsgesellschaft, Bonn 1997

20 Gustav (»Bubi«) Scholz wurde am 1. Februar 1985 vom Kriminalgericht Moabit wegen fahrlässiger Tötung und Verstosses gegen das Waffengesetz zu einer Haftstrafe von drei Jahren verurteilt.

21 Der niedersächsische Ministerpräsident Gerhard Schröder mußte im März 1996 das gemeinsame Haus mit der dritten Ehefrau Hiltrud verlassen, nachdem er eine Verbindung mit Doris Köpf, seiner späteren vierten Frau, eingegangen war. Die Scheidung von Hiltrud und Gerhard Schröder folgte im September 1997.

22 Hubert Burda, geb. 1940, Verleger. Überraschte Anfang 1993 mit dem Info-Magazin »Focus«, der ersten ernstzunehmenden Konkurrenz zum »Spiegel«. Gehört zu den wichtigsten deutschen Anbietern von Online-Diensten.

23 vgl. Evangelischer Pressedienst (epd) 67/97, epd 15/98 sowie epd 49/98

24 Romy Schneider alias Rosemarie Albach, 1938-1982, Schauspielerin; wurde als »Sissi« in einer Filmtrilogie von 1955/1956/1957 bekannt.
Kaiserin Elisabeth von Österreich und Königin von Ungarn, 1837-1898, seit 1854 mit Kaiser Franz Joseph I. von Österreich verheiratet; wurde zeitweise, vor allem durch die Film-Trilogie mit Romy Schneider, zur feenhaften Herrscherin stilisiert. Ein Musical in Wien handelt von ihrem Leben.

25 Elisabeth Noelle-Neumann hat darüber nach der Bundestagswahl 1976 eine Kontroverse entfacht. Nach ihrer Auffassung wurden die Spitzenleute von CDU und CSU (Helmut Kohl, Franz-Josef Strauß) vom öffentlich-rechtlichen Fernsehen weit schlechter ins Bild gesetzt als sozialliberale Spitzenleute (Helmut Schmidt, Hans-Dietrich Genscher).

26 Karl Otto Hondrich: Macht im Turm, S. 247

27 Demonstration der »Friedensbewegung« im Bonner Hofgarten am 13. Juni 1987 mit über 100.000 Teilnehmern. Das Motto lautete: »Den ersten Schritt tun – Atomraketen verschrotten«.

28 vgl. Peter Voß: Umwelt und Mobilitätsbewußtsein. Verantwortung und Rolle der Medien, in: Hermann Schaufler (Hrsg.): Umwelt und Verkehr, Landsberg 1996, S. 20

IX. Inszenierung – wo bleibt das Ereignis?

Das Duell Kohl – Schröder

Zugleich muß man aber noch einen Schritt weitergehen und »das Ereignis« selbst in Frage stellen, was in der Medienkritik – namentlich von Hans Matthias Kepplinger (s.o.) – unter dem Stichwort der »Inszenierung« inzwischen ausgiebig geleistet wird. Von der zunehmenden Eigengesetzlichkeit der Medien ist in der veröffentlichten Meinung selbst zunehmend die Rede und davon, daß sich die Politik dieser Eigengesetzlichkeit zu fügen habe. Ein Politiker wie Helmut Kohl erscheint in dieser Hinsicht als der letzte Anti-Star, der gegen die Medien Kanzler wurde und Kanzler blieb: »Der Pfälzer brauchte weder rhetorische noch intellektuelle Brillanz, weder fesselnde Mimik noch bildschirmtaugliches Eros, um den Gipfel politischer Macht zu erklimmen… Ein gehätschelter Medienstar war Kohl nie.«[1] Ganz abgesehen davon, daß Kohls intellektuelle Kompetenz seit langem regelmäßig unterschätzt wird, scheint daran richtig zu sein, daß viele andere offenbar besser als er begriffen haben, worauf es vor allem im Fernsehen ankommt – auf optische und rhetorische, um nicht zu sagen: auf schauspielerische Qualitäten. Wobei die Gabe, gleichsam naiv und spontan (z.B. spontan betroffen) zu erscheinen, stets den Gipfel der Raffinesse ausmacht. Doch macht das Beispiel Kohl zugleich sichtbar, wo die Grenzen des Inszenierungs-Mediums Fernsehen liegen: man kann Wahlen auch gegen dieses Medium gewinnen.

Als Gegenbeispiel zu Helmut Kohl ist sein Gegenkandidat bei der Bundestagswahl 1998 besonders augenfällig. Von einer »Invasion der Imagepflege« berichtet Susanne Gaschke: Die SPD wolle »mit Performance, Polling und Briefing die Wähler erobern«.[2] Alle Bemühungen der SPD-Wahlkampfzentrale (der sog. »Kampa«) seien auf die Produktion eigener »Bilderwelten« gerichtet, um damit den Regierungswechsel herbeizuführen. Darin wirkten Meinungsforscher und Werbeagenturen mit, diese »schulen Wahlkämpfer darin, ›Kandidaten und Botschaft in Subsysteme zu kommunizieren‹, präsentieren Plakatentwürfe, planen events«. Die Lichtspiele auf dem SPD-Parteitag in Leipzig Mitte April 1998, die exakten Regieanweisungen folgten, erwiesen sich als ein Höhepunkt dieser PR-Strategie – abgesehen von der Panne, daß diese Regieanweisungen publik wurden. Von der »Leipziger Messe« war ironisch die Rede. Doch trug der Kandidat keinen Schaden davon – die Einstellung zu seiner Person wurde offenkundig nicht davon beeinflußt, daß die Inszenierung weithin als Inszenierung durchschaut wurde.

Professionelles Produktmarketing also für einen Bewerber, der die Medienklaviatur ohnehin schon souverän beherrscht und dem auch nicht die Tatsache schadete, daß er die perfekte Inszenierungspartnerin Hiltrud Schröder vor dem für die Kanzlerkandidatur entscheidenden, quasi plebiszitären Wahlkampf in Niedersachsen hatte auswechseln müssen. Seinen Kritikern erscheint Gerhard Schröder als Verkörperung des Prinzips Opportunismus – Grundsätze interessieren nicht mehr, was interessiert, ist die Macht. Just mit diesem Image hatte freilich auch Helmut Kohl lange zu kämpfen – erst mit der Wiedervereinigung und der Durchsetzung der Europäischen Währungsunion (und damit des Euro) wurde für alle sichtbar (wenn auch nicht von allen zugegeben), daß der ausgeprägte Machtmensch Kohl eben nicht nur Machtmensch war – er war bereit, für seine Grundsätze den Verlust von Wählerstimmen zu riskieren. Ob diese Geradlinigkeit eines Tages auch als Kennzeichen von Gerhard Schröder gelten wird, ist einstweilen noch Gegenstand der Spekulation. Die Gegenüberstellung der beiden Kanzlerkandidaten von 1998 erscheint aufschlußreich gerade im Hinblick auf das Inszenierungsthema; weil hier dem eher deutsch-konventionellen Versammlungs-Wahlkämpfer Kohl der vollkommen »amerikanisierte« Medienwahlkämpfer Schröder gegenüberzustehen scheint. Doch gerade an diesen beiden konträren Typen läßt sich zeigen, daß auch die reine Lehre der Inszenierungsthese die Wirklichkeit nicht richtig trifft. Denn die Sicherheit, mit der Schröder das beweist, was auch Kohl lange auszeichnete: den richtigen »Riecher« zu haben für die Themen und Aussagen, die »bei den Leuten ankommen«, ist gerade kein Medienphänomen, sondern ein politisches Talent – die modernen Massenmedien bieten hier nur die stärkere und schnellere Übersetzung der »Botschaft« in die bezweckte »Stimmung« bei den Wählern.

Inszenieren mußten sich Mächtige und Machtkämpfer schon immer, d.h. in einem mehr oder weniger aufwendigen Stück hatten sie als Staatsschauspieler aufzutreten. Sieht man genauer hin, wird man feststellen, daß Helmut Kohls Handikap zunächst nicht die Medien waren, sondern seine mangelnde Fähigkeit oder Bereitschaft, am politischen Schauspiel auch als Schauspieler mitzuwirken. Für den Ifflandring kommt er nicht in Betracht. Er ist eben auch in den Versammlungen kein so faszinierender Redner wie es z.B. sein langjähriger Rivale Franz-Josef Strauß war, der ein anderes, wenn auch nicht minder schwieriges Medienproblem zu bewältigen hatte als Kohl. Helmut Kohl hatte als Redner weniger gegen die Medien als gegen sich selbst zu kämpfen: Gewisse sprachliche Unbeholfenheiten führten dazu, daß seine intellektuelle und mehr noch seine politische Statur erheblich unterschätzt wurde. Er erschien nur selten öffentlich als ganz großer Rhetor, dafür aber – vor allem im kleinen Kreis – als schlagfertiger, gewitzter und übrigens auch gebildeter Debattierer. Kohls Versuch, im Wahlkampf 1998 aus der Not eine Tugend zu machen und die Popularität seines Rivalen Schröder allein auf voreingenommene Medien zurückzuführen, erscheint freilich selbst schon wieder als eine PR-Strategie, die man ganz nach Gusto hilflos oder raffiniert finden kann.

Das Phänomen Kohl hat im übrigen offenbar überdeckt, daß Inszenierungsphänomene der beschriebenen Art in den USA seit langem zum politisch-publizistischen Geschäft gehören – korrespondierend zur den amerikanischen Traditionen entsprechenden und vom Wahlsystem begünstigten Personalisierung (zu Lasten von Parteien und Programmen). Das Wechselspiel von Politik und Medien, das mit dem Inszenierungsbegriff gemeint ist und das untrennbar mit dem Begriff der (wechselseitigen) Instrumentalisierung zusammenhängt, wird auch an den Skandalen der amerikanischen Politik besonders anschaulich – die traditionelle Offenheit, in der die amerikanische Öffentlichkeit derartige Schauspiele auf eher sportliche Weise genießt – was der Härte und Brutalität des jeweiligen Machtkampfes keinen Abbruch tut – trägt viel dazu bei. Die politisch-juristische Affäre um tatsächliche und angebliche sexuelle Verirrungen des Präsidenten Bill Clinton bieten ein hollywoodreifes Beispiel, wie der Film »Primary Colors« beweist. Das Spannende an diesem Film wie an der Sache selbst scheint tatsächlich ein am konkreten Beispiel faßbarer Wertewandel zu sein: Im puritanisch-prüden Amerika kommt ein Politiker, dem seine Gegner nachsagen, daß ihm der Hosenlatz schon immer etwas locker gesessen habe, und er sich aus seinen Affären mehr oder weniger gekonnt herausflunkere, in der öffentlichen Meinung relativ unbeschädigt davon.

»Primary Colors« zeigt, in welchem Dilemma sich die Amerikaner sehen, oder muß man sagen, welchem Dilemma sie locker ausweichen? Der Präsident tut nur, was viele tun – doch »wenn es ... auch bei den Entscheidungen, die Politiker in demokratischen Gesellschaften zu treffen haben, nicht um ideale Lösungen, sondern zumeist um das kleinere Übel geht, wo liegt dann die Moral im politischen Leben, wer repräsentiert sie, welche Kompromisse verträgt sie und wann ist sie endgültig verloren?«[3] So fragte Verena Lueken in ihrer Kritik des Films. Das »Herzstück« des Films sieht sie in der Frage, »... ob der politische Zweck alle Mittel heiligt, auch wenn sie den Verrat einstiger Überzeugungen bedeuten. Darf man mit falschen Gefühlen für die richtige Sache werben? Lügen, um wahrhaftige Gefühle zu erzeugen? Fehltritte vertuschen, um gewählt zu werden, wenn man nur der richtigen Sache dient? Auf keine dieser Fragen gibt es eine richtige Antwort mehr ...«. So sei »Primary Colors« die »endgültige Entzauberung der Charakterfrage in der Politik«.[4] Diese Entzauberung, muß man aber wohl hinzufügen, wäre dann auch als ein moralischer Gewinn zu sehen: als ein Zuwachs an politischer Ehrlichkeit durch Desillusionierung, geleistet unter anderem vom Medium Film, aber vorher schon von den amerikanischen Bürgern, die die »künstliche« Entrüstung in den Medien recht gut mit ihrer eigenen Kenntnis der Lebenswirklichkeit vergleichen können und deshalb offenbar den »Charakterdarstellern« aus gutem Grund nicht mehr so recht trauen – alles in allem also eine durchaus ambivalente Entwicklung.

Politik und Medien – auch eine Konvergenz?

Im übrigen kann offenbar Routine und Einfallsreichtum im Umgang mit Medien den Erfolg nicht garantieren, wie in Deutschland das Beispiel des Politikers

Jürgen Möllemann[5] belegt. So offenkundig diese Routine in zunehmenden Maße eine notwendige Bedingung politischen Erfolgs sein dürfte, so offenkundig enthält sie keine Erfolgsgarantie. Sie weckt unter Umständen mehr Mißtrauen, als daß sie Vertrauen schaffen könnte, wenn die Substanz wohlbegründeter Überzeugungen nicht erkennbar wird. Zugleich wird sichtbar, daß der Vorwurf der zunehmenden »Instrumentalisierung« gegenläufige Strömungen bezeichnen soll: Zum einen lautet der Vorwurf, die Politik passe sich zunehmend den Inszenierungen des Fernsehens an, weshalb Politiker ohne Training für TV-Auftritte nicht mehr auskommen. Ob das so stimmt, sei dahingestellt; da gibt es offenbar »Naturtalente«, deren Charisma kein Training braucht – wobei die Vermutung naheliegt, daß im Charismatiker schon immer beides zusammenkam: politische Leidenschaft auch für eine Sache, z.B. eine Idee, und (mediales) »Verkaufstalent«. Zum anderen lautet der Vorwurf, die Medien paßten sich zunehmend den Inszenierungen der Politik an, fielen auf politisch gemachte (und zwar wegen der Medienwirkung gemachte) Ereignisse (»events«) herein und ebenso auf die von der Politik gesetzten Themen.[6] Wenn beide Vorwürfe auf zutreffenden Beobachtungen beruhen sollten, könnte man von einer sich verstärkenden Wechselwirkung sprechen.

Daran ließen sich systemanalytische Fragen anschließen: Haben wir es auch hier mit »Konvergenz« zu tun, d.h. wachsen Politik und Medien zu einem System zusammen, indem sie tatsächlich immer weniger unterscheidbar werden, so daß sie nur noch begrifflich (idealtypisch) auseinanderzuhalten wären? Oder findet diese Eskalation einer Wechselwirkung ihre Grenze darin, daß wichtige und unvermeidbare Themen weder politisch noch medial gesetzt werden, sondern z.B. wirtschaftlich, wissenschaftlich und/oder technisch, und zwar häufig durch nicht vorhersehbare oder jedenfalls nicht vorhergesehene Veränderungen?

Ob wirklich gegenüber der gern behaupteten totalen Denaturierung von Öffentlichkeit zu Public Relations (des Staats, der Parteien, Verbände, Gewerkschaften usw.) Resignation oder »Widerstand« zur journalistischen Alternative wird, sei dahingestellt. Problematisch wäre es jedenfalls, wenn daraus nicht nur die Forderung nach journalistischer Unbefangenheit, Unkorrumpierbarkeit und Unerschrockenheit abgeleitet würde, sondern ein einseitiges journalistisches Rollenverständnis. Wenn z.B. Wolfgang Langenbucher schon vor fast zwei Jahrzehnten eine »... kommunikative Omnipräsenz und Dominanz der Institutionen und Personen des politischen Systems«[7] behauptet hat, dann erscheint seine Schlußfolgerung naheliegend: »Wenn das politische System die Kommunikation dominiert, kommt es notwendig zu Defiziten. Die neue Verantwortung der Medien liegt dann in einer kompensatorischen, einer anwaltschaftlichen Rolle. Journalisten können und müssen jenen zum Wort, zur Öffentlichkeit verhelfen, die zwar Argumente, aber keine Macht haben.«[8] Naheliegend ist dann freilich auch das Mißverständnis, mit dieser kompensatorischen Anwaltsrolle sei dem journalistischen Auftrag Genüge getan. Es geht unter dem moralischen Aspekt der Wahrhaftigkeit unter der Bedingung zunehmender Komplexität aber darum, allen relevanten Argumenten zur Öffentlichkeit zu verhelfen.

In der neueren Medienkritik wie in der journalistischen »Selbstkritik« wird, wie mir scheint, oft übersehen, daß »Inszenierung« – nicht anders als Instrumentalisierung, Ausbeutung, Entfremdung – von jeher als ein allgemein menschliches Phänomen erscheint, das sich in unterschiedlicher Ausprägung in fast allen Lebensverhältnissen findet. Im Falle der Inszenierung ist es ein Phänomen, das sich – nicht nur im Theater oder in den Kulten – generell mit Kommunikation verbindet. Auch die politische Inszenierung ist ja kein neues Phänomen – sie gehört von jeher zu den »Verkaufsmethoden« der Macht wie zu den Verkaufsmethoden der Wirtschaft (vom »Schaufenster« bis zum »Marktschreier«). Die Frage ist, ob die modernen Massenmedien eine sich derart beschleunigende gegenseitige Verstärkung von medialer und politischer Inszenierung bewirken, daß »originäre« Politik hinter der politisch-medialen Inszenierung als »zweiter Wirklichkeit« verschwindet.

In diesen Zusammenhang gehört dann wiederum die These, daß die Politik sich ohnehin nur noch nach der Demoskopie richte, die ihrerseits im wesentlichen erfasse, was die durch Inszenierungen manipulierte öffentliche Meinung mit den Bedürfnissen der Allgemeinheit verwechselt. Auch dieser »Teufelskreis«, scheint mir, wird von der Realität selbst immer wieder aufgebrochen. Mit Hilfe von Inszenierungen kann man vielleicht Wahlen gewinnen und an die Macht kommen, doch die Enttäuschung über nicht eingelöste Versprechen (und damit nicht gelöste Probleme, z.B. in einer Wirtschaftskrise) macht früher oder später jede verharmlosende oder beschönigende Inszenierung unwirksam. Die Medien selbst sind es, die die schönen Kulissen wieder wegräumen, wenn der Wind der Wirklichkeit sie umgeweht hat.

Wer immer nun wen instrumentalisiert, an einem freilich besteht kein Zweifel: Vorgänge, die politische Bedeutung und politische Folgen haben, sind meistens, im Unterschied zu Vulkanausbrüchen oder Verkehrsunfällen, nicht einfach Ereignisse; politische Ereignisse werden planvoll gemacht und damit auch »inszeniert«, in der naheliegenden Absicht, die Öffentlichkeit zu beeinflussen. Das gilt von vornherein für jeden Vorgang, der wesentlich ohnehin nur aus verbaler Politik besteht, für jede Pressekonferenz zum Beispiel. Wichtig und/oder interessant mag sie trotzdem sein, etwa durch die Ankündigung eines Gesetzesvorhabens, das die Lebensumstände vieler Bürger verändern kann. Das gilt dann auch für die nächste Pressekonferenz, in der die Opposition ihre Kritik anmeldet und darlegt, wie sie das Problem viel besser lösen würde, ja daß sie das Problem ganz anders definiert.

Die Wahrheitsfrage stellt sich in diesem Fall für das Medium mehrfach. Zum einen gilt es, die jeweiligen Positionen, sagen wir ruhig »Verlautbarungen«, korrekt darzustellen, und das heißt gerade, unabhängig vom ihnen innewohnenden Wahrheitsgehalt. Das ist schon recht viel verlangt, heißt es doch, verkürzend aber redlich den Kern von Positionen herauszuarbeiten, sie also nicht zu verzerren. Dann stellt sich die Wahrheitsfrage bei der immanenten Analyse und Kritik. Eine Sache wie das Gesetzesvorhaben ist daraufhin zu untersuchen, ob ihre sachlichen Voraussetzungen stimmen und ob ihre Ziele mit den vorgesehenen Mitteln erreichbar sind. Drittens stellt sich die Wahrheitsfrage in Bezug auf die

Ziele selbst. Werden sie dem Programm oder den Versprechungen gerecht, die etwa im Wahlkampf dem Publikum gegeben wurden, oder sind sie nur das Ergebnis taktischer Kompromisse ohne sachliche Güterabwägung? Oder verstoßen diese Ziele oder die Methoden am Ende gar gegen rechtliche oder moralische Normen, wie sie z.B. in unserer Verfassung festgeschrieben und Gegenstand politischer Bekenntnisse aus allen Lagern sind? All dies kann, darf, muß journalistisch behandelt werden, und das geschieht auch Tag für Tag.

Sachlichkeit oder Betroffenheit?

Ereignisse werden gemacht, und Medien »machen« die Ereignisse wohl nur sehr selten, aber sie beeinflussen sie – und müßten, wollten sie dem Anspruch permanenter Selbstkorrektur Genüge tun, diese Wechselbeziehung vermitteln und dabei ihre »Arbeitsschritte« sorgfältig voneinander trennen: Darstellung, Analyse, Kritik, Meinung – alles also sorgfältig getrennt, für das Publikum nachvollziehbar, und aufgrund der gebotenen Informationen auch noch überprüfbar – an dieser Stelle ist natürlich der Einwand fällig: Von welcher Zeitung oder Sendung ist da die Rede? Das gilt in besonderem Maße für die von der Medienkritik wie von der journalistischen Selbstkritik geforderte Trennung von Nachricht und Kommentar. Sie wird aus guten Gründen praktisch nur vom politischen Journalismus (einschließlich des wirtschaftspolitischen, sozialpolitischen usw.) verlangt. Kein Kritiker käme auf den Gedanken, etwa der Rezension einer Ausstellung oder einer Theateraufführung diese Trennung abzuverlangen. Der Grund ist einfach: die Mißbrauchsmöglichkeiten, die in der Vermengung von Information und Kritik (oder Orientierung und Irritation) in hohem Maße angelegt sind, werden erst brisant, wenn es um Machtfragen geht.

Die Subjektivität unserer Sprache verhindert, wie an einigen Beispielen dargestellt, eine lupenreine Trennung. Selbst außerordentlich »seriöse« Blätter können sie nur annäherungsweise leisten. Doch weil sie annäherungsweise möglich ist, verbietet sich auch hier ein Entweder/Oder. Wir können die Qualität einer Publikation eben auch daran ermessen, ob sie dieser Forderung mehr oder weniger genügt – dann liegt im Bericht der Akzent auf der so weit wie möglich meinungsenthaltsamen Information, im Kommentar auf der so gut wie möglich mit Information begründeten Meinung. Daß im übrigen der Meinungskommentar in Deutschland im Vergleich etwa zu den angelsächsischen Ländern hoch in Ehren gehalten wird, hängt offenbar mit der Tradition eines das politisch-pragmatische Denken verachtenden Gesinnungsmilitarismus zusammen. (Hier scheint der Ausdruck Militarismus nur wenig überspitzt: »Hier stehe ich, ich kann nicht anders« – vielleicht hat diese bei uns immer noch gern eingenommene Pose, die sich längst nicht mehr, wie noch bei Martin Luther, mit einem persönlichen Risiko verbindet, mit den geschichtlichen Brüchen und Verwerfungen eines Landes ohne natürliche Grenzen mehr zu tun, als wir uns normalerweise klar machen.[9]) Daher rührt vielleicht auch das Mißverständnis, die Funktion der Medien, zur demokratischen Meinungsbildung beizutragen, müsse vor allem durch Meinung selbst und weniger durch gründliche Information geleistet werden.[10]

Im Publikum verfestigt sich anscheinend seit langem der Eindruck: Auf dem Bildschirm wie im Blätterwald geht in Wirklichkeit eines ins andere über, wenn nicht gar alles durcheinander. In diesem Durcheinander liegt in der Tat die Wahrheitsfrage begraben und mit ihr auch das ambivalente Verhältnis von politischer Macht und medialer Moral. In dieses Durcheinander spielt zudem noch die für den Journalismus unvermeidliche Polarität von Distanz und Nähe hinein – nicht nur im Blick auf die oft diskutierte Beziehung zwischen Journalisten und Politikern z.B. in der Bundeshauptstadt, die gelegentlich den Anschein einer osmotischen Durchdringung von Politik und Medien erweckt, sondern auch unter dem Aspekt der »Lebensnähe« oder »Bürgernähe«. Im Südwesten Deutschlands wurde z.B. für das (von Südwestfunk, Süddeutschem Rundfunk und Saarländischem Rundfunk gemeinsam betriebene) Fernsehprogramm Südwest 3 ein »Konzept der Nähe« entwickelt. Gemeint ist die Nähe zu den Zuschauern, die gleichsam an Ort und Stelle in ihrer Betroffenheit aufgesucht werden sollen.

Doch hier zeigt sich wiederum ein schwer auflösbares Dilemma: Zum einen sichert nur die sogenannte »emotionale Nähe« die Chance, Komplexität zu reduzieren und damit zur Orientierung der Menschen in einer äußerst unübersichtlichen Wirklichkeit beizutragen. Doch läßt sich Komplexität eben mehr oder weniger richtig (also realitätsnah oder illusionär) reduzieren. Es scheint deshalb gleichermaßen notwendig zu sein, komplexe Sachverhalte und Prozesse unserer Gesellschaft anti-emotional, also versachlichend und differenzierend, aufzuarbeiten. Das aber heißt, daß nicht bloß punktuelle »Wahrheiten«, z.B. einzelne Mißstände (wie etwa Widersprüche zwischen politischen Versprechungen und gesellschaftlicher Wirklichkeit) aufzusuchen und aufzufinden sind, sondern Zielkonflikte.

Ein vordergründiger »Betroffenheitsjournalismus«, der lediglich Mitgefühl mit jenen Menschen weckt, die im Zuge politischer Entscheidungen und wirtschaftlicher Entwicklung zu kurz kommen, soll hier, wenn die Fakten zutreffend recherchiert sind, nicht gering geachtet werden; Medien fungieren neben anderen Institutionen (z.B. den Kirchen) auch als »Gewissen der Gesellschaft«. Doch dies genügt in der Tat nur für die Irritations-, nicht für die Orientierungsfunktion. Wenn etwa beim Bau einer Ortsumgehung oder eines Wohnviertels der Landschaftsverbrauch anhand anrührender Beispiele (Bäume werden gefällt) beklagt wird, ohne daß die konkreten Lebensbedürfnisse von Menschen dagegengesetzt werden, oder wenn Einzelschicksale von Asylbewerbern aufgegriffen und zugleich am Beispiel von Härtefällen implizit oder explizit jede Begrenzung von Zuwanderung als prinzipiell inhuman denunziert wird, ohne daß die Auswirkungen ungebremster Zuwanderung auf den Wohnungsmarkt – also indirekt auch auf Landschaftsverbrauch – wie auch auf den Arbeitsmarkt oder auf die Entwicklung der Kriminalität in den Blick kommen, leistet dies den Ressentiments am Stammtisch auf Dauer eher Vorschub, als daß es ihnen entgegenwirkt. (Damit soll nicht bestritten werden, daß bei der Abschiebung von »Asylanten« Dummheit und Gefühlskälte, verbunden mit bürokratischer Routine, manchmal eine traurige Rolle spielen.)

Stammtischradikalismus hat, das weiß man inzwischen sogar an manchem Stammtisch, noch mehr mit Furcht als mit Haß zu tun – oder besser gesagt: die Furcht nährt den Haß. Deshalb läßt sich die in Sonntagsreden auch von Intendanten postulierte Forderung, die elektronischen Medien oder wenigstens die öffentlich-rechtlichen unter ihnen hätten einen Integrationsauftrag durch und für unsere Gesellschaft, vielleicht so in die alltägliche Praxis übersetzen: Das Dilemma zwischen Irritation und Orientierung muß soweit wie möglich zugunsten der Orientierung aufgelöst werden, damit durch differenzierende Versachlichung die durch zunehmende Desorientierung bedingte Lebensangst gebannt werden kann.

Gewalt durch Medien? Die Wirkungsfrage

In zweierlei Hinsicht gewinnt die Wahrheitsfrage mit Blick auf die Politik Bedeutung und Brisanz: nämlich einmal in der Frage nach der Wirkung der Medien, besonders des Fernsehens, und zum anderen, damit zusammenhängend, in der Frage nach dem Selbstverständnis der Journalisten. Mich ärgert es immer, wenn Fernsehjournalisten so tun, als hätte unser Medium keine politischen Wirkungen, und schon gar keine, die am Ende die politischen, also die Machtverhältnisse, ändern könnten, z. B. durch Beeinflussung von Wahlentscheidungen. Ich möchte hier nicht die viel bemühte Untersuchung von Elisabeth Noelle-Neumann wieder aufgreifen, die Wahlergebnisse als Ausdruck eines Meinungsklimas und seiner Veränderungen interpretiert, und die dieses Meinungsklima stark von den Medien beeinflußt sieht, besonders vom Fernsehen.[11] Darüber mögen sich Medienwissenschaftler weiterhin streiten.

Unabhängig vom Methodenstreit der Medienforscher wage ich aufgrund eigener Erfahrung zu sagen: Ein Medium ist kein Medium, wenn es Einstellungen, Haltungen und Meinungen überhaupt nicht beeinflußt, sie nicht ändert, stärkt oder schwächt. Die Frage ist immer nur, ob und wie weit es damit die Kompaßnadel des Realitätsbezugs außer acht läßt. Wenn überhaupt Wirklichkeit vermittelt wird, dann findet sie vor allem dann Interesse, wenn sie wirkt, das heißt wenn man sein Verhalten an ihr orientieren und auch korrigieren kann, und das kann sowohl unbewußt wie bewußt geschehen. Die Funk- und Femsehhäuser ebenso wie die Zeitungen als Institutionen wären am Ende Betrüger oder Selbstbetrüger, wenn sie das nicht wahrhaben wollten. (Sie wären auch Betrüger an ihren Werbekunden, an denen sie sich ja ungerechtfertigt bereichern würden, wenn ihre Werbung wirkungslos bliebe.) Journalisten und Medienkritiker sorgen sich deshalb nicht ohne Grund schon lange um die Auswirkungen, die die Darstellung von tatsächlicher oder fiktiver Gewalt durch das Fernsehen vor allem auf Kinder hat.[12]

Auch Journalisten und sogar Nachrichtenjournalisten, die in der täglichen Tretmühle von Sendung zu Sendung rotieren, gehen nicht in dumpfer Professionalität über die Frage nach ihrer Verantwortung hinweg.[13] Mit dem Aufkommen kommerzieller Sender hat sich die Frage freilich dramatisch verschärft. Kriterien zur Beurteilung von Gewaltdarstellungen haben Eckhard Bieger und

Klaus Stefan Krieger 1983 für den Welttag der Kommunikationsmittel aus den Forschungsergebnissen extrahiert. Sie kommen auf fünf Punkte:

1 »Nicht die Grausamkeit und Intensität der Darstellung ist alleiniges und wichtiges Kriterium der Beurteilung. Entscheidend ist, ob Gewaltanwendung durch den Kontext der Handlung gerechtfertigt wird (Verherrlichung bzw. Verharmlosung).

2 Mediengewalt ist weiter negativ zu beurteilen, wenn Gewaltanwendung als einziger Ausweg aus einer Konfliktlösung erscheint.

3 Eine realistische Darstellung von Gewalt, die Nachahmung ermöglicht, ist negativ zu beurteilen. Dagegen ist Verfremdung der Gewaltdarstellung eher dazu geeignet, negative Auswirkungen beim Zuschauer zu neutralisieren.

4 Es ist positiver zu bewerten, wenn die Folgen der Gewaltanwendung gezeigt werden, als wenn die Folgen verschleiert oder ausgeklammert werden.

5 Besonders negativ sind Gewaltdarstellungen zu bewerten, wenn sie mit pornographischen oder sadomasochistischen Darstellungen zu bewerten sind.« [14]

Hinzufügen könnte man, daß die hier beschriebene Negativität sich vor allem auf und gegen alleine fernsehende Kinder auswirken muß, die die Realität noch nicht einschätzen oder noch gar nicht zwischen Fiktion und Realität unterscheiden können. Dabei schütten Bieger/Krieger weder das Kind noch den Erwachsenen mit dem medienkritischen oder medienpädagogischen Bade aus; denn sie fordern nicht, »daß Gewalt als Faktum im Erfahrungsbereich des Einzelnen und der Gesellschaft verschwiegen wird. Es soll nur auf solche Formen der Gewaltdarstellung aufmerksam gemacht werden, die Gewaltanwendung als selbstverständliches Mittel der Konfliktlösung und Verbrechensbekämpfung hinstellen, die die Anwendung von Gewalt rechtfertigen.«

In der Gewaltdiskussion zirkuliert eine muntere politisch-gesellschaftliche Schuldzuweisung zwischen Medien, Bildungseinrichtungen, Kirchen und Politik unter Einbeziehung jener Argumente der Wirkungsforschung, die man gerade braucht, und am Schluß landet man normalerweise bei der Verantwortung der Familie, dem Ruf nach dem Gesetzgeber und der Forderung nach einer wirksamen Medienpädagogik. In der Tat birgt die Gewaltfrage eine gesellschaftliche Brisanz, die mit dem bloßen Appell an Journalisten und Programmentscheider schwerlich zu entschärfen sein dürfte. Der Ruf nach intensiver Medienpädagogik stößt freilich rasch an finanzielle Grenzen, der Ruf nach dem Gesetzgeber an die Grenzen der Zweckmäßigkeit: Seit Adolf Süsterhenns »Aktion Saubere Leinwand«[15] seligen Angedenkens wissen wir, daß das lukrative Unterwandern aller Schamschwellen kaum zu verhindern ist, weil die Güterabwägung zwischen der Freiheit der Kunst sowie der Rundfunk- und Pressefreiheit auf der einen und dem Schutz der Menschenwürde auf der anderen Seite im konkreten Fall schwer zu ziehen ist und die allfälligen Verbote zu langwierigen rechtlichen und publizistischen Auseinandersetzungen mit kontraproduktivem Effekt führen können. Das heißt im Ergebnis, daß gerade im Hinblick auf »mediale Gewalt« Sanktionen kaum möglich sind – entsprechende Sanktionsmechanismen lassen sich auch nur schwer installieren, weil damit neue Mißbrauchsmöglichkeiten entstehen würden.[16]

Die globale Vernetzung läßt inzwischen effektive Kontrollmöglichkeiten auch gar nicht mehr zu – so schwelt das Problem vor sich hin. Journalisten und Programmentscheider neigen in dieser Situation bisweilen zu hilfloser Apologetik durch die Instrumentalisierung von Zweifeln an den Ergebnissen der Wirkungsforschung. Doch diese ist aus den Kinderschuhen einfacher Korrelationen schon lange heraus: Wenn z.B. empirische Daten in den USA belegen, daß straffällig gewordene Menschen mehr fernsehen als die Bevölkerung im Durchschnitt, zieht niemand mehr den simplen Schluß, Fernsehen mache kriminell, wenn sich beide, Straffällige und Vielfernseher, aus naheliegenden Gründen in überdurchschnittlicher Zahl unter den armen und durch ihre Armut ausgegrenzten Menschen befinden.[17]

Die Korrelation diverser Faktoren aber führt am Ende womöglich zu empirischer Unschärfe bzw. in Beweisnotstände, die der journalistischen Apologetik doch wieder als Alibi dienen könnten. Konkrete Medienwirkungen mögen realistisch schwer zu isolieren und damit zu beweisen sein, doch sind sie deswegen nicht vorhanden? Jeder, der Kinder hat, kann sich durch Beobachtung vom Gegenteil überzeugen. Ich jedenfalls halte es für nicht begründbar, von den Wirkungen des Fernsehens – vom Neugier-Erregen über das Werben für neue und ungekannte Lebens- und Verhaltensweisen bis zum Abschrecken und Abstumpfen, zum Erzeugen von Überdruß und Gleichgültigkeit – einfach abzusehen und politische Implikationen dieser Wirkungen von der Debatte auszunehmen. Im übrigen wären viele Überlegungen und viele Diskussionen, die in den Redaktionen tatsächlich geführt werden, sinnlos und überflüssig, wenn es solche Wirkungen gar nicht gäbe. Der moralische Maßstab ist dabei im Grundsätzlichen eindeutig – nicht jede Leiche, jede Gewalt, jede Nacktszene ist problematisch, sondern – auch hier läßt sich auf Kant aufbauen – die Entwürdigung des Menschen dergestalt, daß er nur noch als Mittel und nicht mehr als Zweck (menschlichen Handelns) vorgeführt wird.

Medienschelte, Politikschelte: Der Fall Barschel; der Fall Stolpe

Um das bekanntermaßen spannungsgeladene Verhältnis von Politik und Medien zu illustrieren, wähle ich eine historische Reminiszenz: Am 10. Juni 1953 empörte sich Konrad Adenauer im Deutschen Bundestag über einen Kommentar im Nordwestdeutschen Rundfunk (NWDR), den der Journalist August Hoppe abgegeben hatte.[18] Adenauer legte sein Manuskript beiseite – er sprach gerade zum Thema »Deutsche Wiedervereinigung« – und verlangte, Kommentare müßten »wahrheitsgemäß« sein. Später machte er den NWDR verantwortlich für diesen Kommentar, verlangte die Entlassung Hoppes. Er verlangte außerdem, wenn Nachrichten oder Kommentare für die deutsche Politik und die Beziehungen zu anderen Ländern bedeutsam seien, dann habe sich der Rundfunk »im Zweifel an die Bundesregierung um Auskunft zu wenden«. Was hatte August Hoppe so Gefährliches gesagt? Er hatte behauptet, Winston Churchill[19] habe von Konrad Adenauer im persönlichen Gespräch die Revision des Anspruchs auf die unter polnischer Verwaltung stehenden deutschen Ostgebiete verlangt, und außerdem einen aktiven Beitrag zur Sicherung des Weltfriedens. Die Pointe: Später stellte sich heraus, daß Hoppe nichts erfunden hatte. Sein Informant war übrigens Adenauers enger Mitarbeiter Herbert Blankenhorn. Der »Alte« war eben »gar nicht so pingelig«, er hat darin als Politiker viele Vorgänger und Nachfolger.

Wie mit »Investigation« aktiv Politik gemacht wurde, dafür bleibt der Fall des schleswig-holsteinischen Ministerpräsidenten Uwe Barschel ein Musterbeispiel.[20] »Barschels schmutzige Tricks« veröffentlichte der »Spiegel« über Nachrichtenagenturen und damit über Rundfunk und Fernsehen einen Tag vor der Landtagswahl vom 13. September 1987. Im Artikel selbst wurde allerdings nicht klar, ob die Tricks des Medienreferenten Reiner Pfeiffer tatsächlich durch Barschel veranlaßt oder gedeckt waren. Fest stehen heute nur drei Tatsachen: Zum einen: Barschel hat – bei seiner berühmt-berüchtigten »Ehrenwort-Pressekonferenz« am 18. September 1987 – in einigen Punkten gelogen. (Nicht mehr festzustellen ist, ob er log – beispielsweise, als er bestritt, zu einem bestimmten Zeitpunkt mit Pfeiffer telefoniert zu haben – weil er befürchtete, wenn er das Telefonat bestätigte, aber dessen inhaltliche Darstellung durch Pfeiffer bestritte, werde man ihm erst recht nicht glauben). Die »Beweise« für Barschels persönliche Verstrickung beruhen im übrigen allein auf den Aussagen Pfeiffers, um dessen Glaubwürdigkeit es freilich von vornherein schlecht bestellt war, doch das interessierte den »Spiegel« und andere Blätter nicht so sehr. Zweitens steht fest, daß auch Björn Engholm, Barschels Gegenkandidat und Nachfolger als Ministerpräsident, gelogen hat. (Er hat dies übrigens schon früh in einem Interview indirekt eingeräumt, das ich im »heute-journal« mit ihm führte; doch auch dies Eingeständnis wurde zunächst wenig beachtet.) Fest steht drittens, daß Barschel die politische Verantwortung für die Machenschaften Reiner Pfeiffers zuzurechnen ist.

Daran ließen sich interessante Überlegungen zu diesem strapazierten Begriff anknüpfen: Es besagt, daß ein Verantwortlicher (Regierungschef, Minister usw.) für das Fehlverhalten seiner Mitarbeiter einzustehen hat, und zwar auch dann, wenn er nichts davon wußte und keinen Einfluß darauf nehmen konnte. In der politischen Wirklichkeit wird die damit verbundene Schuldzurechnung sehr unterschiedlich praktiziert, und zwar sowohl in den Medien wie von den politischen Parteien. Wer bei den Journalisten (z.B. weil er sie immer »gepflegt« hat) gut angeschrieben ist und zudem über die Rückendeckung (»Solidarität«) der eigenen Partei verfügt (z.B. weil diese ihn aus wahltaktischen oder anderen Gründen nicht oder nicht gleich fallenlassen kann), kommt mit Fehltritten durch, die einem anderen politisch den Hals brechen würden.

Interessant und spekulationsträchtig bleibt der Fall Barschel natürlich vor allem wegen der ungeklärten Ursache seines Todes am 11. Oktober 1987 im Zimmer eines Genfer Hotels. Dabei schlägt kaum noch zu Buche, daß ein Journalist und eine Illustrierte dabei eine unrühmliche Rolle spielten und daß die Genfer

Polizei zu wenig oder das Falsche tat, um den Sachverhalt aufzuklären. Viel wichtiger ist, daß in Deutschland die längst durch Indizien legitimierten Zweifel an der Selbstmordthese auf geringe Akzeptanz stießen, weil die Mordthese von vielen als Mittel verdächtigt wurde, den vermeintlichen Schurken Barschel zu entlasten. Ob auch die mangelnde Aktivität deutscher Ermittlungsbehörden mit dieser weitverbreiteten Abwehrhaltung oder mit anderen Einflüssen zu tun hat, wird sich wahrscheinlich ebensowenig jemals aufklären lassen wie die Todesursache selbst.

Wie im Fall Barschel haben wir es bei vielen Fällen mit der Interaktion von drei, manchmal von vier oder mehr »Systemen« zu tun: Politik, Medien, Justiz, oft auch noch Wirtschaft usw. Kommt die Justiz ins Spiel, wird der Zielkonflikt zwischen Medienfreiheit und Persönlichkeitsrechten (Ehrenschutz, Datenschutz usw.) relevant. Die Rechtsprechung bis hinauf zum Bundesverfassungsgericht hat bisher – im Blick auf das abschreckende Beispiel des »Dritten Reiches« – der Presse- und Rundfunkfreiheit wie der Meinungsfreiheit meistens den Vorrang gegeben. Ein exemplarischer Fall ist der Fall Stolpe. Dem brandenburgischen Ministerpräsidenten Manfred Stolpe wird vorgeworfen, er sei als »IM Sekretär«[21] für den Staatssicherheitsdienst der DDR tätig gewesen und habe internes Wissen, über das er als Konsistorialpräsident der evangelischen Kirche verfügte, an die Stasi verraten. Daran, daß Stolpe mit dem »IM Sekretär« identisch ist, besteht nach der Aktenlage kaum ein Zweifel. Ob er aber die Kirche und die ihm anvertrauten Menschen verraten hat oder ob er sie durch die Zusammenarbeit mit der Stasi schützte, also immer »der Mann der Kirche« blieb, ist schwer zu beurteilen. Einem CDU-Politiker wurde im Juni 1998 vom Bundesgerichtshof bescheinigt, daß er Stolpe als ehemaligen Stasi-Mitarbeiter bezeichnen darf. Die Begründung: Diese Beurteilung sei durch die Meinungsfreiheit gedeckt.[22] Das erscheint auf den ersten Blick verwunderlich, weil es sich ja bei den Ausdrücken wie »Stasi-Mitarbeiter« oder »im Dienste der Stasi gestanden« um Tatsachenbehauptungen handelt. Hat das Gericht also »eine ostdeutsche Biographie« mißachtet, wurde Stolpe bitter Unrecht getan?

In einer differenzierten Betrachtung muß man wohl eher sagen, daß die nur indirekt wertende Tatsachenbehauptung »Stolpe diente der Stasi« noch nicht zwingend eine moralische Verurteilung enthält, weil die bloße Identität mit dem »IM Sekretär« noch nicht sein schuldhaftes Verhalten beweist – dazu müßte erst zweifelsfrei erwiesen sein, ob, in welchen Fällen und in welchem Maße er sich tatsächlich schuldig gemacht hat. Unabhängig von der Frage nach der politischen Moral – sollte ein ehemaliger IM überhaupt Ministerpräsident sein dürfen – ging es dem Gericht offenkundig darum, die kritische Diskussion über Stolpes tatsächliche Rolle nicht durch das Untersagen einer Tatsachenbehauptung abzuwürgen. Das freilich gibt in der Konsequenz jedem Politiker (und jedem Journalisten usw.) auch die Möglichkeit, diese Tatsachenbehauptung undifferenziert und diffamierend einzusetzen. Es geht bei dem Zielkonflikt »Meinungsfreiheit contra Ehrenschutz« also immer um das »kleinere Übel«. Überwiegt der Ehrenschutz, kann dies dazu führen, daß Funktionsträger (also Inhaber von Machtpositionen) sich gegen unangenehme Kritik immunisieren können. Überwiegt die Meinungsfreiheit, kann der fahrlässige oder bösartige Umgang mit Tatsachen und Wertungen bis zum Rufmord, also zur Vernichtung der Ehre, d.h. zur moralischen Zerstörung einer Person führen.

All the news: ohne Rücksicht auf die Folgen?

Bleibt also die Frage, ob Journalisten gezielt bestimmte Wirkungen – und wenn ja, welche – erzielen oder vermeiden wollen, und ob sie das dürfen und sollen. »All the news that's fit to print«, das schon zitierte Motto der New York Times, heißt ja auch: ohne Rücksicht auf mögliche Folgen. Dagegen steht das konstruierte Beispiel: Angenommen, ein Journalist hätte von einem Anschlag auf Hitler vorher Wind bekommen und seine Recherchen hätten ergeben, ein Anschlag sei geplant – hätte er dann sein Wissen publizieren dürfen mit der absehbaren Wirkung, das Attentat zu verhindern und die Verschwörer dem Henker auszuliefern? Das Beispiel zeigt, daß »fit to print« nicht nur auf das Wahrheitskriterium verweist, sondern auf ein weiteres moralisches Prinzip – die Unterdrückung von Nachrichten kann gerechtfertigt oder gar geboten sein, wenn damit Verbrechen verhindert und Menschen gerettet werden können. Wichtiger als diese erfundene Extremsituation ist deshalb die journalistische Methodenfrage, besonders im Zusammenhang mit dem viel gepriesenen und heftig gescholtenen »investigativen« Journalismus, also mit der Enthüllung von Skandalen im Sinne demokratischer Kontrolle und Hygiene.

Man könnte diese Hygienefunktion, wenn man sanitäre Assoziationen nicht schätzt, auch als gärtnerische Aufgabe bezeichnen: Medien verhindern, daß der Machtmißbrauch ins Kraut schießt. Man könnte sagen: »Je mehr durch Medien herauskommt, desto weniger nimmt man sich heraus.« Diese Auffassung unterstellt wahrscheinlich nicht zu Unrecht, daß die Ermittlungs- und Strafapparatur des Staates einer wachsenden Bereitschaft zum Rechtsverstoß nicht mehr gewachsen ist, z.B. auf dem unübersichtlichen Gelände der Wirtschaftskriminalität und der Korruption an den Nahtstellen von Wirtschaft und Politik. Insofern kann es freilich auch optische Täuschungen geben, z.B. im Bereich der Umweltkriminalität: Je größer in der Bevölkerung die Bereitschaft ist, »Umweltsünden« nicht einfach hinzunehmen, desto größer ist, wie zuvor schon erwähnt, die Bereitschaft, Medien über solche Verstöße zu informieren. Je extremer und intensiver die durch »sachdienliche Hinweise« initiierte Berichterstattung, desto größer das Risiko für Umweltsünder – so daß die Berichterstattung durch ihre eigene Wirkung womöglich das Ausmaß tatsächlicher Umweltverstöße deutlicher reduziert hat, als sie es selbst vordergründig vermittelt.

Am investigativen Journalismus läßt sich besonders deutlich sichtbar machen, in welchem Maße das Mediensystem ein Teil des Wirtschaftssystems ist. Die Informationen, die bei uns zur Aufdeckung solcher Skandale führen, sind häufig gekauft, man spricht nicht ohne Grund vom »Scheckbuchjournalismus«. Das ist an und für sich noch nichts Verwerfliches; die kulturkritische Polemik dagegen, daß ein hehres Kulturgut wie die Information schon durch seinen Charakter als Ware denaturiert würde, halte ich nicht von vornherein für zwingend. Man kann, wie überall im Leben, für Geld gute oder schlechte Ware erhalten, man kann redlich bedient oder betrogen werden. Ich hielte es z.B. für abwegig, wenn etwa die Arbeit eines tüchtigen Arztes nicht mehr adäquat vergütet, also »verkauft« werden sollte, weil ja dann die Gesundheit zur Ware würde. Erst wenn eine gewinnorientierte Verkaufsstrategie jedes Ethos wegräumt, merken wir, daß der Preis zu hoch wird.

Aber die genannten Skandalinformationen waren von den Informanten zum Teil unrechtmäßig beschafft worden. Zum Teil haben die enthüllenden Presseorgane, statt die Justiz einzuschalten und dann über die Aufklärung des Skandals durch die Justiz zu berichten, erst einmal selbst Unterlagen veröffentlicht und selbst öffentlich Anklage erhoben, wenn nicht gleich verurteilt. Und sie haben damit zweitens politische Wirkung erzielen wollen und auch erzielt. Dies kommt beim öffentlich-rechtlichen Rundfunk seltener vor, nicht zuletzt weil hier die Recherchen schwieriger sind, nicht zuletzt aus finanziellen Gründen. Denn recherchieren in diesem Sinne heißt oft auch: monatelang investieren. Und vertrauliche Informationen für teures Geld zu kaufen bedeutet, sehr viel zu investieren in am Ende möglicherweise fragwürdige oder nichtige Ergebnisse. Und in dem Fall kann natürlich ein nicht-öffentlich-rechtliches Organ, kann irgendeine Illustrierte das »Ergebnis«, in dem so viel Geld steckt, immer noch aufblasen: Das ist beim öffentlich-rechtlichen Rundfunk auch aufgrund des Kontrollsystems nicht so leicht möglich, wenn auch nicht auszuschließen.

Schtonk oder: Investigieren, investieren, moralisieren, manipulieren?

Ein schönes Beispiel führte zu einer der nicht allzu häufigen leidlich geglückten deutschen Filmkomödien (»Schtonk«). Es ging um »Hitlers Tagebücher«, die spektakuläre Fälschung des Konrad Kujau.[23] Als schon jeder einigermaßen renommierte Historiker zu dem Schluß gelangt war, es könne sich nur um eine Fälschung handeln, hielt der »Stern« an seiner Fiktion noch eisern fest. Was war der Grund? Die Hoffnung wider alle Vernunft, es könnten sich doch noch Geschichtswissenschaftler finden, die die Fälschungsfrage wenigstens offen und den Zweifel wachhielten (»Im Zweifel für den Angeklagten«)? Doch wohl auch das Wissen in Redaktion und Verlag, daß der wider bessere Einsicht wachgehaltene Zweifel auch unsere Neugier und damit unsere Kaufbereitschaft wachhalten würde. Erst als die Fälschung endgültig aufgeflogen war, ging die Auflage in den Keller, und ca. 9 Mio. DM »Investitionen« waren ohnehin schon in den Wind zu schreiben. Dergleichen bringt einen Hamburger Großverlag nicht um, doch »peanuts« sind es auch nicht.

Der investigierende Journalismus ist in der Tat oft ein teuer investierender Journalismus, der aufdecken will, was die Leute, die uns regieren oder beherrschen, wirklich tun, wie und warum sie es tun. Doch er macht nicht immer sichtbar, daß Engagement, Methode und Stoßrichtung dieses Investigierens allzu leicht selbst wieder Instrumente im Kampf um die Macht werden. Und dieses Faktum gehört ja auch wieder zur Wirklichkeit, über die doch eigentlich aufgeklärt werden, die doch wahrheitsgemäß vermittelt werden soll. Daß der investigierende Journalismus – neben dem Kommentar – als Markenzeichen besonderer journalistischer Kompetenz und Professionalität gilt, ändert nichts an seiner zwiespältigen Aufnahme durch das Publikum. Neben naiver Zustimmung (»hier wird es den Mächtigen endlich mal gezeigt«) findet sich ebenso naive Ablehnung (»immer nur Hetze und Häme«). Dabei spielt der moralische Anspruch investigierender Journalisten als Auslöser positiver und negativer Resonanz eine besondere Rolle; denn der Enthüllungsjournalismus kommt gern mit großem moralischen Gestus daher.

Dabei ist die Manipulierbarkeit von gleichsam punktuell eingesetzten Werturteilen nicht zu bestreiten. Auch hier verhalten sich Journalisten zunächst einmal nicht anders als andere Menschen auch: Moralische Normen werden als selbstverständlich vorausgesetzt und vor allem dann ausdrücklich zur Sprache gebracht, wenn von anderen Zustimmung eingefordert werden soll. Das im Alltag kommunizierte oder von Medien publizierte Werturteil braucht einen Anlaß – einen konkreten Fall.[24] Je emotional bewegender der Einzelfall, desto stärker wird Moral »aktualisiert« – das steht nicht selten in krassem Mißverhältnis zur gesellschaftlichen Relevanz eben der Problematik, die hinter dem Einzelfall steht, und zu dem Engagement, das allgemein zur Bewältigung dieser Problematik aufgebracht wird.

So kann das Schicksal eines einzelnen Behinderten, der sich ungerechter Behandlung – etwa durch eine Behörde – ausgesetzt sieht, durch mediale Vermittlung »spontan« Anteilnahme und Protest mobilisieren und damit Wirkung erzielen, ohne daß die Situation der Behinderten insgesamt überhaupt in den Blick geraten muß. Die punktuelle Sensibilität, die hier wirksam wird, wird gestützt von weitverbreiteten Angstgefühlen, die theoretisch mit der vielbeschworenen »Risikogesellschaft«[25] in Verbindung gebracht werden können. Doch für diese Gesellschaft hat sich eine allgemeine »Risikoethik« oder »Risikomoral« noch nicht herausgebildet – und zwar offenkundig deshalb, weil die Lebensrisiken und Lebenschancen in einer hochkomplizierten Lebenswirklichkeit nur schwer gegeneinander abzuwägen sind.[26]

In der Medientheorie besteht Uneinigkeit darüber, welche Wirkung die Skandalberichterstattung eigentlich hat: Wirkt der Einzelfall wie »die Spitze des Eisbergs«, so daß implizit die Politik, die Wirtschaft, überhaupt die Mächtigen schlechthin unter den Verdacht des Amts- oder Machtmißbrauchs und der Korrumpierbarkeit gestellt werden? Zugleich wird die Gültigkeit moralischer Normen bestätigt und bekräftigt: »Die da oben« kommen eben doch nicht mit allem durch. Wird aus einer überschaubaren Zahl skandalöser Fälle aber eine unübersehbare Flut, kann das Gegenteil die Folge sein: Allgemeine Gleichgültigkeit nach dem Motto: »Die machen sowieso, was sie wollen – und der kleine Mann zahlt die Zeche.«[27]

Das Bedürfnis, sich zu entrüsten

Die Skandalberichterstattung befriedigt besonders intensiv zwei Bedürfnisse, die schon immer ein Motiv intensiver Kommunikation waren: Das Bedürfnis, Geschichten nach- (oder mit-)zuerleben, also Ereignisse mit eigener Dramaturgie, und das Bedürfnis, sich moralisch aufzuregen, also durch die Empörung über das Verhalten anderer sich selbst als moralisch integer zu bestätigen. Der Enthüllungsjournalismus versteht sich gleichsam als angewandte Moral; denn er greift und deckt nicht nur (vermeintliche und tatsächliche) Mißstände auf, sondern besonders gern solche, die Repräsentanten unseres Gemeinwesens anzulasten sind – also Menschen, denen eine höhere moralische Verpflichtung zugeschrieben wird als anderen. Hier erweisen sich gelegentlich auch Journalisten, die der problematischen Unterscheidung von Primärtugenden und Sekundärtugenden sonst nicht abhold sind, als Verfechter einer geradezu preußisch anmutenden konservativen Pflichtmoral. (Die Problematik dieser Unterscheidung, die durch eine Oskar Lafontaine zugeschriebene lästerliche Bemerkung über Helmut Schmidt[28] in größeren Umlauf gebracht wurde und in der letztlich wieder Gesinnungsethik gegen Verantwortungsethik ausgespielt wird, liegt darin, daß sich die Agenten organisierter Inhumanität, vom organisierten Terror bis zum organisierten Verbrechen, allerdings der sogenannten Sekundärtugenden zu bedienen wissen, weshalb die Agenten organisierter Humanität ihrer freilich um so dringlicher bedürfen.)

Der erhobene Zeigefinger als Attitüde kritischer Magazine zeigt häufig nur in die eine oder nur in die andere politisch-ideologische Himmelsrichtung und wird auch deshalb unter Manipulationsverdacht gestellt. Das Problem scheint mir aber weniger darin zu liegen, daß hier ganze Redaktionen zu dem Entschluß gelangen, im Sinne ihrer »redaktionellen Linie« bedenkenlos manipulieren zu wollen, sondern daß aufgrund der politisch homogenen Zusammensetzung solcher Redaktionen und der entsprechenden Nachwuchsrekrutierung bestimmte Fragen an die soziale Wirklichkeit gar nicht mehr aufkommen, weil sie den journalistischen Akteuren aufgrund des fehlenden internen kritischen Disputs nicht einfallen. Diese fehlende redaktionelle Binnenpluralität scheint gleichwohl erträglich zu sein, soweit Außenpluralität in hinreichendem Maße wirksam ist. (Dadurch entschärft sich an dieser Stelle das Wahrheitsproblem, während sich das journalistische Freiheitsproblem nicht unbedingt stellt, weil sich ja der einzelne Journalist selbst aussucht, in welcher Redaktion er sich betätigt. Auch diese Relativierung gilt freilich nur in dem Maße, in dem der einzelne von der Linie abweichende Journalist von der Mehrheit in einer Redaktion akzeptiert und nicht durch Mobbing ausgegrenzt und so in die Resignation getrieben oder zum Redaktionswechsel genötigt wird.)

Das selbstironische Journalistenwort: »Ich mache mir doch meine Story nicht durch Recherche kaputt« spricht für sich. Nimmt man die Überspitzung heraus, bleibt doch die selbstkritische Einsicht übrig, daß manche »Investigation« sich sehr selektiv die Wirklichkeit sucht, die zur (verdachtsweise gefaßten) Hypothese paßt. Unabhängig davon stellt sich eine journalistische Gretchenfrage an die Medienkritik: Unterstellen wir, daß eine Anzahl tatsächlicher »Skandale« (rechtlicher und/oder moralischer Normverletzungen durch Leute, denen die aufgrund der von ihnen selbst in Anspruch genommenen öffentlichen Rolle weniger verziehen wird als anderen) nur mit zweifelhaften investiv-investigativen Methoden ans Licht käme, wie hätten wir's denn nun gern? Sollen Skandale lieber unentdeckt bleiben und soll damit die Hygienewirkung der Medien weitgehend entfallen, oder akzeptieren wir die Heiligung der Mittel durch den Zweck?

Nicht zuletzt mit dem Enthüllungsjournalismus hängt jedenfalls das spannungsgeladene Verhältnis zwischen Politik und Medien zusammen, das seit einigen Jahren zusätzlich problematisiert wird durch die allgemeine Vertrauenskrise gegenüber der Politik wie gegenüber den großen bewußtseinsprägenden Institutionen – Parteien, Kirchen, Gewerkschaften, Universität und Schule. Alles, was diese Institutionen verkörpern, wird längst nicht mehr nur »kritisch hinterfragt«, vieles wird inzwischen desinteressiert abgetan oder offen verachtet. »Glaubwürdigkeit« wird in Sonntags- und Alltagsreden, in Leitartikeln und Talkshows eben deshalb so unermüdlich bemüht, weil so wenig davon im öffentlichen Leben erkennbar ist. Die Politiker lasten diesen Zustand den Medien an, die Journalisten der Politik, beide haben keine sonderlich gute Meinung voneinander, das Staatsvolk respektive der Stammtisch hat sie offenbar von beiden nicht, und am Ende könnten alle miteinander recht behalten. Ulrich Saxer spricht im Hinblick auf den Enthüllungsjournalismus von einer »Glücksspieler-Ethik« im Journalismus.[29] Haben die Medien im Clinch mit der Politik und hat die Politik im Clinch mit den Medien längst zuviel aufs Spiel gesetzt – nämlich die Glaubwürdigkeit beider?

Anmerkungen

1 so z.B. Gunther Hartwig, Badisches Tagblatt, 27. Februar 1998: Der Fall Schröder oder: Wie sich die Politik den Gesetzen der Medien fügt.

2 Susanne Gaschke: Invasion der Imagepflege, in: Die Zeit Nr. 11, 5. März 1998, S. 4

3 Verena Lueken: Das kleinere Übel, in: Frankfurter Allgemeine Zeitung vom 21. März 1998, S. 33

4 ebd.

5 Jürgen Möllemann, geb. 15.7.1945, FDP-Politiker, zeitweise Mitglied des Bundeskabinetts. An keinem FDP-Politiker der achtziger und neunziger Jahre schieden sich die Geister – oder vielleicht auch nur die Geschmäcker – so sehr wie an ihm. Die einen bescheinigen ihm politische Tatkraft, die anderen einen ungehemmten Drang zur Selbstdarstellung.

6 Hans Matthias Kepplinger unterzieht die Wechselwirkung von »Inszenierung« und »Medienereignis« in seinem Buch »Ereignismanagement« (s.o.) einer kritisch-systematischen Darstellung. Er sieht heute generell »die Massenmedien im Zentrum des Geschehens, das sich ohne ihre Existenz vielfach überhaupt nicht ereignen würde« (S. 9) und spricht von einer »künstlichen Realität«. Das »Ereignismanagement« sieht er zugleich als Folge und Ursache der von ihm skizzierten Entwicklung. Laut Kepplinger vergrößert sich der Einfluß des Ereignismanagements in dem Maße, wie die kritische Distanz der Medienkonsumenten schwindet.

7 Wolfgang R. Langenbucher (Hrsg.): Politik und Kommunikation, München 1979, S. 13

8 a.a.O., S. 19

9 Martin Luther stand am 18. April 1521 auf dem Reichstag zu Worms (17. Januar bis 26. Mai 1521) Kaiser Karl V. und Vertretern des Reiches Rede und Antwort. Das berühmte Zitat ist der klassische Ausdruck des »Mannesmuts vor Königsthronen«. Ob es allerdings vollständig von Luther stammt, ist historisch ungesichert. Möglicherweise sagte Martin Luther nur: »Gott helfe mir, Amen!«

10 vgl.Voß, Kommentar

11 vgl. Noelle-Neumann, Öffentliche Meinung. Mit diesem Buch machte Elisabeth Noelle-Neumann ihre Auffassung, daß das Fernsehen Wahlkämpfe entscheiden kann, indem es mit seiner Berichterstattung die Anhänger des einen Lagers ermutigt und die des anderen entmutigt (und damit zum Schweigen bringt), zum Bestandteil ihrer Theorie der Öffentlichen Meinung.

12 vgl. Thema: Gerechtigkeit. Sonderheft zum Welttag der Kommunikationsmittel, Medienpraxis 14, Bonn 1987

13 vgl. Peter Voß: Gewalt in den Nachrichten, in: ebd., S. 3 ff.

14 zit. aus: Medienpraxis 2, Bonn 1983

15 Der CDU-Politiker Adolf Süsterhenn kämpfte Mitte der sechziger Jahre gegen »moralische Verwilderungserscheinungen«, wie er sie nannte, im Illustrierten-/Filmgeschäft. Sein Engagement stand unter dem Motto »Aktion saubere Leinwand«.

16 vgl. die Diskussion um die Pro7-Talkshow »Arabella«, der die Behandlung jugendgefährdender Themen vorgeworfen wurde. Proteste von Politik und Verbänden erwirkten immerhin, daß als Resultat dieser Debatte ein »Code of Conduct« für Talkshows im Fernseh-Tagesprogramm entstand. Mit dieser Richtlinie soll der Jugendschutz künftig besser gewahrt bleiben. (Entwurf eines »Code of Conduct« abgedruckt in: epd medien Nr. 47 vom 20. Juni 1998, S. 33 ff.)

17 Hinführende Artikel zum Thema: vgl. z.B. Gewalt lohnt sich, in: Der Journalist Nr. 12/1997; ausführlich vgl. Hans-Werner Ludwig: Untersuchung von Gewalt in szenischen Produktionen (Auftragsstudie des Südwestfunks), 1997. Hinführend zur Studie »Die wahren Schrecken sind im Kopf« in: Stuttgarter Zeitung vom 21. Juni 1997 und »Gib' mir Geld, oder ich geh' klauen«, in: Stuttgarter Nachrichten vom 7. Juni 1997. Ludwig verzichtet auf Schuldzuweisungen; die Ursachen von Gewalt sollten dort gesucht werden, wo sie entstehen, nämlich in der Wirklichkeit.

18 vgl. Arnulf Baring: »Außenpolitik in Adenauers Kanzlerdemokratie«, Band 2, München 1971, S. 250 ff.

19 Sir Winston Churchill, 1874-1965, britischer Staatsmann, regierte Großbritannien im Zweiten Weltkrieg.

20 Der schleswig-holsteinische Ministerpräsident Uwe Barschel (1944 bis 1987) holte den Journalisten Reiner Pfeiffer für den Wahlkampf 1987 als persönlichen PR-Mann in die Staatskanzlei. »Der Mann fürs Grobe und Gemeine«, wie der »Stern« Pfeiffer nannte, ging mit allerlei Tricks vor, um seinen Chef zu vermarkten. Mit derselben Energie wendete er sich später gegen ihn.

21 Der brandenburgische Ministerpräsident Manfred Stolpe darf nach einer Entscheidung des Bundesgerichtshofes als langjähriger Mitarbeiter der Stasi bezeichnet werden. Der Berliner CDU-Politiker Uwe Lehmann-Brauns darf weiterhin äußern, daß Stolpe als »IM Sekretär über 20 Jahre in Diensten der Staatssicherheit tätig« gewesen sei. Diese Aussage ist laut BGH von der Meinungsfreiheit gedeckt.

22 Vgl. Urteil des Bundesgerichtshofes, Aktenzeichen VI ZR 205/97, vom 16. Juni 1998.

23 Der »Stern« veröffentlichte ab der Ausgabe vom 28. April 1983 angebliche Tagebücher von Hitler, die sich erst nach einigen Wochen als Fälschung herausstellten. Die Urheber des »Stern«-Skandals um angebliche Hitler-Tagebücher, Konrad Kujau und Gerd Heidemann alias Heidenreich wurden 1985 vom Hamburger Landgericht zu Haftstrafen

verurteilt. Kujau erhielt eine viereinhalbjährige Haftstrafe, von der er drei Jahre verbüßte, Heidemann saß das volle Strafmaß von vier Jahren und acht Monaten ab.

24 vgl. Niklas Luhmann: Von der allmählichen Auszehrung der Werte, in: Münchner Gespräche, Band 2, München 1985, S. 69-91, hier S. 70

25 Vgl. Ulrich Beck: Risikogesellschaft. Auf dem Weg in eine andere Moderne, Frankfurt am Main 1986

26 Niklas Luhmann zufolge haben wir noch »keine Moral für das Verhalten angesichts hoher Risiken oder im Zusammenhang von Entscheidungen mit zahllosen unüberblickbaren, in ihrer Bewertung unsicheren Folgen«. (a.a.O., S. 75)

27 vgl. dazu Karl Otto Hondrich: Skandalmärkte und Skandalkultur, in: Haller, Max u.a. (Hrsg.): Kultur und Gesellschaft, Frankfurt am Main/New York 1989, S. 575 ff.

28 vgl. Jürgen Serke: Mein Sozi für die Zukunft, in: »Stern« v. 15. Juli 1982, S. 54-60; das Zitat auf S. 55f.

29 Ulrich Saxer, Strukturelle Möglichkeiten, S. 124. Dort heißt es: »... ein auf zweifelhaften Praktiken recherchierter und als Vorverurteilung formulierter Scoop wird reißerisch lanciert, in der Hoffnung, durch die spätere Entwicklung recht und damit auch ein ethisches Alibi zu bekommen«. Vgl. dazu auch Stephan Ruß-Mohl: Learning by doing? in: Lutz Erbring u.a.: Medien ohne Moral, Berlin 1988, S. 177 f.

X. Komplexität – wo bleibt die Kompetenz?

Zwei »freie Berufe«

Ein Bonner Kollege soll die Haßliebe zwischen Politikern und Journalisten einmal mit der »soliden Halbbildung« in Verbindung gebracht haben, die beide Berufsgruppen auszeichne. Damit ist die Kompetenzfrage aufgeworfen, also auch die Frage nach der Qualifikation einschließlich Vorbildung und Ausbildung. Wie oft kann man hören: »Ein Arzt oder ein Richter wird erst nach profunder Ausbildung auf die Menschheit losgelassen – Journalisten oder Politiker kommen ohne jeden Qualifikationsnachweis aus und richten entsprechend großen Schaden an«. In der Tat, »Politiker« und »Journalist« sind freie Berufe in dem Sinne, daß nicht einmal die Berufsbezeichnung geschützt ist. Jeder darf sich so nennen. Doch abgesehen davon, daß auch Journalisten und Politiker oft eine beachtliche Vor- und Ausbildung genossen haben, sind sie ja auch nicht zufällig in ihre Positionen gelangt, sondern (die einen) durch Auswahl und (die anderen) durch Wahl. Das ist auch ganz in der Ordnung – denn beide Berufe sind als zentrale Aufgaben konstitutiv für Demokratie und Öffentlichkeit, sie sind in diesem Sinne eigentlich keine Spezialberufe, sondern sie vertreten das Ganze. Deshalb muß der Zugang zu ihnen dem Grunde nach frei bleiben, also offen für jedermann.

Das schließt Kompetenzanforderung unter der Maßgabe professioneller Standards im jeweils konkreten Fall nicht aus, wohl aber restriktive gesetzliche Vorgaben: Wer für ein Amt kandidieren will und nicht nach rechtsstaatlich einwandfreiem Verfahren als kriminell oder unzurechnungsfähig eingestuft wird, muß auch kandidieren dürfen. Wer sich unter Zuhilfenahme technischer Mittel äußern will und kann, und sei es nur durch Herstellung und Verteilung eines (presserechtlich verantworteten) Flugblattes, muß dies dürfen, solange er damit nicht zu kriminellen Handlungen aufruft oder andere Menschen in ihrer Menschenwürde verletzt. Insoweit ist der oft gezogene Vergleich mit den Eingangsstandards anderer »freier Berufe« (Ärzte/Anwälte) nicht stichhaltig.

Doch mit der »Auslese« scheint es vor allem in der Politik zu hapern, wie man an jedem Stammtisch weiß. Werden die Politiker systematisch »schlechtgemacht«; oder werden sie tatsächlich immer schlechter, will sagen immer inkompetenter, opportunistischer und korrupter? Oder wird nur die Politik immer schwerer, weil immer komplizierter und damit auch schwerer durchschaubar? Letzteres dürfte auf jeden Fall zutreffen, und wir verdanken dieser Entwicklung eine schöne deutsche Wortschöpfung: »Problemlösungskompetenz«. Wo sie fehlt, könnte man diesen Mangel folglich als »Problemlösungskompetenzdefizit« bezeichnen. Abgesehen davon, daß nach meinem Verständnis jede (bestimmte) Kompetenz die Fähigkeit ist, (bestimmte) Probleme zu lösen (und vorher die Probleme sachgerecht zu bestimmen), kommt es hier auf Wortklauberei nicht an. Die Politik wird in der Tat komplizierter, weil alle Lebensbereiche immer komplexer werden. Schubkraft ist und bleibt die Technik, wobei von Technik kaum noch gesprochen wird, es muß schon immer gleich eine »Technologie« sein – auch das ist bezeichnend und nicht immer nur sprachliches Gespreize. Denn Technologie als die Lehre von der Technik geht in ihre praktische Entwicklung und Anwendung immer stärker mit ein, so daß man fast nur noch einfache, z.B. handwerkliche Techniken schlicht als solche benennen mag.

Der Staatsbürgerseufzer: »Wer kennt sich noch aus?«

Die globale Technik treibt die globale Wirtschaft zu immer stärkerer Globalität und Komplexität und beeinflußt damit auch Politik und Recht, die der immer rascher fließenden Strömung nur noch angestrengt und unzulänglich folgen können. Zum Thema »Komplexität und Kompetenz« gehört übrigens auch die These von der »Wissenskluft«, die besagt, daß der immer stärkere Zufluß von Informationen in eine Gesellschaft zu einer immer größeren Differenz zwischen Wissenden und Unwissenden führe.[1] Mit dem Wissen ist es wie mit dem Geld: Es fließt am leichtesten dorthin, wo schon Wissen oder Geld ist. Anders gesagt: Wer es schon hat, erwirbt es sich leichter und schneller hinzu. Das schließt aber gegenläufige Entwicklungen – z.B. infolge staatlicher Maßnahmen – nicht aus, wie man an vielen Beispielen (z.B. an einer der größten Reformtaten der Neuzeit, der Einführung der allgemeinen Schulpflicht) belegen kann. Der Komplexität in der Sache folgt die Ausdifferenzierung der politischen Kompetenz selbst, und dies auf immer neuen Kompetenzebenen.

Es bedarf keiner großen analytischen Anstrengung, um auf allen Ebenen – Wissenschaft, Wirtschaft, Technik, Politik – die viel beklagte, uns alle fordernde und oft überfordernde, rapide fortschreitende Differenzierung zu belegen – mit Blick auf die Politik genügt die bloße Aufzählung der heute gegebenen Kompetenzebenen; wobei die das Problem verschärfenden Wechselwirkungen zwischen Wissenschaft, Wirtschaft, Technik, Politik und Medien zur Ausdifferenzierung auf jeder einzelnen Ebene erheblich beitragen. In dieser Wechselbeziehung steckt eine wesentliche Ursache der durch Selbstüberforderung und durch mediale Überforderung bedingten »Politikverdrossenheit«. Die Probleme entwickeln sich aufgrund des wachsenden Differenzierungstempos immer schneller immer komplizierter, was zur Folge hat, daß die Politik für die Lösung immer schwierigerer Probleme immer weniger Zeit zur Verfügung hat – sie gerät »unter Druck«. Schon die eindimensionale Betrachtung der politischen Ebene beleuchtet das Problem: Ein Bürger der baden-württembergischen Landeshauptstadt

Stuttgart z.B. kann sich heute auf sieben Ebenen als politisches Wesen repräsentiert fühlen:

- als »Weltbürger« durch die Vereinten Nationen (UNO), die ja durchaus schon übernationale Kompetenz ausüben, durch Organisation und Finanzierung internationaler (Hilfs-) Projekte ebenso wie durch die politische Rechtfertigung und Koordination internationaler Militäreinsätze (»Friedensmissionen«)
- als Europäer durch die »Europäische Union« mit der »Europäischen Kommission« in Brüssel, mit dem »Europaparlament« in Straßburg und dem Europäischen Gerichtshof in Den Haag, mit wichtigen Vertragswerken bis hin zu Maastricht als fast schon (verfassungs-)rechtlicher Grundlage, und mit dem Euro als Einheitswährung
- als Deutscher durch die Bundesrepublik Deutschland mit ihren Verfassungsorganen gemäß der Gewaltenteilung
- als (Baden-)Württemberger durch das Land Baden-Württemberg mit seinen Verfassungsorganen, ebenfalls gemäß der Gewaltenteilung
- als Bewohner des mittleren Neckarraumes durch den Verband Region Stuttgart, mit einem direkt gewählten Parlament
- als Stuttgarter durch Oberbürgermeister und Stadtrat
- als Bewohner eines Stadtteils, z.B. als Bad Cannstatter, durch den Bezirksbeirat.

Zusätzlich kompliziert wird das Ganze dadurch, daß nicht etwa jeder Ebene bestimmte Aufgaben und bestimmte Mittel ausschließlich zugewiesen sind, sondern es zwischen Europäischer Union und Nationalstaat, Bund und Ländern, Land und Kommunen oder allen zusammen sich überlagernde Aufgaben und Finanzierungsstrukturen gibt: Aufgabenmix und Finanzierungsmix führen zu einem für den Bürger nicht durchschaubaren »Verantwortungsmix«. Hinzu kommen aber noch diverse Zwischenebenen, z.B. zwischen Bund und Ländern, und eine Fülle weiterer Institutionen, die uns »fremdbestimmen«. Denn alle diese Institutionen oder Körperschaften repräsentieren den Bürger nicht nur, sie administrieren ihn vor allem, machen ihn zum Gegenstand politischer oder gesetzgeberischer Akte, von Verwaltung und Rechtsprechung, wobei er allenfalls auf drei Ebenen (Nationalstaat, Land und Kommune) im Gegenzug als Wähler unsere Volkssouveränität voll ausüben kann – auf der europäischen Ebene nur begrenzt. Zugleich stellen sie auf unterschiedlich intensive Weise eine emotionale Bezugsgröße seiner Identität dar.

Schließlich zeigt sich auf der Ebene überstaatlichen Handelns – in der sich entwickelnden UNO, vor allem aber in der Europäischen Union – neben dem Kompetenzdefizit der Bürger wie auch vieler ihrer Repräsentanten ein erhebliches Demokratiedefizit. Kompetenzverlagerung nach Brüssel, vom nationalen Parlament klaglos oder leise grummelnd hingenommen, stärkt das EU-Management und schwächt zugleich sein Ansehen, weil sich die kompetenzverlagernden nationalen Regierungen, z.B. »die in Bonn (oder Berlin)« hinter »denen in Brüssel« verstecken können. Die Art, in der die Einführung des »Euro«, so notwendig oder unvermeidbar sie gewesen sein mag, in Deutschland durchgesetzt wurde, spricht bei aller parlamentarischen Korrektheit jedem demokratischen Instinkt Hohn. Das erscheint auch deshalb als schwerer Fehler, weil die Deutsche Mark zu den wenigen Symbolen (im doppelten Sinne) gehört, die den Deutschen einen bescheidenen Nationalstolz erlauben, weil sie eine unbestreitbare Leistung repräsentieren und nicht durch nationalsozialistischen Mißbrauch belastet sind. Das hat insoweit mit unserem Thema zu tun, als die »Abdankung der Republik« – um eine These von Konrad Adam aufzugreifen [2] – nicht etwa ein kontroverses Medienthema mit besonders eindrucksvoller Karriere war, sondern ganz im Gegenteil zunächst ein politisch wie medial positiv tabuisiertes Thema. (Doch daß solche Tabuisierungen, als deren augenfälligstes Negativbeispiel die Dämonisierung der Atomkraft gelten kann, allein oder primär dem »Mediensystem« zuzurechnen wären, bleibt eine unbewiesene Behauptung. Sie können zum Beispiel mit langlebigen historisch bedingten Einstellungen in der etablierten »politischen Klasse« zu tun haben, im Fall der Atomkraft aber natürlich vor allem mit der Katastrophe von Tschernobyl, die begründeten wie unbegründeten Ängsten Nahrung gab.)

Weiß der Wähler, was er entscheidet?

Worüber – außer über Personen – entscheidet der Wähler mit seiner Stimme –, weiß er das, kann er das überhaupt noch wissen? Kann ihm ein Politiker oder ein Journalist das legislativ-bürokratische Kompetenzlabyrinth durchschaubar machen; kann ihm einer etwa die Zuständigkeiten und die Überlagerung von Zuständigkeiten zwischen Brüssel, Bonn und Stuttgart erklären? Oder folgt er mit seiner Stimme nolens volens den Stimmungen, die er durch Gespräche (Arbeitsplatz, Familie, Verein, Stammtisch) oder aus den Medien aufnimmt, Stimmungen, die vor allem von Personen transportiert werden, von bildschirmwirksamen z.B., weil das Fernsehen mit der Suggestionskraft des bewegten Bildes nicht nur banalisiert und emotionalisiert, sondern unvermeidlich auch personalisiert?

Die Lage kompliziert sich in Deutschland durch unser föderativ geprägtes Wahlsystem mit Bundes-, Landtags- und Kommunalwahlen. Ein wahlfreies Jahr erscheint bereits als allgemeine Wohltat, für weniger populäre Entscheidungen bleibt nur ein kurzer Vorlauf und damit wenig Spielraum; dafür führt die Versuchung, den Stimmzettel zum Denkzettel zu machen, wiederholt zu Blockadesituationen zwischen Bundesregierung/Bundestag und der Länderkammer Bundesrat. Ob dies dem Ruf des Föderalismus gut tut, steht dahin. Ohnehin vermag manch ein Bundesbürger nur mit Mühe einzusehen, warum etwa die Menschen in Bremen oder Brandenburg nur aus der eigenen (Landes-)Staatlichkeit ihr Identitätsgefühl ableiten können, während Friesen und Badener, Franken und Frankfurter dessen offenbar nicht so dringend bedürfen. Wie das vielbeschworene Europa der Regionen politisch gedeihen soll, wenn diese Regionen auf Dauer nicht aus sich heraus lebenskräftig sind, bleibt fraglich.

Die Situation verschärft sich durch den drohenden Bedeutungsverlust der Länder im politischen Kompetenzgefüge insgesamt. Daß in den Landesparlamenten auch personell nach Auffassung vieler Beobachter ein allmählicher Qualitätsverlust zu beklagen ist, gehört in die Problematik mit hinein. Dieses Phänomen widerspricht durchaus nicht dem Trend zur Personalisierung und zum »Populismus«, es scheint ihn eher zu verstärken. Dieser Tendenz liegt offenkundig eine Wechselwirkung von politischem System und Mediensystem zugrunde, bei der kaum auszumachen ist, welchem der beiden Faktoren der größere Anteil an der Entwicklung zuzurechnen ist.

Hinzu kommt ein weiterer Faktor: der überhöhte Erwartungsdruck auf die Politik, der durch die erwähnte Wahlhäufigkeit verstärkt wird. Wer erzeugt diesen Druck? Die Medien natürlich – aber vor allem auch die Politik selbst mittels ihrer Wahlversprechen (»Versprechen« behält hier seinen schönen Doppelsinn), aber auch mittels der Kritik am jeweiligen politischen Gegner, die ja gleichfalls den Maßstab der Kompetenz (und der Moral) hoch ansetzt, und zwar mit einer oft nicht einkalkulierten Rückwirkung auf beide Seiten. Wichtig an diesem Befund scheint mir zunächst einmal, daß die seit einigen Jahren gebetsmühlenhaft beklagte Politik- und Parteienverdrossenheit weder der Politik noch den Medien allein, aber auch nicht nur beiden gemeinsam, d.h. daß sie weder den interdependenten Systemen noch den in diesen Systemen agierenden Personen jeweils exklusiv angekreidet werden kann.

Der »Teufelskreis« der Schuldzuweisung (oder, wenn sich die Schuldzuweisung erschöpft hat: Teufelskreis der Resignation) kann auch hier nicht im Ganzen (also systematisch) aufgehoben, sondern nur punktuell aufgebrochen werden. Insoweit mag die von Richard von Weizsäcker geleistete Diagnose mit dem Vorwurf der Machtvergessenheit und Machtversessenheit an die Adresse der Parteien (trotz einer – aufgrund seiner persönlichen Karriere – gewissen Doppelbödigkeit des Argumentierens) der Schärfung des medialen und politischen Gewissens dienen, auch wenn er keine Lösungen anbieten kann.[3] Das gilt auch für die nachdrückliche Parteienkritik Hans Herbert von Arnims, der vor allem die finanziellen Privilegien von Politikern unter die Lupe nimmt.[4] Die Rückfrage, ob wir nicht eher zu schlecht bezahlte, aber dafür zu viele Parlamentarier haben, ist naheliegend, eine politische Antwort darauf ist aus ebenso naheliegenden Gründen nicht in Sicht. Soweit diese Kritik popularisiert wird, steht sie allerdings in der Gefahr, nur vordergründige Vorwürfe und Forderungen auszulösen – die Politik soll möglichst alle Probleme lösen und der Politiker soll sich in demütiger Bescheidenheit hochkompetent an diesen Problemen versuchen; er soll sich zugleich mit einer Bezahlung zufriedengeben, über die Wirtschaftsmanager oder Gewerkschaftsführer sich erhaben fühlen dürfen, und zugleich soll er moralisch wetterfest allen korruptiven Versuchungen standhalten.

Politik und Geld – ein weites Feld. Wenn man von den Ungereimtheiten der Parteienfinanzierung einmal absieht, ist auch hier eine wachsende »Sensibilität« der Öffentlichkeit zu verzeichnen, die allerdings zwei Seiten hat: Das Bedürfnis, sich über politische »Abzocker« zu entrüsten, muß bei einem Publikum zunehmen, das durch den Wettbewerbsdruck der Weltwirtschaft und der daraus entstehenden Notwendigkeit, die Systeme der sozialen Sicherheit teils ab-, teils umzubauen, unsicher und besorgt geworden ist. »Sünden« wie die – überwiegend rechtlich nicht zu beanstandenden – Nebeneinkünfte von Politikern rufen mehr als zuvor Empörung bei Menschen hervor, die sich als Globalisierungsverlierer fühlen müssen. Moralisierung durch Globalisierung – wenn alle »den Gürtel enger schnallen« müssen, sollen die, die das Engerschnallen beschließen und verkünden, sich selbst keine Extraportionen genehmigen. (Dabei gerät allerdings aus dem Blick, daß die reguläre Bezahlung z.B. des Oberbürgermeisters einer deutschen Großstadt heute nicht mehr annähernd die Gewähr bietet, dafür noch kompetente Leute zu finden – sie können in der Wirtschaft ein Vielfaches verdienen. Daß unsere politischen Gebietskörperschaften nicht längst völlig heruntergewirtschaftet sind, sondern unter schwierigen Bedingungen immer noch gut funktionieren, hat offenkundig mehr mit dem Ehrgeiz und vielleicht auch mit dem Idealismus der politischen Manager zu tun als mit ihrer angemessenen Bezahlung.)

Hier dürfte viel gewonnen sein, wenn es den Medien gelänge, ohne Akzeptanzverlust die menschliche Komponente von der sachlichen zu trennen und durch die Aufhellung der komplexen Welt- und Lebensverhältnisse dem ebenso modischen wie verständlichen Verdruß entgegenzuwirken. Noch wird nicht hinreichend erkannt, daß in dieser Orientierungsfunktion, entgegen einer weitverbreiteten Einschätzung, langfristig weniger ein besonderes Risiko, sondern vielmehr eine besondere Chance auch unter dem Aspekt der Akzeptanz liegen könnte, namentlich für den öffentlich-rechtlichen Rundfunk.

Hoch die Meßlatte: Die Umkehr der Beweislast

Gleichwohl: Politik und Medien, aber im Gegenzug auch die Bürger selbst sind es, die die moralische Meßlatte hochlegen, so hoch, daß bei allen Beteiligten die Versuchung zur Heuchelei proportional mitwächst. Medien wie Bürger legen an die Politik häufig andere, weit anspruchsvollere Maßstäbe an als an sich selbst. Bevor wir darob in tiefempfundenes Mitleid mit der Politik verfallen, sei ein häufig vorgebrachtes Gegenargument gewürdigt: Der Politiker, so hört man, ist nicht irgendein Bürger, sondern ein Gewählter; er stellt sich der Wahl freiwillig, er will und soll also die anderen überragen und übertreffen, soll ein Beispiel geben und ein Vorbild sein. Das Argument kommt mir richtig, aber nicht unbedingt aufrichtig vor. Denn zum Vorbild gehören immer (mindestens) zwei: Eine Person, die Vorbild ist, und (mindestens) eine, die bereit ist, dem Vorbild nachzueifern. Was aber, wenn das Vorbild zum Alibi wird; wenn Leute, denen ein bißchen Versicherungsbetrug, ein bißchen Abrechnungsmogelei, ein bißchen Steuerumgehung (von Verkehrsverstößen gar nicht zu reden) als harmlos gilt, die Meßlatte für den Politiker desto höher legen und sich als schadenfrohe Zuschauer bestätigt fühlen, wenn er die Latte reißt, die sie selbst in leichter Bückhaltung unterquert haben?

Wie dem auch sei – wenn wir demnächst alle über die Politik ganz pauschal wieder so reden, wie es in der Weimarer Republik gang und gäbe war, wenn wir das Politgeschäft als schmutziges Geschäft denunzieren, also die Politik generell nicht nur unter Inkompetenz-, sondern unter Korruptionsverdacht stellen, dann dürfen wir uns nicht wundern, wenn im Zuge der »self fulfilling prophecy« die Politik so wird, wie wir sie sehen wollen; und dies nicht nur, weil sich die Bürger, die von ihr jetzt nichts mehr erwarten, nachdem sie vorher zuviel erwartet haben, enttäuscht von ihr abwenden und damit die demokratische Kontrolle (»von unten nach oben«) nochmals geschwächt wird. Mehr noch und übler wirkt sich der weithin ruinierte Ruf der Politik aus, wenn sich kluge und anständige junge Leute in der Folge für den Beruf des Politikers nicht mehr interessieren.

Warum sollte denn auch ein junger Mensch, der seine fünf Sinne beisammen und seine Talente gut ausgebildet hat, sich gerade einem Beruf zuwenden, in dem er dem kritischen Scheinwerfer der Öffentlichkeit selbst in seiner Privatsphäre kaum noch ausweichen kann, in dem er alle vier Jahre seine Zukunft riskiert (zunächst in seiner Partei, die ihn wieder aufstellen muß, dann bei der Wahl selbst), und in dem er von vornherein eher als Schuft denn als Ehrenmann gehandelt wird mit dem Ergebnis, daß sich, sollte er je in einen konkreten Verdacht geraten, die Beweislast nahezu automatisch gegen ihn kehrt: Nicht andere müssen seine Schuld, er muß seine Unschuld glaubhaft machen. Das Zukunftsrisiko ist hier nicht primär im handgreiflich materiellen Sinne gemeint; auch »Hinterbänkler« in den Parlamenten sind als Angehörige des öffentlichen Dienstes häufig materiell abgesichert, wie es in dem hübschen Spruch zum Ausdruck kommt: »Der Bundestag ist mal voller und mal leerer, aber immer voller Lehrer.« (Daß »freie Berufe« dort unterrepräsentiert sind, wird häufig beklagt. Auch hier zeigt sich ein unmittelbarer Zusammenhang mit der materiellen Vergütung. Wir haben nicht zu teure Parlamentarier, sondern allenfalls zu viele). Das Risiko gilt vielmehr dem politischen Beruf, für den sich der Politiker hoffentlich, wie Max Weber es verlangte, mit Sachkunde, Leidenschaft und Augenmaß engagiert[5] – und gerade das muß uns jedenfalls dann besorgt machen, wenn wir einen Schuß Idealismus für ein unentbehrliches Motiv von Politik halten und das Feld nicht nur den Opportunisten und den Fanatikern überlassen wollen.

Das alles soll nun allein die Schuld der Medien sein? Durchaus nicht; denn »die Medien« reden nun auch wieder nicht schlechter über »die Politik« als, beispielsweise, die Politiker selbst, wenn sie übereinander reden. Mit diesem Hinweis sind nicht nur die Wahlkämpfe gemeint, die sich in ihrer Häufigkeit und im Auf und Ab der (Tele-)Demoskopie zu einem immerwährenden Kampf um die Meinungsführerschaft ausgeweitet haben, in dem jede Partei auf die anderen mehr oder weniger heftig einschlägt. Es geht auch um die Art und Weise, in der sogenannte Parteifreunde (oder Genossen) vorgeführt und niedergemacht werden; an handfesten Beispielen dafür fehlt es ebensowenig wie an diesbezüglichen ironischen Volksweisheiten (»Freund-Feind-Parteifreund« etc.).

Anmerkungen

1 vgl. Kapitel III, S. 39; vgl. hierzu auch: Michael Jäckel: Auf dem Weg zur Informationsgesellschaft, in: Jäckel/Winterhoff-Spurk (Hrsg.): Politik und Medien, Berlin 1994, S. 16 ff.

2 vgl. Konrad Adam: Die Ohnmacht der Macht. Wie man den Staat, ausbeutet, betrügt und verspielt, 2. Aufl. Berlin 1994; ders.: Die Republik dankt ab. Die Deutschen vor der europäischen Versuchung, Berlin 1998

3 vgl. Richard von Weizsäcker im Gespräch mit Gunter Hofmann und Werner A. Perger, Frankfurt 1992

4 vgl. Hans-Herbert von Arnim: Fetter Bauch regiert nicht gern. Die politische Klasse – selbstbezogen und abgehoben, München 1997

5 vgl. Max Weber, Politik als Beruf

XI. Wettbewerb – wo bleibt die Fairneß?

Medienmarkt und Politikmarkt

Auch dies läßt sich am »investigativen Journalismus« trefflich exemplifizieren. Journalisten malen gelegentlich ein romantisches Bild vom (investigativ recherchierenden) Journalisten, wie es auch in manchen Krimis anzutreffen ist. Da wird der Journalist zum Rächer der verletzten Ordnung, weil nur er – und nicht die dazu berufenen, aber leider unfähigen oder korrupten Staatsorgane Justiz und Polizei – den meist ganz oben im Sozialgefüge angesiedelten Missetäter im mutigen Alleingang (oft auch gegen den ins Korruptionsgeflecht gleichfalls schon verstrickten Verleger oder Chefredakteur) entlarvt und zur Strecke bringt. Unterstellen wir, ein bißchen sei da manchmal schon dran: Wie kommt dann aber der tapfere Journalist zu der Information, die ihn überhaupt erst auf die Fährte setzt und seine Recherche auslöst? Er bekommt sie z.B. von einem »Insider«. Also von einem (Partei-)Freund, Kollegen, Mitarbeiter oder gar Angehörigen dessen, der da gejagt und gestellt werden muß. An Motiven ist kein Mangel – da muß ein Rivale aus dem Weg geräumt werden, da sind alte Rechnungen zu begleichen, da winkt ein Vorteil, die Belohnung von einem, für den man die »Drecksarbeit« macht, da schlägt einem sogar wirklich das schlechte Gewissen des Mitwissers – oder es läßt sich hinterher wenigstens so darstellen. Der Effekt verstärkt sich durch das oft beklagte »Meutenverhalten«. Wenn dann ein Journalist (negativ) berichtet, müssen alle berichten, der Konkurrenz wegen. Ob es sich nicht auch rentiert, einmal »gegenzuhalten«, ist eine andere Frage.

Bevor wir ins Menschlich-Allzumenschliche abgleiten, soll auch hier eine Versachlichung versucht werden. Die Formel dafür gibt der »Wettbewerb«, der in der Medienwelt als ambivalente Rahmenbedingung zu verstehen ist. Ambivalent, weil die Effekte des Konkurrenzverhaltens sich im Einzelfall entweder kumulieren, also dramatisch verstärken können, aber auch weil sie einander aufheben können, also ausbalancieren. »Konkurrenz unter Medien und Journalisten ist an sich weder qualitätsdienlich noch abträglich; alles hängt davon ab, unter welchen Umständen und wie sie sich im einzelnen entfaltet« hat Ulrich Saxer zutreffend angemerkt.[1] Der Faktor Wettbewerb ist kein konstituierendes Element des Mediensystems, sondern unserer Gesellschaft insgesamt – ein Faktor, der in fast alle sozialen Systeme hineinwirkt und deren Spielregeln mitbestimmt. (vgl. S. 102)

Deshalb kann wettbewerbsbedingtes Verhalten des Einzelnen im Mediensystem weder allein dem Einzelnen noch allein dem System zugerechnet werden. Es ist jedoch eine Illusion zu glauben, die Medien könnten geradezu kampagnenartig politische Grundströmungen quasi aus dem Nichts erzeugen. Es gibt dafür kein Beispiel. Immer, wenn solche Kampagnen beklagt werden, läßt sich dafür eine gesellschaftliche Ursache außerhalb der Medien nachweisen, die dann freilich die Wirkung erheblich verstärken können. So pflegte Franz-Josef Strauß[2] gelegentlich zu behaupten, die Medien hätten »die Grünen in die Parlamente gesendet« und dabei verdrängt, daß die »etablierten« Parteien die Umweltkrise teils verharmlost, teils als bloße Hysterie und Panikmache grundfalsch eingeschätzt hatten. Gewiß: Die Medien haben den Grünen in ihrer frühen, spektakulären (»auffälligen«) Phase besonders viel Aufmerksamkeit gewidmet. Doch hätten sie das auch getan, wenn die »etablierten Parteien« nicht die Umweltkrise verschlafen hätten? Der Wettbewerb schützt den Bürger vor Macht und Machtmißbrauch des Monopols. Und er liefert ihn zugleich einem permanenten, emotional anstrengenden Sensationsterror aus, verursacht durch den Sensationswettlauf, gespeist von »sex and crime«, und zwar sowohl im realen wie im fiktionalen Bereich. Daß die Grundlage dafür, wie ausgeführt, mit unser aller Wahrnehmungsverhalten zu tun hat, sei in Erinnerung gerufen. Die Weisheit, in jedem stecke halt doch ein »Voyeur«, greift dabei zu kurz.

Parteien im Wettbewerb: politische Marktwirtschaft

Dem Wettbewerb der Medien steht, soweit das schlechte Image der Politik in Rede steht, ein Wettbewerb der Parteien und ein Wettbewerb in den Parteien gegenüber, und diese Wettbewerbe stehen in – gelegentlich unguter – Wechselbeziehung miteinander, sie verstärken einander und »heizen sich gegenseitig an«, sie können aber auch als Korrektiv gegeneinander wirken. Das gilt gewiß auch im Blick auf andere Institutionen, Verbände und Gruppen, doch für Parteien besonders. Denn Parteien unterliegen nicht bloß dem Wettbewerb, sie sind gleichsam der institutionalisierte Wettbewerb auf dem Spielfeld der Politik. (Man kann sogar sagen, daß der politische Wettkampf aufgrund regelmäßiger Wahlen mit mindestens derselben Härte und Konsequenz ausgetragen wird wie der wirtschaftliche. Die realen Interessen großer Unternehmen und ganzer Branchen richten sich oft genug und keineswegs erfolglos darauf, dem Wettbewerb nicht ausgesetzt zu sein. Wenn mit dem »freien Markt« argumentiert wird, können – nicht zuletzt auf dem Mediensektor – durchaus wettbewerbsfremde Interessen im Spiel sein.)

Parteien sind bekanntlich eine moderne Erscheinung in den politischen Systemen der westlichen Nationalstaaten; sie sind – das wird häufig vergessen – für den Gedanken der Demokratie keineswegs grundlegend. Dabei muß man nicht auf die frühen Griechen zurückgehen – auch die Konzipierung des Demokratiegedankens in der Neuzeit enthält in ihren Anfängen die Parteien noch nicht. Montesquieu[3] lehrt die Gewaltenteilung, Voltaire[4] preist die Toleranz, die amerikanischen Verfassungsväter predigen die Menschenrechte einschließlich des »Strebens nach Glück« (pursuit of happiness[5]). Rousseau[6] mit der »volonté générale«, dem Volkswillen, zeigt freilich auch die Gegenrichtung an, denn im Volkswillen geht das Individuum auf (oder unter). Auch Rousseau geht zwar von der Freiheit des einzelnen Menschen aus: »Der Mensch ist frei geboren, doch überall liegt er in Ketten.«[7] Gleichwohl wurde und wird er rückblickend unter Totalitarismusverdacht gestellt. (Der Vorrang, den Rousseau im Gesellschaftsvertrag – contrat social – für den Allgemeinwillen – volonté générale – gegenüber dem Willen aller – volonté de tous – als der bloßen Summe der Einzelinteressen beansprucht, hat diesen Verdacht genährt. Für Gewaltenteilung hat das Konzept der volonté générale weder Bedarf noch Spielraum.[8])

Es ist erst die liberale Demokratie mit ihrem antistaatlichen Affekt, und es ist zugleich ihr wirtschaftliches Pendant, der freie Markt, und es ist schließlich die aus kapitalistischer und technischer Dynamik erwachsene arbeitsteilige Industriegesellschaft, deren Zusammenspiel die Parteiendemokratie verlangt und hervorbringt. Sie ist ja nichts anderes als die Übertragung des Marktmodells, also des geregelten Wettbewerbs, auf die Sphäre der Macht, auf den Kampf um die Macht, die Eroberung und die Verteidigung der staatlichen Macht. Die Parteien verkörpern den regulierten Wettbewerb, nach innen und nach außen, doch auch die Medien stehen im Wettbewerb, solange sie frei sind – zugleich aber ist dieser doppelte Wettbewerb eine notwendige, wenn auch keineswegs eine hinreichende Voraussetzung bürgerlicher Freiheit.

Der Wettbewerb – in der Außenrealität und in der Innenrealität – ist demnach ein konstituierender Faktor für die Spielregeln des Mediensystems in einer offenen Gesellschaft. (In Luhmanns Systemtheorie könnte man von einer »strukturellen Kopplung« sprechen, die im Mediensystem und in seiner Umwelt gleichermaßen wirksam ist.) Der Wettbewerb – idealtypisch das Modell einer dynamischen, sich immer wiederherstellenden Balance – braucht deshalb selbst ein Gegengewicht und einen (gleichsam übergeordneten) Rahmen; kurz: Er braucht die Ordnung, braucht den Staat als ordnendes Gegenüber, sonst verfestigt sich der Markt zum Monopol oder wenigstens zum Kartell, zu Lasten der Konsum- und Arbeitsbürger. Der Wettbewerb ohne Schranken, der Markt ohne Gegenmacht geht an sich selbst zugrunde. Während das ideologische Politikverständnis offen oder verdeckt dem Freund-Feind-Schema verhaftet ist, wie es Carl Schmitt[9] als Wesen des Politischen verstand, also in Umkehrung des berühmten Clausewitz-Zitats[10] in der Politik die Fortsetzung des Krieges mit anderen Mitteln sah, sieht das pluralistisch-marktwirtschaftliche Politikverständnis die politischen Parteien als rivalisierende Dienstleister an, die ihre Aufträge von der Wähler-Kundschaft erhalten, um die sie werben müssen. (Die eigentliche Leistung des real existierenden Pluralismus liegt freilich nicht darin, die Politik völlig zu entideologisieren und letztlich wert-frei zu machen, sondern auch die ideologischen Motive durch ein geregeltes Angebot-Nachfrage-Verfahren zu bändigen und zu kanalisieren.)

Von der Wechselwirkung zwischen Politik und Medien zurück zu den Medien selbst und zu den »Medienmachern«, namentlich zu den Journalisten, zu ihren Motiven und ihrer Moral. Auch wenn Erfolg am Markt ein legitimes Motiv ist – ihre Moral heißt Wahrhaftigkeit, und nur wenn sich auch diese Moral – neben dem Markt – als Motiv behauptet, ist der Journalist seinen Namen wert als Produzent und Garant einer demokratischen Öffentlichkeit. Damit freilich sind wir einmal mehr bei der alten Frage, die auch die elektronischen Medien von Anbeginn begleitet hat und weiter begleiten wird. Ich zitiere den Nestor des Öffentlichen Rundfunkwesens nach dem Zweiten Weltkrieg, Adolf Grimme.[11] Er sagte 1953 zur Eröffnung der Funkausstellung in Düsseldorf: »Das Fernsehen ist uns Menschen in die Hand gegeben, daß wir entscheiden, ob wir es als Gift verspritzen oder einen Heiltrank daraus brauen. Ein Freund der Menschheit wird es sein, wenn wir uns mühen, alle Arbeit an diesem neuen Mittel der Menschenbildung unter das Gesetz der Humanitas zu stellen, unter ein Gesetz, um dessen Erfüllung willen im letzten auch die Politik da ist.« Ein an Friedrich Schiller erinnerndes Pathos (»Die Schaubühne als moralische Anstalt«[12]), das hartgesottenen Profis des Medienkommerzes nicht allzu sehr imponieren dürfte. Bei Schiller stand die »Inszenierung« noch ganz fraglos im Dienste der Moral.

Dennoch stellt sich die Frage Grimmes in neuer Schärfe, seit unter dem Druck der technischen Entwicklung das ganze überkommene System zur Disposition steht, da technisch Machbares immer dringlicher nach neuer moralischer und rechtlicher Normierung verlangt. Normierung, kann man gleich wieder fragen, in wessen Interesse, durch wen, für oder gegen wen? Es gibt da ja die beliebte Formel: Nicht alles Machbare darf und muß auch gemacht werden. Aber sie kann das Problem auch nur verschieben. Denn wer, wenn nicht die angeblich mündigen Wähler und Bürger, die Steuer- und Gebührenzahler, darf sich denn anmaßen, am Ende über die Wünschbarkeit des jeweils Machbaren zu entscheiden? Von ihnen, von ihrer »Akzeptanz« hängt es ab, ob alles, was die »technische Reife« erlangt hat, auch zur »Marktreife« gelangt, ob es »sich verkauft«.

Grimmes Frage – Gift oder Heiltrank? – setzt eine hauptsächlich pädagogische Funktion des Fernsehens noch als selbstverständlich voraus. Wobei wir uns darüber im klaren sind, daß des einen Gift eben des anderen Heiltrank ist. Was der eine unfair, gehässig, einseitig findet, das nennt der andere mutig, kritisch, konsequent und engagiert, je nach persönlichem Standort und Vorurteil – nur der lachende, kommerziell motivierte Dritte schert sich um beides nur nach Bedarf. So findet eben der Streit um die politische Funktion von Wahrheitsvermittlung in den Medien immer neue Nahrung, ein Streit nicht zuletzt zwischen Journalisten und Politikern. Politiker wissen sich abhängig von der journalistischen Präsentation ihrer Person wie ihrer Äußerungen. Und Journalisten sind, eben durch ihre Vermittlerrolle, in gewisser Weise selbst Politiker. Sie beeinflussen die Politik, ob sie dies wollen und zugeben oder nicht.

An der politischen Willensbildung wirken bei weitem nicht nur die Parteien mit, denen dies im Grundgesetz verbrieft ist, sondern ebenso die publizistischen Vermittler von Politik, die in dieser Funktion unter dem Schutz von Pressefreiheit und Meinungsfreiheit einen nahezu unbegrenzten Spielraum zu haben scheinen, wenn auch nur theoretisch. Daß praktizierte Wahrhaftigkeit die Quelle dieser Privilegien ist, scheinen sie, so sieht es die einschlägige Kritik, »freiheitsversessen« und »wahrheitsvergessen« zu ignorieren. Ulrich Saxer sagte 1992 voraus: »Wenn allerdings der Abstand zwischen deklarierter journalistischer Ethik und tatsächlicher journalistischer Berufspraxis weiter anwächst, werden die daraus resultierenden massenhaften Enttäuschungen einmal mehr den politischen Druck auf die Medien ... verstärken.«[13]

Justitia als Medienrichterin: Die verteufelte Ausgewogenheit

In der Wirklichkeit wird der Spielraum der Medien zweifellos durch eine Reihe von Faktoren eingegrenzt; für die Presse nicht zuletzt durch die Erwartungshaltung des Publikums, durch die Konkurrenz auf dem Markt und folglich durch wirtschaftliche (aber auch politische) Interessen von Verlagen und Verlegern. Hinzu kommt die Angewiesenheit des politischen Journalisten auf Informationen durch Politiker, auf das Zusammenspiel mit Insidern der Politik. Massiven politischen Druck oder Gegendruck gibt es gelegentlich im öffentlich-rechtlichen Bereich, im Fernsehen zumal. Hier kann man durchaus von einer wechselseitigen Abhängigkeit sprechen. Denn die Aufsichtsgremien sind (auch) politisch besetzt, und durch sie, aber auch an ihnen vorbei, können Politiker ein gewisses, wenn auch manchmal überschätztes Maß an sachlicher Kontrolle ausüben, und ebenso ein überschaubares, aber prinzipiell nicht zu leugnendes Maß an Einfluß auf die Personalpolitik aus. In diesem Zusammenhang wird die hohe – direkte und indirekte – Repräsentanz der politischen Parteien in den Kontrollgremien des Rundfunks oft und zu recht problematisiert, nicht zuletzt von Journalisten, die sich im öffentlich-rechtlichen Rundfunk auskennen.

»Als der öffentlich-rechtliche Rundfunk nach dem Krieg in Deutschland geschaffen wurde, war er als ein Forum herrschaftsfreier Kommunikation (Habermas) gedacht. Das Ideal mußte alsbald der Realität weichen« hat z. B. Klaus Bresser bedauernd angemerkt.[14] Habermas Erwartung enthielt freilich von vornherein ein utopisches Element. (Vor zuviel Nostalgie können uns vielleicht Erinnerungen wie die von Melvin Lasky bewahren, der über den wichtigsten alliierten Rundfunkreformer im besetzten Deutschland schrieb: »Hugh Carlton Greene[15] konzipierte für Hamburg und Köln ein Rundfunkmodell, das exemplarisch für Unabhängigkeit sorgte, in einer Form, wie sie die Alliierten zuhause selber nicht besaßen und nicht einmal erträumen konnten.«[16]) Wenn Bresser unter Berufung auf Kurt Sontheimer verlangt, es müsse »im demokratischen Kommunikationsprozeß auch noch eine Dimension für die Wahrheit offengehalten werden, die nicht durch die jeweils bestehenden und organisierten Interessen abgedeckt ist«,[17] und wenn er von den Journalisten mehr Mut bei der Verteidigung des Spielraums für eine unabhängige Berichterstattung verlangt, kann man beiden gewiß nicht widersprechen. Wenn er allerdings als Rezept dazu »mehr Subjektivität« verlangt und damit der Emotionalisierung der Zuschauer das Wort redet,[18] kommt mir dieses Gegengift ebenso gefährlich für den journalistischen Wahrhaftigkeitsanspruch vor wie der Einfluß der Politik. Das Problem ist wohl doch etwas komplizierter; der Anspruch auf Wahrheit, ohnehin vielfach relativiert, wird von mehreren Seiten her gefährdet – von einer entfesselten journalistischen Subjektivität ebensosehr wie durch sachfremde Einflüsse von Interessengruppen einschließlich der Politik.

Politisierung von Gremien und Personalproporz

Freilich wäre eine völlige Entkoppelung durch Ausschaltung jeder politischen Repräsentanz aus den Aufsichtsgremien der Rundfunkanstalten mit der Vorstellung einer realitätsgerechten Abbildung der pluralen Gesellschaft schwerlich vereinbar. Die erste gelungene Rundfunkfusion in Deutschland, der Zusammenschluß von Südwestfunk und Süddeutschem Rundfunk in Form einer Neugründung, hat den Streit darüber wieder angefacht. Ein von SWF und SDR in Auftrag gegebenes Rechtsgutachten kam zu dem Ergebnis, daß die Vertretung der Politik in den Gremien des neuen Südwestrundfunks (SWR) das zulässige Maß zwar bis an die Grenze des Vertretbaren ausschöpft, aber nicht überschreitet.[19] Dabei blieb freilich unberücksichtigt, daß nicht nur Landesregierungen und Landesparlamente, sondern auch die »gesellschaftlich relevanten Gruppen« z.T. parteipolitisch gebundene Vertreter in die Gremien entsenden – nicht zufällig wurde das Problem der »Staatsferne« im Hinblick auf den SWR in der Öffentlichkeit kritisch diskutiert.

So dürfte die Antwort auf die Frage, ob die SWR-Gründung beispielgebend für eine Strukturreform der ARD und damit hilfreich für den Nachweis der Überlebensfähigkeit des »Dualen Systems« werden kann, erheblich von der Bereitschaft der Politik abhängen, ihren Einfluß nicht gegen die Rundfunkfreiheit ins Spiel zu bringen, sondern die Entwicklung des neuen Senders konstruktiv und zurückhaltend zu begleiten. Hämischen Kommentaren von kommerzieller Seite, die den »Staatsfunk« heraufbeschwören, darf man freilich mit dem Hinweis begegnen, daß es zum einen im öffentlich-rechtlichen Rundfunk bisher weitgehend gelungen ist, dem Qualifikationsprinzip Vorrang zu verschaffen, daß außerdem eine »Vorzensur« durch Gremien nicht möglich ist und daß auch deshalb in den Sendungen des öffentlich-rechtlichen Rundfunks ein unvergleichlich viel breiteres Spektrum an Informationen und Meinungen zum Ausdruck kommt als bei den kommerziellen Konkurrenten, die ihrerseits durch die Macht von Eigentümern bei mangelnder Konzentrationskontrolle und durch den Programmeinfluß, den potente Werbekunden ausüben können, in ihrer publizistischen Freiheit beschränkt sind. Schon aus diesem Systemvergleich resultiert offenkundig die Notwendigkeit der Dualität, weil sie die größtmöglichen Freiheits- und Wahrheitschancen gerade unter der Voraussetzung eröffnet, daß Freiheit und Wahrheit in Widerspruch geraten können. Intendanten haben, wenn sie ihr Handwerk verstehen, hinreichend Spielraum, um die Qualifikation und die politische Unbestechlichkeit des Führungspersonals sicherzustellen. Doch der Tatbestand einer gewissen, wenn auch begrenzten Möglichkeit politischer Einflußnahme über die Mitsprachemöglichkeiten der Kontrollgremien soll hier nicht geleugnet werden.

Das Ergebnis einer davon mitbestimmten Personalpolitik trägt den schönen Nahmen »Proporz« und gilt bei uns als das schlimmste aller Übel. Der Proporz entspringt aus der natürlichen, wenn auch nicht immer legitimen Verbindung zweier hehrer Verfassungsgrundsätze: nämlich einerseits von Meinungsfreiheit bzw. Pressefreiheit und andererseits des demokratischen Grundprinzips, daß alle Gewalt vom Volk ausgeht, und zwar in der Weise, daß die Parteien an dessen Willensbildung mitwirken. Die durch Proporz gesicherte politische Kontrolle, so angreifbar sie sein mag, findet eine normative oder jedenfalls moralische Stütze in der Forderung, die Berichterstattung müsse ausgewogen sein. Es gibt den bekannten Spruch des Bundesverfassungsgerichts, das von den öffentlich-rechtlichen Fernsehanstalten ein »Mindestmaß an inhaltlicher Ausgewogenheit, Sachlichkeit und gegenseitiger Achtung« verlangt.[20]

Zunächst einmal ist hier – in Bezug auf den Wahrheits- und Wahrhaftigkeitsanspruch – auf die kompensatorische Funktion der Ausgewogenheit hinzuweisen. Je schwieriger es wird, Wahrhaftigkeit als konkrete Wahrheit zu realisieren, desto notwendiger sind Spielregeln, die der Wahrheitsfindung eine institutionelle Chance geben. Hier verhält es sich ähnlich wie mit der vielbeschworenen »Solidarität« in der politischen Werte-Diskussion (z.B. wenn es um Grundsatzprogramme von Parteien geht). Solidarität als politisches Prinzip bedeutet ein gewisses Maß an politisch durchgesetzter sozialer Umverteilung – also eine legislative Ersatzmaßnahme anstelle der fehlenden gelebten Solidarität unter den Bürgern. In dem Maße, in dem soziale, z.B. familiäre Bindungen erodieren, weil der Einzelne nicht mehr für den Anderen auch materiell eintritt, greift der Staat mit Sozialpolitik ein. Weil dieser Eingriff notwendig ist, ist er zwar nur ein Solidaritätsersatz, doch bleibt Solidarität auch für diesen Ersatz – neben dem Sicherheitsdenken der Menschen – ein unentbehrliches Motiv. Ganz ähnlich ist Wahrhaftigkeit ein Motiv für Ausgewogenheit deshalb, weil Objektivität nur annäherungsweise erreicht werden kann. Wäre allerdings gar keine Annäherung möglich, wäre auch Ausgewogenheit sinnlos – gleichsam ein Konstrukt im leeren Raum statt einer Spielregel, die die Wahrheitssuche ergänzen, aber auch erleichtern soll.

Für viele Journalisten und Medienkritiker ist diese Ausgewogenheit schon früh zum Reizwort geworden, gerade wegen des politischen Drucks, zu dessen Rechtfertigung das Wort oft herhalten mußte. Dabei bedeutet es doch nur den selbstverständlichen Grundsatz, daß kontroverse Fragen auch kontrovers dargestellt werden, daß jede Kritik dem Kritisierten die Chance zur Verteidigung einräumen muß, und daß jede Wertung nicht auf der Unterschlagung oder Verfälschung von Tatsachen und Gegenargumenten fußen darf. »Audiatur et altera pars«, auch die andere Seite zu hören, ist seit römischen Zeiten ein Axiom aller Rechtsprechung, die diesen Namen verdient. Justitia mit der Waage: Ausgewogen soll die Rechtsfindung sein, abgewogen das Urteil. Das heißt natürlich nicht, daß beide Kontrahenten im Urteil grundsätzlich je zur Hälfte Recht bekommen. Es heißt aber sehr wohl, daß im Verfahren für beide Seiten Waffengleichheit zu herrschen hat, und zwar sogar dann, wenn der Allgemeinheit und ihren schutzwürdigen Interessen, wenn dem »Volk« nur ein einzelner gegenüber steht. Der vielbeschworene Integrationsauftrag[21] der Medien kann nicht darin bestehen, diese Konflikte zu ignorieren, er muß sie vielmehr proportionsgerecht darstellen, damit überhaupt der Konsens gefunden oder der Kompromiß geschlossen werden kann.

Das »Mediengericht« als Oberinstanz – wer garantiert Waffengleichheit?

Wer spricht im politischen Prozeß das Urteil? Die Wähler. Wer aber betreibt die Wahrheitsfindung per Zeugenvernehmung oder Indizienbeweis? Die Medien. Und wer garantiert dabei die Waffengleichheit? Die Medien haben sozusagen die Anwaltsfunktion für beide Seiten. Bezugsgröße des Prinzips Ausgewogenheit sind somit die Zuschauer in ihrer Eigenschaft als Bürger und Wähler. Sie sollen, und zwar jeder einzelne, auf Grund der Gesamtheit der präsentierten Information die Chance haben, sich die eigene Meinung zu bilden, und zwar potentiell eine ganz andere Meinung als die des jeweils informierenden und kommentierenden Journalisten. Die Forderung nach Ausgewogenheit ist deshalb ein Gebot der Fairneß, also der Gerechtigkeit, eben weil Objektivität zwar verlangt werden muß, aber nur näherungsweise erreicht werden kann. Objektivität und Ausgewogenheit verhalten sich als Ziele wie kommunizierende Röhren – je geringer die Chance für das eine, desto größer die Notwendigkeit des anderen.

Genau an diesem Punkt pflegt eine »engagierte« Medienkritik zu protestieren. Gerade weil das Publikum gar zu leicht manipulierbar sei und manipuliert werde, durch Waschmittelwerbung ebenso wie durch Politwerbung, müsse der engagierte Journalist »aufklären«. Zudem sei es gar nicht möglich, in jeder einzelnen Sendung ausgewogen zu informieren. Die Forderung richtet sich ja auch tatsächlich nur an das Gesamtprogramm, und wer will mit welchen Mitteln schon die Ausgewogenheit eines Gesamtprogramms messen? Vor allem aber, so die Gegenposition, liege im Grundrecht der Presse- und Meinungsfreiheit das Recht zur einseitigen Kritik begründet, denn das Anprangern von Mißständen sei immer irgendwie einseitig. In der Tat, wie soll man denn auch ausgewogen berichten über eine unausgewogene Wirklichkeit? Wer sich im Besitz der Wahrheit im Sinne objektiver Wirklichkeitserkenntnis wähnt und ebenso objektiver Bewertungsmaßstäbe, kann auf Ausgewogenheit verzichten.

Faßt man das Postulat von Gerechtigkeit nur im Sinne von Gleichheit auf, zumal im Sinne von materieller Gleichheit, dann muß ja das Urteil über die Wirklichkeit auf dieser Welt nicht ausgewogen, sondern eindeutig, ja vernichtend ausfallen. Wozu Ausgewogenheit, so könnte man fragen, zwischen Ausbeutern und Ausgebeuteten, Privilegierten und Benachteiligten, Unterdrückern und Unterdrückten? Solche Ausgewogenheit erscheint dann als himmelschreiendes Unrecht, als opportunistische Anpassung an die Mächtigen, auf deren Seite sich der »ausgewogene« Journalist geschlagen hat. Mein Kollege Dagobert Lindlau hat seine diesbezügliche Empörung einmal in die ironische Frage gekleidet, ob die Ausgewogenheit denn verlange, daß nach einem geschundenen ehemaligen KZ-Häftling auch der ehemalige KZ-Kommandant, also der Schinder zu Wort kommen müsse.[22] Umgekehrt wird von den Angehörigen der Opfer von Verbrechen – und nicht nur von ihnen – gefragt, warum die veröffentlichte Meinung ihr Interesse gemeinhin viel intensiver den Tätern zuwende als den Opfern. Ich habe hier einen Extremfall neben einen Normalfall gestellt, um den Zusammenhang der Ausgewogenheit mit den Schwierigkeiten der Wahrheitsfindung und den Spielregeln der Demokratie aufzuzeigen.

Hier stellt sich letztlich die Frage nach der Funktion des ideologischen Denkens im Journalismus. Denn die Parteinahme für das Recht und gegen das Unrecht setzt nun einmal voraus, daß man die Wahrheitsfrage beantwortet hat, daß man die Wirklichkeit »richtig« sieht, und daß die moralischen Voraussetzungen des eigenen Urteils die richtigen, daß sie allgemeinverbindlich sind. Und wer sich – im Rahmen der Demokratie und im Blick auf ihre jeweiligen Kontroversen – solchem Anspruch widersetzt, der setzt sich in der Tat rasch dem Verdacht des Opportunismus oder des Zynismus aus. Er will offenbar nicht aufklären, er will nicht für die Gerechtigkeit kämpfen, ja er hat sogar Zweifel, worin denn im Einzelfall wie auch im Grundsätzlichen die Gerechtigkeit liegt. Die Frage nach der Wahrheit in den Medien ist deshalb zu unterscheiden, aber nicht zu trennen von der Grundwertediskussion einer demokratischen und freien Gesellschaft. Sind bestimmte Grundwerte – Freiheit, Gleichheit, Solidarität – absolut zur Deckung zu bringen und zu verwirklichen? Und liegt in ihrer vollkommenen Kongruenz die Realisierung von Gerechtigkeit und Menschenwürde und damit eben die inhaltliche Verwirklichung von Demokratie? Oder besteht nicht auch zwischen Grundwerten, wie etwa Freiheit und Gleichheit oder Freiheit und Sicherheit, immer zugleich ein Widerspruch? Ein Widerspruch im Sinne nicht aufhebbarer gesellschaftlicher und politischer Zielkonflikte, die, da sie eben nicht prinzipiell lösbar sind, stets neu nach einem Ausgleich verlangen?

Radbruchs Relativismus: Die Relation der Werte

In diesem Sinne bekenne ich mich zu den »Relativisten«. Relativismus – ein mißverständlicher, problematischer Begriff, von vielen gleichgesetzt mit weltanschaulicher und moralischer Indifferenz (vgl. S. 135 f.). Ich meine aber nicht einen unverbindlichen Pluralismus beliebiger, subjektiv empfundener Werte. Es kommt vielmehr darauf an, die Grundsätze und Werte einer humanen Gesellschaft in der richtigen Relation zueinander auf den Grundwert schlechthin, auf die Humanität selbst zu beziehen. Einzelne Werte wie »Freiheit« und »Gleichheit« sind nicht deckungsgleich und somit absolut zu verwirklichen, vielmehr bedürfen sie einander, widersprechen sich, ergänzen sich und konkurrieren miteinander. Sie schließen sich in ihrer absoluten Verwirklichung wechselseitig aus, und sie bedingen einander zugleich. Grundsätzlich wissen wir es, in der Realität wollen wir es nicht gern wahrhaben: Absolute Freiheit schließt vollkommene Gleichheit aus und umgekehrt. Absolute Freiheit schließt ebenso den Absolutheitsanspruch von Wahrheit aus, weil sie der Manipulation keine geringeren

Chancen einräumt als der Wahrhaftigkeit, so wie die Verabsolutierung eines konkreten Wahrheitsanspruchs die Freiheit zerstört.

In allen Bereichen menschlichen Zusammenlebens finden wir diese Relation: Im Bildungswesen, in der Wirtschafts- und Sozialpolitik, in der Umweltpolitik, im Gesundheitswesen, in der Rechtsordnung. Der Schulzwang, der durch Bildung die Menschen oder jedenfalls ihre Chancen »gleicher« machen soll, verletzt die Freiheit von Eltern und Kindern. Freiheit und Gleichheit als die beiden Pole der Gerechtigkeit – das heißt: Gerechtigkeit muß im Ausgleich von Freiheit und Gleichheit stets neu hergestellt werden. Und zugleich wird die Gerechtigkeit selbst wieder vom menschlichen Bedürfnis nach Sicherheit relativiert. Nicht weniger wichtig als vollkommene Gerechtigkeit in jedem Einzelfall ist in der Justiz, daß überhaupt Recht gesprochen und durchgesetzt wird. Daß streitende Parteien, daß Kläger und Beklagte, in angemessener Frist mit einem Urteil rechnen können, an dem sie ihr weiteres Handeln orientieren, wie immer die Sache ausgehen mag – das liegt im Interesse aller Beteiligten. So relativiert die Rechtssicherheit also die Gerechtigkeit, wie wir seit Gustav Radbruch[23] wissen.

Radbruch zeichnet die Wirklichkeit des Rechtslebens in ein relativistisches Werte-Dreieck ein: Gerechtigkeit, Zweckmäßigkeit, Rechtssicherheit. Relativ sind Werte in ihrer beschränkten Geltung, in Konkurrenz mit anderen Werten, absolut aber sind sie in ihrer Notwendigkeit. Ein Wert stellt für sich allein genommen jeweils eine notwendige, aber noch keine hinreichende Bedingung unserer geistigen, moralischen und politischen Existenz dar. Die Relativität der politischen Ordnungsprinzipien setzt gerade voraus, daß ein Absolutes, ein archimedischer Bezugspunkt existiert. Dieser Relativismus meint also keine hemmungslose Subjektivität, sondern im Gegenteil die richtige Relation, die Beziehung zum Absoluten. Dies Absolute tritt in der Idee der Menschenwürde hervor, wie sie Kant kategorisch in der Forderung ausdrückt, daß der Mensch dem Menschen niemals nur Mittel, immer auch Zweck zu sein habe.[24]

Auffällig an der gesellschaftspolitischen Diskussion in den vergangenen Jahren war, daß die Rolle des Staates als des institutionellen Garanten der Möglichkeit von Gerechtigkeit von links bis rechts faktisch stark auf die Funktion eingeengt wurde, Sicherheit zu garantieren: Die Linke sah besonders die wirtschaftliche Sicherheit, die Rechte den Schutz der Bürger vor der (organisierten) Kriminalität im Vordergrund (trotz aller Freiheitsbekenntnisse von links bis rechts). Ob wir wirklich von einer neuen Individualisierung reden können, wird sich auch daran zeigen, ob sich diese alten Frontstellungen allmählich auflösen. Was die Medien und ihre »Macher« betrifft: auch sie stehen mit ihrer Pflicht zur Wahrhaftigkeit im gesellschaftlichen »Werte-Dreieck«. Welche Themen sie wichtig nehmen (und nicht nur interessant finden) ist eben auch eine Wertfrage. Wichtig sind die Themen, die sich tatsächlich auf Werte beziehen (und zwar nicht primär auf den abstrakten Streit um die richtigen Werte und deren Relation, sondern auf die tatsächliche Beachtung oder Mißachtung dieser Werte und ihrer Relation in der gesellschaftlichen Wirklichkeit). Wertneutralität ist hier nicht eine (falsch verstandene) »Wertfreiheit«, sondern die Verpflichtung, redlich auf die Balance der Werte zu achten und sich nicht zum Prediger des einen (relativen) Wertes gegen den anderen zu machen. Es hängt also von der jeweiligen Lage und Entwicklung ab, welche Themen (und damit immer auch: welcher Wert oder welche Werte) in den Vordergrund gerückt werden müssen, damit sie nicht aus dem Blick geraten.

Von dieser Relation her ist auch die Problematik des kulturellen Relativismus bzw. des ethischen Universalismus zu beleuchten, die in der Globalisierung immer dringender wird. Sind wir Kulturimperialisten, wenn wir die Menschenrechte zu einem global gültigen Grundrecht erheben, oder müssen wir die Eigenständigkeit fremder Kultursysteme bis hin zur Tolerierung von Unmenschlichkeit akzeptieren, weil wir die abendländisch formulierte Humanität nicht einfach exportieren oder gar anderen aufzwingen dürfen? Wer je mit Bürgerrechtlern diskutiert hat, die in freiheitsfeindlichen Systemen leben mußten, wird sich schwer tun, deren rechtlose Inhaftierung und oft auch Folterung als Ausdruck kultureller Traditionen und den kategorischen Protest dagegen als westliche Überheblichkeit zu diffamieren.[25] Im übrigen könnten wir noch Überraschungen erleben: In dem Maße, in dem in der Weltgesellschaft Grundrechte universal werden, könnten sie – beispielsweise in den großen asiatischen Kulturen – aus der jeweiligen Tradition heraus durch Grundpflichten ausbalanciert werden. Daß die westliche Ego-Gesellschaft siegt, scheint mir auch deshalb noch nicht ausgemacht, auch wenn sie offenkundig im Vormarsch ist.

Von der absolut gegebenen, aber in der ausdifferenzierten Wertpluralität in sich relativen Kantischen Forderung her, rational nicht auf anderes rückführbar, aber religiös begründbar, sind Rang und Rangordnung unserer politischen Ordnungsprinzipien, unserer »Grundwerte«, stets neu auszumessen. Das ideologische Denken ist letztlich – und zwar ganz im Gegensatz zum journalistischen wie auch zum politischen Denken – der Versuch, dieses Grundproblem durch die Verabsolutierung eines einzigen Ordnungsprinzips und damit durch die Vergewaltigung des Menschen aus der Welt zu schaffen. Doch Grundrechte, Gewaltenteilung, Vereinigungs-, Versammlungs- und Informationsfreiheit als Faktoren einer pluralistischen Ordnung sind eben nicht Kennzeichen einer geschichtlichen Übergangsphase bis zur endgültigen Emanzipation des Menschen aus allen historischen Zwängen und Bindungen, sondern vielmehr der Grundriß eines Bauwerks, das der autonomen Person im Spannungsfeld der Grundwerte als politische Behausung angemessen ist. Relativ – daß heißt eben nicht unverbindlich im Sinne von beliebig.

Auch die Journalistenpflicht zur Wahrhaftigkeit ist deshalb zwar ein Wert an sich, aber kein isolierter Wert im leeren Raum. So gesehen ist »die Wahrheit« in den Medien zwar zu unterscheiden, aber nicht zu trennen von der jeweiligen »gesellschaftlichen Wahrheit«, das heißt davon, daß die soziale Wirklichkeit auf den mehr oder weniger ausgeprägten gesellschaftlichen Wertkonsens (im Sinne einer ausbalancierten Werte-Relation) zu beziehen und daran zu messen ist. Im Zuge der Entwicklung der sogenannten »Informationsgesellschaft« gilt dies freilich auch umgekehrt: Die »gesellschaftliche« wird auch zur Funktion der »medialen« Wahrheit. Deshalb ist eine an der Menschenwürde orientierte »plurale Wertbezogenheit« als Grundkriterium bei der Auswahl und Veröffentlichung wichtiger und interessanter Information ebenso unentbehrlich wie die Wahrhaftigkeit in der Methode.

Anmerkungen

1 Ulrich Saxer: Journalisten in der Medienkonkurrenz, in: Publizistik, Vierteljahresheft für Kommunikationsforschung, Wiesbaden 1994, S. 9

2 Franz-Josef Strauß, geb.1915 in München, gest. 1988 in Regensburg, von 1961 bis zu seinem Tod CSU-Vorsitzender, von 1978 bis zu seinem Tod Bayerischer Ministerpräsident.

3 Charles de Secondat Montesquieu. Im Hauptwerk »Vom Geist der Gesetze« (1748) beschreibt er den Staat nicht nur als politisches System, sondern bringt es mit allen gesellschaftlichen, rechtlichen, wirtschaftlichen und moralischen Eigentümlichkeiten einer Nation in Verbindung; seine Lehre der Gewaltenteilung beeinflußte die Französische Revolution bis 1791 und die Verfassung der USA.

4 Voltaire (eigentlich François Marie Arouet, 1694-1778) bleibt als Kämpfer gegen Unmenschlichkeit, Unrecht und Intoleranz, der gegen die erstarrten Formen der katholischen Kirche und vor allem gegen den Klerikalismus focht, der Inbegriff einer Aufklärung, deren Licht trotz aller Gegenbewegungen und retrospektiv sichtbaren Schwächen bis in die finsterste Zeit unserer Geschichte nachleuchtete. Ein besonders eindrucksvolles Beispiel dafür bieten die Tagebücher des deutschen Romanisten Viktor Klemperer, der als Jude die Verfolgung im »Dritten Reich« überlebte. (vgl. Viktor Klemperer: Ich will Zeugnis ablegen bis zum letzten. Tagebücher 1933-1941 und 1942-1945, 2 Bände, 4. Auflage, Berlin 1995)

5 Aus der Declaration of Independence, die 13 vereinigte Staaten von Amerika am 4. Juli 1976 im Kongreß billigten: »We hold these truths to be self-evident, that all men are created equal, that they are endowed by their Creator with certain inalienable Rights, that among these are Life, Liberty and the pursuit of Happiness.«

6 vgl. Jean-Jacques Rousseau: Der Gesellschaftsvertrag oder die Grundsätze des Staatsrechts, Übersetzung von H. Denhardt, herausgegeben von Heinrich Weinstock, Stuttgart 1963

7 Mit diesem Satz beginnt der »Gesellschaftsvertrag«.

8 Rousseau hielt eine legitime politische Ordnung nur für möglich, wenn die freiwillige vollkommene Entäußerung des Individuums mit allen seinen Rechten an die Gemeinschaft, die den Gemeinwillen (volonté générale) repräsentiert, vollzogen ist. Durch die im Gesellschaftsvertrag vollzogene Bindung aller an das Gesetz, das sich die Menschen selbst gegeben haben, gewinnt der Einzelne eine höhere Art von Gleichheit und Freiheit. Die liberal-demokratische Kritik an Rousseau bezieht sich auf die beiden Utopien, die Rousseau entwarf: zum einen die eines Naturzustandes, in dem der Mensch per se gut, frei und gleich ist, und von dem ihn die Gesellschaft u.a. aufgrund der ungleichen Verteilung des Eigentums entfernt (mit Hegel und Marx könnte man sagen: entfremdet) hat. Rousseau wird damit auch zum Ahnherrn moderner Kulturkritik. Zum anderen ist es die Utopie des Gesellschaftsvertrags, mit dem das Volk als Souverän gleichsam Freiheit und Gleichheit auf höherer Ebene wieder zur Deckung bringt. Das Volk kann dabei dem Grunde nach nicht irren, sondern nur in Einzelfällen: »Von sich selbst will das Volk immer das Gute, aber er erkennt dasselbe nicht immer von sich selbst.« (a.a.O., S. 71) Weil aber die (Volks-)Souveränität für Rousseau unteilbar ist, können zwar Regierungen ausgewechselt werden, doch das Problem, Individuen und Minderheiten auf Dauer gegen den Machtmißbrauch durch Mehrheiten zu schützen, stellt sich nicht. So war es kein Zufall, daß schon Robespierre als glühender Bewunderer Rousse-

aus den Terror des »Wohlfahrtsausschusses« als »Despotie der Freiheit« ideologisch zu rechtfertigen versuchte.

vgl. dazu Ludger Kühnhardt: Wege in die Demokratie, Erlangen/Jena 1992, S. 94-101. Kühnhardt stützt die Rousseau-Interpretation des jüdischen Wissenschaftlers Jacob Leib Talmon (1916-1981).

9 vgl. Carl Schmitt: Der Begriff des Politischen, 6. Aufl., Berlin 1996 (4. Nachdr. von 1963)

10 »Der Krieg ist nichts als eine Fortsetzung des politischen Verkehrs mit Einmischung anderer Mittel.« (Carl von Clausewitz: Vom Kriege, in: Hinterlassene Werke, Bd. 1, Berlin 1832/33, 11. Auflage, S. 640)

11 Adolf Grimme (1889-1963), Pädagoge und Schulreformer; Generaldirektor des Nordwestdeutschen Rundfunks. Nach Adolf Grimme ist der bedeutendste deutsche Fernsehpreis benannt.

12 vgl. Friedrich Schiller: Die Schaubühne als eine moralische Anstalt betrachtet, in: Schillers Sämtliche Werke. Säkular-Ausgabe in 16 Bänden. Elfter Band. Philosophische Schriften, Stuttgart 1904

13 Ulrich Saxer: Strukturelle Möglichkeiten, S. 126

14 Klaus Bresser: Was nun? S. 155

15 Sir Hugh Carlton Greene, 1911-1987, von 1960 bis 1969 Generaldirektor des staatlichen britischen Fernsehsenders BBC. Im Zweiten Weltkrieg hatte Greene, Bruder des berühmten Graham Greene, den Deutschen Dienst der BBC geleitet und vielen Deutschen am Radio die Wahrheit über Hitler-Deutschland berichtet. Von 1946 bis 1950 leitete er den Nordwestdeutschen Rundfunk.

16 Melvin Lasky: Was wir nach '45 anders machen wollten, in: Lutz Erbring u.a. (Hrsg.): Medien ohne Moral, S. 68

17 Klaus Bresser, a.a.O., S. 157

18 vgl. Klaus Bresser, a.a.O., S. 164

19 Der Tübinger Rechtswissenschaftler Thomas Oppermann verfaßte im Juni 1997 im Auftrag des Süddeutschen Rundfunks und des Südwestfunks ein Gutachten zum SWR-Staatsvertrag (Titel: »Der Staatsvertrag über den Südwestrundfunk (SWR) und die Rundfunkfreiheit des künftigen SWR«). Darin kritisierte er insbesondere das Verbot von Regional- und Landesfenstern in den Hörfunkprogrammen. Diese Kritik wurde von der Politik aufgenommen; die später verabschiedete Fassung des Staatsvertrag enthielt ein solches Verbot nicht mehr.

20 Im »Niedersachsen-Urteil« des Bundesverfassungsgerichts vom 4. November 1986 wurden Mindestanforderungen an private Rundfunkprogramme zum ersten Mal verfassungsgerichtlich fixiert. § 15 des Urteils beschäftigt sich ausdrücklich mit der »Ausgewogenheit«.

21 Das Bundesverfassungsgericht hat sich in seinem dritten Rundfunkurteil vom 16. Juni 1981 und im sogenannten Niedersachsen-Urteil vom 4. November 1986 ausführlich zum Integrationsauftrag geäußert.

22 Dagobert Lindlau, Fernsehjournalist und Buchautor; sachkundig, streitbar in seinen Ansichten; zweimal mit dem Adolf-Grimme-Preis ausgezeichnet sowie mit der »besonderen Ehrung« des Grimme-Preises.

23 vgl. Gustav Radbruch: Vorschule der Rechtsphilosophie, Göttingen 1965. Radbruch präzisiert und relativiert die Idee des Rechts, indem er sie in drei konkurrierende und zugleich komplementäre Wert-Ideen auflöst: Gerechtigkeit, Zweckmäßigkeit, Rechtssicherheit. »Die drei Wertideen fordern einander, aber zugleich widersprechen sie einander.« (S. 32) Radbruch entwickelte diesen Werte-Relativismus schon in den Zwanziger Jahren. Unter dem Eindruck des NS-Unrechtsstaates näherte er sich nach 1945 naturrechtlichen Vorstellungen an, ohne sie in einen logischen Zusammenhang mit seinem relativierenden Ansatz zu bringen. Auch wenn diese Aufgabe zu leisten bleibt: Rad-

bruchs Ansatz könnte für die andauernde Grundwerte-Diskussion der pluralistischen Demokratie außerordentlich fruchtbar sein und aus mancher Sackgasse herausführen.

24 Immanuel Kant: Die Metaphysik der Sitten, S. 600. Im Abschnitt über die »Tugendpflichten gegen andere Menschen aus der ihnen gebührenden Achtung« beruft sich Kant ausdrücklich auf die Menschenwürde und postuliert damit jenes moralische Grundgesetz, das auch jedes journalistische Ethos begründet: »Die Menschheit selbst ist eine Würde; denn der Mensch kann von keinem Menschen (weder von anderen noch so gar von sich selbst) bloß als Mittel, sondern muß jederzeit zugleich als Zweck gebraucht werden und darin besteht eben seine Würde (die Persönlichkeit), dadurch er sich über alle anderen Weltwesen, die nicht Menschen sind, und doch gebraucht werden können, mithin über alle Sachen erhebt.« Kants Maxime wird keineswegs dadurch in Frage gestellt, daß man die daraus resultierenden modernen ordnungspolitischen Prinzipien in ihrer Polarität (im Sinne von Gegensatz und Ergänzung) erfaßt und vom kategorischen Imperativ her in Relation zueinander setzt, also »relativiert«.

25 vgl. Peter Voß (Hrsg.): Rundfunkfreiheit und Menschenrechte, Baden-Baden 1996. Wir mögen die Bevormundung moslemischer Frauen und Mädchen selbst im Geltungsbereich des Grundgesetzes durch Nichteinmischung tolerieren und nur begrenzt humane Riten fremder Völker unter folkloristischen Gesichtspunkten goutieren – würde aber ein Stamm auf einer Südseeinsel im Namen kultureller Autonomie zum Kannibalismus zurückkehren, würden wir uns sofort einmischen. Daß die globale Zivilisation – medial beschleunigt – alle kulturellen Strukturen miteinander auf den american way of life zu reduzieren droht und die Würde der betroffenen Völker und Menschen mit ihren Traditionen zerstört wird, ist dabei unbestritten. Doch ein Kraut dagegen ist – wenn überhaupt – weder mit einer »Absage« an global operierende Medien noch mit dem Verzicht auf eine universale Ethik gewachsen, sondern mit dem Entwurf einer »Weltethik«, wie sie z.B. Hans Küng, vom Hohn der Hoch- und Halbgebildeten unter seinen Verächtern unbeeindruckt, im Dialog mit Repräsentanten der Weltreligionen auf den Weg zu bringen hofft. Für den Umgang der Medien mit dieser Thematik gelten freilich die Gebote der intellektuellen Rechtschaffenheit – Unbefangenheit, Wahrhaftigkeit, Ideologiefreiheit – nicht minder als bei unseren »inneren Angelegenheiten«.

XII. Kontrolle – wo bleibt der Journalismus?

Privileg und Redlichkeit

Stellt sich nun die gesellschaftliche Wahrheit heute so dar, wie sie hier am Modell eines auf die Menschenwürde bezogenen Werterelativismus skizziert wurde? Läßt sie sich am zentralen Begriff der »pluralistischen Gesellschaft« ohne weiteres festmachen – einem Begriff, der rechtlich zweifelsfrei unserer Medienverfassung zugrundeliegt, wie Presse- und Rundfunkgesetze, Verfassungsgerichtsurteile und Staatsverträge ausweisen und auf den sich letztlich jede publizistische und journalistische »Vielfalt« bezieht? Ist Pluralität im hier beschriebenen Sinne in unserem politischen Bewußtsein, ja in unserem Gewissen verwurzelt, wie wir uns das für stürmischere Zeiten wünschen müssen, die diese Gesellschaft noch zu bestehen haben dürfte? Ist Pluralität selbstverständlich oder unter der trügerischen Oberfläche der veröffentlichten Meinung (schon wieder) zweifelhaft?

Gewiß – niemand wird behaupten wollen, daß die plurale Ordnung von privilegierten Meinungsmachern in den Medien bewußt abgelehnt oder gar bekämpft würde, auch wenn sie oft nur als »rein formales« Ordnungsprinzip verstanden wird, das hinter dem Geschäftsinteresse oder hinter dem Engagement für bestimmte Inhalte, die als »die Wahrheit« postuliert werden, letztlich zurückzutreten hat. Es sagt sich so leicht dahin: Nur die offene Gesellschaft erträgt und braucht freie Medien und freie Journalisten. Aber wie weit trägt ein auf diese offene Gesellschaft bezogenes Ethos, das unsere Freiheit erst legitimiert, wenn wir doch zugeben müssen, daß uns »die Wahrheit« immer wieder zu entgleiten droht bei unseren Balanceakten zwischen angepaßter »Hofberichterstattung«, hektischer Quoten- bzw. Auflagenjagd und anklagendem »Kampfjournalismus«, zwischen Nähe und Distanz?

Der »objektive« Journalismus hat sich – nicht systemtheoretisch, sondern von der Situation des Journalisten her gesehen – oft genug als Illusion erwiesen. Aber auch der subjektivste Journalismus, wenn er sich selbst und seine Freiheit nicht verraten will, rechtfertigt sich doch erst durch ein Menschenbild, das überrational, aber nicht irrational, nicht vernunftfeindlich ist: das Bild der autonomen Person, die freiwillig Verantwortung übernimmt. Es spricht aus der christlichen Lehre, die uns als Geschöpfen Gottes unsere persönliche Verantwortung zuweist, ebenso zu uns wie aus der philosophischen Tradition des Idealismus, dessen Erben wir sind, der im Begriff der Menschenwürde seinen zentralen Ausdruck fand, und der ohne Wahrhaftigkeit (und damit ohne Wahrheitsanspruch) nicht auskommt und nicht auskommen will.

Dieser wertbezogene (und damit auch: wahrheitsbezogene) Journalismus kann sich auf Lessing berufen, der die Wahrheit selbst nur Gott, uns Menschen aber sehr wohl das unablässige Streben nach Wahrheit zubilligt.[1] Er kann sich an Max Weber orientieren, für den »Wertfreiheit« zwar die Voraussetzung jeder wissenschaftlichen Behandlung der Politik war, der aber – eben deshalb – vom Wissenschaftler »intellektuelle Rechtschaffenheit« verlangt. Auch diese Formel Webers wird vielfach zu unrecht als überholt angesehen, weil von der Kritik nicht genau genug zwischen Motiv und Methode unterschieden wird.[2] Für uns Journalisten gilt nichts anderes. »Wahrhaftigkeit« lautet unser Gebot. Um Wahrhaftigkeit geht es – gerade weil wir wissen, daß der einzelne Journalist, zumal in Zeiten weltanschaulicher Polarisierung, seine Grundhaltung, seine subjektiven Urteile und Vorurteile nicht einfach an der Garderobe seines Verlags- oder Funkhauses abgeben kann, daß er nolens volens seine Grundtendenz in seine Arbeit einbringt und seine Arbeit dort findet, wo er dies tun kann, daß die Grenze zwischen »kritisch-engagierter« und vorurteilsverhafteter oder auch quoten- und auflagebewußt emotionalisierender Darstellung eines Sachverhaltes fließend ist. Es käme der Quadratur des Kreises nahe, wollte der einzelne Journalist in seinem Einzelbewußtsein jene Ausgewogenheit herstellen, die doch erst im Pro und Contra lebendiger Kontroversen der Wahrheit eine Chance gibt.

Dabei fällt ins Gewicht, daß ohne diesen Anspruch bestimmte Privilegien des Journalisten als eines Grundrechtsträgers nicht verteidigt werden könnten. Das Zeugnisverweigerungsrecht, also das Recht – und die Pflicht – Informanten zu schützen, ist Voraussetzung der von Journalisten wahrgenommenen Kontrollfunktion im Interesse der Demokratie. Ohne Quellenschutz fiele diese Funktion in sich zusammen. Die kritische Funktion der Medien, von Niklas Luhmann systemtheoretisch auf »Irritation« reduziert, bleibt an die Funktion der Orientierung und damit an das Wahrheitsgebot gebunden – nur diese Bindung rechtfertigt den Quellenschutz in Form des Zeugnisverweigerungsrechts, das, wie etwa beim Streit um den »Großen Lauschangriff« offenkundig wird, durchaus nicht immer unumstritten ist – z.B. in der Abwägung zwischen bürgerlicher Freiheit und bürgerlicher Sicherheit, die eine Freiheitsvoraussetzung ist.

Macht und Gegenmacht – Wer kontrolliert die Kontrolleure?

Wer also gibt der Wahrheit diese Chance, auf Dauer und immer wieder, wenn es beim »generellen Manipulationsverdacht« bleibt? Wer kontrolliert die Kontrolleure, wer bändigt die »Vierte Gewalt«? Diese oft polemisch gestellte Frage findet Nahrung im Streit zwischen der verfassungsrechtlich garantierten Presse- und Rundfunkfreiheit – als Ausfluß der Meinungsfreiheit schlechthin – und den Persönlichkeitsrechten des Einzelnen, der zum Gegenstand von Berichterstattung wird und insoweit tatsächlich als Objekt, also Umwelt des Mediensystems, anzusprechen ist. Hier hat die Rechtsprechung des Bundesverfassungsgerichts durch die Güterabwägung eher zugunsten der Pressefreiheit rechtsbildend gewirkt – was nach dem »Dritten Reich« und angesichts des real existierenden Sozialismus mehr als verständlich erscheint, soweit die Sicherung einer noch ungefestigten Demokratie hier mit zur Debatte stand. Im Streit um das von Oskar Lafontaine initiierte saarländische Pressegesetz hat sich dieser Konflikt besonders zugespitzt.[3]

Ein weiterer Versuch zur medialen Machtbegrenzung und damit ein zusätzliches Kontrollelement läge in einer wirkungsvollen Konzentrationskontrolle. Diese Kontrolle, das mehr am Rande, ist im Rahmen eines medienpolitischen Deals der Ministerpräsidenten der Länder im Oktober 1995 in Bad Neuenahr so weit aufgeweicht worden, daß im Gegenzug eine Gebührenerhöhung für die öffentlich-rechtlichen Rundfunkanstalten politisch abgesegnet werden konnte (übrigens bevor sie von der unabhängigen Kommission zur Ermittlung des Finanzbedarfs (KEF) offiziell vorgeschlagen worden war). Auf die Problematik der Konzentrationskontrolle wurde schon hingewiesen – im Hinblick auf neue Konzentrationen im Bereich des digital verbreiteten Pay-TV (vgl. S. 36 f.). Man muß unter dem Aspekt der pluralen Balance nicht an Hugenberg und Berlusconi[4] erinnern, um die Konzentration von Marktmacht bedenklich zu finden. Unter globalem Vorzeichen freilich erscheint eine Entflechtung der beiden Konzernfamilien Springer/Kirch und Bertelsmann/RTL und damit eine Schwächung des Standortes Deutschland wenig ratsam, politisch ist sie in Deutschland aufgrund des standortpolitisch abgestützten Einflusses der großen Konzernfamilien auf die Politik in Bund und Ländern ohnehin auszuschließen. Mit anderen Worten: Auch der Medienmarkt braucht einen starken Staat, wenn er Markt bleiben soll: doch der starke Staat scheint sich auf diesem Feld nach Brüssel verlagert zu haben. Dagegen ist prinzipiell wenig einzuwenden, im Gegenteil: nationale Regelungen greifen auch auf diesem Feld auf Dauer zu kurz.

Um so wichtiger ist und bleibt allerdings ein Gegengewicht, wie es die öffentlich-rechtlichen Rundfunkanstalten bilden. Ihre Existenz dient der »Selbstkorrektur« der Demokratie. Die korrigierende Kraft der Medien aber beruht durchaus auch auf »Fremdkorrektur«, z.B. auf der Rechtsprechung des Bundesverfassungsgerichts. Nur solange sie nach dem Willen der Gesetzgeber und gestützt von der Rechtsprechung des Bundesverfassungsgerichts in der Auslegung der vom Grundgesetz in Artikel 5 garantierten Rundfunkfreiheit[5] existieren, können sie ihre Aufgabe als Korrektiv erfüllen. Konrad Dussel hat auf diese Voraussetzung und ihre mögliche Gefährdung aufmerksam gemacht: »Das System des öffentlich-rechtlichen Rundfunks war politisch inspiriert. Der Leitwert einer möglichst verzerrungsfreien Information dominierte über alle anderen Programmteile, nicht zuletzt auch über die Unterhaltungswünsche des Publikums. Seine Verfassung wurde dieser Anforderung im wesentlichen gerecht. Die Einführung der neuen Medien war mehr als die Behebung eines technischen Engpasses, sie ermöglichte (und forcierte) einen rundfunkpolitischen Paradigmenwechsel vom Primat der Information zum Primat der Unterhaltung. Das

Votum der Rundfunkräte bekam durch die konkrete Programmwahl der Nutzer Konkurrenz. Die Orientierung an der demokratietheoretisch begründeten Idee von dem, was das Interesse der Allgemeinheit zu sein habe, wurde von der Orientierung an den tatsächlichen Interessen der Mehrheit, wie sie in den direkt abfragbaren Wünschen des Publikums zum Ausdruck kamen, abgelöst.«[6]

Nach wie vor sind die öffentlich-rechtlichen Rundfunkanstalten die Garanten dafür, daß nicht nur die soziale Kommunikation möglich ist, die sich auch kommerziell rechnet. Nach mehr als zehn Jahren des dualen Rundfunksystems ist durchaus nicht zu erkennen, daß der Markt allein auch nur annähernd die Funktion eines Garanten der Informations- und Meinungsfreiheit übernehmen könnte. Dieser Sachverhalt wird – trotz heftiger medienpolitischer Scharmützel – auch von den kommerziellen Konkurrenten nicht rundheraus bestritten, trotz gelegentlicher Versuche, den öffentlich-rechtlichen Rundfunk durch Usurpation des Anspruchs auf Grundversorgung und unter Umkehrung der höchstrichterlichen Rechtsprechung auf eine nur noch komplementäre Rolle im Verhältnis zu den privaten Anbietern zurückzudrängen und damit zu marginalisieren.

Im Gegenteil: Aufgrund der Entwicklung zur Multimedialität könnten sich für anspruchsvolle Tageszeitungen eines hoffentlich noch fernen Tages erhebliche wirtschaftliche Probleme ergeben. Nur als theoretisches Beispiel: Sollte sich die hier wiederholt genannte (wirtschaftlich erfolgreiche) »FAZ« eines Tages nicht mehr rechnen, weil z.B. die Anzeigenkunden in digitale Netze abwandern, wäre um der Demokratie willen die Ausweitung des dualen Systems auf Printmedien zu erwägen. Daß auf dem Sektor der Wochenmagazine neben dem »Spiegel« durch einen kommerziell mutigen Schritt auch »Focus« etabliert werden konnte, während sich der »Spiegel« behauptet, mag vorerst beruhigen. Während Focus, dessen Erfolg ohne veränderte Wahrnehmungsgewohnheiten, wie sie beim Fernsehen durch die Fernbedienung bewirkt wurden (der Trend zum »Häppchenjournalismus«), gar nicht erklärbar wäre, den Leser vor allem als Konsumbürger ernstnimmt (und nur insoweit auch als kritischen Bürger), mußte der Spiegel frühere ideologische Positionen räumen, ohne den alten aufklärerischen Anspruch völlig aufzugeben.

Immer wieder werden als einfallsreiche Antwort auf die Frage nach der Kontrolle über die Kontrolleure weitere Kontrollmodelle ins Gespräch gebracht: Wie wäre es, so wird gefragt, wenn der Deutsche Presserat, statt moralische Urteile zu fällen, finanziell schmerzhafte Sanktionen verhängen dürfte, z.B. einer Zeitung eine Woche lang das Erscheinen, einem Sender das Senden zu verbieten? Doch was hieße das? Es hieße, daß die personelle Besetzung des Presserats selbst zur Machtfrage würde, und die uns vor einigen Jahren bewegende Frage, ob die SPD-Bundestagsabgeordnete Herta Däubler-Gmelin ins Bundesverfassungsgericht berufen werden sollte, nähme sich im Vergleich harmlos aus.[7] (Bisher konnte im übrigen nicht einmal eine weit schwächere Sanktion durchgesetzt werden: die Pflicht der vom Presserat gerügten Blätter, wenigstens die jeweilige Rüge komplett abzudrucken.) Oder, ein weiteres Modell: Wie wäre es, bei den öffentlich-rechtlichen Rundfunkanstalten – statt der von »gesellschaftlich relevanten« Gruppen einschließlich Regierungen und Parlamenten, also von »Lobbyisten« besetzten Gremien – Zuschauerparlamente zu wählen, die die Interessen der Gebührenzahler wahrnehmen? Doch Wahlen bedingen Wahlkämpfe und führen zu Mehrheiten, die nicht näher an der Wahrheit sind als die jeweilige Minderheit, aber gegen diese Minderheit bestimmen, was am Programm nun wahr und gut oder falsch und böse sei – und die zahlenmäßig Unterlegenen »gucken in die Röhre«. Da ist die Sachkompetenz und die demokratische Konsensfähigkeit der Gremien, so wie sie sind, allemal höher einzuschätzen.

Kurzum: Es gibt kein erfolgversprechendes und/oder durchsetzbares Modell, wie man die »Vierte Gewalt« kontrolliert, ohne eine Fünfte zu etablieren – und so weiter und so weiter. Systematisch ist das Problem nur bedingt lösbar, wie eben durch das »Duale System« bei den elektronischen Medien, mit den »Öffentlich-Rechtlichen« als Gegenmacht zum Kommerz. Doch läuft eben nicht alles über das System; es bedarf der persönlichen Moral ebenso wie der guten Bildung und Ausbildung und der an journalistischer Verantwortung orientierten Kritik. Ein journalistischer Qualitätsstandard, der sich in der am (quantitativen) Erfolg orientierten Professionalität erschöpft und die Frage nach der journalistischen Redlichkeit ausklammert, wird die permanent notwendige Selbstkorrektur des Systems nicht befördern und langfristig stattdessen eine Außenkorrektur – etwa durch die Politik – heraufbeschwören, die die Pressefreiheit aushöhlt. Diese Gefahr verstärkt die konkrete Verantwortung der Journalisten für den Erhalt ihrer freiheitlichen Vor-Rechte.

Zwischen trügerischer Objektivitätsgewißheit und sensationsgieriger oder missionierender Parteilichkeit – der Wahrheit eine Chance? Diese Chance, die gewiß nicht allein abhängt von der persönlichen Wahrhaftigkeit des einzelnen Journalisten, ist angewiesen auf die vom Markt garantierte und vom Markt gefährdete Dialogfähigkeit in Gesellschaft und Medien, ist abhängig vom Klima in Verlagen, Funkhäusern und Redaktionen, von Personalpolitik und Qualitätsstandards. Um die Fähigkeit und Bereitschaft zur wechselseitigen Korrektur geht es in den Redaktionen selbst wie im großen Verbund der gesamten Medienstruktur. Sie muß ein System bleiben, an dem politische und rechtliche Korrekturen von außen dann und nur dann angebracht werden, wenn es nicht zur Selbstkorrektur fähig ist. Auf seine Offenheit, Vielfalt und freiheitliche Weiterentwicklung kommt letztlich alles an. Hier schließt sich der Kreis: Diese Entwicklung wird nicht möglich sein nur als Ergebnis anonymer Kräfte, Funktionen und Tendenzen in der Gesellschaft, in der Politik und im Mediensystem. Sie hängt sehr wohl auch von der Moral vieler Einzelner ab, wo immer nachgedacht, gestritten, entschieden und gehandelt wird – also auch von der Ethik der Medien und der Moral der Medienmacher. Es gibt sie also doch, die Medienethik, so bedrängt oder isoliert sich ihre Anwälte paradoxerweise gerade im »Informationszeitalter« fühlen mögen?

Gewiß: Mündigkeit im Mediensystem, das ist kein hoffnungsloser Fall. Wir haben zwar eine Medienethik im Sinne anerkannter journalistischer Grundsätze, wir haben professionelle Standards und Routinen, die nicht durchgängig moralfrei sind. Die Frage lautet: Nicht oder noch nicht moralfrei? Wir haben zweifellos ein beachtliches Maß an individueller Mündigkeit im demokratisch und liberal geprägten und legitimierten Mediensystem. Doch diese Mündigkeit, gestützt auf eine statusrechtliche Privilegierung des Journalisten, läßt reichlich Raum für moralisches wie für unmoralisches Berufsverhalten. Denn wir haben ebenso zweifellos nur schwach entwickelte Sanktionsmechanismen, die sicherstellen, daß die journalistischen Standards in einem für die Demokratie wünschenswerten Maße moralischen Normen genügen – und es zeichnen sich keine oder nur sehr zweischneidige Möglichkeiten ab, etwa durch gesetzgeberisches Handeln solche Mechanismen herzustellen. Daß innerhalb des Mediensystems unter dem Gesichtspunkt der journalistischen Berufsmoral die Unterschiede erheblich sind (zwischen den Medienunternehmen, doch auch zwischen publizistischen Einheiten in ein und demselben Unternehmen, aber ebenso sehr zwischen den handelnden Personen) sei nochmals betont.

Läßt sich bei alledem ein Trend ausmachen? Werden die Agenten im Mediensystem auf lange Sicht immer moralfreier agieren, weil die Verbindlichkeit der Normen und die Sanktionsmöglichkeiten gleichermaßen immer schwächer werden? Veröffentlichen oder nicht – heißt das im Zweifel nur noch: veröffentlichen, wenn es sich denn rechnet? Ich kann dazu nur einen Eindruck formulieren: In der hochentwickelten (»westlichen«) Welt verlieren die tradierten Institutionen der gesellschaftlichen Verantwortung und Kontrolle allmählich an Boden gegenüber einem Medienmarkt, der dazu tendiert, sich jeder Kontrolle zu entziehen, wobei das Ergebnis nicht zwangsläufig »mehr Wettbewerb«, sondern oft nur »mehr Konzentration« heißt. Das gilt nicht zuletzt für den demokratischen Staat als der Institution, die das Gemeinwohl gegen bloße individuelle und kollektive – und auch medienpolitische – Interessen zur Geltung bringen und durchsetzen muß. Vor diesem Hintergrund hat Moral zunehmend nur noch in dem Maße eine Chance, in dem sie sich als verkaufsfördernde Attitüde kommerziell »rechnet«. Die Medienethik paradiert auf den Podien, die Medienmoral erodiert im publizistischen Alltag.

Fazit und Folgerung: In der hochtechnisierten Informationsgesellschaft sollten die institutionellen Korrektive zum Medienmarkt und zur kommerziellen Medienmacht wenigstens nicht noch weiter zurückgedrängt werden, als sie es heute schon sind. Insoweit darf ich mich in medienpolitischer Hinsicht als Konservativer bekennen, und zwar ausdrücklich nicht nur als Wertkonservativer, sondern bis zu einem gewissen Grade auch als Strukturkonservativer. Wer mit bewährten institutionellen Strukturen rabiat und respektlos umgeht, wird auch humane Grundwerte (und mit ihnen Grundrechte und Grundpflichten) nicht retten – und umgekehrt.

Anmerkungen

1 Gottfried Ephraim Lessing: Theologische Streitschriften, Hamburg 1778. Lessing schließt mit dem Satz: »Wenn Gott in seiner Rechten alle Wahrheit und in seiner Linken den einzigen, immer regen Trieb nach Wahrheit, obschon mit dem Zusatze, mich immer und ewig zu irren, verschlossen hielte und spräche zu mir: ›Wähle!‹, ich fiele ihm mit Demut in seine Linke und sagte: ›Vater gib!‹ Die reine Wahrheit ist ja doch nur für Dich allein!«

2 vgl. Max Weber: Wissenschaft als Beruf, in: ders.: Gesammelte Aufsätze zur Wissenschaftslehre, Tübingen 1922, 2. Aufl. 1951, 3., erw. und verb. Aufl., hrsg. von Johannes Winckelmann, 1968, S. 582 ff.; Webers Wertfreiheits-Postulat (vgl. ders.: Die ›Objektivität‹ sozialwissenschaftlicher und sozialpolitischer Erkenntnis, in: ebd., S. 146 ff.) sowie: Der Sinn der ›Wertfreiheit‹ der soziologischen und ökonomischen Wissenschaft, (in: ebd., S. 489 ff.) ist häufig mißverstanden worden im Sinne einer unkritischen »Herrschafts-Wissenschaft«, die de facto nur den Interessen der »Herrschenden« diene. Max Weber ging es also nur darum, das wissenschaftliche Erkenntnisinteresse nicht von vornherein Werturteilen unterzuordnen, die selbst nicht wissenschaftlich begründbar oder überprüfbar sind. Das kann im Zweifel den Beherrschten oder den Herrschenden zupaß kommen – das ist allenfalls relevant für die Auswahl von Fragestellungen, nicht aber für die Methode des Antwort-Findens. Er forderte also die Trennung von wissenschaftlicher Methode und Werturteil – analog zur Trennung von Nachricht und Kommentar im Journalismus. Intellektuelle Rechtschaffenheit ist als Haltung gerade dann unentbehrlich, wenn diese Trennung nur im Ansatz gelingt, weil sie in idealtypischer Reinheit nicht zu leisten ist. Daß in eine wissenschaftliche Aufgabe oder Fragestellung Wertungen eingehen – z.B. in die medizinische Forschung der Wille von Forschern, den Krebs zu besiegen – hat aber nichts damit zu tun, daß die Methode und damit das Ergebnis nicht – etwa im Sinne eines Angst- oder Wunschdenkens – von diesen Wertungen beeinflußt werden dürfen, sondern allein von der Möglichkeit ihrer Verifizierung oder Falsifizierung. Das gilt besonders für die Sozialwissenschaften.

3 Der saarländische Ministerpräsident Oskar Lafontaine kündigte im Frühjahr 1994 eine Novellierung des Gegendarstellungsrechtes im Landespressegesetz an; unter anderem sollten Gegendarstellungen unkommentiert erscheinen (also ohne die geläufige »Anmerkung der Redaktion«), und auch Fotos sollten Gegendarstellungen erwirken können. Nach der heftigen Kritik von Juristen, Journalistenverbänden und Vertretern anderer Parteien wurde die ursprüngliche Gesetzesfassung entschärft und im Mai 1994 von der SPD-Mehrheit im saarländischen Landtag verabschiedet.

4 Alfred Hugenberg, 1865-1951, Verleger und Politiker; schuf in der Weimarer Republik ein Pressemonopol, mit dessen Hilfe er die Einrichtungen der Republik diffamierte und das nationalistische Denken anheizte. Vor 1933 belieferte Hugenberg täglich 1600 Zeitungen mit Nachrichtenmaterial.
Silvio Berlusconi, geb. 1936, italienischer Politiker und Unternehmer; ihm gehören mehrere Rundfunksender und Tageszeitungen in Italien. Diese publizistische Macht nutzte er konsequent für den eigenen politischen Aufstieg, der ihn 1994 in das Amt des Ministerpräsidenten führte. Berlusconi trat allerdings schon nach 226 Tagen zurück.

5 Artikel 5 Grundgesetz:

(1) Jeder hat das Recht, seine Meinung in Wort, Schrift und Bild frei zu äußern und zu verbreiten und sich aus allgemein zugänglichen Quellen ungehindert zu unterrichten. Die Pressefreiheit und die Freiheit der Berichterstattung durch Rundfunk und Film werden gewährleitet. Eine Zensur findet nicht statt.

(2) Diese Rechte finden ihre Schranken in den Vorschriften der allgemeinen Gesetze, den gesetzlichen Bestimmungen zum Schutz der Jugend und in dem Recht der persönlichen Ehre.

(3) Kunst und Wissenschaft, Forschung und Lehre sind frei. Die Freiheit der Lehre entbindet nicht von der Treue zur Verfassung.

6 Konrad Dussel: Die Interessen der Allgemeinheit vertreten. Die Tätigkeit der Rundfunk- und Verwaltungsräte von Südwestfunk und Süddeutschem Rundfunk 1949-1969. SWF-Schriftenreihe Rundfunkgeschichte, Bd. 5, Baden-Baden 1995, S. 482

7 Die fachliche Qualität von Frau Däubler-Gmelin war angezweifelt worden, nicht zuletzt aber wurde einer profilierten SPD-Politikerin ein »Nachrücken« in das Bundesverfassungsgericht verwehrt.

Literaturverzeichnis

Adam, Konrad: *Die Ohnmacht der Macht.* Wie man den Staat ausbeutet, betrügt und verspielt. Zweite Auflage, Berlin 1994

Adam, Konrad: *Die Republik dankt ab.* Die Deutschen vor der europäischen Versuchung. Berlin 1998

Adorno, Theodor W.: *Kulturkritik und Gesellschaft.* In: Prismen. Frankfurt am Main 1955

Albert, Hans: *Traktat über kritische Vernunft.* Tübingen 1968

Albert, Hans: *Konstruktion und Kritik.* Hamburg 1972

Anderson, John R.: *Kognitive Psychologie.* Berlin 1994

Arnim, Hans-Herbert von: *Fetter Bauch regiert nicht gern.* Die politische Klasse – selbstbezogen und abgehoben. München 1997

Bahners, Klaus von/Gerd Eversberg/Reiner Poppe (Hrsg.): *Johann Wolfgang von Goethe: Faust II.* Neunte Auflage 1997

Bahrdt, Hans Paul: *Grundformen sozialer Situation.* Eine kleine Grammatik des Alltaglebens. München 1996

Baring, Arnulf: *Außenpolitik in Adenauers Kanzlerdemokratie.* Bd. 2, München 1971

Beck, Ulrich: *Die Entmündigung der Sinne.* Alltag und Risiko in der industriellen Risikogesellschaft. In Gewerkschaftliche Monatshefte 38 (1987), Heft 2, S. 66-76

Beck, Ulrich: *Gegengifte: die organisierte Unverantwortlichkeit.* Frankfurt am Main 1988

Beck, Ulrich: *Risikogesellschaft.* Auf dem Weg in eine andere Moderne. Frankfurt am Main 1986

Benn, Gottfried: *Roman des Phänotyp.* Landsberger Fragment. Frankfurt am Main 1961

Benn, Gottfried: *Fragment.* In: Gesammelte Werke 1. Gedichte. Wiesbaden 1960

Bentele, Günter: *Wie objektiv können Journalisten sein?* In: Erbring, Lutz/Stephan Ruß-Moll/Berthold Seewald/Bernd Sösemann (Hrsg.): Medien ohne Moral. Berlin 1988

Biedenkopf, Kurt: *Fortschritt in Freiheit.* München 1974

Blumenberg, Hans: *Höhlenausgänge*. Frankfurt 1996
Boventer, Hermann: *Pressefreiheit ist nicht grenzenlos*. Bonn 1989
Bresser, Klaus: *Was nun?* Über Fernsehen, Moral und Journalisten. Hamburg/ Zürich 1992
Buchwald, Manfred: *Die Nachrichtenexplosion*. In: Franke, Lutz (Hrsg.): Die Medienzukunft. Frankfurt am Main 1983
Busch, Wilhelm: *Beruhigt*. In: Schein und Sein (Nachgelassene Gedichte). Leipzig 1950
Fritjof Capra: *Das Wesen des Lebens*, in: ders.: Lebensnetz. Ein neues Verständnis der lebendigen Welt, Bern 1996
Clausewitz, Carl von: *Vom Kriege*. In: Hinterlassene Werke, Bd. 1. Berlin 1832/ 33 (elfte Auflage)
Dahrendorf, Ralf: *Gesellschaft und Freiheit*. München 1961
Dietz, Simone: *Lebenswelt und System*. Würzburg 1993
Dussel, Konrad: *Die Interessen der Allgemeinheit vertreten*. Die Tätigkeit der Rundfunk- und Verwaltungsräte von Südwestfunk und Süddeutschem Rundfunk 1949-1969. SWF-Schriftenreihe Bd. 5. Baden-Baden 1995
Ehlers, Monika/Christoph Meyring: I*ch bin so frei*. Ein Versuch über die neue Unverschämtheit. In: Die Zeit, Nr. 48, vom 21. November 1997
Foerster, Heinz von: *Das Konstruieren einer Wirklichkeit*. In: Watzlawick, Paul (Hrsg.): Die erfundene Wirklichkeit. München 1981
Frank, Manfred: *Die Unhintergehbarkeit von Individualität*. Reflexionen über Subjekt, Person und Individuum aus Anlaß ihrer "postmodernen Toterklärung". Frankfurt am Main 1986
Gamm, Gerhard: *Das metaphorische Selbst*. In Guggenberger, Bernd (Hrsg.): Postmoderne oder das Ende des Suchens? Eine Zwischenbilanz. Eggingen 1992
Gaschke, Susanne: I*nvasion der Imagepflege*. In: Die Zeit, Nr. 11 vom 5. März 1998, S. 4
Gasset, J. Ortega y: *Der Aufstand der Massen*. Hamburg 1956
Gehlen, Arnold: *Anthropologische Forschung*. Hamburg 1961
Gehlen, Arnold: *Die Seele im technischen Zeitalter*. Reinbek 1957
Gehlen, Arnold: *Urmensch und Spätkultur*. Bonn 1956
Gergen, Kenneth. J.: *Das übersättigte Selbst*. Heidelberg 1996
Glasersfeld, Ernst von: *Einführung in den radikalen Konstruktivismus*, In: Watzlawick, Paul (Hrsg.): Die erfundene Wirklichkeit, a.a.O.
Goethe, Johann Wolfgang von: *West-östlicher Divan*. Zürich 1952
Goethe, Johann Wolfgang von: *Zahme Xenien III*. In: Beutler, Ernst (Hrsg.): Gedenkausgabe der Werke, Briefe und Gespräche. Zürich 1949
Guggenberger, Bernd: *Das digitale Nirwana*. Hamburg 1997
Habermas, Jürgen: *Anthropologie*. In: Philosophie. Frankfurt am Main 1958
Habermas, Jürgen: *Die Moderne – ein unvollendetes Projekt*. Leipzig 1990
Habermas, Jürgen: *Theorie des kommunikativen Handelns*. Zwei Bände, Frankfurt am Main 1981

Härtling, Peter: *Hölderlin.* München 1993
Hartwig, Gunther: *Der Fall Schröder oder: Wie sich die Politik den Gesetzen der Medien fügt.* In: Badisches Tagblatt vom 27. Februar 1998
Heller, Georg: *Lügen wie gedruckt.* Tübingen 1997
Herrhausen, Alfred: *Denken, Ordnen, Gestalten.* Berlin 1990
Hillmann, Karl-Heinz: *Wertewandel* (1986), Darmstadt 1989
Hölderlin, Friedrich: *Pathmos.* An den Landgrafen von Homburg. Von Hölderlin, mitgeteilt von L.A. von Arnim. In: Beck, Adolf/Ute Oelman (Hrsg.): Hölderlin. Sämtliche Werke, Bd. 8. Stuttgart 1985
Hofstätter, Peter R.: *Gruppendynamik.* Die Kritik der Massenpsychologie. Hamburg 1957
Hondrich, Karl-Otto: *Macht im Turm.* In: Merkur 52 (1998), Heft 3
Hondrich, Karl-Otto: *Skandalmärkte und Skandalkultur.* In: Haller, Max et al. (Hrsg.): Kultur und Gesellschaft. Frankfurt am Main/New York 1989
Horkheimer, Max/Theodor W. Adorno: *Dialektik der Aufklärung.* Frankfurt am Main 1969
Hunold, Gerfried: *Zur Moralfähigkeit des Menschen.* In: Theologische Quartalschrift 174 (1994), Heft 1, S. 36 und 43
Jäckel, Michael: *Auf dem Weg in die Informationsgesellschaft.* In: Jäkkel, Michael/Peter Winterhoff-Spurk: Politik und Medien. Berlin 1994
Jaspers, Karl: *Was ist Philosophie?* München 1980
Jünger, Ernst: *Eumeswil.* In: Sämtliche Werke, Bd. 17, Erzählende Schriften III. Stuttgart 1980
Kästner, Erich: *Gesammelte Schriften,* Band 1: Gedichte. Köln
Kant, Immanuel: *Beantwortung der Frage: Was ist Aufklärung?* In: Weischedel, Wilhelm (Hrsg.): Werksausgabe in zwölf Bänden, Band XI: Schriften zur Anthropologie, Geschichtsphilosophie, Politik und Pädagogik 1. Wiesbaden 1956
Kant, Immanuel: *Die Metaphysik der Sitten,* Königsberg 1797/98, a.a.O., Bd. VII.
Kepplinger, Hans Matthias: *Ereignismanagement.* Wirklichkeit und Massenmedien. Zürich 1992
Klages, Helmut et al. (Hrsg.): *Werte und Wandel.* Ergebnisse und Methoden einer Forschungstradition. Frankfurt am Main 1992
Klemperer, Viktor: *Ich will Zeugnis ablegen bis zum letzten.* Tagebücher 1933-1941 und 1942-1945, zwei Bände. Vierte Auflage, Berlin 1995
Kühnhardt, Ludger: *Wege in die Demokratie.* Erlangen/Jena 1992
Le Bon, Gustave: *Psychologie de foules.* Paris 1895
Lambsdorff, Otto von: *Der Bürger entscheidet selbst.* In: Frankfurter Allgemeine Zeitung vom 4. April 1998, S. 35
Langenbucher, Wolfgang R. (Hrsg.): *Politik und Kommunikation.* München 1979
Lasky, Melvin: *Was wir nach '45 anders machen wollten.* In: Erbring, Lutz et al. (Hrsg.): Medien ohne Moral, a.a.O.

Lederer, William J./Eugene Burdik: *The Ugly American.* New York 1958 (dt. Der häßliche Amerikaner. Hamburg 1960)
Lessing, Gottfried Ephraim: *Theologische Streitschriften.* Hamburg 1778
Loomis, Charles P./Zona K. Loomis: *Modern Social Theories.* New York 1961
Ludwig, Hans-Werner: *Untersuchung von Gewalt in szenischen Produktionen.* Auftragsstudie des Südwestfunks 1997
Lübbe, Hermann: *Mediennutzungskritik, Medienkonsum als moralische Herausforderung.* In: Hoffmann, Hilmar (Hrsg.): Gestern begann die Zukunft. Darmstadt 1994
Lueken, Verena: *Das kleinere Übel.* In: Frankfurter Allgemeine Zeitung vom 21. März 1998, S. 33.
Luhmann, Niklas: *Die Realität der Massenmedien.* Zweite erweiterte Auflage, Opladen 1996
Luhmann, Niklas: *Die Wirtschaft der Gesellschaft.* Frankfurt am Main 1988
Luhmann, Niklas: *Soziologische Aufklärung.* Opladen 1970
Luhmann, Niklas: *Von der allmählichen Auszehrung der Werte.* In: Münchner Gespräche, Bd. 2. München 1985
Maggee, Bryan: *Karl Popper* (übersetzt von Arnulf Krais). Tübingen 1986
Maturana, Humberto/Varela, Francisco: *Autopoiesis.* The Organization of Living, in: Autopoiesis and Cognition, Dordrecht 1980
Mayntz, Renate: *Soziologie der Organisation.* Reinbek 1961
McLuhan, Marshall: *The Global Village.* Der Weg der Mediengesellschaft in das 21. Jahrhundert. Paderborn 1995
Montesquieu, Charles de Secondat: *Vom Geist der Gesetze* (zuerst erschienen 1748)
Müller-Vogg, Hugo: *Unsere unsoziale Marktwirtschaft.* Köln 1998
Negroponte, Nicolas: *Total digital.* München 1995
Noelle-Neumann, Elisabeth: *Öffentliche Meinung.* Die Entdeckung der Schweigespirale. Berlin 1996
Orwell, George: *1984.* Berlin 1996
o.V.: *Chancen und Risiken der Mediengesellschaft.* Gemeinsame Erklärung der Deutschen Bischofskonferenz und des Rates der Evangelischen Kirchen in Deutschland. Bonn 1997, S. 44.
o.V.: *Die wahren Schrecken im Kopf.* In: Stuttgarter Zeitung vom 21. Juni 1997
o.V.: *Gewalt lohnt nicht.* In: Der Journalist (1997), Heft 12
o.V.: *»Gib' mir Geld oder ich geh' klauen«.* In: Stuttgarter Nachrichten vom 7. Juni 1997
o.V.: *Für den Wettbewerb.* In: Frankfurter Allgemeine Zeitung vom 28. Mai 1998, S. 1.
o.V.: *Pressekodex des Deutschen Presserats 1996.* In: Der Journalist Nr. 6/96
o.V.: *Thema: Gerechtigkeit.* Sonderheft zum Welttag der Kommunikationsmittel. Medienpraxis 14, Bonn 1987
Platon: *Der Staat.* Stuttgart 1994

Postman, Neil: *Wir amüsieren uns zu Tode.* Urteilsbildung im Zeitalter der Unterhaltungsindustrie. Frankfurt am Main. 1985

Radbruch, Gustav: *Vorschule der Rechtsphilosophie.* Göttingen 1965

Riesman, David: *Die einsame Masse.* Berlin 1956

Ross, Jan: *Die neuen Staatsfeinde.* Berlin 1998

Rousseau, Jean-Jacques: *Der Gesellschaftsvertrag oder die Grundsätze des Staatsrechts*, Übersetzung von H. Denhardt, herausgegeben von Heinrich Weinstock, Stuttgart 1963

Rühl, Manfred/Ulrich Saxer: *25 Jahre Deutscher Presserat.* In: Publizistik (1981), Heft 26

Rühl, Manfred: *Journalismus und Gesellschaft.* Mainz 1980

Rühl, Manfred: *Kommunikation und Öffentlichkeit.* Schlüsselbegriffe zur kommunikationswissenschaftlichen Rekonstruktion der Publizistik. In: Benterle, Gunter/Manfred Rühl (Hrsg.): Theorien der öffentlichen Kommunikation – Problemfelder, Positionen, Perspektiven. München 1993

Ruß-Mohl, Stephan: *Learning by doing?* In: Erbring, Lutz et al. (Hrsg.): Medien ohne Moral, a.a.O.

Sachsse, Hans: *Der Begriff der Evolution in der Sicht der Naturwissenschaft und der Philosophie.* In: Böhme, W. (Hrsg.): Das Ende der Evolution. Herrenalber Texte 52. Karlsruhe 1983

Saxer, Ulrich: *Die Objektivität publizistischer Information.* In: Langenbucher, Wolfgang R. (Hrsg.): Zur Theorie der politischen Kommunikation. München 1974, S. 206-235

Saxer, Ulrich: *Journalisten in der Medienkonkurrenz.* In: Publizistik. Vierteljahresheft für Kommunikationsforschung, Wiesbaden 1994

Saxer, Ulrich: *Journalistische Ethik im elektronischen Zeitalter – eine Chimäre?* In: Erbring, Lutz et al. (Hrsg.): Medien ohne Moral, a.a.O.

Saxer, Ulrich: *Strukturelle Möglichkeiten und Grenzen von Medien- und Journalismusethik.* In: Haller, Michael/Helmut Holzey (Hrsg.): Medien Ethik. Opladen 1992

Schiller, Friedrich: *Die Schaubühne als eine moralische Anstalt betrachtet.* In: Schillers sämtliche Werke, Säkular-Ausgabe in 16 Bänden. Band elf, Philosophische Schriften, Stuttgart 1904

Schiller, Friedrich: *Über Anmut und Würde.* In: Fricke, Gerhard/Herbert G. Göpfert (Hrsg.): Sämtliche Werke. Bd. fünf, München 1959

Schmidt, Siegfried J.: *Die Wirklichkeit des Beobachters.* In: Merten, K./S.J. Schmidt/S. Weischenberg (Hrsg.): Die Wirklichkeit der Medien. Opladen 1994

Schmitt, Carl: *Der Begriff des Politischen.* Sechste Auflage, Berlin 1996

Schulze, Gerhard: *Die Erlebnisgesellschaft.* Kultursoziologie der Gegenwart. Frankfurt am Main 1992

Seidl, Bernd: *Verlorenes Selbst?* Medien, Orientierung, Identität. In: Ethik und Identität, Festschrift für Gerfried W. Hunold. Tübingen/Basel 1998

Serke, Jürgen: *Mein Sozi für die Zukunft*: In: Stern vom 15. Juli 1982, S. 54-60.

Singer, Peter: *Wie sollen wir leben?* Ethik in einer egoistischen Zeit. Erlangen 1996

Singer, Peter: *Leben und Tod.* Erlangen 1998

Singer, Wolf: *Auf dem Weg nach innen.* In: Frankfurter Allgemeine Zeitung vom 27. Februar 1998

Spengler, Oswald: ???? München 1995

Stolte, Dieter: *Bleibt Fernsehen Fernsehen?* ZDF-Schriftenreihe, Heft 52. Mainz 1997

Stolte, Dieter: *Fernsehen am Wendepunkt.* Meinungsforum oder Supermarkt? München 1992

Storm, Theodor: *Sprüche.* In: Sämtliche Werke in zwei Bänden. Bd. 2, München 1967

Sloterdijk, Peter: *Medien-Zeit.* In: Klotz, Heinz (Hrsg.): Schriftenreihe der Staatlichen Hochschule für Gestaltung, Bd. 1. Zweite Auflage, Stuttgart 1994

Thomas, Konrad: *Zugehörigkeit und Abgrenzung.* Über Identitäten. Bodenheim 1997

Thomas, Konrad: *Die betriebliche Situation der Arbeiter.* Stuttgart 1964

Verband Privater Rundfunk und Telekommunikation (Hrsg.): *Kommunikations- und Medienforschung 2000 plus.* Rahmenkonzept des Verbandes Privater Rundfunk und Telekommunikation (VPRT) zur ordnungspolitischen Gestaltung der Informations- und Kommunikationsgesellschaft. Bonn 1997

Voß, Peter: *Die Information.* Das tägliche Neue. In: Blaes, Ruth/Greogor A. Heussen (Hrsg.): ABC des Fernsehens. Konstanz 1997

Voß, Peter: *Der Kommentar.* In: Schult, Gerhard/Axel Buchholz: Fernseh-Journa-lismus. Vierte Auflage, München/Leipzig 1993

Voß, Peter: E*in Lob der Bildung – mit und ohne Multimedia.* In: Begegnungen – Entscheidungen. Festschrift für Max Gögler, Tübingen 1996

Voß, Peter: *Gewalt in den Nachrichten.* In: Gerechtigkeit. Sonderheft zum Welttag der Kommunikationsmittel, a.a.O.

Voß, Peter: *Multimedialität als Angebot zur Interaktivit*ät. In: Zur Ohnmacht verdammt? Der Staat in der Informationsgesellschaft. Ettersburger Gespräche, Weimar 1998

Voß, Peter: *Nachrichten, Information, Wiss*en. Die Rolle des Journalisten im globalen Dorf. In: Landesbank Rheinland-Pfalz (Hrsg.): Ein Land mit Perspektive. Zweihundertfünfzig Jahre Rheinland-Pfalz. Mainz 1997, S. 172-175

Voß, Peter (Hrsg.): *Rundfunkfreiheit und Menschenrechte.* Baden-Baden 1996

Voß, Peter: *Trau, schau, wem.* Gefälschte Bilder und hoher Erwartungsdruck. Sendet das Fernsehen die Wahrheit? In: Frankfurter Allgemeine Zeitung vom 30. Januar 1996

Voß, Peter: *Umwelt und Mobilitätsbewußtsein.* Verantwortung und Rolle der Medien. In: Schaufler, Hermann (Hrsg.): Umwelt und Verkehr. Landsberg 1996

Voß, Peter: *Wer braucht den öffentlich-rechtlichen Rundfunk und wie lange noch?* In: Oberender, Peter (Hrsg.): Herausforderung Medien: Zwischen Freiheit und Zwang. Berlin 1997

Watzlawick, Paul (Hrsg.): *Die erfundene Wirklichkeit.* München 1981

Weber, Max: *Die »Objektivität« sozialwissenschaftlicher und sozialpolitischer Erkenntnis.* Schotterwald/Baden 1995

Weber, Max: *siehe auch Winckelmann, Johannes*

Weinstock, Heinrich (Hrsg.): *Jean-Jacques Rousseau: Der Gesellschaftsvertrag oder die Grundsätze des Staatsrechts* (übersetzt von H. Denhardt). Stuttgart 1963

Weizsäcker, Carl Friedrich von: *Der Garten des Menschlichen.* München/Wien 1977

Weizsäcker, Carl Friedrich von: *Zeit und Wissen.* München/Wien 1977

Weizsäcker, Richard von: *Richard von Weizsäcker im Gespräch mit Gunter Hofmann und Werner A. Perger.* Frankfurt am Main 1992

White, David M.: *The Gatekeeper.* A case study in the selection of news. New York/London 1966

Wickert, Ulrich: *Der Ehrliche ist der Dumme.* Über den Verlust der Werte. Hamburg 1994

Wiggershaus, Rolf: *Die Frankfurter Schule.* Geschichte – Theoretische Entwicklung – Politische Bedeutung. München 1986

Winckelmann, Johannes (Hrsg.): *Max Weber: Die drei Typen legitimer Herrschaft.* Stuttgart 1956

Winckelmann, Johannes (Hrsg.): *Max Weber: Die Objektivität sozialwissenschaftlicher Erkenntnis.* In: Soziologie. Weltgeschichtliche Analysen. Politik. Stuttgart 1956

Winckelmann, Johannes (Hrsg.): *Max Weber: Politik als Beruf.* In: Gesammelte politische Schriften. Dritte Auflage, Tübingen 1971

Winckelmann, Johannes (Hrsg.): *Max Weber: Rechtssoziologie.* Neuwied 1960.

Winckelmann, Johannes (Hrsg.): *Max Weber: Wirtschaft und Gesellschaft.* Grundriß der verstehenden Soziologie. Fünfte revidierte Auflage, Tübingen 1972, S. 28.

Wunden, Wolfgang: *Wahrheit als Medienqualität.* Beiträge zur Medienethik Band drei, Frankfurt am Main 1996

Über den Autor

Peter Voß, ev.-luth., wurde am 28. Januar 1941 in Hamburg geboren, wuchs aber in Lübeck auf und besuchte dort auch das Gymnasium. Ein Jahr lang (1958/59) war er Gastschüler einer High School in Michigan (USA). Nach dem Abitur (1961) studierte er in Göttingen zunächst Deutsch und Englisch, dann Soziologie, Jura und Ethnologie. Als Student war er 1963/64 in Göttingen Vorsitzender des AStA. 1967 schloß er sein Studium mit dem Magisterdiplom der philosophischen Fakultät ab.

Seine journalistische Laufbahn begann Voß 1968/69 als Redaktionsvolontär beim »Göttinger Tageblatt« und bei der »Hannoverschen Allgemeinen Zeitung«. Von 1969 bis 1971 war er beim »Göttinger Tageblatt« für das Lokalressort verantwortlich. Anschließend wechselte er zum Fernsehen und war bis 1977 Nachrichtenredakteur beim ZDF. 1977/78 war er Korrespondent des ZDF in Berlin (West), danach bis 1981 beim Bayerischen Rundfunk stellvertretender Redaktionsleiter des ARD-Magazins »Report«. 1981 kehrte er als stellvertretender Redaktionsleiter des »heute-journals« zum ZDF zurück. Am 1. Oktober 1983 wurde er Redaktionsleiter dieser Sendung. Als einer der Moderatoren des »heute-journals« ist er einem breiten Publikum bekannt geworden.

Zum 1. Oktober 1985 wurde Voß Leiter der ZDF-Hauptredaktion »Aktuelles«, die neben der Informationssendung »heute« auch das »heute-journal«, das »länderjournal« sowie das »ZDF-Mittagsmagazin« umfaßte. Neben seiner Funktion als Hauptredaktionsleiter war Voß seit dem 1. Mai 1990 bis zum 31. März 1993 stellvertretender Chefredakteur des ZDF.

Am 28. September 1992 wurde Voß zum Intendanten des Südwestfunks gewählt – Amtszeit vom 1. April 1993 bis zum 31. März 1997. Wiederwahl am 13. September 1996 – Amtszeit vom 1. April 1997 bis 31. März 2001.

Seit April 1997 ist er Professor an der Staatlichen Hochschule für Gestaltung in Karlsruhe.

Voß ist seit 1967 mit Margarete, geb. Bornemann, verheiratet und hat drei Söhne: Jan Peter (geb. 1968), Jens Uwe (geb. 1973) und Jörg Michael (geb. 1974).

Publikationen u.a.:

- *Die verteufelte Ausgewogenheit.* In: Lügen wir alle? Zeitkritische Überlegungen, Herrenalber Texte, 62, 1985
- (Hrsg.): *ZDF Heute Tagebuch 1991*, Mainz 1992
- (Hrsg.): *ZDF Heute Tagebuch 1992*, Mainz 1993
- *Dorniger Weg.* Überlegungen zur Zukunft der TV-Produktion im Südwesten. In: epd/Kirche und Rundfunk Nr. 11/1995 vom 11. Februar 1995
- *Südwest 2000.* Zur Neuordnung des öffentlich-rechtlichen Rundfunks im Südwesten. Fakten – Positionen – Argumente, Typoskript, Baden-Baden 1995. Ebenfalls in: epd/Kirche und Rundfunk Nr. 62/1995, sowie: Manfred Kops, Günter Sieben (Hrsg.): Die Organisationsstruktur des öffentlich-rechtlichen Rundfunks in der aktuellen Diskussion, Berlin 1996, S. 291-335.
- (Hrsg.): *Rundfunkfreiheit und Menschenrechte.* 50 Jahre Südwestfunk. Eine Dokumentation zu Festakt und Diskussion mit S.H. dem Dalai Lama, Wladislaw Bartoszewski, Joachim Gauck, Joseph Rovan und Harry Wu., Bühl 1996
- (Hrsg.): *Innovationen.* Ein öffentlich-rechtliches Rundfunkunternehmen auf dem Weg in die Zukunft, Bühl 1996
- Hermann Fünfgeld/Peter Voß: *Neuordnung des öffentlich-rechtlichen Rundfunks in Baden-Württemberg und Rheinland-Pfalz*, Typoskript, 1996

Personenverzeichnis